Enfim, esposas

Também de Vanessa Airallis

Não somos melhores amigas

VANESSA AIRALLIS

Enfim, esposas

1ª edição

Rio de Janeiro-RJ / São Paulo-SP, 2025

VERUS
EDITORA

ILUSTRAÇÃO DE CAPA
Douglas Lopes

DESIGN DE CAPA
Renata Vidal

ISBN: 978-65-5924-368-6

Verus Editora Ltda.
Rua Argentina, 171, São Cristóvão, Rio de Janeiro/RJ, 20921-380
www.veruseditora.com.br

CIP-BRASIL. CATALOGAÇÃO NA PUBLICAÇÃO
SINDICATO NACIONAL DOS EDITORES DE LIVROS, RJ

A254e

Airallis, Vanessa
Enfim, esposas / Vanessa Airallis. – 1. ed. – Rio de Janeiro : Verus, 2025.

ISBN 978-65-5924-368-6

1. Romance brasileiro. I. Título.

25-98828.0 CDD: B869.3
CDU: 82-31(81)

Gabriela Faray Ferreira Lopes – Bibliotecária – CRB-7/6643

Revisado segundo o Acordo Ortográfico da Língua Portuguesa de 1990.

A todas as pessoas que tinham
certeza de que elas morreriam no final

Uma das coisas que aprendi é que se deve viver apesar de.
Apesar de, se deve comer. Apesar de, se deve amar.
Apesar de, se deve morrer. Inclusive muitas vezes é o próprio
apesar de que nos empurra para a frente.

— Clarice Lispector,
Uma aprendizagem ou O livro dos prazeres (1969)

1

Doente como você

Ao contrário do dia anterior, aquele havia amanhecido limpo e fresco. Todas as gotas de chuva haviam caído, não restando mais nenhuma nuvem no céu. O gramado parecia mais verde, e os pássaros cantavam com tal afinação que poderiam acompanhar um coral.

Era reflexo da passada noite de amor, dos profundos e líricos toques de duas mulheres que agora se conheciam como jamais imaginaram ser possível. O carinho feminino nunca havia feito tanto sentido. Para uma delas, inclusive, o afeto mulheril tornara-se não apenas um, mas o único afeto passível de desejo. Na noite anterior, Alice enfim compreendera o motivo de não se inspirar tanto quanto as amigas de Portugal quando se falava sobre a devoção e a presença máscula de rapazes.

Não era uma apreciadora da virilidade. Estava mais evidente do que nunca.

Quando Isis e Alice acordaram, mal puderam conversar. Despertaram ao som da mão pesada de Diogo batendo à porta. Isis correu para dentro do banheiro enrolada em um dos lençóis, enquanto Alice se preocupou em vestir o robe de sua camisola para receber o dono da casa. Abriu uma pequena fresta, envergonhada por estar completamente nua sob o fino pedaço de pano, além de corada e com cabelos desgrenhados.

Ele estava à procura da esposa, pois bem sabia que Isis estava longe de ser o tipo de pessoa que acordava cedo. Alice disse que não fazia ideia de onde a amiga poderia estar, mas que o ajudaria a procurar assim que se vestisse. O homem bufou e murmurou uma resposta que a loura não entendeu.

— Acha que ele desconfia de algo? — indagou Isis ao vê-la fechar a porta segundos depois.

Alice engoliu em seco, finalmente observando seus olhos em meio à claridade da manhã e depois da mágica noite de amor. Não soube o que responder.

— Alice?

Ela respirou fundo.

— Não sei — disse por fim. — Acho que não.

Isis não demorou a notar seu nervosismo. Um aperto no peito a atingiu ao pensar na possibilidade de Alice simplesmente fingir que nada havia acontecido. Porque *havia.* Havia se entregado, havia vivido tudo o que seu interior sempre quis. Sentiram o sabor e conheceram cada centímetro do corpo uma da outra. Elas se fizeram uma, e ninguém poderia esquecer isso.

— Você está bem?

A jovem assentiu, evitando seu olhar. Limpou a garganta e fingiu distração. Tudo para não ter que lidar com o que tinham feito e com todos os sentimentos envolvidos. Não queria ter de encarar as respostas que tivera, nem acreditar nelas de fato.

— Quer conversar sobre o que aconteceu ontem? — sugeriu a morena e aproximou-se.

— Não.

— Alice... — Tentou tocá-la, mas a loura desvencilhou-se e fez o rosto da madame queimar.

— Não.

— Por quê?

— Isis, não. Eu não tenho nada a dizer.

Mas tinha. Alice dispunha de uma bíblia de coisas a confessar em alta voz, mas tantas palavras não saberiam se organizar tão rápido. Sofria pontadas de dor de cabeça enquanto as sentenças enojadas de sua mãe sobre sodomia ecoavam no fundo da mente.

Podia sentir muito, reconhecer muito, mas estava longe de conseguir confessar qualquer sentimento.

Isis piscou algumas vezes, confusa. Respirou profundamente e mordeu a língua para não disparar todos os seus pensamentos e anunciar o que queria que ela soubesse. Uma parte de si esperava receber uma declaração de amor, esperava ouvi-la dizer que sempre a amara em segredo. Mas, ao que parecia, a realidade era outra.

— Não quero falar disso. Eu não consigo lidar com essa situação, Isis. É demais para mim.

O tom utilizado fez a fidalga se sentir um fardo. Umedeceu os lábios, desapontada. As duas ainda tinham parte do dia para passar juntas, segundo a permissão de dona Berenice. Logo, nada que um tempo de distração não as fizesse espairecer.

Isis voltou ao seu quarto e disse a Diogo que tinha escutado a voz da falecida mãe dele do lado de fora durante a noite, como se o chamasse, mas ele não acordara de forma alguma. O jornalista fingiu desprezo pela história, porém a possibilidade de terem recebido uma visita do espírito de sua mãe o atormentaria pelo resto do dia.

Depois de um café da manhã silencioso e constrangedor, as duas amigas — se ainda podiam se chamar dessa forma — decidiram se distrair com um passeio. Ao fim de muita reflexão, a mais velha teve certeza de qual seria o lugar perfeito para irem.

— Som América? — indagou Alice. — Que lugar é esse?

No caminho, Isis contou que era o restaurante de uma de suas melhores amigas, a mesma de quem a jovem havia demonstrado um leve ciúme. Ainda que um tanto silenciosa e pensativa, Alice aceitou, temendo que, se ficasse muito mais tempo sozinha ao lado da fidalga, precisaria entrar num diálogo sobre o que ocorrera.

Ao recordar-se dos infinitos beijos e tão íntimos toques, além do cheiro, do gosto e do som, sentia medo. Um medo imensurável. Afinal de contas, pela primeira vez na vida havia sentido prazer de verdade. Alguém, ou melhor, uma mulher havia tocado seu corpo da forma mais íntima que poderia, a havia feito gemer sem pudor, havia feito explodir dentro de si uma chama deliciosamente perigosa. E, como se não bastasse, havia tirado toda a sua pureza.

Não era mais a donzela que pensavam. Fora invadida por completo e muito havia se deleitado no processo. Ninguém poderia saber. Como lidaria com aquilo dali por diante? Deveria contar à mãe? Deveria desistir de tudo e se tornar freira, como a irmã caçula de Isis? Deveria confessar ao padre? De onde tiraria forças para falar com qualquer um sobre sua vergonha?

Um ligeiro desespero a atingiu quando pensou na possibilidade de estar grávida. Franziu as sobrancelhas e tampou a respiração *até* perceber que aquilo jamais seria possível.

— É aqui — disse Isis com um sorriso amigável.

Saíram da carruagem sem demora e pararam por um instante na calçada.

— Você não me disse o que viemos fazer aqui — Alice a relembrou, com certa dificuldade até mesmo para observá-la.

— Achei que fosse gostar de conhecer Raquel e Esther.

Passaram pela entrada apertada e logo se viram no salão onde tudo acontecia. Uma mulher lustrava os copos e um menino de treze anos esfregava o chão. Já conhecedores de quem Isis Almeida era, logo a cumprimentaram e guiaram as visitantes até o escritório de Raquel, onde a ruiva e provavelmente a cunhada se escondiam.

A primeira, de fato, ali estava.

— Ora, ora, vejam quem se lembrou dos pobres — anunciou a empresária após expelir a fumaça do cigarro.

Exibia o decote generoso de sempre, em um vestido bastante colorido, com os cabelos presos num coque despojado.

— Não seja dramática! Eu vim vê-la faz dois dias.

Depois disso, a loura foi apresentada e Raquel a estudou bem, reparando na mulher por quem Isis estava se apaixonando. Não tiveram muito tempo de conversa até a porta se abrir e Esther passar por ela. Havia saído brevemente para buscar almoço tanto para as duas quanto para os ajudantes que limpavam o salão. Eles já haviam ido descansar.

As cunhadas ficaram de um dos lados da mesa, e as visitantes, logo em frente.

— Então esta é a famosa srta. Alice Capela Bell Air — disse Esther num suspiro quando as apresentações formais terminaram.

Raquel e Isis abriram apressadamente os pacotes de salgados fritos, famintas.

— Famosa?

— Isis fala muito de você — respondeu a ruiva. — E, quando digo muito, é *muito mesmo*.

Ambas engoliram em seco e evitaram se olhar. É claro que a empresária e a escritora não faziam a menor ideia do que havia acontecido, até porque, se soubessem, jamais seriam capazes de disfarçar.

O grande objetivo de Isis ao levá-la até aquele lugar era fazer com que sua mente se expandisse. Talvez, se conhecesse pessoas com vidas totalmente diferentes da dela, notaria que amar mulheres estava longe de ser um problema, e que as diferenças faziam parte da vida.

— Fala bem ou mal? — perguntou Alice, tentando adotar um tom divertido e se distrair.

— Ah, muito bem. Por vezes ficamos até enciumadas, não é, Raquel?

— Fale por você — respondeu a amiga enquanto enfiava dois pedaços de calabresa na boca, fazendo um gesto com a outra mão para fingir desdém.

Isis riu e chutou a perna dela embaixo da mesa.

— Estão vendo? Ela come de graça no meu clube e ainda tem a audácia de me agredir.

— Isso não é nada perto do que merece, fique a senhora sabendo — disse Isis e inclinou o corpo para escolher um salgadinho.

Muita conversa estava por vir. Esther contou à loura sobre seu livro progressista internacionalmente publicado, falou de todo o processo de pesquisa, das lições que havia aprendido, além do trabalho que era escrever uma obra como aquela. A dona do Som América contou sua história e como conseguira abrir o estabelecimento. Sempre muito bem-humorada e disfarçando as próprias dores com piadas realmente engraçadas, Alice imaginava cada detalhe, além de não medir perguntas.

Por alguns instantes, até conseguiu esquecer que Isis estava ao seu lado, tão agitada se tornara a prosa entre as três.

No entanto, tal fato também se dava por conta de a madame ter se calado de um momento para o outro. De repente se viu perdida nos próprios pensamentos, observando Alice. Nem mesmo ouvia suas perguntas ou as respostas de Esther e Raquel, apenas lhe lançava um olhar cravejado, relembrando a noite anterior. Era provável que, se Raquel não estivesse falando tanto, já tivesse interrompido aquela conversa só para se declarar de uma vez por todas e descobrir se estava louca ou se o sentimento era recíproco.

— Mas esse é o tipo de coisa que Diogo fala até hoje — comentou Esther. — Não é, Isis?

— Hum? — perguntou, despertando subitamente, após vários minutos de devaneio.

— Acho que você não precisa se pressionar tanto para ter filhos — completou Raquel. — De repente é isso o que anda atrapalhando. Tudo funciona quando agimos com calma.

Aparentemente o assunto havia mudado de forma absurda, e a madame perdera a maior parte da conversa. Demorou alguns segundos até entender do que estavam falando e se perguntou há quanto tempo sua vida tinha se tornado o tema principal.

— Mas quero ver quem será a escolhida para ser madrinha da criança. Ah, Isis, se não for eu...

— Vocês vão ter filhos? — perguntou Alice, observando-a, mais séria. — Achei que iam permanecer como estão.

Isis não soube o que dizer. Seu subconsciente a fazia sentir que tudo estava acontecendo da forma mais errada possível.

— É claro que vão, Alice — respondeu Raquel. — Já viu alguma mulher casada não ter filhos? Só as que têm *defeito*.

A expressão doeu.

— Talvez eu tenha. Tantos anos de casamento e nada. — Ela não pensava mais naquele assunto o tempo inteiro, apenas quando Diogo ou a mãe tocavam no tema. A mente andava ocupada demais fantasiando a vida perfeita ao lado de Alice. No entanto, se fosse precisar passar o resto da vida com um homem, era melhor voltar a se preocupar.

— Você não tem *defeito* algum — disse Esther, incomodada com o termo. — É tudo uma questão de tempo.

— Quantos filhos vocês vão ter? — Alice tornou a indagar, contrafeita com a ideia.

— Não sei. Não estou exatamente em posição de escolher. A essa altura, o que vier é lucro.

Alice assentiu devagar, engolindo as palavras. Então ela teria filhos com Diogo. Talvez até já estivesse grávida. Eles seriam uma família completa e correta, um marido, uma esposa e crianças, como deve ser.

Depois disso, não demorou para que Alice se desanimasse do passeio e ficasse quieta. Não tinha mais perguntas a fazer para Raquel e Esther.

— Acho melhor eu ir para casa — disse alguns minutos depois.

— Para casa? — perguntou Isis. — Por quê?

Alice não respondeu, apenas se levantou e forçou alegria e educação para dizer que havia adorado conhecê-las. Era verdade; só não conseguia acalmar a confusão de sentimentos.

— O prazer é todo nosso, querida — comentou a escritora, sorrindo abertamente.

— Será sempre muito bem-vinda aqui, quando quiser voltar — disse a ruiva ao se levantar também.

Enquanto isso, Isis permanecia confusa. Antes de chegarem à carruagem, segurou Alice pelo ombro e o puxou para trás com delicadeza, para que a olhasse.

— Por que quer ir embora? Nós temos o dia todo!

— Só quero descansar. Podemos ir, por favor?

Não tinha o que fazer senão aceitar. Mesmo frustrada, Isis caminhou ao seu lado na direção do veículo e, em absoluto silêncio, voltaram para o casarão dos Almeida. Alice precisava pegar algumas de suas coisas e depois retornaria ao lar.

Nada estava saindo como deveria, a morena pensava. Era óbvio que Alice já havia entendido que jamais seria genuinamente feliz ao lado de um homem, então por que insistia em fingir que não havia percebido isso? A ideia de estar apaixonada por uma mulher era assim tão assustadora?

Bom, de fato, era. Nenhuma delas estava pronta para passar pela pior humilhação de suas vidas, de serem renegadas por suas famílias, deserdadas, jogadas na rua e abandonadas para sempre, sabendo bem que nem mesmo a Igreja as acolheria. Nenhuma delas estava pronta para passar fome e acreditar que o amor encheria sua barriga e curaria as doenças que surgiriam ao passar muito tempo dormindo em becos úmidos. Nenhuma delas estava pronta para correr risco de vida constante; risco de apanhar de qualquer um e notar que ninguém faria coisa alguma para ajudá-las. Nenhuma delas estava preparada para ser violentada a fim de "provarem o homem certo".

Quando chegaram à mansão, havia outra carruagem estacionada ali. Isis não a reconheceu de imediato, mas assim que adentraram a sala de estar paralisaram, notando a presença de Gabriel, que se levantou apressado.

— Boa tarde, dona Isis e... srta. Alice, não é?

Estava aprumado — o traje de tecido liso e cores neutras lhe dava um ar ainda mais elegante. Ajeitou o colete cinza algumas vezes, demonstrando nervosismo. Seus sapatos lustrados brilharam quando se mexeu, além do relógio de ouro que quase caía do bolso da camisa.

— Gabriel? Eu não sabia que receberia sua visita.

Isis estava mais nervosa que ele, mas no sentido de sentir-se *revoltada*, enquanto o homem era consumido por puro medo e insegurança. Também tinha seus motivos.

Alice encarava-o sem saber o que dizer. Só notou que era *ele* o tal Gabriel Carvalho quando ouviu o nome dos lábios de sua melhor amiga. *O que estava fazendo ali?*

Como se ouvisse o pensamento de todos, Cassandra correu apressada, chegando até a sala.

— Boa tarde, senhora — disse, observando Isis. — Dona Berenice ligou há uma hora anunciando que seu Gabriel viria. Ele veio cortejar a srta. Alice sob sua supervisão.

— Veio... o quê?

— Se me permite... — iniciou o advogado, antes que a funcionária seguisse a explicação. — Hoje tive o prazer de almoçar na companhia do sr. Charles e de dona Berenice para... bom... — E perdeu-se, coisa que quase nunca acontecia.

— Entendi. Continue.

— Ao final de nossa refeição, eles me disseram que a srta. Alice estaria aqui e que eu tinha permissão para conhecê-la formalmente. E para cortejá-la.

Isis olhou para Cassandra, inconformada. A mulher fez uma careta, mesmo sem entender o motivo de tamanho desconforto de sua patroa. Em seguida, a fidalga encarou Alice — como se esta pudesse dizer alguma coisa. Também estava em choque. Então retornou os olhos ao rapaz.

— Hoje?

— Sim, eu fui até a casa deles há algumas horas e...

— Não. O cortejo. Precisa ser hoje?

O rapaz abriu os lábios, mas som algum foi capaz de sair. Não era como se estar ali lhe agradasse, mas precisaria fazer isso mais cedo ou mais tarde.

— Eu gostaria que sim — respondeu. — Já que estamos todos aqui. E... E estou muito ansioso para... para conhecê-la melhor, se assim me permitir, senhorita.

Olhavam-se com total descômodo, um sentindo o desprazer do outro, mas, assim como ele, ela não tinha escolha.

— Claro — concordou Alice. — Já que estamos todos aqui.

Isis respirou fundo, assentiu para Cassandra — que retornou a seus afazeres — e sentou-se no sofá. Alice acomodou-se de um lado e Gabriel do outro, deixando a madame no meio, os três sobre o mesmo estofado.

— Espero não estar atrapalhando nada — proferiu ele. — Acontece que dona Berenice enfatizou a confiança da família na senhora, e que seria agradável sua presença durante nosso cortejo.

Isis respirou fundo antes de responder:

— Tudo bem.

E calaram-se. Alguns segundos se passaram, e não demorou até que Alice sentisse um incômodo no estômago. Queria vomitar.

— Então, srta. Alice — começou ele e sentou-se na ponta do sofá, tentando vê-la melhor do outro lado de Isis, que era um empecilho. — Como vai?

— Muito bem — mentiu. — E o senhor?

Reparando bem, Alice percebeu que Gabriel não era feio nem baixo demais, não era sujo, rude ou pobre. À primeira vista, parecia a escolha perfeita. Mas, se fosse de fato, por que ela não conseguia sentir um grama sequer de excitação? Não se incomodaria se ele se levantasse e simplesmente decidisse partir.

Precisar viver aquele momento diante de Isis também não era fácil. A ideia de fingir que nada acontecera na noite anterior poderia ser quase simples, mas enfrentar um cortejo diante dela decerto tornava tudo mais difícil. Uma parte de si desejava que Isis não levasse o momento a sério, que soubesse que Alice ainda era totalmente dela, mesmo que confusa.

— Estou bem — respondeu ele.

Silêncio outra vez. Disfarçadamente, Isis revirou os olhos.

— Há algo que o senhor queira contar a ela? — a mais velha perguntou com rispidez exacerbada. Não fazia questão de disfarçar quão desagradável considerava sua presença.

Gabriel pigarreou e em segundos mostrou um tom avermelhado nas bochechas. Sabia que deveria ter preparado um roteiro. Talvez devesse ter conversado um pouco mais com os outros advogados de seu escritório — os que eram casados — e pedido dicas.

O escritório!, recordou de repente.

— Sim, claro. Então, srta. Alice, imagino que já me conheça pela boca de outras pessoas, mas acho que devo me apresentar formalmen... — O volume de sua voz baixou um pouco ao sentir-se inseguro. Isis havia acabado de suspirar de tédio.

Apercebendo a situação caótica, Alice observou-a pelo canto dos olhos e riu de leve, mordendo o lábio inferior. Ainda sentia um incômodo na barriga, ainda queria vomitar, mas saber que talvez Isis não estivesse chateada com ela, e sim com ele, trazia-lhe enorme alívio.

— Continue, por favor — pediu a loura.

— Como ia dizendo, acho que devo me apresentar formalmente. Meu nome é Gabriel Antônio Carvalho e trabalho com advocacia. Tenho um escritório no centro da cidade e moro próximo à igreja que a senhorita frequenta. Costumo estudar muito, por vezes fico horas e horas preso aos meus livros.

— Conhece Esther Ferreira? — perguntou Isis, interrompendo-o novamente.

O homem piscou em confusão. Aguardou alguns segundos antes de voltar a falar.

— Esta é...?

— Uma escritora. Uma autora nacional que escreve sobre a realidade de mulheres brasileiras, quanto suas condições de vida são...

— Ah, entendi. É progressista.

— Sim. Já leu?

— Creio que não. Não tenho lido muitos títulos femininos... nos últimos tempos. — *Em seus vinte e oito anos de vida.*

— Claro que não — respondeu Isis, estressada, e olhou para Alice, buscando alguma reação, desejando ver em seus olhos o mesmo desprezo que enxergava ao olhar para dentro de si.

Mas jamais encontraria. Alice não era e jamais seria o tipo de pessoa que exclui ou rejeita alguém, a menos que fosse absolutamente necessário. Em seus olhos, havia constrangimento e uma boa quantidade de medo. Alice buscava não pensar que aquele homem provavelmente se tornaria seu marido muito em breve. Pois, se pensasse, se desesperaria.

Pensou na vida de esposa. Uma casa para tomar conta, filhos para criar, obrigações sociais e deveres matrimoniais. Poderia aprender e ser capaz de lidar com tudo, mas, todas as vezes que se imaginava na cama com um homem, sentia a boca ficar amarga. Jamais seria tão completa e sentiria tamanho fascínio quanto no momento em que se deitara com Isis na noite anterior. Ela, que tanto a havia tocado, que a fizera voar para além das nuvens, infelizmente não poderia fazer o papel que Gabriel ou Benvindo fariam.

— Como eu ia dizendo — a voz grave retornou. — Por vezes gosto de sair com alguns amigos para fumar e beber em bons restaurantes. Eles sempre levam as esposas, e eu a levarei também. Hum... gosto de viajar três vezes ao ano, principalmente para a Europa. E eu acho que...

— *Eu, eu, eu.* O senhor não acha que deveria perguntar um pouco sobre ela também?

— Só estava me apresentando, dona Isis.

— Não parece uma apresentação, parece que está trabalhando no seu tribunal de cada dia. Ou em um monólogo. Alice não está gostando disso. Não é? — Virou-se para ela.

A jovem engoliu em seco, sem saber o que responder. Não queria ter de contrariá-la, mas Isis estava errada. Achava melhor apenas ouvir o que Gabriel tinha a dizer do que ser obrigada a abrir a boca. Querendo ou não, era um jogo de conquista no qual ele tentava fisgá-la, e Alice não sentia a menor vontade de fazer o mesmo. Ainda estava um tanto chocada com a presença dele. Gabriel podia falar quanto quisesse.

— Na verdade, acho que está tudo bem — proferiu, utilizando-se do tom mais ameno que conseguia. Seu desejo era fazer com que Isis não ficasse ainda mais irritada, porém o efeito foi contrário: a dona da casa bufou e cruzou os braços, decidindo olhar para a frente.

— Certo... — disse Gabriel e limpou a garganta. — Penso em me mudar em breve. Como disse, adoro a Europa, e há alguns países pelos quais tenho predileção, como Portugal, é claro...

Isis revirou os olhos e negou com a cabeça.

— A Itália também. Oh, e a França. Adoro a França.

— Também adoro a França — disse Alice. — Venho estudando francês há algum tempo.

— É mesmo?

— Sim. Contratamos uma professora, a sra. Sandra Guimarães, que é realmente muito boa. O senhor a conhece?

Gabriel pensou por um instante.

— Se não me engano, um primo meu já estudou espanhol com ela.

— Ela dá aulas de espanhol também? Eu não sabia!

— Talvez possamos estudar o idioma juntos num futuro próximo.

Isis arregalou os olhos e encarou-a mais uma vez. Por outro lado, Alice já estava ficando farta de tanta pressão. Isis agia como se a jovem devesse algo a ela ou pudesse fazer alguma coisa. Além disso, estava sendo egoísta ao tentar impedir que se casasse. Isis já tinha seu marido, sua casa, sua reputação, sua vida construída; não podia impedi-la de conquistar o que precisava para também viver em segurança.

— Eu adoraria, mas já sou fluente em espanhol.

Gabriel riu e sentiu-se melhor pela primeira vez desde que chegara.

— Verdade? Então talvez a senhorita possa me ensinar.

— Claro. Por que não?

— E poderíamos escolher algum outro idioma que ambos não saibamos para estudar juntos.

Fazendo uma nova careta, Isis a mirou, mais uma vez esperando que Alice mandasse Gabriel embora ou algo do gênero. No entanto, pela primeira vez a loura a encarou de volta, e sua expressão negativa não se referia ao pretendente, mas à mulher que pensava ter algum poder sobre suas vontades.

— O que foi? — perguntou, ríspida, surpreendendo Isis, que nada respondeu.

Alice se levantou e sentou-se ao lado do homem. Uma parte de si arrependeu-se imediatamente, uma vez que agora, vendo-o mais de perto, pensou que em breve seria obrigada a tocá-lo, a beijá-lo, e o estômago embrulhou.

Mas era melhor passar por isso do que tornar-se a maior vergonha de seus pais.

Por sua vez, Isis ficou boquiaberta ao assisti-la se afastar. Sentiu-se rejeitada, uma completa tola. Dali por diante, não viu ou ouviu coisa alguma. Estava perplexa.

Decidiu se forçar a parar de se importar. Se Alice não se preocupava com ela ou não enxergava valor em tudo o que havia acontecido na noite anterior, adotaria a mesma postura. Ela podia fazer o que quisesse. Não ligava mais. Sendo assim, levantou-se e, sem pedir licença, começou a sair da sala. Percebeu instantaneamente que o diálogo havia sofrido uma pausa. Sentiu o olhar de ambos sobre si.

— Isis — chamou Alice. — Isis!

A dona da casa não ousou olhar para trás, não apenas pela raiva, mas por uma melancolia que começava a se infiltrar em seu peito. Não sabia se alguma vez na vida havia sido rejeitada, mas, se sim, certamente não doera tanto quanto naquele momento.

— Isis!

Alice não demorou a perceber que ela estava chateada, e no segundo seguinte pensou que talvez não precisasse ter saído do lado dela. Talvez pudesse ter sido mais paciente. Mas por quê? Por que Isis precisava que ela agisse com paciência? Por que não entendia que sua melhor amiga havia chegado ao final do labirinto e descoberto que, na verdade, ele não tinha saída? Eram inúmeros caminhos, e todos chegavam ao mesmo lugar: o altar de uma igreja.

— Isis! — gritou uma quarta vez depois de levantar-se, sentindo-se nervosa, arrependida, confusa. Abaixou o rosto para observar o homem. — É melhor o senhor ir — disse e foi atrás dela.

Gabriel nem teve tempo de dar alguma resposta. Viu a jovem partir submerso na dúvida do que podia estar acontecendo.

Alice quase tropeçou na barra do vestido, mas continuou sem hesitar. Quando encontrou Isis novamente, ela estava adentrando o quarto em que haviam dormido — o quarto em que haviam se amado por horas na noite anterior.

— Isis! O que está fazendo? — perguntou, esbaforida.

A morena encontrou a bolsa com o vestido que Alice usava no dia anterior e estendeu para ela.

— Tem mais alguma coisa sua por aqui? Deve ir para casa, lembra? Você queria ir embora. Só estou facilitando as coisas.

— Não quero mais ir.

— Oh, não? Quer passar o resto da tarde de namorico com seu futuro marido? Sinto muito, querida, assistir àquilo não é dever meu, mas dos seus pais! Não estou mais interessada no cargo. Inclusive, quando chegar em casa, avise a senhora sua mãe que você já encontrou o homem dos seus sonhos. Eu fico à espera do convite para o casamento. Aliás, espero que Diogo e eu possamos ser os padrinhos!

Estavam arquejantes, melindrosas, frustradas. Alice, além disso, estava incrédula por ouvir tamanhos absurdos. Durante meses compartilhara seu pavor à mera possibilidade de estar com um homem, e Isis sempre a acalentara, dizendo que estava tudo bem, que era um processo natural, que com o tempo poderia se acostumar. Então, de repente, sua posição tornava-se de total resistência.

— Você não está dizendo isso.

— Ah, com certeza estou. Desejo a vocês toda a felicidade do mundo. Mesmo não achando que combinem. É um casal bem estranho, para ser sincera. Talvez o mais estranho que já vi!

— Você sabe que não tenho escolha. E sempre soube que eu precisava me casar. Por que decidiu agir de forma tão estúpida?!

— Estúpida, eu? — indagou, ofendidíssima. — Você que é uma cínica!

— Cínica? Isis!

— Isso mesmo. As coisas acontecem na sua vida e você simplesmente ignora. Coisas importantes, coisas que envolvem os sentimentos de outras pessoas, e você finge que nada aconteceu. Você age como se nada disso importasse!

Alice engoliu em seco. Sabia do que Isis estava falando, mas preferia acreditar que não. Não iria falar sobre aquilo, não diria uma só palavra, não conseguiria. Então apenas tirou a bolsa com o vestido das mãos da madame e, sem observá-la para um último adeus, virou as costas e começou a sair do quarto.

— Alice! Eu estou falando com você!

A pupila virou-se e parou na porta.

— Eu também estava falando com você lá embaixo, e você não se importou.

— Tudo o que eu venho fazendo nos últimos meses, desde que a conheci, é me importar. Eu me importo com o que você sente, com o que você faz, com o que *planeja* fazer, mas, quando preciso do mínimo de atenção para algo que tem um significado enorme para mim, você foge, você me evita!

Alice tentou controlar a respiração. Aparentemente não tinha para onde fugir. Isis queria e precisava falar sobre a noite anterior, e não descansaria até conseguir.

— Você fala como se eu estivesse sempre a desprezando. Como se eu fosse um ser humano horrível. Por que está comigo até hoje se, para você, sou tão ruim? — O tom de Alice era mais ameno agora, mas ainda carregava uma carga de mágoa.

Quando viu os olhos da loura brilharem pelas lágrimas que desejava derramar, a fidalga sentiu o peito ser esmagado. Quis chorar também. Quis chorar e lamentar a frustrante situação que viviam. E quis tirar todo sentimento ruim que houvesse dentro dela.

— Você não é uma pessoa horrível. Eu não disse isso.

— Disse, sim.

— Mas você não é. — E aproximou-se devagar. — Se fosse, eu não sentiria tudo o que ando sentindo por você.

Imediatamente Alice foi tomada por uma onda de pânico. Ela não estava dizendo aquelas coisas de forma romântica, não era possível que estivesse. Era casada com um homem e, apesar dos pesares, devia amá-lo.

A jovem, a esse ponto, entendera que jamais seria capaz de apaixonar-se pela figura, toque ou voz masculina. Já havia entendido que era uma aberração, um ser anormal que sem sombra de dúvidas iria para o inferno, e determinadas coisas que a dama dizia faziam com que tivesse ainda mais certeza.

Mas não queria se torturar tanto, não queria ter que continuar batendo de frente com seu maior demônio e pesadelo, mesmo que trouxessem a alegria mais pura e excitante que já sentira em toda a sua vida.

— É melhor eu ir para casa — respondeu. — Obrigada por ter me recebido.

Isis respirou fundo, sentiu o corpo fraco e a mente cansada, além do coração dolorido.

— Você vai fugir de novo?

— Não estou fugindo.

— Está, Alice. Você está.

A jovem sentia-se naquele labirinto outra vez, e era como se, mesmo que tivesse chegado ao final, alguém a empurrasse contra a parede, esperando que seu corpo atravessasse.

Em contrapartida, não queria ser covarde — ou continuar sendo. Uma das características que mais admirava em Isis era sua valentia, a coragem de enfrentar qualquer coisa, falar o que pensava, facejar situações, e uma parte dela gostaria de ser assim. Fechou a porta do quarto atrás de si e soltou a bolsa no chão. Respirou fundo, sem ter a menor ideia do que estava fazendo. Sua mente repetia que deveria ir embora de uma vez por todas e jamais encontrar aquela mulher outra vez, mas o coração dizia o contrário.

— O que aconteceu ontem não deve acontecer de novo — iniciou, insegura. — Eu sei que foi só uma aula e...

— Não foi uma aula, eu lhe disse que não era isso.

— Então eu não sei o que foi.

Isis a observou, incrédula.

— Alice, você *sabe* o que foi. Não me obrigue a dizer em voz alta. Eu também não estou confortável com a forma como tudo está acontecendo. Eu também estou com medo.

— Não pode acontecer de novo. E eu realmente espero, Isis, que você prove que tudo o que dissemos ontem sobre o amor que sentimos uma pela outra... o amor de amigas, no caso, espero que prove que ele é real, apenas não contando nada do que aconteceu a ninguém. Por favor, eu... eu estou implorando. Ninguém pode saber que não sou mais virgem, e muito menos que me deitei com uma mulher.

— Quem você pensa que eu sou, Alice?

— Você é alguém que me deixa muito confusa. Que me trouxe algumas respostas, mas elas são sinônimo de problemas. E quer que eu enfrente coisas que definitivamente não consigo enfrentar. Talvez eu não seja tão forte quanto você, mas quero acreditar que isso não é importante.

Isis via seu amor fugir para cada vez mais longe. Aquele diálogo parecia vago demais, estavam se perdendo, quando o objetivo era justamente o contrário. Precisava contar a ela. Precisava dizer com todas as letras o que sentia e quem sabe dessa forma fazer Alice compreender que aquilo não era errado, que ela não estava sozinha. O que fariam depois disso? Não tinha a menor ideia. Descobririam juntas.

— Precisa parar de fechar os olhos para o que está bem diante de você.

— Eu sei o que está diante de mim. Eu já me entendi, mas me nego a ser assim. Me nego a ser tão repugnante... tão asquerosa... tão...

— Pare de dizer isso! — Isis segurou seus braços, mas logo precisou parar de tocá-la, pois a loura a repeliu. — Você não é nada disso, Alice. Você... Você é perfeita, é o sonho de qualquer pessoa. Precisa começar a se enxergar da forma que eu a enxergo.

— Como uma "cínica", como você mesma disse?

Isis piscou algumas vezes, lembrando-se.

— Não. Eu errei. Posso ser egoísta, às vezes, e pensar apenas no que eu sinto. — Engoliu em seco. — Não estava me lembrando do que tudo isso é para você.

— Pois bem. É horrível, fique sabendo.

E ficaram quietas. Ambas respiravam com dificuldade e olhavam para o chão. Enquanto Alice só queria parar de sentir todo aquele vulcão de pecado, ou parar de existir, Isis juntava forças para confessar a verdade com todas as letras.

— Eu acho que vou me casar com Gabriel — murmurou a loura. — Ele parece ser uma boa pessoa. O Benvindo é mais doce e tudo mais, talvez isso faça dele um homem que demonstre algum tipo de paixão, e eu não serei capaz de dar o mesmo. Tenho certeza que não.

Isis fechou os olhos, tentando segurar as lágrimas. Seu queixo tremia e uma veia tornava-se visível em sua testa, tamanho o estresse.

— Quero que você passe a tratar o Gabriel bem, e assim poderemos continuar nossa amizade.

Isis negou com a cabeça. Encarava o piso, em total decepção.

— Eu jamais conseguiria fazer isso.

— O que tem contra ele, por Deus? Foi você quem o apresentou para mim como o melhor pretendente possível.

A morena balançou a cabeça em negação uma segunda vez.

— Não vou fazer isso.

Ela era um inferno de tão teimosa, pensou Alice. Nem parecia ser cinco anos mais velha. Parecia uma criança que não aceitava o "não". Mas tinha mais a falar, a loura percebia. Ela estava segurando as palavras.

— Explique.

— Não.

— Explique, Isis.

— Não vou tratar Gabriel como se fôssemos amigos. Me nego a fazer isso, e você não pode me obrigar.

Até então, Alice havia entendido a si mesma. Não gostava de homens, mas de mulheres. De Isis. Só não sabia ainda até que ponto. Não havia organizado os pensamentos. No entanto, a morena ainda lhe era uma incógnita. Afinal, era casada. Com um homem. Tinha um marido. Quem ela era, no fim das contas? Gostava de homem, não gostava?

— Por que você trata o Gabriel assim? Por que está tão nervosa? — Deu um passo para se aproximar. — Por que há lágrimas nos seus olhos?

Isis piscou e duas delas caíram ao mesmo tempo. Estava desesperada ao se ver sem conseguir tomar Alice e amá-la pelo resto da vida. De qualquer forma, se a outra havia perguntado, era porque queria saber.

— Não quero que você se case.

— Por que não?

— Alice, você sabe o motivo.

A loura piscou repetidas vezes e sua respiração voltou a ficar desregulada. Não, não era possível. Não era, de forma alguma. Negou-se a responder. Ficou ali, observando-a em pânico, sem mover um músculo, até que Isis decidiu agir. Era chegada a hora.

— Você não pode se casar com ele — disse muito baixo e aproximou-se mais. — Eu não suportaria ver isso. — Tocou sua cintura com calma e delicadeza, mas, quando percebeu Alice ameaçando se afastar, puxou-a para perto e selou seus lábios com desespero.

Seja minha, por favor, implorava em seus pensamentos a cada movimento de sua boca. Mas o beijo não durou muito, praticamente nada, pois Alice virou o rosto e tirou os braços da morena de si. Ainda estava chocada com o que aquilo parecia ser, e, se antes desejava fugir, naquele instante precisava saber de toda a verdade.

— Responda o que eu perguntei. Por que não quer que eu me case? Diga.

Isis engoliu em seco. A outra não parecia feliz, aliviada ou... apaixonada.

Respirou fundo, portanto. Não tinha mais para onde ir.

— Porque eu amo você. E não como amiga, como dissemos ontem. Não é dessa forma. Eu estou apaixonada por você. Completamente apaixonada... — Tentou segurar seu rosto para beijá-la de novo, mas a loura andou para trás, em completo choque, e três passos foram suficientes para que batesse na porta. — Por favor, não se afaste de mim! Não há ninguém no mundo que eu deseje mais que você. E isso não é ruim. Isso é amor de verdade, isso é o que eu sei que você sonha em encontrar. E encontrou. Eu te amo. Então... é por isso que não quero que se case com Gabriel. É porque quero que se case... comigo.

A visão da loura escureceu e voltou. Teve certeza de que iria desmaiar. Estava perplexa. Havia perdido o chão e todos os sentidos. Mal fazia ideia se ainda estava ouvindo. Cada palavra que saía da boca de Isis a fazia se desesperar mais. Ela estava louca.

— Você... me quer? — sussurrou, doendo.

— Eu quero. Eu te quero muito, meu amor. — Aproximou-se, mais uma vez tentando tocá-la, mas seus braços foram empurrados.

— Não toque em mim.

— Alice, por favor, não faça isso — implorou Isis, com a voz embargada. Sua respiração desfalecia e as pernas tornavam-se fracas demais para suportar tamanha tensão. — Não fuja de mim ou de nós dessa forma!

— Você é tão falsa! — gritou Alice para fazê-la calar a boca, mas sua posição forte não durou muito tempo. Todo o restante que proferiu foi em meio às mais duras e pesadas lágrimas que poderia derramar. — Você nunca foi minha amiga de verdade. Você se aproveitou de mim esse tempo todo!

Aquela foi, sem sombra de dúvida, a pior frase que Isis já tinha ouvido em toda a sua vida. Aproveitara-se dela? Não. Jamais seria capaz!

— Não, Alice... Eu... — Era difícil falar, pensar, respirar. — Eu jamais faria isso. Jamais. Com você ou com qualquer pessoa.

— Tudo o que eu queria era que você me arranjasse um marido! Mas você tirou a minha pureza e me fez acreditar que sou doente como você.

Isis abriu a boca, espantada, e deu dois passos para trás. Parou de chorar. Faria isso mais tarde, já que no momento estava muito ocupada recebendo facadas que penetravam seu peito. De todas as coisas que imaginara ouvir Alice dizer quando se declarasse, jamais pensou que seria acusada de aproveitadora e chamada de doente.

Alice continuou:

— Mas eu não sou assim. Só não tive tempo de encontrar o homem certo ainda. Quando encontrar, vou provar para você que, mesmo com sua incansável luta para me transformar num monstro, eu me sobressaí, eu me *curei* e superei tudo isso.

Isis estava pálida. Não reconhecia a mulher à sua frente. A Alice por quem havia se apaixonado jamais diria aquelas coisas.

A loura, por sua vez, também não se reconhecia e não tinha ideia do que estava fazendo. Sabia apenas que passava pela mais aguda fase do desespero. Nos últimos meses, gostar de qualquer mulher que fosse seria mais grave que morrer. Era seu pior pesadelo, mesmo que não tivesse conseguido parar de pensar em Isis por um só instante desde o dia em que a conhecera; mesmo que tivesse adquirido a mania de sorrir todas as vezes que a imaginava sorrindo; mesmo que tremesse a cada toque dela e silenciosamente pedisse que não parasse por ali; mesmo que a noite anterior tivesse sido a melhor de sua vida e que já sentisse falta do cheiro e do sabor de seu corpo. Mesmo que seu peito ardesse a cada palavra que se ouvia proferir, a cada segundo que permanecia ali de pé humilhando Isis como se ela não fosse ninguém.

Estava apaixonada como ela, mas o desespero se sobressaiu. Sua primeira atitude foi a de machucá-la, fazê-la se afastar, fazê-la desejar ir embora e talvez passar a enojá-la, da mesma forma que enojava a si mesma.

Para proteger ambas, aquela parecia a decisão mais sensata a tomar.

— Agora, se você tiver o mínimo de decência, peço que jamais me procure novamente. Me deixe em paz. E pare de pensar em mim, porque a única coisa que eu sinto por você, Isis, é pena.

Se fosse fuzilada, a dor seria menor, pensou Isis. Jamais seria capaz de entender como Alice havia se tornado alguém tão cruel.

— Não me procure mais. Vá para a igreja, procure um médico, qualquer coisa, mas não ouse tocar em mim de novo. Suma da minha vida, é só isso o que eu quero.

Alice abriu a porta do quarto e olhou para ela uma última vez. Porém, antes que pudesse dizer mais alguma coisa, ambas escutaram o barulho de outra porta se fechando ao lado, no corredor, mas preferiram acreditar que era só o vento.

— Espero que você se arrependa de tudo isso e que Deus seja capaz de tirar essa enfermidade de você. Talvez essa seja a única coisa que precisa para finalmente ser digna de engravidar do filho que tanto deseja.

Isis já não sentia nenhum dos membros do corpo, nem o coração bater. Quando Alice saiu correndo, abandonando-a sozinha, seus joelhos caíram sobre o solo conforme se afundava em um pranto interminável. Alice não a deixara no fundo do poço, mas num lugar muito mais profundo. Chorava como se tivesse perdido tudo de si, e o pior era que ninguém estava lá para acolhê-la, ninguém a ouvia...

Ou melhor, quase ninguém.

Gabriel não poderia deixar de descobrir o porquê de as duas mulheres terem agido de forma tão esquisita. Sendo assim, seguiu-as até o segundo andar. A porta que se fechara segundos antes, e que ambas acreditaram ter sido o vento, na verdade havia sido apressadamente trancada pelo homem que agora tinha a vida das duas em suas mãos.

A partir daquele momento, o romance que Isis e Alice um dia viveram não seria mais um segredo.

2

Um homem tão forte

Talvez ser sincera e corajosa não fosse tão bom assim. Ao pensar no que essas duas coisas causaram, Isis desejava beber mais um litro de vinho e dormir até que muitos anos se passassem.

No dia anterior, tinha chorado por uma hora, o que não foi suficiente nem de longe. Apenas quando Cassandra subiu as escadas e a encontrou foi que conseguiu se levantar do chão.

— Madame! — exclamou a mulher, perplexa. — Santo Deus! O que houve? — Ajoelhou-se e Isis a abraçou em desespero. Não era capaz de proferir palavra alguma, apenas de sentir a dor de tudo o que Alice havia dito. — Dona Isis, o que aconteceu? Precisa que eu ligue para o sr. Diogo?

Ela negou e, minutos depois, aceitou se levantar e ir para o quarto. Pediu que a mulher lhe levasse uma bebida forte. Queria dormir para parar de sentir tamanho aperto no peito, mas também por saber que não seria capaz de manter um comportamento casual e disfarçar quando o marido chegasse.

Trocou de roupa, sentindo braços e pernas doerem, a cabeça explodindo, mas nada se comparava à dor em seu coração por ter sido chamada de falsa, doente e aproveitadora pela pessoa que mais amava.

Bebeu o vinho tão rápido que Cassandra ameaçou tomar a garrafa de suas mãos, mas Isis se desviou e não permitiu.

— Ah, senhora, o que posso fazer para ajudar? — indagou a criada assim que Isis finalizou a última gota.

— Nada, Cassandra. Nada seria capaz de me fazer sentir bem agora. Acho que nunca senti tamanha dor.

Em seguida, deitou-se e dormiu um sono pesado, em uma posição estranha, que certamente traria mais dores físicas para o dia seguinte. E assim foi. Após o período de horas desacordada, seus olhos se abriram vagarosamente, e ficou encarando a parede em que havia uma janela entreaberta. O céu estava claro, mas ainda era muito cedo. Não se moveu. Não queria sair da cama, falar, viver, apenas beber e dormir mais. Encarar outra vez a dor das palavras de Alice seria uma cruz pesada demais para carregar.

Minutos mais tarde, Diogo saiu do banheiro com a parte de baixo vestida, terminando de secar cabelos e ombros. Quando passou pela porta, observou o rosto da esposa de relance e viu que estava acordada. Caminhou devagar até a beirada do colchão, sentando-se ao seu lado.

— Bom dia, meu amor — murmurou e com uma das mãos afastou as mechas de cabelo de sua face para estudá-la melhor. — Está tudo bem?

Isis assentiu sem olhar para ele. Mas não estava tudo bem. Os olhos estavam inchados, e ele jamais a vira com uma expressão tão lúgubre quanto aquela.

— Cassandra disse que você estava triste ontem — ele voltou a murmurar, e continuava acariciando-a. — Disse que chorou muito.

Ela balançou a cabeça em negação. Não queria ter que dar nenhum tipo de explicação.

— O que foi que aconteceu? Conte para mim.

A voz do homem revelava-se mais meiga e paciente a cada momento. Ele observou a silhueta da esposa coberta pela manta e umedeceu os lábios. Não sabia explicar, mas vê-la ali, prostrada e frágil daquela forma, causava-lhe uma satisfação imensurável.

— Isis, meu amor... — O polegar deslizou por seu pescoço. — Olhe para mim.

Dada a situação em que se encontrava, ela obedeceu. Ele era o único que lhe dava algum carinho naquele momento, e era disso que ela mais precisava. Qualquer migalha de amor seria suficiente para pelo menos tentar tampar o buraco que Alice havia deixado em sua alma.

— Por que seus olhinhos estão tão tristes? O que aconteceu ontem?

Isis fungou e foi tomada pelo desejo de chorar novamente. Respirou fundo quando seus olhos se encheram de lágrimas e não conseguiu mais observá-lo.

— Eu soube que o pretendente de Alice veio aqui. Gabriel Carvalho, certo? Não me diga que ele fez alguma coisa com você. Eu seria capaz de... ah...

A expressão de ódio que surgiu entre a barba, o bigode e as sobrancelhas grossas assustaria a madame se já não estivesse acostumada.

— Não, ele não fez nada.

— Fale a verdade, Isis. Eu o mato hoje, agora, se aquele infeliz tiver colocado a mão em você.

A mulher negou com a cabeça e, com todo o esforço do mundo, sentou-se para ficar de frente para ele. Diogo aproximou-se mais e a abraçou. Deslizou o nariz por seu pescoço, sentindo o aroma matinal misturado com lágrimas e vinho caro.

— Eu e Alice brigamos.

— Por quê?

Isis respirou fundo.

— Ela me disse coisas horríveis.

— O que ela disse?

Isis o abraçou forte, tremeu e soluçou o quanto pôde.

— Eu sabia que se envolver com aquele bando de estrangeiros não era uma boa ideia. Não sei onde sua mãe estava com a cabeça, para ser sincero. — Beijou-a no ombro. — Não quero aquela vadia dentro desta casa outra vez, ouviu?

— Diogo, ela não...

— Não tente retrucar! Eu sei que você bebeu uma garrafa de vinho inteira por conta das merdas que ela disse, que devem ter sido horrorosas. Não quero que ela a machuque outra vez, não quero que chegue perto de você. E, se chegar, me avise. Não é só porque ela é mulher que eu não seria capaz de vingar a sua dor.

— Diogo, pelo amor de Deus! — exclamou, irritada e ainda chorosa, sem forças para pedir que parasse de dizer tanta bobagem.

— É verdade, Isis. Eu te amo mais que qualquer coisa no mundo, e ninguém, ouça bem, *ninguém* irá machucá-la. — Segurou os ombros dela para observá-la melhor e secou suas lágrimas.

— Você não tem que fazer nada. Não pode fazer nada. Só deixe as coisas como estão, por favor. Já é difícil demais ter que lidar com tudo o que foi dito.

— Eu mesmo escreverei uma matéria sobre a Ouro Bell. Vou acabar com a reputação que aquela família vem tentando construir aqui. Você vai se sentir melhor quando isso acontecer, meu amor, eu prome...

— Diogo, não! Eu quero esquecer tudo o que aconteceu. — Isis logo se lembrou do tipo de postura que deveria adotar se quisesse convencê-lo de alguma coisa. — Por favor, meu amorzinho. Eu não sei o que seria de mim sem você e estou certa de que tudo o que faz é para o meu bem. Sou eternamente grata pelo marido incrível que tenho. Mas prejudicá-los chamaria tanta atenção a essa briga, e ainda traria muita dor de cabeça para nós dois. E sei que você não quer me trazer dores de cabeça, não é?

— Nunca. Tudo o que eu quero é protegê-la.

Isis forçou um sorriso. Retribuía o afeto com esforço e torcia incansavelmente para que voltasse a sentir a mesma paixão de antes, o mesmo fervor de quando o conhecera, a mesma sensação de orgulho de quando, pela primeira vez, o vira defendê-la de um homem que a cortejava. Queria voltar a enxergá-lo como um herói, não como um louco descontrolado. E se esforçaria para isso. Depois de ser tão completamente humilhada pela mulher que amava, Isis havia decidido voltar a focar no que de fato importava: seu casamento, sua casa e o filho que ainda teria, provando a Alice que estava errada em relação à última crueldade que dissera.

Horas depois, já quase dormindo outra vez, Isis sentiu-se enfim acalentada. Ela e Diogo estavam sentados num dos bancos nos fundos da mansão. Observavam a fonte que se derramava todos os dias. Ele acariciava os cabelos da esposa com uma das mãos, e com o mesmo braço a envolvia. A madame permanecia deitada em seu ombro, de olhos fechados e semblante cansado. Não poderia se sentir pior.

— ... e depois disso — dizia seu marido — poderíamos viajar para algum lugar. Tenho certeza de que nosso filho adoraria. Eu estava pensando no México, o que acha?

A voz estava curiosamente calma. Ele demonstrava carinho e cuidado imensos.

— Pode ser.

Isis não sentia a menor vontade de conversar. Só queria ficar quieta, remoendo o que havia passado.

— Talvez seja melhor esperarmos até que ele tenha um ou dois anos, para então fazermos nossa viagem — o homem voltou a dizer. — Antes será muito pequeno e lhe dará muito trabalho. Você não conseguiria aproveitar o passeio comigo.

Isis abriu os olhos. *Lhe dará muito trabalho.* Desvencilhou-se de suas carícias, deixando-o notar seu desconforto.

— O que foi, meu amor?

Ela pensou em tudo o que poderia dizer, e que de fato diria se fosse um outro dia.

— Nada. Só estou cansada.

Diogo bufou e penteou a barba com a ponta dos dedos. De cenho franzido e coração inconformado, utilizou-se de um tom bem mais agressivo para dizer:

— Eu deveria ir até a casa daquela vagabunda e dar um jeito nela. Olhe o estado em que a deixou, isso não está certo.

— Eu só estou chateada e cansada, amor, é só isso. Nem me lembrava mais de Alice.

— Eu faria qualquer coisa para vê-la feliz agora. Eu lhe daria o mundo, se isso pudesse arrancar um sorriso seu. Juro, Isis. O que posso fazer?

Ela não olhava para ele. No entanto, não deixaria aquela chance passar. Se Diogo estava jurando lhe dar qualquer coisa, talvez pudesse tirar proveito e ganhar um pouco mais de liberdade. Sua próxima frase tinha um quê interesseiro, mas não deixava de ser absolutamente verídica.

— Acho que preciso conhecer pessoas novas, entende? Sair um pouco da mesmice, fazer novas amizades, me distrair. Isso... — ela observou o profundo dos olhos pretos dele — isso me faria muito feliz.

Se ele realmente queria vê-la bem, quem sabe lhe permitisse até retomar a amizade com Raquel e Esther. Desse modo, ela não precisaria mais se esconder. No entanto, o contrário aconteceu. Diogo recuou imediatamente. A mera possibilidade de assistir à esposa conhecendo outras pessoas, rindo e se divertindo sem ele inundou-o de um ciúme grandioso. Não, não podia fazer isso. Por que ele não era o suficiente? Por que sua mulher queria sair da rotina perfeita com a qual ele a presenteara no dia em que se casaram? O que Isis queria do resto do mundo que já não tivesse dentro de casa?

— Não — respondeu Diogo. — Isso é perigoso, querida. Este país está cada dia mais violento. Não faz ideia das notícias que chegam até mim todos os dias.

Isis não respondeu, mas o semblante não foi capaz de esconder a ira que brotou em seu peito. De repente, ela queria gritar.

— Não me olhe assim, Isis. Só faço isso para proteger você. — Beijou sua testa. — Eu morreria se algo ruim lhe acontecesse.

— Já aconteceu. E você não quer me dar o que pode me fazer sarar.

— Isso não vai fazê-la sarar, só vai deixá-la pior.

— Não, não vai. Eu preciso de um tempo para mim, Diogo.

— Tempo para você? Está ficando maluca? — perguntou, sem se importar com o tom de voz, que mudara drasticamente. — Você é uma mulher casada, se é que se esqueceu. Que história é essa de "tempo para mim"?

— Sou sua esposa, não sua prisioneira! — disse Isis, mais alto também.

— Por Deus, você é tão ingrata, tão insensata! Sua mãe está certa em chamá-la de imatura. Quase vinte e seis anos nas costas e até agora não aprendeu *nada*! Está se fazendo de *burra*!

As palavras vieram como tapas. Parecia que o mundo tinha tirado aquela semana para ofendê-la. Antes Alice, agora Diogo. Quem seria o próximo?

— Do que foi que você me chamou?

Diogo não respondeu. Seu ciúme crescia rápido e não tinha controle sobre ele.

Sem respostas, ela segurou o "vá para o inferno" na garganta e se levantou. Porém, ainda no segundo passo, ele a alcançou e a puxou para trás.

— Ai! — ela reclamou. — Me solta!

— Eu não deveria ter dito aquilo. Me perdoe.

— Não. E eu quero ficar sozinha. Me solta, Diogo!

— Ei, ei, ei... Calma. — Segurou seus braços, forçando-a a parar de fazer tanta força. — Eu tenho uma ideia. Escute-me.

— Vai me deixar ir aonde eu quiser? Sim ou não?

— Vamos escrever cartas. Nós dois. Vamos pedir que suas irmãs venham visitá-la.

— Elas só vêm no Natal, você sabe.

— Talvez, se nós as chamássemos e disséssemos que você está doente, elas viessem.

— Disséssemos o quê?!

— Certo, podemos só dizer que você está com saudade, então. Como quiser.

Com um pouco mais de força, ela o convenceu a soltá-la. Contudo, aquela solução não era a ideal. Estava, sim, sentindo falta de Amélia e Laura; no entanto, no fundo sabia que o jornalista só estava lhe dando aquela opção para continuar a controlá-la com suas rédeas.

— Mas eu quero sair.

— Vou mandar uma carta à minha irmã também. Victoria com certeza poderá vir.

Victoria, a cunhada de Isis. A mera menção ao seu nome fez a mulher estremecer.

— Não tem que fazer isso.

— Farei qualquer coisa para vê-la bem.

— Então me dê o que eu quero!

— Isis! — falou mais alto, assustando-a de início. — Eu estou tentando ajudá-la. Pode fazer o mesmo por mim, por favor?

Ela fechou os punhos e mordeu a língua, pensando se alguma vez teve outra opção.

3

Completamente destruída

Era como se estivesse morta. Alice estava sentada no chão do quarto com as costas apoiadas no pé da cama. Tinha olheiras fundas pela noite em claro, além do rosto inchado de tanto chorar.

Ao chegar em casa no dia anterior, com *uma tremenda cara de quem havia visto um fantasma*, como dissera sua mãe, tinha corrido para o banheiro e tomado um banho longo. Esfregara-se com força. Tinha escolhido, dentro das gavetas, uma esponja nova — a mais áspera de todas. Depois de encharcá-la com água e sabão, friccionou-a repetidas vezes em sua pele. Utilizou toda a força proveniente da necessidade de se limpar do desejo doentio que tinha por Isis e do remorso que começava a nascer. Mas não podia se arrepender, não podia pensar. Não podia achar que havia sido ruim, que havia magoado Isis ou qualquer outra coisa. Havia ajudado a ambas, salvado a ambas.

Quando a coxa começou a ficar quente a ponto de não conseguir mais senti-la, Alice se levantou. A pele estava muito vermelha — assim como o restante do corpo — e com arranhões enormes. Passou minutos encarando aquilo, concentrada, perdida. Saiu da banheira e observou a extensão de seu corpo no espelho. Parecia um pedaço de carne crua. Não havia uma parte sequer que não estivesse vermelha e ferida. Mas estava se limpando. Havia se limpado. Deus havia visto todo o seu esforço e a perdoaria depois. Aproximou-se de seu reflexo e o tocou. Perguntou-se, no instante seguinte, se era daquela forma que Isis estaria por dentro. *Completamente destruída.*

Depois de vestir uma camisola com dificuldade, já que seu corpo ardia com o toque do tecido, Alice correu para o quarto e se trancou. Disse para a mãe — a qual batia na porta sem parar — que havia caminhado muito com Isis e estava exausta. Só queria dormir, mesmo que fossem ainda seis da tarde.

Enfiou o rosto no travesseiro para abafar o som do choro constante. Além de se sentir envergonhada por ter perdido a virgindade antes do casamento, também estava apavorada por talvez não conseguir o perdão de Deus, por precisar se casar, mas principalmente por ter afastado uma das pessoas mais importantes de sua vida.

— Isis... — murmurava contra a fronha cor-de-rosa.

Doía. Não queria ter precisado dizer atrocidades. Não queria ter ido tão longe, mas também não queria que Isis a amasse.

Puxou os próprios cabelos. Ainda se sentia suja; suja e culpada. O que deveria pensar? Não fazia ideia, só sabia que estava assustada. Queria dizer isso a ela. Queria dizer que havia passado dos limites. No meio da madrugada, foi até a sala onde ficava o telefone e discou o número da casa de Isis oito vezes. Ninguém atendeu.

Provavelmente era um sinal de que precisava seguir a vida, deixá-la ir.

Passou a noite em claro, pensando em si mesma, pensando nela, pensando em sua noite de amor e em todas as barbaridades que havia dito.

— Eu não posso te amar — murmurou assistindo ao nascer do sol, mas depois corrigiu a frase para a versão contrária do que gostaria de dizer: — Eu não quero te amar.

O dia amanheceu e ela se viu obrigada a sair do cômodo. Vestiu uma indumentária pesada de mangas compridas, para que ninguém visse os ferimentos.

— Bom dia, querida! — exclamou dona Berenice. — Descansou? Está melhor? Alice, pelo amor de Deus, com o calor insuportável que está fazendo, não posso acreditar que esteja vestindo isso.

— Estou com frio.

A mais velha franziu as sobrancelhas e aproximou-se. Colocou uma das mãos em sua testa e a analisou.

— Hum, sem febre. O que foi? Vocês comeram algo de diferente ontem?

— Não.

— Não?

— Não.

Estranhando as poucas palavras, dona Berenice assentiu.

— E por que Isis não subiu para nos cumprimentar quando a trouxe?

— Ela não me trouxe.

— Mas era a carruagem dela lá fora.

— O cocheiro me trouxe. Ela não veio junto.

— E por que não?

Porque ela disse que está apaixonada por mim e eu enlouqueci, mamãe!

— Estava muito cansada.

— Entendi — finalizou a senhora, surpresa com a situação. — Você e Isis não brigaram, não é?

Alice arregalou os olhos para observá-la.

— Quem lhe disse isso?

— Só estou perguntando. Geralmente você adora falar dela.

A jovem bufou e cruzou os braços.

— Não, mãe. Nós não brigamos.

— Que ótimo, porque você sabe que aquela mulher pode construir ou destruir sua reputação em dois segundos. É melhor que sejam amigas do que inimigas. Não se esqueça disso.

— Não sou inimiga dela.

— Imagine se ela se revolta contra você e decide acabar com suas chances com Gabriel ou Benvindo... Oh, Santo Cristo! Agora que me lembrei! — Apressou-se ao se sentar na cadeira, por pouco não a fazendo tombar para o lado. — Ele foi cortejá-la? Como foi? Ele é bonito, não é? Muito inteligente também.

Alice respirou fundo e tentou sorrir.

— Ah, sim. Ele... é muito bom.

— O que achou? Quer se casar com ele?

— Pode ser.

Imediatamente a mãe sentiu toda a alegria se apagar.

— Alice, como assim "pode ser"? Nós queremos que você escolha também.

— Casamento e negócios são a mesma coisa, não são? Qualquer um serve. Eu não me importo mais.

A mãe piscou várias vezes, sem a reconhecer.

— Não sabia que via as coisas dessa maneira. Seu pai e eu sempre deixamos bem claro que você tinha, ou melhor, *tem* escolha. A escolha que a fizer mais feliz. Desde, é claro, que não seja um pobre. Não é preconceito, eu acho os pobres excelentes pessoas, você sabe! É só que eles não teriam a mesma classe que você.

Alice continuava na mesma, sem entender que escolha era aquela que tinha. Escolha na teoria, porque na prática, se estivesse apaixonada por uma mulher, provavelmente receberia uma surra e seria expulsa de casa.

Não que seus pais já a tivessem ferido, a não ser algumas vezes quando mais nova, geralmente por respostas malcriadas que dera.

Como se o dia não pudesse ficar pior, durante a conversa com sua mãe, ela descobriu que haviam marcado um jantar com Benvindo para que ele a cortejasse também. Alice tentou escapar, dizer que não tinha descansado o suficiente, mas Berenice revirou os olhos e garantiu que ela *não iria morrer* por se sentar à mesa e trocar algumas frases com o rapaz.

Horas se passaram. Horas essas que Alice gastou ajudando o pai no escritório. Distraía-se e errava as contas com facilidade. Seu corpo estava ardendo, assando sob aquele monte de pano. A testa suava. O sr. Charles sugeriu que voltasse para dentro, tomasse um banho e trocasse de roupa, mas ela negou com a cabeça. Não queria se olhar no espelho e ver todas as marcas inúteis que havia feito. Tudo aquilo deveria tê-la limpado tanto da sodomia quanto da paixão absurda que sentia por Isis, mas infelizmente ambas ainda estavam lá.

Quando João Pedro quase arrebentou a porta com um chute para chamar atenção, o sr. Charles teve que pausar o trabalho para ver o que ele queria e convencê-lo a ir brincar. Isso deu a Alice tempo suficiente para voltar a pensar na madame. Pensou no dia em que conversaram na floricultura sobre o significado das flores, em todas as vezes que riram juntas, em como Isis a tranquilizava quanto a seus medos em relação ao matrimônio. Pensou em todas as vezes que flagrara os olhos da morena brilharem ao observá-la e em todos os instantes em que sentira como se existissem um milhão de borboletas em sua barriga, só por tê-la tocado.

Pensou em seu primeiro beijo e em quanto desejara os lábios da amiga naquele dia; e em como não conseguira tirar o corpo nu de Isis de sua mente. Refletiu mais e pensou na noite que passaram juntas, em quanto se deliciara ao deslizar a língua pela pele saborosa e macia. A lembrança do gosto de sua intimidade fez Alice fechar os olhos por um instante e umedecer os lábios. Isis *definitivamente* não havia se aproveitado dela. E, pensando melhor, Alice acreditou que talvez, mesmo sem dizer, a desejasse muito mais do que qualquer pessoa já desejara outro ser humano na terra. Ela a queria inteira, sua presença, sua voz, sua risada, as ideias infames, os sonhos... tudo que dela fizesse parte.

Mas ninguém aceitaria, então por que continuar com aquele sentimento? Deveria matá-lo, cortá-lo pela raiz.

Quieta, desejou que Isis não a odiasse. Desejou que o que sentiam uma pela outra morresse em seus corações e que ambas pudessem superar. Não podiam conviver com aquilo, vivendo dia após dia com a absoluta certeza de que, depois da morte, afundariam nas profundezas do inferno.

O fim da tarde se aproximou e, a esse ponto, Alice já estava caindo de sono. Não dormira a noite toda, então tentou dar mais alguma desculpa para não precisar participar do jantar com Benvindo, mas sua mãe não aceitou.

Arrumou-se sozinha e sentia como se estivesse indo para a forca. Colocou outro vestido de mangas longas e gola bem fechada, rosa-claro, tal como a grande maioria de suas roupas. Deixou o cabelo solto numa silenciosa tentativa de se esconder mais. Pensou se, por um acaso, algum olhar torto ou algo em sua face poderia revelar que ela era a aberração que a Bíblia tanto condenava. No entanto, assim que dona Berenice adentrou o cômodo, pediu que a filha se sentasse e fez uma trança lateral embutida.

— Ele precisa ver como você é bonita — afirmou com um sorriso enorme, orgulhosa.

Benvindo se atrasou vinte minutos, o que deixou Charles ofendido. Enquanto a esposa tentava tranquilizá-lo, Alice torcia para que o rapaz estivesse bem longe dali. João Pedro, enquanto isso, chutava a parede, fingindo que era um arqui-inimigo.

Foi quando o pretendente chegou. Tocou a campainha e a governanta atendeu prontamente. Todos estavam na sala, esperando por ele.

— Boa noite! — exclamou o jovem, com um sorriso aberto demais, demonstrando muita alegria, mas Alice podia ver certa tensão em sua expressão, como se tivesse ensaiado muitas vezes aquele sorriso, tornando-o falso.

— Apenas noite, por enquanto — proferiu o sr. Charles de braços cruzados, já quase decidindo que o rapaz nem sequer deveria ter uma chance.

Benvindo engoliu em seco.

— Mil perdões pelo atraso. Não sabia que os senhores moravam próximo a uma igreja. Passei na frente dela e senti como se a voz de Deus me chamasse, e não pude deixar de entrar. Sabem, eu jamais deixaria Cristo falando sozinho.

— E nem deveria mesmo! — exclamou dona Berenice, indo recebê-lo. — Quando Deus fala, precisamos ouvir.

— Concordo plenamente, dona Berenice. Sempre gosto de pedir que o Altíssimo me guie por todos os caminhos que eu for trilhar, principalmente os mais importantes, como este. — Ele olhou para Alice. Sorriu fraco, até um pouco acanhado, e engoliu em seco outra vez.

Ela se manteve séria. Estava exausta demais até mesmo para tentar.

A primeira aposta de Benvindo funcionara. Ele não estava na igreja, estava em outro lugar, com outra pessoa, mas não se atreveria a contar a verdade. No caminho, pensou que mencionar Deus sempre encantava as pessoas, então se empenhou nisso. Após se sentar, falou muito sobre sua fé em Jesus e sua eterna devoção a Nossa Senhora Aparecida. Era tudo uma grande mentira, mas os Bell Air ficaram fascinados.

— Nós também somos muito religiosos, não é, querido? — perguntou dona Berenice ao marido, que estava sentado e tão emburrado quanto a filha.

Pedrinho riu de leve e inocentemente disse:

— Mas nós nem vamos à igreja.

— João Pedro! — exclamou sua mãe. O rosto esquentou de um segundo para o outro.

— É verdade, só a Alice vai com a dona Ivis.

— Isis — a loura fez questão de corrigir.

— É claro que nós vamos à igreja. Esse menino gosta de fazer piada, seu Benvindo. Peço que não se importe.

— Entendo perfeitamente, dona Berenice. Eu adoro crianças, aliás, e meus primos pequenos são exatamente como o Pedrinho.

Era mentira também. Benvindo nunca havia segurado um bebê no colo e não tinha nenhum primo com menos de vinte e um anos.

Não demorou até que o jantar ficasse pronto. Todos se levantaram e Benvindo estranhou, perguntando-se o motivo de sua possível futura esposa estar tão calada. Eles já haviam conversado algumas vezes na Ouro Bell e a moça sempre pareceu meiga e razoável. Não entendia o motivo do silêncio e da expressão séria. Havia feito algo errado? Provavelmente só estava tímida, então resolveu dar a ela um pouco mais de atenção; talvez dessa forma notasse que estava tudo bem — por mais que, para ele mesmo, não estivesse.

— Com licença — pediu e afastou a cadeira para que Alice se sentasse, ganhando um ponto ou dois com o sr. Charles e cinquenta com dona Berenice.

— Oh, Benvindo, o senhor é tão gentil — admirou a matriarca quando percebeu que a filha não ia dizer nada. — Não é mesmo, Alice? Agradeça-o, querida. Seja educada.

— Obrigada.

E ficaram em silêncio, esperando que a jovem dissesse mais alguma coisa. Quando o rapaz respondeu "não há de quê" e foi se acomodar do outro lado da mesa, dona Berenice se sentou adjacente à filha e a chutou levemente na perna.

— Não se atreva a me envergonhar — rosnou entredentes.

Alice já estava tão sensível que derramaria um rio de lágrimas ali mesmo, se pudesse. Só queria apagar os últimos meses de sua vida.

— E então, sr. Benvindo Amado Jesus... — iniciou Charles, como se lesse a ficha de um criminoso. — O que exatamente o senhor faz da vida?

— Bom, eu trabalho com o meu pai, não sei se o senhor o conhece, ele é gerente do Banco do Brasil. Está me treinando para que eu o substitua muito em breve. — Sorriu, orgulhoso. — Tal como o senhor com sua linda filha.

Alice o observou de relance e não conseguiu controlar o contorcer de lábios ao ouvir o elogio. *Argh*, pensou. Ela se casaria com Gabriel, pois, se tivesse sorte, ele seria um marido distante, frio e a deixaria em paz.

— Estudei administração na França há alguns anos.

— Na França?! Alice está aprendendo francês.

Novamente, ela não tinha nada a acrescentar.

A conversa continuou por mais alguns minutos enquanto comiam, e Charles ficou contente ao perceber que Benvindo bebia muito menos vinho que Gabriel. Esse era com certeza um ponto a se levar em consideração. Quando o rapaz pediu licença e se dirigiu ao lavabo, ele aproveitou para compartilhar a observação com a esposa.

— Você notou que ele praticamente não tocou na bebida?

— É tão responsável, não é? E percebeu como é gentil? Ah, um doce.

— Mas parece que a donzela não está tão satisfeita — Charles constatou, estudando a filha. — Por que está tão séria?

— Nada.

— Por Deus, Alice, eu não suporto mais vê-la tão monossilábica. Ele vai achar que é mal-educada e vai sair daqui falando coisas horríveis da nossa família — expressou dona Berenice.

— Só estou cansada.

— Ora, cansada de quê? Não fez nada o dia todo!

Alice respirou fundo e apoiou o rosto na mão e o cotovelo sobre a mesa, assassinando as regras de etiqueta que havia aprendido em Portugal. A mãe jamais a entenderia.

— Você pode dizer se não estiver gostando — comentou o sr. Charles, procurando adotar um tom calmo e compreensivo. — Eu o chuto daqui agora mesmo.

Alice deu um sorriso genuíno, por mais que estivesse fraca.

— Charles, não fale asneiras. A menina está acreditando.

— Eu não menti. Se ela não tiver gostado nem do Benvindo, nem do Gabriel, podemos informar à dona Isis e ela continuará procurando.

A mera menção daquele nome fez com que a diminuta faísca de satisfação se apagasse. Isis jamais iria querer vê-la outra vez. Não depois de tudo o que dissera, e a pupila sabia que não podia julgá-la. Por outro lado, e por mais que doesse, tinha consciência de que era melhor assim. Eram mulheres. Infelizmente, mulheres.

— Não, tudo bem… — murmurou, mas nenhum dos dois a ouviu.

— Particularmente Gabriel me passou uma segurança maior, uma certa seriedade — disse dona Berenice.

— Sim, mas eu acho que Benvindo tem mais poder aquisitivo.

— Será? Acho que não. Gabriel deve ganhar nisso.

— Vamos perguntar a dona Isis amanhã, ela deve saber.

— Boa ideia!

— Mas a Alice também precisa escolher, é claro — ressaltou o pai, observando-a de relance.

— Deveras que sim. Conte-nos, meu bem, entre Benvindo e Gabriel, de qual você mais gos…

Dona Berenice não pôde terminar, pois seu convidado cruzou o corredor e retornou à sala de jantar naquele exato momento. Não o ouviram, nem sequer imaginavam que já estava chegando. O rosto da mulher queimou outra vez. Não era para ele ter escutado a conversa, não era para saber que havia outra pessoa que estavam analisando. De repente, o ambiente alcançou o ponto extremo do desconforto.

— Oh… — disse ela, e todos ficaram em silêncio.

O quase gerente do Banco do Brasil se dirigiu até seu lugar com um sorriso amarelo e se acomodou novamente. Limpou a garganta e olhou para baixo. Tinha ouvido aquele nome, claro que tinha, e não demorou a se sentir embaraçado.

— Desculpe, Benvindo, eu não sabia... Bom, eu não quis...

— Não se preocupe, essas coisas acontecem. Eu só... Bem, estou frustrado.

— Não fique, nós estamos adorando você.

— É só que... — E refletiu. Sua mente disse que a próxima atitude seria demasiado maléfica, mas necessária. — Imaginei que meu concorrente fosse um pouco melhor.

O ambiente ficou silencioso. Aquela frase havia sido muito interessante.

— O que quer dizer com isso? — o homem mais velho indagou.

— Desculpem, não quero que pensem que estou plantando intrigas. Os senhores devem conhecer o sr. Gabriel.

Dona Berenice franziu o cenho.

— Por que pensa que estamos falando sobre a mesma pessoa?

Ele prendeu a respiração por um instante e umedeceu os lábios, estudando sua próxima jogada.

— Gabriel Carvalho, certo? Eu ouvi dizer algo sobre ele e os senhores.

— O que tem ele? Do que você sabe? — perguntou o sr. Charles.

Subitamente o clima familiar se dissipou. O dono da casa apoiou os braços sobre a mesa e se aproximou do jovem, intimidando-o. Queria saber as verdades que talvez não tivessem chegado até Isis Almeida.

— Eu realmente prefiro não interferir, sr. Charles. Não quero que pensem coisas negativas de mim. Eu tenho carinho e admiração enormes por sua filha. — Observou-a com ternura, mirando nela um sorriso cheio de afeto. — Não quero que um patife como o sr. Gabriel estrague as minhas chances. Eu quero me casar com a srta. Alice. Estou apaixonado por ela e...

— Sim, sim, certo — interrompeu o sr. Charles, dispensando detalhes. — Por que o Gabriel é um patife?

Alice ouvia com atenção; seu sono havia passado. Ao que parecia, receberiam más notícias de seu principal pretendente, logo os planos de ter um marido frio que a deixasse em paz iriam por água abaixo. Além do mais, ouvir Benvindo confessar seu amor por ela havia sido no mínimo excruciante. Não poderia se envolver com ele.

— Ele… bom… Por favor, prometem que não vão me achar um fuxiqueiro?

— Claro, querido, pode falar — garantiu dona Berenice.

— Também não vão me achar um aprendiz de comadre, intrometido ou maledicente?

— Não vamos, pode falar.

— E não vão me igualar àquele homem vil só por eu estar repassando a informação?

O sr. Charles respirou fundo.

— Diga logo, por favor.

— Mas não vão duvidar da minha palavra ou destruir as chances que tenho de me casar com a mulher que eu amo? — perguntou, mirando a loura, que não demorou a torcer os lábios novamente.

— Não vamos, sr. Benvindo. Pode nos contar, por favor.

— Também não vão contar a ninguém o que estou dizendo, muito menos ao…

— Você jogou as orelhas no lixo enquanto estava no banheiro? — vociferou Alice, estressada.

Todos à mesa, inclusive João Pedro, a encararam de olhos arregalados. Nunca tinham ouvido a moça falar com tamanha brutalidade, especialmente naquela noite, em que estava tão inerte.

— Vai contar o que sabe sobre o sr. Gabriel?

— Alice! — repreendeu dona Berenice, de rosto quente pela terceira vez naquela noite. Não reconhecia a própria filha. Ela jamais havia sido tão cruel ao falar com alguém, jamais havia sido tão inconveniente.

— Não, tudo bem, ela tem razão, estou sendo demasiado lento — esclareceu o rapaz, mesmo que ainda um pouco chocado. — Bom, a verdade é que o sr. Gabriel tem uma doença contagiosa. Algo misterioso. Não me perguntem como eu sei disso, mas ele é um homem de bordel. Ele é um desses canalhas que passam o fim de semana inteiro assistindo às danças das mulheres da vida, dando todo o seu dinheiro a elas e depois as levando para a cama. — Parou por um instante. — Deus do céu, estou tão constrangido por falar essas coisas na frente da srta. Alice...

— Não fique, continue — respondeu ela.

— Não, filha, ele tem razão. Seria melhor se você...

— Eu não vou sair. Vamos, Benvindo, continue.

— Tem certeza? Eu...

— Continue!

— Certo, certo. A verdade é que todas as mulheres que o sr. Gabriel leva para a cama morrem. Todas. Ele sabe que está doente, sabe que não pode se envolver, mas continua porque é um mau-caráter!

— Santo Cristo!

— Não posso acreditar — disse o sr. Charles.

— É a mais pura verdade — afirmou Benvindo, quase como um pastor. — Imagino que queira se casar com a srta. Alice para ficar com a loja em seu nome, pelo dinheiro!

— Oh, não! — exclamou Berenice, chocada.

— Como Isis não sabia disso? Querida, você disse que ela era confiável.

— E ela é, de fato — defendeu Benvindo. — São poucas as pessoas que têm conhecimento sobre o estado do sr. Gabriel. Eu sei porque alguns colegas me contaram, e eles têm provas. Particularmente, jamais gostaria de estar nem no mesmo cômodo que aquele homem!

— E nós muito menos! — anunciou dona Berenice, levantando-se da cadeira. Estava exasperada. — Alice, ele está oficialmente fora da lista! Não o quero nem próximo de você.

Alice assentiu. Ela não se importava. Observou a mãe sair da mesa ofegante, com a mão no peito, quase morta de preocupação, indo até a imagem de Jesus pregado na cruz e ajoelhando-se para agradecer pelo livramento.

O sr. Charles a observou por alguns segundos, mas em seguida mirou sua primogênita e imaginou uma realidade como aquela. Imaginou se ela se casasse e morresse dias depois. Seu coração apertou, sentiu-o pequeno, quase como se fosse esmagado. Morreria se algo acontecesse com a filha. Depois daquilo, imaginou que talvez a aparição de Benvindo tivesse sido um sinal de Deus, e que a melhor coisa que poderia fazer após os acontecimentos daquela noite seria, assim como ele, voltar a frequentar a igreja.

Colocou uma das mãos no ombro do futuro genro e, vergonhosamente emocionado, disse:

— Muito obrigado. Você acabou de salvar esta família.

4

Apaixonada por uma mulher

Intimidadora por natureza, Victoria Almeida Barros encarava as ruas de São Paulo com o queixo elevado. Mesmo que não chamasse tanta atenção quanto queria — afinal, sua carruagem recém-comprada estava em movimento —, fazia questão de que quem quer que a visse pela janela aberta soubesse que, não importava quanto tempo passasse, ela seria sempre muito melhor que todos eles juntos.

Os brincos de ouro balançavam, e ela ajeitou o colar do mesmo material quando um homem a encarou por tempo demais. Em seguida, sorriu perversamente. Seu cocheiro havia parado para aguardar três senhoras atravessarem a rua. Enquanto isso, Victoria umedeceu os lábios para seu flerte momentâneo e cruzou as pernas.

Certamente não teria ido até lá à toa. Se não fosse ter algum tipo de diversão com um homem ou mulher desconhecidos, tiraria proveito da cunhada favorita — a única.

Quando recebeu a longuíssima carta de seu irmão, Diogo, a mulher alta de cabelos num elegante tom louro-escuro sentara-se diante da lareira da sala de estar e a lera do topo ao fim, sempre balançando a cabeça em negação. Apesar de terem o mesmo sangue e de Victoria amar o irmão infinitamente, não pôde deixar de pensar que, se Isis não tivesse algum amante, seria uma burra completa.

— Ouça, Emília! — exclamou ao fim do primeiro parágrafo, chamando a amiga ruiva de vinte e dois anos que passava uma temporada em sua casa. — *Estou desesperado, minha irmã. Talvez você, como mulher, possa me ajudar a domar a que tenho dentro de casa.*

— Domar? — questionou Emília, franzindo a testa.

— É o que estou lhe dizendo!

E continuou lendo. Agora, em voz alta.

— Ele está alucinado — proferiu a moça, interrompendo-a no meio de uma frase, coisa que quase ninguém no mundo tinha permissão para fazer.

— Cornos são assim.

A ruiva ergueu as sobrancelhas e sorriu, sardônica.

— Ele é um homem traído?!

Victoria respirou fundo antes de responder e sua mente viajou até o delicioso passado que tivera antes de se casar.

— Bem, se ainda não for, se tornará no momento em que eu tocar os pés naquela cidade.

A carruagem voltou a rodar e Victoria perdeu sua breve paixonite. No instante seguinte, perguntou-se como estaria a própria aparência, logo tirando um diminuto espelho da bolsa e decidindo retocar a maquiagem. Não pôde fazer muito por estar em movimento, mas pelo menos os lábios destacaram-se no rosto.

Era uma mulher invejável. Além de rica a ponto de poder sustentar quantas pessoas quisesse, também era dona de uma beleza sem igual. As maçãs do rosto eram rosadas, tinha o nariz arrebitado e lábios bem desenhados, como se estivessem o tempo todo pedindo por um beijo. Os olhos eram iguais aos de Diogo. Ambos conseguiam reproduzir o mesmo olhar tanto ao realizar tarefas corriqueiras quanto ao ameaçar silenciosamente alguém.

— Oh, Deus... Victoria, já estamos chegando? — indagou Emília, impaciente, balançando o leque de renda azul, que combinava com a cor da indumentária.

— Estamos, querida, não se preocupe — respondeu entredentes, mas mal ouvira a pergunta. Estava distraída, estudando cada detalhe de São Paulo. Quase sentiu saudades, mas logo tal pensamento se dissipou. A vida no Rio Grande do Sul era muito melhor.

Após ter se casado com um dos mais ricos fazendeiros do estado, Victoria se mudara para sua fazenda, que ficava numa região afastada, a caminho de Porto Alegre. No entanto, o matrimônio não durou quase nada, pois logo o homem faleceu de pelo menos sete doenças diferentes, segundo a esposa. Ela gostava de dizer que a mais grave delas se chamava "frustração viril", afinal sempre se perguntou se o falo de nove centímetros e meio havia, pelo menos uma vez na vida, enrijecido o bastante a ponto de satisfazer alguém.

Entre suas amigas aquela piada tinha muita graça, mas precisava tomar cuidado para que não saísse dali. Até porque, enquanto o fazendeiro estava vivo, Victoria fazia questão de anunciar seu amor de esposa. Não era tola. Os filhos do homem sempre o trataram mal e foram distantes, ele não tinha amigos confiáveis nem se importava com qualquer atitude caridosa que pudesse mudar a vida de outra pessoa. Era como se o senhor tivesse uma mina de ouro e não soubesse a quem entregá-la, mas a esposa estava ali para mostrar o caminho.

A leitura do testamento havia sido curta. Ela ficou com cada centavo.

Victoria Almeida Barros era perspicaz, corajosa, tinha a língua afiada e uma sensualidade notável. Suas opiniões eram impopulares e, de modo geral, não se importava com a convicção alheia. O dinheiro no bolso e o fato de ser proprietária de uma das mais extensas terras e plantações do país certamente explicariam isso. Além, é claro, da forte personalidade, que sempre a acompanhou.

— Pare aqui, por favor — pediu ao cocheiro. — Eu preciso comprar um presente.

— Já não tinha embrulhado um relógio para o seu irmão? — questionou Emília.

— Deveras que sim, mas não encontrei joia boa o bastante para minha cunhada querida, lembra-se? — disse, sorrindo maliciosamente. — Venha me ajudar a escolher.

Eles pararam diante da Ouro Bell, uma joalheria que a mais velha desconhecia. Era óbvio que São Paulo era muito grande, então a escolha de tal lugar jamais seria mera coincidência. Diogo mencionara em sua missiva que Isis e a dona da joalheria eram amigas, mas haviam tido uma briga terrível, o que a deixara no mais profundo estado de tristeza. A mulher riu ao ler aquilo. Como brigar com uma amiga poderia causar tamanha melancolia? Se bem conhecia Isis Almeida, aquilo seria impossível, a menos que a *palerma, canalha, ordinária e inconfidente Alice Bell Air* — segundo as palavras de Diogo — não fosse apenas uma amiga.

Adentraram o estabelecimento rapidamente, e logo um rapaz jovem e sorridente veio atendê-las, mas o olhar de Victoria foi mais rápido. Uma porta atrás do balcão encontrava-se aberta, e ela pôde flagrar um senhor de pelo menos quarenta e cinco anos sentado atrás da escrivaninha e uma jovem de longos cabelos louros e iluminados saindo dali e fechando-a atrás de si.

— Alice, eu não terminei de falar! — proferiu o sr. Charles, deixando que Victoria ouvisse.

A indumentária de cor salmão da moça continuava pesada e comprida. Feriu-se outras duas vezes após a primeira, mas depois parou. Além de triste, agora estava com raiva. Estava possessa. Foram dias lidando com os próprios demônios completamente sozinha, e tinha picos de sentimentos diferentes, mas todos partiam da mesma via: tristeza, rancor, medo, fúria. Tudo de ruim que pudesse sentir. Havia discutido com os pais inúmeras vezes, coisa que jamais tinha feito antes.

Em uma das brigas, Alice deixara claro que não queria se casar, que preferia passar o resto da vida só a ter que escolher entre Benvindo e Gabriel, ou entre Benvindo e qualquer outro homem. Disse que não havia nascido para a vida de esposa, que jamais pisaria num altar. Dona Berenice quase desmaiou e, por vezes, uma gritava mais alto que a outra. Só pararam quando o sr. Charles interveio e berrou em tom ainda mais elevado.

— Posso ajudar? — perguntou o rapaz.

— Claro que sim — disse Victoria. — Chame a mocinha para mim. — Apontou para Alice.

— Perdão, como é mesmo o nome da senhora?

— Me chamo Cliente Exigente. Chame a menina.

Ele engoliu em seco e desejou poder mandá-la para o inferno, mas não arriscaria perder o emprego por mais uma madame mal-educada.

Em segundos, falou com a jovem patroa e explicou a situação. Alice estava estressada por causa de mais uma briga com o pai, mas não tinha como fugir da fidalga, que estava a poucos metros dela.

— Pois não? — questionou, forçando um sorriso.

— Desculpe o transtorno, querida — disse a loura mais velha —, mas tenho certeza de que vai me entender. Estou aqui para comprar um presente para uma pessoa muito especial, e acho que preciso de um olhar feminino e profissional para me auxiliar.

Alice poderia ditar uma lista de motivos para que a mulher a deixasse em paz e aceitasse ser atendida pelo funcionário, mas percebeu que isso só traria mais dores de cabeça.

— Claro, não tem problema.

Victoria não tinha um grande objetivo com todo aquele teatro. Apenas queria descobrir quem era a mulher, e se de fato era uma amiga muito ruim ou uma amante de sua cunhada. Faria as perguntas certas e, desse modo, descobriria. Iniciaram um diálogo desbravador, no qual a dona da loja tentava assimilar detalhes sobre a pessoa da qual sua cliente falava e decidir qual era o colar perfeito.

— Ela é determinada, então? — indagou, após uma curta história que Victoria contara.

— Oh, muito! Eu diria que somos parecidas.

Enquanto isso, Emília estava encostada no balcão ao lado, observando cada movimento de Alice. Ela a fazia lembrar de alguém muito especial.

Emília Vieira estivera apaixonada por Carlota Santana no ano anterior. Viveram uma linda história de amor, ou pelo menos era como a ruiva achava que podia descrever. Mas a verdade era que o relacionamento conturbado resultara num término traumático quando Carlota fugiu da casa dos pais para ficar com Brigite Lima, que, ao que tudo indicava, era sua alma gêmea.

Emília jamais havia se sentido tão traída, tão renegada, e sofreu como se sua vida tivesse acabado. Victoria foi a amiga que mais a apoiara durante todo o processo. Decidiram que a mais nova deveria passar uma temporada sob seus cuidados para se recuperar. E assim foi feito. Desde então, a amizade estava forte como correntes de ferro.

Todavia, naquele instante, ela observava a dona da loja e se sentia impressionada a cada palavra proferida. Alice e Carlota pareciam ter quase a mesma personalidade. E a moça era linda, graciosa, divertida. Suspirou profundamente.

Alice exibiu algumas opções e Victoria demonstrou dúvida.

— Ah, eu não sei. Quero algo que reflita perfeitamente a personalidade dela. Isis é tão excêntrica que me deixa na dúvida.

Alice congelou. Tinha ótima memória e logo se lembrou de que a antiga melhor amiga havia mencionado sua cunhada, chamada Victoria, no dia em que estavam na floricultura próxima à igreja. Todas as informações se encaixavam. Seria aquela a parenta?

— Ah, Alice, talvez você a conheça e possa me dar uma opinião melhor. Ela é consideravelmente conhecida na cidade. Seu nome é Isis Almeida, é casada com meu irmão, Diogo, o editor-chefe do *Jornal da Cidade*.

A mais nova engoliu em seco.

— Desculpe, não sei quem é.

— Não sabe? Tem certeza? Ouvi dizer que sim.

Alice a encarou, silenciosa. Por que aquela mulher não podia escolher logo a joia, pagar e ir embora? E como sabia que ela conhecia Isis?

— Posso tê-la visto algumas vezes. É provável.

— Perfeito. Bem, isso é suficiente para que você saiba que Isis é... hum... Cristo, como posso dizer? — Olhou para os lados e se debruçou sobre o balcão, aproximando-se da moça e intimidando-a. Abaixou o tom de voz e sorriu maldosa ao continuar: — Um tanto depravada.

A dona da loja não soube como reagir. O que ela queria dizer com isso?

— Sempre foi uma grande devassa. Ela tem, inclusive, muito bom gosto. — Victoria olhou-a de cima a baixo, ardilosa.

Alice piscou algumas vezes, surpresa. Então, segundos depois, decidiu fingir que não ouvira nada daquilo.

— É provável que goste do colar com pingente de rubi. Ela fica bem de vermelho. — Só depois de dizer isso, sentiu que "vermelho" pareceu reforçar ainda mais a forma sexual como Victoria insistia em falar, e aquele definitivamente não era seu objetivo.

Por mais que todas as noites sentisse falta de tocar o corpo da mulher por quem era apaixonada, jamais a retrataria da maneira que a cliente fazia. Não a transformaria numa figura de indecência perante qualquer pessoa, especialmente desconhecidos. Decidiu que, daquele dia em diante, não gostava nem um pouco da irmã de Diogo.

— Tem razão, vermelho combina perfeitamente com ela. — Victoria riu-se. — Sabe, nós éramos amigas muito próximas. Tínhamos uma amizade diferente. Mais profunda. — Arrastou o dedo do meio devagar pelo vidro. — Era tão...

— Posso embrulhar?

Victoria riu outra vez antes de confirmar. A expressão ciumenta da moça era óbvia, o que provava que, como a mais velha já imaginava, Isis tinha um amante — ou melhor, *uma* amante — e não era tão burra assim.

Minutos se passaram enquanto Victoria e Emília fofocavam dentro da carruagem sobre a vida de Alice, Isis e Diogo. A jovem, que tivera uma recente desilusão amorosa, tomou conhecimento de muito mais do que de fato deveria, mas não tinha a intenção de prejudicá-los. Contudo, saber da vida alheia era uma atividade divertida.

Quando enfim alcançaram a mansão do editor-chefe, caminharam até a porta e bateram suavemente. Em segundos, Cassandra atendeu e elas puderam entrar, mas, tão rápido quanto um raio, Victoria foi atingida no quadril com tamanha força que quase despencou para o lado. Em sua rápida tentativa de se segurar, tropeçou na empregada, bateu a mão num vaso em uma das mesas e o objeto lastimavelmente se partiu.

A sala de estar, que antes se encontrava barulhenta, com vozes de todos os lados, calou-se de imediato. A maioria das pessoas colocou a mão sobre a boca, muitas delas boquiabertas. Enquanto isso, Victoria se recompunha, as bochechas avermelhadas. Não de embaraço, mas de furor. Virou o rosto na direção contrária ao seu quase tombo e flagrou um menino rechonchudo em estado de choque. A boca exageradamente aberta deixava o papo bastante expressivo, e Victoria não demorou a notar que a boca melada do menino também havia sujado seu vestido turquesa.

— Ah, seu pestinha... — rosnou e levou a mão até ele para lhe puxar a orelha, mas tão já sentiu um tapa pesado no braço, impedindo-a. Tapa de uma mão que usava pelo menos cinco anéis. Victoria sentiu quando eles cortaram levemente sua pele.

— Perdão, o que disse? — perguntou tal pessoa.

Assim que ergueu a cabeça, reconheceu-a. Era Amélia d'Ávila Rezende, a irmã mais velha de Isis. Aos quase trinta anos, ela tinha os cabelos no mesmo tom dos da irmã, mas sempre os mantinha presos num coque elegante, muito parecido com o que dona Marisa também usava todos os dias. Sua indumentária era laranja e bege, com rendas caras e um decote sutil decorado por diminutos diamantes. A manga batia no cotovelo e tinha um caimento pesado, como as joias imensas que usava no pescoço. A maquiagem era exagerada para antes do almoço, e as unhas, tão longas que poderiam ser mortais. No entanto, era a alma mais empática daquele cômodo, menos quando se tratava de uma loura de humor ácido e olhar presunçoso tentando machucar um de seus filhos.

— Amelinha — disse Victoria, sorrindo de repente. Era sempre interessante rever pessoas do passado e notar como tinham evoluído. — Há quanto tempo! — Beijou-a de longe. Em seguida, murchou o sorriso e recordou o ocorrido. — Seu filho me machucou.

Amélia estudou-a de cima a baixo, movendo apenas os olhos.

— Não vejo sangue em lugar algum.

Victoria ergueu as sobrancelhas.

— É só assim que você socorre uma vítima? Se ela sangrar?

— No seu caso, querida, nem mesmo assim.

Amélia era casada com Fernando Rezende, um dos senadores de Pernambuco. Eles tinham três filhos, com o quarto a caminho. O primeiro era Heitor, o menino que, por acidente, batera em Victoria assim que ela entrara. Ele estava correndo, brincando de pega-pega com seu irmão do meio, Luiz. Ambos adoravam fazer todo tipo de brincadeiras quando estavam na casa da tia Isis e do tio Diogo. Diferente de como eram as coisas em Recife, ali eles tinham total liberdade. Corriam, pulavam, riam e contavam piadas, enquanto seus pais estavam muito ocupados conversando com outros adultos para dar atenção se, vez ou outra, quebravam alguma coisa ou se desentendiam e trocavam socos.

Mas a melhor parte, com certeza, era quando tinham a atenção de sua avó. Dona Marisa aplaudia absolutamente qualquer coisa que fizessem, por mais boba que fosse. Além disso, abraçava-os e beijava-os a todo instante, e dava doces e dinheiro escondido de Amélia. Enquanto Heitor era mais parecido com o pai, tanto em aparência quanto em personalidade, Luiz tinha todas as características da mãe. Era carinhoso, protetor e engraçado. O senador Fernando costumava dizer que aquele seria o filho que cuidaria dos pais quando estivessem velhos. Apesar de franzino, Luiz não tinha medo de nada — apenas de cobras e aranhas, segundo ele mesmo. Não gostava de cortar o cabelo nem de tomar banho, o que o fizera pegar piolho quatro vezes. Em uma delas, infectou todos da casa. Amélia quase enlouqueceu.

Heitor tinha nove anos e Luiz, sete. E havia mais um membro na família d'Ávila Rezende: a pequena Maria Luiza — ou Malu —, de um ano e meio. Era a favorita de Isis, por mais que ela jamais pudesse confessar isso em voz alta. Naquele exato instante, aliás, a bebê estava de pé em seu colo, com uma das mãos na boca, coçando a gengiva e rindo em todos os momentos em que a tia a fazia pular alto, segurando-a embaixo dos braços. Era uma criança barulhenta, esperta, curiosa e linda. Já andava sozinha, mas não quando estava em São Paulo. Ali ela passava o tempo todo no colo da tia e dos avós. Também balbuciava algumas frases, como "fiz cocô" ou "o Luiz está fedendo", mas a favorita do momento era "o bicho-papão chegou". Esse termo ela gritava todas as vezes que Diogo aparecia, já que, na noite anterior, havia caminhado até o quarto dos tios e visto o homem brigando com a esposa. Naquele momento, os meninos brincavam no corredor e Malu saíra andando na direção deles, até ver a mãe conversando com seu avô a metros de distância. O objetivo inicial era alcançá-la, mas, assim que ouviu a voz da tia Isis gritando "cale a boca" repetidas vezes no cômodo ao lado, decidiu empurrar a porta, que estava apenas encostada, e presenciou o momento em que Diogo a jogou sobre a cama, apontou um dedo em sua face e urrou entredentes, mandando-a o obedecer. Isis o chutou para longe e tentou se levantar, então o homem se enfureceu e apertou seu braço com toda a força. Nessa hora, Isis desmanchou sua postura e implorou que a soltasse. Malu começou a chorar, assustada, e o homem largou Isis, não antes de mandar a menina de um ano ir para o inferno.

Naquela manhã, o braço de Isis havia amanhecido roxo, mas ela usava mangas longas para que ninguém visse.

Depois que Victoria cumprimentou todos os presentes, nem se preocupou em olhar quando duas das funcionárias da mansão Almeida foram limpar a bagunça que havia feito. Apresentou Emília brevemente, e a moça quase se sentiu confortável o bastante, não fosse pelo olhar sinistro do dono da casa.

— O tempo lhe fez bem — disse Victoria, estudando a antiga amante. — Está mais bonita que da última vez que a encontrei.

— É o que vivo falando para ela — afirmou Diogo com um enorme sorriso depois de desviar os olhos dos seios de Emília.

— Digo o mesmo, querida — respondeu Isis. — Nunca a vi tão bela.

Malu soltou um grito no mesmo instante, tentando fazer com que sua tia voltasse a olhar somente para ela.

— Oi, meu amor, quer pular de novo?

Antes da entrada intempestiva de Victoria, os donos da casa estavam sentados nos sofás, com Fernando, o sr. Henrique e dona Marisa, reclamando da interferência dos banqueiros estrangeiros na economia. Mas, depois da chegada das duas damas, foram para o lado, dando espaço para que se acomodassem em uma das pontas. Ao mesmo tempo, assistiam às malas serem levadas para o andar de cima. Amélia limpava a boca de Heitor tentando ouvir o assunto, mas Luiz não parava de abraçá-la, buscando chamar atenção e pedindo que o pegasse no colo.

— Sinto muito, você está quase tão alto quanto um gigante — respondia. — Não consigo mais pegá-lo no colo.

Então ele cruzou os braços, fez um bico terrível e correu triste até a avó.

— Enquanto o meu bolso estiver cheio, não tenho sérias preocupações — disse o sr. Henrique, rindo à toa e finalizando o assunto. Era uma forma de fingir que não passava por sérias dificuldades financeiras. — Não é mesmo, meu genro? — questionou, batendo forte no braço de Fernando.

Péssima ideia. Depois daquilo, suportaram vinte minutos de um muito inteligente monólogo do senador explicando que aquela frase não o representava, por este e aquele motivo. *Não sou corrupto*, reafirmava o tempo todo. O homem só parou de falar quando Laura desceu as escadas, fazendo um barulho imediatamente reprovado por dona Marisa.

— Victoria! — exclamou a jovem, felicíssima, indo abraçá-la. — Nossa, você está tão diferente!

— E você absolutamente igual. Acredite, isso é um elogio. — E acariciou seus cabelos brilhantes.

Laura era a filha caçula dos d'Ávila. Com vinte e três anos, havia dado quase tanto trabalho quanto Isis na adolescência. Se esta era conhecida pela personalidade forte, ironias e malcriações, e Amélia pela responsabilidade, altruísmo e criatividade, Laura era conhecida por sua beleza. A mais bela das três, segundo muitas pessoas. Os cabelos pretos eram radiantes e iam até o fim das costas, com algumas mechas caindo sobre os olhos, o que a fazia ter sempre um olhar de menina, por mais madura que tivesse se tornado depois de tudo o que passou. O olhar marcado escondia uma sensualidade natural. Ela não precisava usar maquiagem para reforçar nenhum de seus pontos positivos. Eles estavam ali e sua presença era óbvia. Os lábios carnudos faziam com que parecesse ter saído direto de um afresco. A mandíbula, tão marcada quanto a de Isis, e os cílios, longos e volumosos como os de Amélia, também auxiliavam em sua imagem de mulher perfeita. Tinha nariz, mãos e pés pequenos, além de colo farto e voz maviosa.

Tivera muitos pretendentes, mas Laura também tinha nascido com a personalidade forte característica das irmãs e sabia que, entre a morte e um casamento, preferia já começar a escolher a roupa com a qual seria enterrada. Quando começou a ficar velha demais — segundo dona Marisa e o sr. Henrique —, foi enviada à força para um convento, onde era freira e trabalhava como enfermeira.

— Onde está seu véu, menina? — questionou o pai assim que percebeu seus cabelos à mostra.

— Hoje estou de folga. Já conversei com Jesus e ele está de acordo. Não se preocupe.

Amélia e Isis foram as únicas a rir.

No início, a dona da casa ficou relutante com a ideia de chamar as irmãs para virem visitá-la. A forma como seu marido tentara convencê-la no primeiro momento também não tinha sido das melhores. No entanto, ao reencontrá-las e abraçá-las como há muito tempo não fazia, percebeu que aquela havia sido, na verdade, a melhor ideia de todas. Estava finalmente rindo outra vez. Com a mente tão ocupada, mal se lembrava de Alice, mas bastava algum convidado mencionar Portugal ou falar sobre joias que ela logo se recordava e sua feição tornava-se melancólica.

Chamar Victoria não era bem algo que queria. Afinal de contas, a história de adolescentes libidinosas fora curta — e suficiente. Ela tinha sido uma das maiores paixões de Isis, mas nada que pudesse fazê-la se sentir atraída naqueles dias. Não quando estava diante de toda a sua família, incluindo o marido agressor, e apaixonada por uma mulher que não se importava com ela. Entretanto, também não viu motivos para impedir que Diogo a chamasse.

— Esses meninos estão tão grandes. Eu não consigo acreditar — disse dona Marisa, sorrindo e ajeitando os cabelos molhados do suor de Heitor. — Meus netinhos lindos já são homens! — Apertou suas bochechas redondas.

— Nem vimos o tempo passar — comentou Fernando e sorriu para Amélia, que vinha se sentar ao seu lado.

— Eles sentem muito a sua falta, mãe. Falam sempre da senhora.

— É mesmo?! — vangloriou-se dona Marisa, rindo e apertando-os ainda mais. — Vocês são tão preciosos para mim, meus meninos...

— A senhora precisa ir nos visitar mais vezes, vovó — pediu Luiz ao coçar a cabeça.

— Eu sei, eu sei... E vou! É que já estou velha e seu vovô mais ainda, então não confio mais em nossos olhos para pegar um navio e viajar por toda a costa até alcançar vocês. Preciso que seus tios — apontou para Isis e Diogo — aceitem ir conosco, mas há um deles que é ocupado demais e nunca pode nos acompanhar.

Os meninos olharam tristes para Diogo, como que já pedindo que ele prometesse uma data próxima em que pudessem visitá-los no Recife.

— Sinto muito. Um adulto nunca pode parar de trabalhar — proferiu o tio, sem pestanejar.

— Então o senhor poderia deixar a tia Isis ir! — sugeriu Luiz. — A senhora tem olhos bons, tia?

— Tão bons quanto olhos de gato.

— Ótimo! — continuou ele, e aproximou-se dela. — Poderia ajudar a vovó e o vovô, e dessa forma eles vão nos visitar todos os meses!

— E assim teremos torta o ano inteiro! — exclamou Heitor.

— De jeito nenhum! — Amélia e Diogo disseram em uníssono, certamente por motivos distintos.

— Sua tia é uma senhora casada, Luiz. Você vai entender quando for adulto — afirmou Diogo.

— Eu estaria com os meus pais — a dama o lembrou. — Qual é o problema?

— Você estava sob a responsabilidade deles antes de se casar. Agora, está sob a minha.

— Diogo pensa que não posso proteger minha própria filha — disse o sr. Henrique, chamando a atenção do outro genro. — Sinceramente não sei em que mundo ele vive, Fernando.

— Não é isso, seu Henrique. Eu só acho que os papéis devem ser devidamente divididos na sociedade e...

— Ora, não me venha com asneiras!

— Henrique! — rosnou dona Marisa, apertando a mão dele. — Diogo só está sendo cuidadoso com a nossa filha. Sua vez já passou. Supere isso.

— Ser cuidadoso é muito diferente de me proibir de... — Isis tentou dizer, mas, percebendo aonde a esposa queria chegar, o jornalista a interrompeu.

— É muito difícil ser um bom marido hoje em dia, dona Marisa. Nós fazemos de tudo para agradar, mas nunca é suficiente.

— Ah, eu sei que a culpa não é sua, meu amor. Isis sempre foi muito difícil.

— É surpreendente a facilidade com que a senhora consegue dizer isso das suas três filhas sem ter nenhum motivo plausível — retrucou Laura antes que a irmã ou o cunhado pudessem rebater.

A enfermeira odiava como sua mãe achava que podia criticá-las por tudo. Dona Marisa havia permitido que dois de seus tios a agarrassem e a trancassem numa carroça à força para levá-la a um convento no Rio de Janeiro. Qualquer erro que Isis tivesse cometido durante toda a existência jamais chegaria aos pés da crueldade da matriarca.

— É aí que a senhorita se engana — explicou a sra. d'Ávila. — Eu critico você e Isis, mas não tenho motivos para criticar Amélia. Ela só me dá orgulho.

— Ora, ora, que coisa interessante... — disse Isis, rindo com malícia e colocando a pequena Malu no colo de Laura, que havia se sentado ao seu lado.

Dona Marisa bufou, irritada com o tom debochado.

— O que é interessante, Isis?

— Hoje de manhã mesmo a senhora disse que acha *ridícula* a quantidade de joias que Amélia usa, e ainda comentou que as unhas dela parecem de puta.

A sala se dividiu em dois grupos. O primeiro era composto pelos que exclamaram o nome dela numa enorme repreensão por ter proferido tal termo, especialmente na frente das crianças. O segundo, composto pela minoria, começou a gargalhar. No entanto, os olhos de Amélia pareciam estar pegando fogo.

— Unhas de *puta*?! — gritou, encarando a mãe.

— Que mentira descabida! Isis, retire o que disse agora mesmo!

— Pode me ditar quantos defeitos quiser, mas mentirosa é algo que não sou.

— O que é uma puta? — perguntou Heitor calmamente para seu pai.

— A mamãe é uma puta? — Luiz completou a dúvida.

Victoria, Laura, Emília e Isis riam incessantemente, e não pararam até Marisa convencer Amélia de que não era aquilo que queria dizer. Decidiu enchê-la de elogios.

— Você sempre foi tão boa, generosa, responsável. Vivia ajudando na igreja, tratava todos tão bem, era criativa, talentosa, dona de uma voz ímpar para os louvores divinos...

— Hum. — Foi a resposta que teve de sua primogênita.

— Sempre me deu tanto orgulho. Me ajudava na organização dos jantares, enquanto Isis ficava... — E travou. Não podia dizer a verdade que sempre tentou negar para si mesma. Enquanto Amélia a auxiliava, Isis transava. Era isso. — Ficava... Enfim, sumia e não dava notícias, e Laura sempre no mundo da lua, estudando assuntos que não tinham nada a ver com ela, inventando coisas... Me lembro de uma vez que ela ficou horas questionando o pai sobre o motivo de não conhecermos nenhum negro que tivesse uma casa como a nossa. Oh, Deus... não parava de proferir disparates um só instante!

— E a que conclusão chegaram? — perguntou Amélia.

— Como?

— Por que não conhecemos negros ricos?

— Bem, é preciso trabalhar muito, como nossos ancestrais, para conquistar o que se deseja.

— Essa é a sua explicação? — indagou Isis com o cenho franzido, nem um pouco convencida. — Eles precisam trabalhar mais?

— Quem não trabalha não come. Aliás, não come, não constrói castelo, não estuda. É uma questão matemática.

Enojada, Laura disse:

— Definitivamente não foi essa a conclusão a que chegamos naquele dia. Não é, pai?

Todos o observaram, notando de repente que o velho estava acendendo o charuto de Fernando com certa dificuldade.

— Essa marca não é tão boa quanto as que vendem aqui...

— Pai! — chamou Laura.

— Sim, querida?

Ela revirou os olhos.

— Nada. Esqueça.

Em seguida, a caçula de dona Marisa explicou as consequências da escravidão na vida das pessoas negras de forma tão técnica que Isis e Amélia ficaram impressionadas. Em alguns momentos parecia revoltada, emotiva, como se não pudesse aceitar que um mundo como aquele algum dia existira e, pior, continuasse existindo.

— A escravidão ainda existe — disse ela em dado momento —, só não a chamamos mais assim.

Dona Marisa considerava tudo aquilo um grande exagero, e não demorou até que as duas discutissem. Tão logo, inclusive, que Fernando, Henrique e Diogo resolveram sair dali com Heitor e Luiz. Os homens fumariam em paz e os meninos continuariam a correr quanto quisessem no pátio da frente da casa. Desinteressada, Victoria subiu as escadas para descansar um pouco e Emília fez o mesmo.

— ... Amélia, por exemplo, não perde tempo com esse tipo de coisa — observou dona Marisa. — Por isso é que ela é meu maior orgulho. Além de tudo, ainda se casou com um homem excelente e teve três filhos. Três! E está grávida do próximo. Sei que ainda nem conseguimos ver a barriga direito, mas meu coração diz que dessa vez será um casal de gêmeos.

— Deus queira que a senhora esteja errada — clamou a futura mãe do quarto filho.

— Imagine, cinco netinhos! Ah, preciso aproveitar, visto que você será a única a me dar a honra de ser avó. Se dependesse da Isis...

E todas ficaram em silêncio. Não importava quanto tempo passasse, aquilo a perseguiria para sempre. Sentiu-se mal, olhou para a pequena Malu com a mãozinha na boca e se perguntou o que havia feito de tão grave para não ser merecedora de uma filha como aquela.

Não se importava se fosse menino ou menina, na verdade; também não se importava se seria parecido com ela ou com Diogo — só queria sentir nos braços o peso de uma criança sua e ser chamada de mãe uma vez na vida.

— Você fala como se a culpa fosse minha.

— Talvez seja. Deus não perdoa pecadores que não se arrependem.

E, de repente, Isis se lembrou de Alice outra vez. O coração doeu com a memória da loura dizendo que ela ainda não tivera um filho porque Deus a enxergava como pecadora ou como uma mulher doente. A garganta trancou. Não teve mais ânimo para brincar com Malu ou para conversar com as irmãs.

Mal sabia que não era a única a estar passando por um inferno.

Alice não conseguia esquecer Victoria e o fato de a moça ter comprado um presente especial para Isis a fim de seduzi-la. Estava queimando de ciúme. Sua raiva corriqueira retornou: brigou com o pai pela terceira vez no dia e com Pedrinho pela milésima.

Por mais que não fosse capaz de proferir em voz alta, Alice pensava sem parar em como era injusto aquela mulher horrenda poder estar com a fidalga e ela não. Victoria não tinha escrúpulos? Não tinha fé? Não acreditava que Deus a puniria pelo simples fato de desejar outra mulher?

Aparentemente a resposta era óbvia. Não, ela não tinha escrúpulos e não tinha fé. Também não se importava se Deus aprovaria seu desejo ou não. Estava se permitindo viver sua felicidade, fosse como fosse, e o mero conhecimento de que outra pessoa podia vivenciar em plenitude o que ela tanto queria a frustrava em níveis absurdos. Alice a invejava. *Por que ela pode e eu não?*, perguntava-se.

Trancou-se no banheiro. Não para se ferir novamente, mas para se olhar no espelho e se perguntar o porquê de estar se ferindo, o porquê de precisar se limpar. Queria saber por que iria para o inferno só por amar com tanta intensidade alguém que, inclusive, a amava de volta.

Não conseguia mais entender o motivo de a grande questão ser o fato de serem do mesmo gênero e não, por exemplo, o fato de Isis ser casada. Um adultério parecia ser, para Deus, algo menor perto de sua fúria perante dois corações femininos desfalecidos de amor. *E como? Por quê?*

Decidiu descobrir de uma vez por todas. Tinha muitas dúvidas e precisava discutir todas elas com alguém.

— Aonde estamos indo? — perguntou João Pedro.

— Eu já lhe disse.

— Eu não quero rezar.

— Você não tem que rezar, só tem que ficar quieto no banco.

Dona Berenice admirou a atitude da filha de querer ir à igreja numa quarta-feira à tarde. Imediatamente exigiu que seu irmão a acompanhasse e, em seguida, retornou a seus afazeres.

— Não gosto de ficar quieto. Não consigo!

— Bom, hoje vai ter que conseguir, senão vou dizer ao padre que você quer morar com ele e virar padre também. Então você terá que ir à missa todos os dias.

O menino arregalou os olhos. Ficou assustado com a chance de seu pior pesadelo tornar-se real.

Ao se aproximar da porta da igreja, Alice pôs o véu bege sobre a cabeça e fez o sinal da cruz. Em alguns minutos, o padre a atendeu. Ela mandou Pedrinho ficar no banco da frente e entrou no confessionário atrás do altar. Ajoelhou-se e observou um vulto do outro lado da tela. Fez o sinal da cruz outra vez e disse:

— Perdoe-me, padre, pois eu pequei. Faz oito meses desde a minha última confissão.

— Compreendo, filha. Não faz mal. Todos nós pecamos. Mas, diga-me, como se sente em relação a isso?

Alice respirou fundo e olhou fixamente para os vãos na tela. Aquilo fazia os olhos doerem um pouco.

— Me sinto injustiçada, padre. Por que as pessoas podem viver o que eu não posso e ser felizes? Por que eu preciso seguir tantas regras? Por que não posso colocar minha vontade em primeiro lugar?

— Nem sempre a nossa vontade é a vontade de Deus, filha. Ele sempre sabe o que é melhor para nós.

— Bom, Deus me parece extremamente confuso, às vezes. Jamais fiz mal a alguém, jamais desrespeitei, roubei, feri ou matei. Sempre me concentrei nos meus estudos, na boa educação, boa aparência, me apliquei para adquirir conhecimento técnico, dançar elegantemente, usar o tom de voz mais adequado... Tudo o que fiz até hoje foi de acordo com o que os outros achavam correto, então por que não posso fazer o que quero, nem que seja uma única vez na vida, e não ser julgada por isso?

O sacerdote ficou em silêncio. Aquela jovem parecia estar em uma enorme encruzilhada, além de desesperada por compreensão.

— Certamente não é da vontade de Deus que você viva como se estivesse numa prisão, filha. Ele é amor e nos proporcionou o livre-arbítrio. Quais pecados a senhorita cometeu? O que abala seu coração?

Ela respirou fundo e olhou para baixo. Demorou alguns segundos até retornar à posição de antes.

— O senhor não vai, em hipótese alguma, revelar para ninguém o que eu fiz, certo?

— Em hipótese nenhuma, filha. Os seus segredos e os de todos os meus fiéis irão comigo para o túmulo.

Alice estava tensa, mas sua revolta era maior. Apenas olhou ao redor, certificando-se de que ninguém os ouviria.

— Eu me apaixonei por uma mulher.

O padre ergueu as sobrancelhas, surpreso, mas não tanto quanto Alice imaginou que ficaria. Não era como se já não tivesse ouvido aquilo antes.

— Você quer viver uma vida com essa mulher? É isso o que está me dizendo?

Aquela era uma pergunta demasiado profunda. A estrangeira não havia parado para refletir de fato. Passara muito tempo negando a si mesma e qualquer possibilidade de gostar de mulheres para valer. Havia começado a questionar os porquês de precisar se reprimir tanto e se privar de estar com a pessoa pela qual seu coração clamava. Todavia, aproveitou aquele momento para pensar.

Nunca vira um casal de mulheres pessoalmente, apesar de saber que existiam. Sabia como funcionava um matrimônio comum. O homem pagando as contas, a mulher cuidando da casa; o homem enfiando seu membro, a mulher engravidando; o homem fumando charuto, a mulher tomando chá; o homem sendo bruto, sujo e muitas vezes feio, e a mulher sempre bela, comportada e perfeita. Existia um óbvio contraste, mas, ao analisar bem, Alice começava a pensar que não fazia o menor sentido.

Por que se casar com alguém tão diferente? Por que se casar com alguém que não se identificava nem tentaria se identificar com suas vivências, da mesma forma que ela jamais se identificaria com as dele? Uma parte da sua mente respondeu: amor. Pois bem, algumas pessoas tinham dentro de si um tipo de amor que ela mesma não tinha.

Alice era dona do tipo de amor que se atrai pelo que combina, pelo que conversa, pelo que verdadeiramente completa. Ela queria alguém de quem pudesse cuidar, mas saber que também seria cuidada. Queria alguém que compreendesse suas dores e que igualmente lhe permitisse compreender as dela. Queria uma cúmplice, alguém com quem pudesse dar as mãos para, juntas, pularem na melhor aventura que surgisse. Queria alguém de toque suave, abraço afável e respeito imenso. Queria alguém de piadas engraçadas, personalidade fascinante e amor inabalável.

Não demorou para perceber que sua mente havia acabado de fazer uma breve descrição de Isis d'Ávila Almeida.

— Sim — respondeu. — Eu quero viver uma vida com ela.

O padre negou com a cabeça.

— Filha, Deus deixou o homem para a mulher e...

— Já ouvi isso um milhão de vezes, não precisa repetir. A questão é que talvez tal pensamento esteja errado.

— Não está. Deus não é confuso, como mencionou anteriormente. Ele sabe de tudo e todas as coisas, e sabe o que é melhor para a senhorita.

— Como poderia saber, se ele não está vivendo o que eu estou?

— Ele é seu Pai Celestial e a ama incondicionalmente, Ele sabe...

— Mas minha mãe também me ama incondicionalmente e ainda assim faz coisas erradas.

— Deus não erra.

— Como pode saber?

Se Deus não cometia erros, por que a enviara para o mundo sem a capacidade de sentir por outro homem um grama do que sentia por Isis?

— Está nas escrituras que Ele nos deixou, filha. Deus tem resposta para tudo.

— Então que resposta Ele me dá? Por que eu sinto essa coisa tão boa quando a vejo, mas não suporto sequer me imaginar como esposa de um homem?

— Bom, o que vou lhe dizer não será agradável. A senhorita não vai gostar — avisou.

— Diga. Eu vim em busca de respostas. Estou pronta para ouvi-las.

O homem tomou um gole de água e suspirou, esperando que a jovem não fosse perder as estribeiras.

— Muitas vezes, o demônio surge em nossas vidas para nos tirar da linha, para nos perturbar. Ele nos faz cometer pecados que jamais cometeríamos sem sua influência. Satanás é esperto e sabe quais são nossos pontos fracos. Ele conhece a sua vida e a usou, ele quis vê-la cair. Mas você não pode permitir que continue a infernizá-la. Talvez esse monstro esteja, inclusive, dentro de você, usando seu corpo a todo o tempo.

Alice arregalou os olhos e sentiu a pele arrepiar.

— O diabo não está no meu corpo — murmurou, insegura.

Mas aquilo talvez tivesse lógica, pensou, já que, antes de sentir tantas coisas por outra mulher, Alice vivia plenamente. Era tranquila e pacata, além de muitíssimo educada. Jamais tivera brigas tão terríveis com os pais quanto as que andava tendo nos últimos tempos. Logo, tudo poderia ser de fato influência maligna. Talvez não gostasse de mulheres de verdade.

Por outro lado, aquilo a entristeceu. Como um sentimento tão belo poderia ser resultado de uma obra maligna? Como um amor tão puro poderia ter vindo do inferno?

— Não pode ser.

— Mas é, minha filha. Vamos rezar juntos lá fora para arrancar esse mal de você, o que acha?

— Não, eu... Não faz sentido.

— É claro que faz. No fundo você sabe que eu estou certo.

Alice se sentiu tão perdida em seu oceano de confusão que ouvir tal sentença a deixou ainda pior, se é que isso era possível. Ela *sabia* que ele estava certo? Ela *sentia* que na verdade estava sendo usada por uma besta das trevas? Ou tais definições e crenças não passavam de mentiras inventadas havia séculos? Afinal, tanto os católicos quanto os protestantes que conhecia adoravam anunciar que Deus era amor — e o diziam com gosto e segurança. Mas, se Deus era amor, por qual motivo não aceitaria o amor que ela sentia por Isis?

— Estou tão confusa — murmurou ao colocar as mãos na cabeça e abaixar o rosto. De repente, queria chorar de novo. E não aguentava mais chorar.

— Deus abrirá seus olhos hoje, filha. Você só precisa permitir.

— Nunca me senti tão vista — contou, procurando controlar a voz. — Ninguém nunca deu tanta importância ao que eu penso ou ao que sinto como ela. Ninguém jamais tentou me ajudar tanto quanto ela. Em todos os momentos em que tive medo, ela esteve por perto!

— Filha, esse é o tipo de coisa que...

— Por favor, me deixe terminar. — Observou o sacerdote balançar a cabeça em confirmação e calar-se. — Eu tenho uma lista com no mínimo mil qualidades dela, mil motivos de ela ser, para mim, um dos seres humanos mais especiais que já pisaram nesta terra. Não literalmente, é claro. Quer dizer, eu não escrevi os mil motivos, mas acho mesmo que não teria dificuldade em ditá-los para o senhor, se quisesse ouvir. Porém, nesse momento, eu não quero me atentar a isso. Eu quero falar de uma perspectiva um tanto egoísta. Quero falar do bem que ela me fez, como pessoa.

Mesmo enxergando inúmeros problemas em seu breve discurso, o padre concordou e aguardou que continuasse. Viu quando Alice limpou a primeira lágrima e se compadeceu, mas não o suficiente para notá-la sob sua própria concepção.

— Eu estava apavorada quando cheguei em São Paulo. Não conhecia ninguém, nem sequer havia visitado o Brasil. Tudo o que eu tinha de referência eram os estereótipos, as histórias que o povo do meu país contava. E tinha meus pais e meu irmão. Mais nada. — Fungou e aguardou alguns segundos antes de continuar. — Minha mãe pediu que ela me ajudasse a encontrar um noivo porque, ao que parece, estou velha demais e não posso esperar mais nem um segundo. E... essa mulher... — disse, tomando cuidado para não mencionar o nome de Isis.

Sabia que o padre era obrigado a manter sigilo sobre qualquer coisa que ela dissesse, mas sempre existia aquela pequena possibilidade de que ele a traísse e revelasse seu segredo. E para Alice seria pior se ele contasse que a mulher era Isis do que se espalhasse que ela própria gostava de mulheres. A mera possibilidade de ser responsável pela destruição da vida de Isis a fazia se sentir sufocada e culpada em níveis quase inalcançáveis. Portanto, se o sacerdote tivesse que fofocar e destruir alguém, que fosse só ela.

— Essa mulher aceitou e decidiu que deveria me conhecer melhor, saber meus gostos e, assim, encontrar o noivo ideal. Essa é a nossa história. Foi a partir disso que nascemos. Ela me ensinou, mesmo sem querer, que eu não preciso me esforçar tanto para ser perfeita o tempo inteiro. Me ensinou que o "eu" de verdade tem muito mais valor do que o "eu" que as outras pessoas esperam. Ela me fez ver que é importante dizer o que eu penso, o que eu quero, mesmo que todas as pessoas ao redor discordem ou achem ridículo, porque, afinal de contas, na maioria das vezes todas elas estão fingindo também.

"Ela me mostrou uma versão do amor que eu jamais havia conhecido, e quando estávamos juntas eu não me sentia culpada, não sentia vergonha. Sentia-me livre e segura. Livre porque finalmente não precisava pisar em ovos para disfarçar, não precisava tomar cuidado, podia simplesmente *ser*. E me sentia segura porque sabia que não estava sozinha. Ela sempre me mostrava que, mesmo se as coisas dessem errado, eu teria a quem recorrer, teria um teto para dormir, um abraço para chorar, um ouvido que escutasse meus desabafos. E ela trouxe à tona a melhor versão de mim mesma.

"Essa mulher também fez com que eu finalmente me enxergasse como mulher. Sempre estive muito preocupada com a intimidade do casamento. Para mim, essa parte era feita com brutalidade. Era obrigação. Seria resumida à dor. Essa mulher me mostrou que não precisa, ou melhor, não deve ser assim. Ela me ajudou a amar quem eu sou e a cuidar de mim mesma. Como isso pode ser considerado errado? Como eu poderia ser capaz de ignorar tudo o que sinto?"

O padre pensou, buscando em sua memória o gatilho que precisaria acionar para fazer com que a moça compreendesse o que ele tentava dizer.

— Você costuma ler a Bíblia, filha?

— Sinceramente? — questionou, cansada. — Não.

— Entendo. Deveria começar. Se lesse frequentemente, tenho certeza de que já teria encontrado a resposta que tanto procura.

— O que quer dizer?

— Quero dizer que você não é a primeira nem será a última a se ver diante de uma decisão difícil. Sadraque, Mesaque e Abede-Nego, por exemplo, foram ameaçados a serem jogados dentro de uma fornalha acesa se não se ajoelhassem perante a estátua do rei Nabucodonosor. Conhece essa história?

— Sim — respondeu baixo.

— Pois bem. Imagine essa situação. Imagine precisar escolher entre apenas colar os joelhos no chão e continuar seguindo sua vida ou ser forte e leal ao verdadeiro Deus, porém com a gigantesca chance de morrer num forno. Ser queimado, torrado... Sinto dizer, mas a senhorita está tomando a mesma decisão que os ímpios tomaram. Você conhece as escrituras, mas as nega, as trai. E consequentemente trai a Deus também.

Alice sentiu o corpo arrepiar. Ao mesmo tempo que literalmente traía o Altíssimo, desrespeitava-o e decepcionava-o, fazia o mesmo com os pais. Eles certamente estavam sofrendo ao lidar com seu comportamento agressivo e ingrato. Alice imaginou que estava acabando com a vida deles. E, para finalizar, também havia, com toda a certeza, ferido Isis da forma mais cruel. Durante o mês desde a última vez que se viram, procurou não pensar muito sobre o assunto. Encarar de frente os termos proferidos fazia com que tivesse vontade de se trancar num quarto e não sair nunca mais, tamanha a vergonha.

Estava tão assustada que não mediu esforços para machucá-la e fazer com que permanecesse longe. Infelizmente, funcionou. Isis jamais havia procurado por ela. Nem mesmo um telefonema ou um cartão. Perguntou à mãe se, em algum daqueles dias, tivera notícias de Isis, e dona Berenice dissera que nem se lembrava de qual fora a última vez que a tinha encontrado.

O remorso amargava sua boca sempre que parava para pensar, para se lembrar da expressão da morena ao escutar tudo atônita, chocada, paralisada e ferida. Naquele dia — e por mais alguns — Alice pensou ter feito a coisa certa, mas já não tinha tanta certeza.

— Sadraque, Mesaque e Abede-Nego escolheram o Senhor — continuou o padre — e o fogo da fornalha não os feriu. Nem mesmo um mísero fio de cabelo. Da mesma forma aconteceu com Daniel, que negou adorar um rei humano e preferiu ser jogado na cova dos leões famintos. Deus jamais o abandonou. Pelo contrário! Deixou os animais tão dóceis quanto filhotes de gatos. Também houve Jó, que perdeu tudo de mais precioso em sua vida: riqueza, casamento, filhos, amigos e saúde, desenvolvendo tumores malignos por todo o corpo. Todos diziam que ele deveria abandonar o Senhor, que o Altíssimo não se importava com ele, mas Jó sabia que isso não era verdade e se manteve forte na fé. Depois de passar por todas as provações necessárias, Deus deu a ele mais do que o dobro do que tinha antes. Está vendo? Não é uma escolha difícil. Por mais complicado que pareça, não é. Você tem a garantia do Senhor, tem a promessa de um futuro esplêndido, caso escolha se manter fiel.

Alice suspirou, deprimida. Conhecia aquelas histórias e compreendia o que o padre queria dizer, mas as coisas precisavam, de fato, ser tão radicais?

— Eu não estou adorando outro deus e não estou virando as costas para Ele. Só estou amando uma pessoa que me faz bem.

— Vou lhe dar outro exemplo e acho que, assim, você entenderá e até se identificará. Além de todos esses homens, ainda houve José, que foi vendido pelos próprios irmãos e comprado para ser escravo no Egito. Depois de inúmeras situações, ele passou a trabalhar na casa de Potifar, um homem que confiava muito nele. Bom, Potifar tinha uma esposa muito bonita, mas infiel. Ela não demorou a começar a se encantar por José e tentou seduzi-lo. Mas José foi leal a Deus, não caiu em tentação e foi edificado pouco tempo depois, transformando-se em governador do Egito e dando uma vida de riquezas para toda a sua família. E agora? Conseguiu enxergar meu ponto?

Alice mordeu o lábio inferior, desviou o olhar por um momento, mas decidiu que merecia ter a chance de falar o que queria.

— A diferença é que a esposa de Potifar não o amava e José também não a amava. Já eu, ah... eu sou perdidamente apaixonada pela mulher de que lhe falei.

— Não é paixão de verdade, filha, isso seria impossível. O que você sente é amor de amiga.

— Não é. Eu tenho certeza que não. Finalmente tenho certeza que não.

— *Melhores* amigas, então.

— Impossível. Somos muito mais.

O sacerdote respirou alto e fundo e aproveitou para tomar outro gole de água. Aquela jovem claramente não havia ido até ali para se retratar de seus pecados e pedir o perdão de Deus; ela queria convencer o padre de que seu amor era real.

— Jesus também foi vítima da tentação. Estava no deserto e o Diabo tentou vencê-lo, primeiro através da comida, mas nosso Salvador muito sabiamente disse: "Nem só de pão viverá o homem, mas de..."

— Sim, certo, eu sei. Mas está vendo? É por isso que eu considero Deus tão confuso. Ao mesmo tempo que diz nos amar incondicionalmente, também nos ataca, mata nossos filhos, nos deixa pobres, sacrifica nossa felicidade, nos faz passar frio, fome, sede, solidão, rejeição... e ainda exige que fiquemos ao lado dele, senão seremos obrigados a queimar no inferno por toda a eternidade. Isso não faz o menor sentido! Que tipo de livre-arbítrio Ele pensa que está nos dando?

O padre estava assustado. Em toda a sua vida, nunca vira uma menina cristã proferir tantas blasfêmias, uma atrás da outra.

— Oh, Senhor, perdoe-a. Ainda é uma criança e não sabe o que diz! — implorou, olhando para o teto.

— Não sou uma criança. Acredite, estou muito, realmente muito longe de ser criança.

— Mas é jovem, teimosa e tola. Parece uma criança. Filha, estou tentando ajudá-la. Ainda está resistente, dá para notar. Eu gostaria que você continuasse pensando sobre nossa conversa. Tudo o que é ruim também é fácil. Se essa mulher é assim tão boa, pode começar a desconfiar.

Alice pressionou os olhos e negou, agoniada. Já começava a sentir dor de cabeça. Sua mente pulava de uma opinião para outra em segundos e borbulhava de indecisão. Qualquer opção apresentada parecia muito errada e muito correta ao mesmo tempo. Parecia que tinha um objeto quente em mãos. Objeto que permaneceria jogando para cima, esperando que esfriasse e pudesse segurá-lo de fato. Mas nunca esfriava. Muito pelo contrário, ficava cada vez mais quente e impossível de manejar.

— A tentação sempre soará como a escolha mais inteligente e mais prazerosa, mas nunca será o caminho certo. E, antes que possa imaginar, chorará lágrimas de sangue, tamanho o arrependimento.

Foi quando Alice resolveu sair dali. Estava com o coração na boca e ele doía. Decidiu levar Pedrinho para casa e sair sozinha em direção ao único lugar do mundo onde realmente gostaria de estar.

5

Romances proibidos

— Seu jardim é tão bonito — elogiou Amélia. — Já lhe disse isso?

— Já — responderam Laura e Isis em uníssono.

As três estavam na suíte dos Almeida. A primogênita estava de pé na frente da sacada, sentindo a brisa e mirando cada uma das flores que cercavam a fonte imensa nos fundos da mansão. Laura estava deitada na cama e já a havia deixado completamente revirada, de tanto se mover. Isis se encontrava sentada na cadeira da penteadeira, de costas para o móvel, podendo observá-las.

— Eu gostaria de ter um jardim como esse — revelou Amélia. Em seguida, viu dona Marisa, Heitor e Luiz de mãos dadas indo assentar-se sob uma das maiores árvores daquela região. — Mas seria impossível, vivendo no centro do Recife.

— Vocês não têm algo como, hum, umas três chácaras espalhadas pelo país? Isso, é claro, sem contar a casa de praia e os...

— Sim, Laura, mas eu não moro em nenhum desses lugares — disse Amélia, como se fosse óbvio.

A caçula revirou os olhos.

— Você é tão fútil.

— Que absurdo. Foi só um comentário. Você está com inveja.

— Não tenho motivos para ter inveja de você — respondeu Laura, sorrindo, sarcástica.

Amélia havia chegado fazia dois dias, enquanto Laura, apenas um. A última visita a se acomodar fora Victoria, que estava descansando até aquele momento, assim como Emília.

— Claro que tem. Tem motivos para odiar a mim e a Isis, aliás.

— Discordo — respondeu a irmã do meio.

— Discorda?

— Decerto. Provavelmente eu a invejo mais do que o contrário.

Laura ergueu as sobrancelhas e riu, enquanto Amélia colocou as mãos na cintura.

— Está ficando maluca?

— Ela é livre, Mel. Completamente.

— Hum... — murmurou a irmã mais jovem. — Na verdade, não é exatamente assim.

— Bom, seja como for, às vezes eu gostaria de também ter sido enfiada em um convento. Provavelmente estaria mais feliz hoje.

As outras duas se entreolharam e ficaram em silêncio durante alguns segundos. Já haviam percebido que Isis estava diferente. Na verdade, aquela foi a primeira coisa que notaram ao chegar. O brilho dos olhos estava em falta, além de não estar mais rindo à toa ou zombando de todos, como costumava fazer.

— Você está estranha — observou Amélia. — O que aconteceu?

— Visitas desagradáveis geralmente me deixam assim. — E fingiu bocejar.

Ambas sorriram. Aquilo provava que, independentemente do que tivesse ocorrido, ela não havia perdido uma das características mais preciosas de sua personalidade.

— Estou falando sério — disse Amélia. Caminhou até ela e a virou para que se olhasse no espelho. Apertou seus ombros e as duas ficaram se encarando através do reflexo. — Fiquei pensando em certas coisas que você nos contou ano passado. Sobre seu casamento. — Acariciou os cabelos dela, sentindo-os deslizar muito facilmente por entre os dedos. Recordou-se de quando eram pequenas e Amélia penteava suas madeixas todas as manhãs com a delicadeza de um anjo, já que Isis reclamava quando a mãe o fazia. A pequena de sete anos falava que doía demais. — Você e Diogo continuam brigando muito?

A dona da casa suspirou pesadamente, desviando o olhar do dela por um breve momento.

— Sim. Na verdade, parece que a cada dia que passa fica pior.

Laura se levantou da cama bagunçada e se aproximou da penteadeira.

— Essa é a hora que você nos conta o que está acontecendo — pediu.

— É tão bobo — respondeu, já consciente de que omitiria outros motivos que não eram bobos. Como, por exemplo, o fato de amar uma mulher que não a queria e de se sentir cada vez mais indiferente ao marido com o passar do tempo. — Eu só queria sair de casa, respirar, me sentir uma pessoa outra vez. Queria poder rever Raquel e Esther, por exemplo.

— Ah, Isis... — lamentou Amélia e negou com a cabeça. — Raquel é dona de um bordel, não é? A mãe estava me contando. Não é bom você se envolver com esse tipo de coisa.

— Não é um bordel. É um restaurante musical. É só isso. Alguns artistas cantam, tocam e dançam lá todas as noites. Eles se divertem e...

— Como você sabe?

— Eu estive lá. Fui algumas vezes. É um ambiente delicioso, Amélia. Vocês duas iriam adorar! Tão parecido com aquelas festas a que íamos escondidas. Acho que eu tinha treze anos na época, Laura dez, e você... você tinha quinze e estava namorando um poeta, filho de uma sambista! Lembra-se disso?

As duas irmãs começaram a rir ao se lembrar daquele tempo. Uma época de ouro, em que não tinham que se preocupar com quase nada. Amélia estava apaixonada pelo jovem e saía com as irmãs mais novas de madrugada para encontrá-lo, pois morria de pavor de sair sozinha. Deixava Isis e Laura dançando nas festas de Rosário, a sambista, enquanto sumia com o garoto para ficarem a sós. Mas também havia as vezes que todos festejavam juntos, dançavam e cantavam, chegando em casa quase ao amanhecer, sempre um pouco antes de dona Marisa e o sr. Henrique acordarem.

— Sinto falta daqueles dias — confessou Laura, com um sorriso nostálgico. — E das celebrações também. Rosário era tão divertida.

— E você se lembra do que nossa mãe a chamava? — perguntou Isis. — E do que dizia sobre aquele tipo de evento? São as mesmas coisas que diz sobre o Som América. Não há nada de mais naquele lugar, eu garanto a vocês. É um restaurante noturno, com música, dança, pessoas pobres e muitas delas negras. Isso é motivo suficiente para que ela e meu marido o considerem o pior lugar do mundo. E eu nunca vou aceitar isso.

Amélia e Laura se entreolharam, compadecidas da óbvia revolta e dor da irmã. Acreditavam nela e a compreendiam.

— E se você pedir com jeitinho? — sugeriu a mais velha e deu um sorriso.

— Diogo não permite — contou e sentiu-se enojada. Era inacreditável que estivesse vivendo uma situação em que era controlada como se ainda vivesse na casa de seu pai, como se fosse uma criança. Cerrou os punhos. Seria excelente poder dar um soco naquele espelho e descarregar todo o ódio que vinha acumulando. — Ele briga, grita. Grita tanto. O tempo todo. E às vezes age daquela forma agressiva que vocês já viram. E, bem, a própria Malu viu.

— Deus do céu, esse homem não vale a ceroula que veste! — exclamou Laura e bateu a mão no tampo da penteadeira, fazendo com que todos os frascos de vidro tremessem. — Você deveria empurrá-lo da escada ou algo assim!

No mesmo instante, Amélia mirou a mão na orelha da irmã caçula e lhe deu um tapa.

— Pare de falar asneiras!

— Ai!

— Isis já é maluca e você decide plantar ideia de crime na cabeça dela?! — disse, quase gritando, mas logo se voltou à irmã do meio. — Acho que, para evitar problemas, você deveria arrumar outras amizades. Não me entenda mal e, por favor, não fique com raiva de mim. Estou dizendo isso porque amo você, então ouça bem: eu, ou melhor, a família toda já presenciou alguma crise de raiva ou ciúme do Diogo. Todos nós já vimos que ele quebra o que vir pela frente, seja um copo, um quadro, uma mesa ou o rosto de uma pessoa. Quando está enervado, ele se torna um monstro. E isso acontece de maneira especialmente triplicada quando se refere a você. Me recordo que, no início, antes de vocês se casarem, todo mundo o enxergava como um herói e...

— Eu não — Laura deixou claro em tom de puro desprezo. — Para mim, ele sempre foi um imbecil.

— A família toda o admirava — continuou Amélia. — Nós o víamos como um príncipe, que iria até o inferno por você, se fosse preciso. Acho que até disse isso no dia do seu casamento, lembra?

Isis maneou a cabeça, concordando. Naquele dia, tantos anos antes, Amélia a ajudava a se aprontar junto de outras mulheres, e todas estavam felizes — algumas invejando a vida que Isis estava prestes a começar a viver. Depois de pronta, a noiva se olhou no espelho e se emocionou, assim como Amélia, que derramava lágrimas sem perceber. Foi naquele instante que garantiu à futura sra. Isis Almeida que ela estava se casando com seu príncipe encantado.

— Fui uma boba de pensar e dizer aquilo, mas parecia tão certo na época. Eu jamais imaginaria. Se tivesse desconfiado, eu...

— Não é culpa sua. Ninguém poderia prever.

— O que quero dizer é que acredito em você e sei que Diogo pode ser muito perigoso. É por isso que estou lhe pedindo encarecidamente que tire essas coisas da cabeça e arranje outras amizades. Isis, por Deus, não quero acordar um dia com uma carta dos nossos pais contando que algo aconteceu com você. Não me faça passar por isso, eu não suportaria. Ninguém da nossa família suportaria.

As duas ouvintes sentiram um arrepio imediato ao imaginar.

— Você deveria fugir — murmurou Laura após alguns segundos. — Eu penso em fugir, às vezes.

— Para onde? — Isis quis saber.

— Você não está cogitando isso, está? — perguntou Amélia, um pouco alterada.

— É uma possibilidade. Você prefere me ver morta ou foragida e finalmente livre? — questionou Isis, mas se arrependeu assim que notou a expressão de dor no rosto da irmã.

— Eu jamais escolheria a primeira opção, Isis. Jamais. Você sabe disso. Não seja tola de me perguntar uma coisa dessas.

— Eu sei. Desculpe.

Então gritos infantis invadiram o corredor dos quartos. Amélia bufou e soltou os cabelos da irmã. Olhou para cima e respirou fundo, tentando manter a paciência.

— De novo?! — gritou em resposta aos incansáveis "mãe, socorro!" que se aproximavam.

As três irmãs andaram rapidamente até a porta e encontraram Heitor e Luiz em completo desespero. O mais velho chorava alto, ao passo que arrastava o mais novo pelo braço, que, por sua vez, estava com a região da boca encharcada de sangue, pingando na camisa.

— Misericórdia, o que foi que vocês fizeram?!

Isis e Laura arregalaram os olhos ao observar o resultado do acidente e taparam a boca.

— Nós... Nós só... — Heitor tentava dizer, mas não parava de gaguejar. — Nós só estávamos brincando, e... e... e eu... Mãe, foi sem querer!

— Eu já mandei vocês pararem de correr! Parece que têm formiga na bunda!

— Mãe, ele tropeçou, me derrubou e caiu em cima de mim! — exclamou Luiz no mesmo tom que sua progenitora, mesmo com os lábios ensanguentados e os dentes da frente meio moles.

Ainda chorando alto, Heitor voltou a dizer que tinha sido sem querer, que não tinha visto que estavam tão perto, então Luiz gritou novamente e sua mãe segurou a cabeça dos dois e as encostou em seu colo, sem se importar que de um lado seria inundada de lágrimas e catarro e, do outro, de sangue quente.

— Entendi, agora calem a boca — pediu, tentando ficar calma. — Heitor, pare de chorar, eu sei que foi sem querer.

Isis riu de leve com a forma como sua irmã decidira lidar com a situação. Revoltada em um segundo e compadecida no outro. Ficou ali, observando-a inclinada na direção dos filhos, beijando-os no topo da cabeça.

— Peçam desculpas um ao outro agora — mandou.

— Por que eu? — indagou Luiz, limpando o queixo melado. — Ele me derrubou!

— E já disse que foi sem querer, enquanto você gritava. Agora, me obedeça.

Aquilo era engraçado e adorável em níveis espetaculares, pensou Isis. Eles pediram perdão um ao outro e foram obrigados a se abraçar. Ela sorriu, estudando as feições dos sobrinhos e o amor com que Amélia os tratava, mesmo que à sua maneira.

Ainda carregando um sorriso bobo no rosto, Isis imaginou um mundo em que também tivesse dois meninos daquele tamanho para cuidar. Dois meninos alegres, saudáveis, espoletas, que fossem pedir socorro a ela sempre que precisassem, que pudessem se acalmar com um simples abraço e que a amassem mais que tudo. Era tão lindo, puro, especial. Colocou uma das mãos sobre o ventre e imaginou um bebê ali, uma vida gerada dentro de si, que seria sua fonte de felicidade. Queria tanto um filho ou uma filha, queria tanto um ser só dela. Mas por que não conseguia? Por quê? Era um ser humano tão terrível assim para não merecer tal privilégio?

— Mel, você precisa de ajuda? — questionou Laura, aproximando-se. Ela era enfermeira havia algum tempo e tinha experiência com aquele tipo de ferimento.

— Ah, não se preocupe, isso acontece o tempo todo.

Isis riu.

— O tempo todo?

— Você vai ver quando tiver os seus. — Sorriu com todo o afeto do mundo. — Vamos, malandrinhos, vamos lavar esses rostos sujos lá embaixo. Segurem minhas mãos.

Em poucos segundos, os três sumiram escada abaixo, conversando sobre o acontecido.

— Deve ser maravilhoso, não? — Isis se dirigiu à irmã mais nova, que deslizava os dedos nos cabelos longos.

— O quê?

— Isso... filhos.

— Você acha? Para mim, parece uma enorme dor de cabeça.

Elas eram tão parecidas, mas tão diferentes ao mesmo tempo.

— Precisamos retornar ao assunto de antes — intimou Laura.

— Que assunto?

— As coisas que estão acontecendo com você.

— Ah, não se preocupe com isso. Eu sei o que estou fazendo. Vou dar um jeito.

A freira ficou quieta, encarando a irmã, incomodada com alguns pensamentos. Ela umedeceu os lábios e esperou.

— O que foi? — perguntou Isis. — Por que está me olhando assim?

— Eu só gostaria que fosse sincera. Nossa relação é diferente da sua relação com a Amélia, você sabe. Ela sempre foi como uma segunda mãe para nós, e por isso às vezes precisávamos esconder algumas coisas dela para evitar bronca. Mas eu e você... nós sempre fomos como melhores amigas, Isis. Sempre confessamos segredos.

— E você acha que estou escondendo alguma coisa?

— Sim, acho. Você e o jumento do seu marido sempre tiveram problemas, mas nenhum deles jamais a deixou tão triste antes.

Ela negou com a cabeça.

— Não estou triste. Estou contente por estarem aqui.

— Sei que sim, nós também estamos, mas conheço você bem demais para perceber quando está escondendo algo. Vamos conversar lá fora. — Entrelaçou o braço no da irmã. — Está muito frio aqui. Além disso, as paredes têm ouvidos.

Desceram as escadas e saíram pelos fundos do casarão, falando sobre os pontos negativos de uma vida no convento. Isis ria das piadas de Laura e sentia o coração se acalmar, feliz por tê-la junto de si. Caminharam encostadas uma na outra, pisando no gramado recém-cortado e indo para além da fonte gloriosa que enfeitava o jardim da fidalga. Pararam apenas ao encontrar as primeiras árvores daquela região. Laura soltou-se da irmã e segurou um galho grosso acima da cabeça. Pendurou-se nele por alguns segundos, mas um barulho estranho a assustou e ela decidiu que era melhor não voltar a fazer aquilo.

Ainda ouvindo-a falar sobre o convento, Isis segurou outro galho, próximo ao de Laura, para se apoiar também. Sem demora, ela notou os pulmões respirarem melhor e uma deliciosa sensação de paz a invadir. Foi quando tirou os sapatos e afundou os pés na terra macia. Enquanto isso, Laura chutava pedrinhas, olhando para baixo.

Os minutos se passaram e parecia que a mais nova havia se esquecido do assunto anterior, mas não havia.

— Pronto, já lhe contei grande parte da minha vida. Sua vez. Diga o que a está preocupando tanto.

— Você vai mesmo destruir nosso momento tão agradável retornando a esse assunto?

Ainda olhando para baixo e chutando as pedras, Laura não se importou ao notar que a barra de seu vestido estava imunda. Apenas confirmou com a cabeça e ajeitou as mãos na árvore.

— Não quero falar de coisas ruins — respondeu Isis.

— Problema seu. Eu quero.

Isis riu. Laura jamais a havia julgado por qualquer coisa, mas a irmã não sabia de seu outro lado, do desejo que tinha por mulheres, tal como por homens. Mesmo que não se importasse tanto com os dogmas da Igreja, Laura era freira. Ainda tinha princípios, e muito provavelmente seriam os mesmos de Alice. No entanto, Isis sabia que não precisava revelar tudo. E talvez um conselho pudesse ajudar. Contou, portanto.

— Estou apaixonada por uma pessoa que não me ama.

Mas sua irmã não parou de chutar as pedras, nem mesmo elevou os olhos para observá-la. Continuou brincando com a terra, como se não tivesse ouvido nada. Segundos depois, sorriu.

— Você colocou chifres no Diogo?

— Laura, esse definitivamente não é o ponto.

A irmã mais nova começou a gargalhar, imaginando o cunhado como o bovino imbecil que era.

— Eu sei, perdão. E quem é a pessoa por quem está apaixonada?

— Não vou contar, não sou louca.

— Claro que é. Conte.

A dama de pés na terra revirou os olhos, decidindo ficar em silêncio.

— Isis, você está sendo uma decepção, preciso dizer. Uma vez você roubou a espingarda do nosso pai para dar de presente a um garoto de quem gostava, e eu nunca a julguei por isso. Se não me engano, até a ajudei a roubar aquela porcaria.

E aquela foi apenas uma das milhares de coisas que Laura já havia feito por sua irmã. E Isis sabia disso. Sabia que, de todas as pessoas, a caçula da casa era a que sempre ficava ao seu lado, tanto nas coisas boas quanto nas ruins e perigosas.

— Essa situação é diferente. Você não vai entender.

— Eu sempre entendi você. Pare de ser dramática. — E então levantou os olhos e passou a observá-la seriamente. — Está apaixonada pelo Fernando?

— O quê? O marido da Amélia? É claro que não! Está maluca?

— Humm, ficou nervosinha demais. Acho que está apaixonada por ele mesmo.

— Santo Deus, você é insuportável. Que bom que moramos bem longe!

Laura riu novamente.

— Só estou tentando adivinhar — justificou. — É algum amigo de nosso pai, então?

— Eu tenho bom gosto, se é que você não se lembra.

— Nesse caso, é por algum empregado. Você vivia se envolvendo com eles antes de se casar.

— Laura...

— Talvez seja por algum amigo do Diogo. Você adora um romance proibido.

— Laura!

— O que foi?! — respondeu no mesmo tom, mas recebeu silêncio em resposta.

Isis queria, e muito, contar toda a verdade a ela, mas morria de medo. Ainda assim, algo lhe dizia que precisava tentar, que não havia problema em tentar, que talvez a irmã não a desapontasse como todas as outras pessoas.

— Você precisa jurar por Deus que não vai parar de falar comigo ou contar para alguém — clamou, nervosa.

— E eu já fiz isso alguma vez?

Realmente, nunca. Isis resolveu se segurar nisso, apoiar-se em seu passado incrível e crer que o futuro pudesse funcionar da mesma forma. Respirou fundo, apertou o galho acima da cabeça e simplesmente confessou:

— Eu estou apaixonada por uma mulher.

A irmã mais nova, pela primeira vez em minutos, parou de chutar pedras e brincar com a terra. Paralisada, tentou processar aquela informação. Silêncio total. Corpos congelados — e Isis começou a tremer. Laura permanecia encarando o chão e o monte de pedras marrons e cinzentas que havia armado com os pés sujos.

Se arrependimento matasse, Isis já teria caído dura no chão. Ofendeu-se mentalmente com terríveis palavrões. Havia sido uma besta ao decidir confiar seu maior segredo à irmã freira. Que burrice!

— Você não vai contar para ninguém, vai?

Foi nesse instante que Laura enfim ergueu o olhar e a fitou, sorrindo, como se a achasse uma boba. Isis não entendeu, mas o silêncio continuava a perturbá-la. A mais nova voltou a chutar as pedrinhas.

— Vou contar para todo mundo.

— Laura!

E a caçula deu risada. Em seguida, continuou:

— Houve um período da minha adolescência em que eu sentia muita raiva de você. Não sei se se lembra. Eu tinha catorze ou quinze anos. Você tinha acabado de fazer dezoito.

A fidalga desviou os olhos para uma árvore próxima, buscando recordar-se. De fato, houve um período em que elas não conversavam, um período em que a amizade entre elas havia se dissipado por completo; todas as vezes que a mais velha tentava se aproximar, Laura a ofendia e brigavam tanto a ponto de arrancar fios de cabelo uma da outra.

— Você se lembra de que costumávamos espionar a Amélia enquanto ela namorava?

— Eu me lembro, mas o que isso tem a ver com...

— Uma vez, eu fiz o mesmo com você. Sempre soube que você tinha histórias, certas vivências que eu ainda não tinha experimentado, e que às vezes você me contava, às vezes não. Até que você passou por um período em que vivia saindo escondida de casa e deixou de compartilhar segredos comigo. Bom, *esse* segredo, pelo menos. E eu me senti como que deixada de lado. Amélia já tinha se mudado para o Recife, então você era a pessoa mais próxima de mim e estava se afastando — contou com um sorriso genuíno, achando graça daquela história toda. — Então, eu a segui. Flagrei você beijando a Victoria.

Naquele instante, Isis sentiu o sangue parar de correr. Notou um peso na cabeça e um frio na espinha, sem saber o que esperar daquele depoimento.

— Vocês estavam se beijando nos fundos do Clube Esportivo, aonde ela ia para ver Diogo jogar futebol. Antes do jogo, lá estavam vocês duas. E me lembro bem de vê-la apertando seu peito, aliás.

— Ah, Laura, isso...

— Estou contando uma coisa, espere aí. Bom, o que vem agora é muito importante, talvez a parte mais importante. Foi depois daquilo que eu me afastei completamente de você e passei a brigar por conta de tudo. Eu fiquei muito brava e magoada porque, naquela época, *eu* era apaixonada por ela.

Sem perceber, Isis ficou boquiaberta. De todas as coisas que poderia ouvir aquele dia, uma declaração de amor da irmã por outra mulher era a última! Elas eram iguais, então?

— Mas ela jamais me deu atenção. Bom, provavelmente por ser mais sensata que eu e compreender que uma menina de catorze anos estaria no mínimo maluca por querer uma mulher de quase vinte. Até me chamava de criança! Aquilo me enlouquecia. De qualquer forma, foi como se eu tivesse sido traída por vocês duas. Eu idealizava nela o amor da minha vida.

Ainda perplexa e sem palavras, Isis recordava aquele período e como o comportamento da caçula a irritava. Brigas intermináveis, provocações do início ao fim do dia... Essa fase só passou quando Diogo começou a cortejá-la. Nesse mesmo período, Victoria se casou e se mudou para Porto Alegre.

— Foi por isso que eu nunca quis me casar e que não fugi do convento até hoje. Bom, eles me dão cama e comida, não é? E outras coisas também. — Sorriu outra vez. — Eu me nego a me envolver com um homem, Isis. Era inimaginável para mim um casamento com os pretendentes que nossa mãe me apresentou naquela época. De fato, alguns rapazes eram muito bons, muito ricos, bonitos, jovens, inteligentes, engraçados, mas nada que me chamasse a atenção. Então fui para o convento. Entre uma prisão e outra, eu escolhi a que não me obriga a ficar pelada.

O coração de ambas estava acelerado. Uma não podia acreditar no que estava revelando, e a outra, no que estava descobrindo. Um segredo enorme como aquele fora guardado durante tantos anos... Era chocante. Pensando melhor, Isis viu que eram parecidas, mas não iguais. Laura era como Alice, que nem mesmo tolerava imaginar uma relação com um homem.

— Me conte sobre ela — pediu Laura, um tanto nervosa.

— Sobre a Victoria?

A caçula riu.

— Sobre a mulher por quem está apaixonada.

— Ah, entendi. Ela... Mal sei por onde começar.

— Pelo começo, como eu fiz.

— Certo. Bem, eu a conheci no Carnaval.

— No Carnaval? Ela estava sambando no meio da rua de vestido curto e você se apaixonou?

Isis revirou os olhos.

— Foi num Carnaval privado, organizado pelo prefeito. Era um baile de máscaras. Foi quando a vi pela primeira vez. Depois disso, nossa querida e amada mãe fez com que eu me aproximasse dela para ajudá-la a arranjar um marido.

— Um marido? Por Deus.

— Foi como iniciamos nossa amizade.

— E o amor.

— Sim, mas da minha parte, apenas. Meu coração dói todas as vezes que penso nela, Laura. Seu nome é Alice, e ela é nada menos do que a personificação da paz. Junto dela, é como se eu não precisasse me preocupar com mais nada, como se tudo pudesse ser tão fácil. Alice é tão doce... Você adoraria conhecê-la. Por vezes, ao admirá-la, é possível confundir-se e pensar que é um anjo.

A freira mordeu o lábio inferior, animada e feliz como nunca ao ouvir a outra falar daquela forma. Jamais pensara que tais termos algum dia sairiam da boca de sua irmã, que costumava ser tão sexual.

— Outras vezes, você pensará que é uma princesa. Uma princesa britânica, como a rainha Vitória ou alguém do tipo. No entanto, quando ela abre a boca para conversar, você pode achar que é um livro. Uma enciclopédia! Às vezes, penso que não há nada que Alice não saiba. — Sorriu genuinamente, pensando em seus olhos. — Ela é verdadeira, e é o tipo de pessoa que de fato ouve quando você fala. Ela compreende o que o outro está dizendo. É generosa, tão bonita e...

— É lindo ouvi-la dizer essas coisas, mas eu estava me referindo a quem ela é tecnicamente. Digo, nome completo, filha de quem, veio de onde...

— Ah! Eu estava divagando. Bom, é Alice Capela Bell Air, filha de dona Berenice e do sr. Charles, que são donos da joalheria Ouro Bell, que fica no centro. Eles moravam em Portugal e se mudaram para o Brasil este ano.

— Entendi. — Maneou a cabeça em concordância. — E não ama você?

— Alice é como você, não gosta de homens, apenas de mulheres, mas não aceita isso. Quando tentei mostrar esse caminho, ela recuou bruscamente. Quando contei que estava apaixonada, ela me disse coisas horríveis, Laura. Coisas que nem tenho coragem de repetir.

— Se for como você acha que é, não se preocupe, ela vai se aceitar. Mais cedo ou mais tarde, ela vai, mas isso não significa muita coisa em relação a você.

— O que quer dizer?

— Talvez ela se aceite e seja capaz de lidar bem com isso ao se olhar no espelho, por exemplo. Mas não quer dizer que vai se apaixonar por você instantaneamente.

Doía ouvir aquilo. Isis preferiu que ela tivesse mentido e apenas inventado uma história em que Alice sentia o mesmo por ela, mas sua irmã já tinha experiência o bastante para saber que não era assim que as coisas funcionavam.

— Valeu a pena? — questionou, um momento depois. — Valeu a pena ter se mudado para o Rio de Janeiro, ter ficado longe da sua vida inteira, da sua família, dos amigos que tinha aqui, para viver num convento e hospital?

Laura a observou de relance, pelo canto do olho, e sorriu. Mas aquele era um sorriso diferente, havia ainda mais luz e um certo fascínio escondido. Sem proferir uma única palavra, Isis soube que sim, havia valido muito a pena, e que, se tivesse que escolher, teria ido para o exato mesmo caminho.

— Eu conheci uma pessoa lá — contou e o sorriso se alargou, então abaixou a cabeça e mordeu o lábio inferior.

— Quem? — indagou Isis, começando a sorrir também. Vendo a irmã rir alto e se demorando a dizer, ela esticou o braço e beliscou sua costela, fazendo-a se assustar e soltar o galho acima da cabeça, rindo ainda mais. — Agora você vai ter que me contar!

— O nome dela é Anaya. Anaya Tella. Ela tem a minha idade e estamos juntas há um ano.

— Meu Deus! Um ano?! Como pode estar com uma pessoa há um ano e nunca ter me contado nada?

Laura desviou os olhos e fez algumas contas com a ponta dos dedos.

— Perdão, um ano e quatro meses, na verdade.

Isis bufou, sem poder acreditar.

— Eu a conheci assim que entrou para o convento. A madre superiora pediu que eu apresentasse o lugar todo para ela e, no dia seguinte, a cozinha, onde ela trabalharia. Todo mundo lá faz alguma coisa, e ela era cozinheira na casa dos antigos patrões, então preferiu continuar no mesmo ramo. Eu já havia trabalhado na cozinha, mas sempre fui um desastre. Eu quebro e derrubo tudo. Maria José gritava comigo o tempo todo, Isis! Você não acreditaria se visse.

— Quem é Maria José?

— Ela comanda a cozinha. Quando cheguei ao convento, eu limpava, e foi o que fiz durante o primeiro semestre. Esse era o meu trabalho. Depois decidiram que eu merecia uma chance como cozinheira, o que foi uma péssima ideia. Dois meses mais tarde, eu e Rute tínhamos feito uma amizade muito forte. Ela tinha cinquenta e dois anos na época e sempre foi muito paciente, além de uma enfermeira espetacular. Para ser sincera, eu a chamaria de médica, mas o doutor que nos acompanhava no dia em que eu disse isso riu da minha cara e falou que seria um absurdo. Eu discordo dele. Rute sempre faz a maior parte de todos os processos. Mas o meu ponto não é exatamente esse. Rute viu que eu tinha um enorme interesse em aprender enfermagem e convenceu a madre superiora a me deixar tentar. Foi uma luta. Ela dizia: "Você mal consegue segurar uma colher, como quer salvar vidas?" Ela é bem parecida com a nossa mãe, aliás.

Isis ouvia atentamente, como se fosse uma história tirada de um livro. Havia mistério ali, e, além de adorar conhecer mais da trajetória da sua primeira melhor amiga, também ansiava por conhecer mais da tal Anaya Tella, a mulher com quem Laura estava envolvida.

— Comecei a estudar para me tornar enfermeira, e uma semana depois Anaya chegou. Ah, Isis, eu soube no momento em que a conheci. Ela é a mulher mais linda que eu já tinha visto.

Isis sorriu alegremente. Era irônico ouvi-la dizer algo assim, visto que, das três irmãs d'Ávila, Laura sempre fora considerada a mais bonita e encantadora.

— Ela chegou e me desejou um bom-dia, e eu não consegui responder. Estava congelada, com cara de maluca. Ela até franziu o cenho e perguntou a Maria José se eu tinha algum problema de cabeça!

Elas começaram a rir. Isis colocou a mão na barriga e curvou-se para a frente, podendo visualizar a irmã como uma boba completa diante de outra mulher muito bonita.

— Então, fui apresentar o convento inteiro para ela. Numa tentativa de disfarçar meu nervosismo, comecei a fazer uma piada atrás da outra, não parava de falar. Ela precisava me interromper para fazer perguntas e dizer que eu estava falando muito rápido. Aí eu ficava mais nervosa e começava a gaguejar. Ah, foi um caos completo. Mas ela ria a todo momento. Anaya tem um sorriso mágico, Isis. Tenho certeza de que, se a visse, você se apaixonaria por ela também. — Encostou-se no tronco da árvore mais próxima. — Eu me apaixonei muito rápido e sabia que precisávamos passar mais tempo juntas. Então, pedi a Maria José que me desse o trabalho na cozinha de volta. Nós brigamos, porque ela não queria aceitar, e além disso eu precisava estudar. Mas pedi que me deixasse lavar a louça e limpar o chão e as janelas, desse modo não estragaria a comida de ninguém e ainda estaria perto do *meu amor*.

— Você é tão romântica!

— Sou, não sou? Eu trabalhava na cozinha durante o dia e estudava à noite, até o momento em que precisei praticar a enfermagem nos hospitais. Foi quando parei de ir à cozinha. No entanto, a essa altura minha Nay já estava louca por mim também. Ela é o amor da minha vida, Isis. Esse foi o nosso início. Bom, eu resumi bastante, pulei vários detalhes. Mas outro dia lhe conto com mais calma.

— Como vocês lidam com isso? Como escondem?

— Hum... fingimos que somos melhores amigas. Nosso dormitório é bem próximo e temos horários semelhantes. Algumas de nossas amigas sabem a verdade, outras vivem histórias parecidas com a nossa. Mas poucas. Pelo menos, até onde sabemos. — Sentou-se sobre a raiz grossa da árvore. — Mas passamos muita raiva também. Acredita que uma vez a madre me deu uma surra na frente de todo mundo?

Isis arregalou os olhos e sentiu o rosto esquentar. De repente, estava possessa.

— Ela bateu em você?! Como assim?

— É o que estou lhe dizendo. Você sabe como eu sou. Sou muito tranquila, mas quando estou brava acabo gritando e fazendo escândalo. Foi isso que me prejudicou. Uma vez, Anaya estava doente, com febre, se sentindo muito mal. Duas das freiras que também trabalhavam na cozinha tinham viajado para visitar a família, então a madre não permitiu que Nay fosse descansar, senão a comida iria atrasar bastante. Minha raiva se iniciou aí. Comecei a tentar ajudá-la, mas acho que estava mais atrapalhando que qualquer outra coisa. Houve um momento em que sua vista escureceu, ela se sentiu tonta e deixou uma panela enorme de sopa fervente cair no chão. Queimou o pé direito e metade da canela, caiu e urrou de dor. Então eu comecei a gritar por ajuda, porque ainda não havia estudado sobre queimaduras. Enquanto gritava, a arrastei para longe da comida quente. Estava desesperada de preocupação. Foi quando a madre chegou e viu toda aquela sujeira. Ela ficou furiosa e começou a xingar Nay. "Preta desleixada!", ela gritava, "eu devia te levar de volta para a senzala, de onde jamais deveria ter saído!"

Isis arregalou os olhos outra vez e sentiu seu interior doer ao ouvir aquilo.

— Não foi a primeira vez que ouvimos algo do tipo. E ela sempre se defendeu sozinha. Até brigou comigo uma vez, antes disso, quando tentei falar por ela. Disse para eu cuidar do meu nariz. — E sorriu fraco, tristemente. — Mas naquele dia... naquele dia ela estava passando muito mal, estava trabalhando de pé fazia quatro horas, esgotada, e se feriu! Anaya tem as marcas de queimadura até hoje. Eu não suportei ouvir aquela rameira infeliz a ofender e não fazer nada. Me levantei e comecei a gritar muito alto, proferindo cada palavrão que conhecia, um por um, e no fim das contas a mandei para o inferno. Rute chegou, socorreu Anaya, a levou para ser tratada, e a madre me arrastou pelo braço e me colocou de joelhos diante de todas as outras freiras no refeitório. Ela bateu no meu rosto até que eu caísse deitada no chão, depois me fez ajoelhar de novo e usou a palmatória para espancar minhas mãos. Sessenta vezes. Trinta em cada uma.

Isis estava perplexa, assustada e com vontade de chorar. Laura e ela sempre contaram tudo uma para a outra, e aquele inferno de segredo era a única coisa que as mantinha separadas, sem que soubessem. Sua irmã mais nova, sua Laurinha — como costumava chamar quando eram pequenas —, havia sofrido como nunca e jamais pediu ajuda. Era tão injusto.

— Você devia ter me contado. Devia ter me contado tudo, desde o início! Começando pelo momento em que descobriu que *gostava de mulher*. — Essa última parte Isis sussurrou.

— Na época, eu não queria lhe dizer que estava apaixonada pela Victoria. Vocês estavam juntas.

— E depois, Laura?! E depois?

— Depois você se casou. Imaginei que você iria parar de pensar em mulheres. Quer dizer, você sempre foi muito religiosa, nunca faltou à igreja, e há um altar de santos diante do sofá da sua sala de estar. Pensei que, se contasse, você iria me condenar e dizer que eu só precisava de um homem para tirar isso da cabeça.

— Muito pelo contrário. Eu jamais seria capaz disso.

— Como eu ia saber?

Elas ficaram em silêncio por um momento. Isis tinha muito o que refletir diante de tantas revelações. Repassava as frases da irmã, uma por uma, incrédula em relação à vida inteira que acontecia no estado vizinho, sem que fizesse a menor ideia.

— Nós conversamos sobre fugir, às vezes — contou a mais nova, olhando para o outro lado, vendo Heitor e Luiz se aproximarem segurando as mãos de dona Marisa. Em segundos, os três estariam ali. — E acho que você deveria fazer o mesmo.

— Para onde?

— Não faço ideia. Se soubesse, já teria ido.

Aquela frase a fez se arrepiar. Deu a ela toda a razão e quis simplesmente fazer as malas e fugir para longe, muito longe. Algum lugar perfeito em que não precisasse se esconder nunca mais. Mas onde? Esse lugar ao menos existia?

Talvez aquilo fosse uma tolice completa. Fugir de casa! Que boba. Como se sustentaria? Como manteria uma vida sem um homem? Como faria com que Diogo jamais a encontrasse? Era impossível. Sua vida era ao lado dele, e não mudaria, a não ser no dia de sua morte, dali a uma ou três décadas.

— Seu vestido está imundo! — exclamou dona Marisa assim que viu a barra suja da saia da filha caçula. — Levante-se daí, menina. Deve estar com o traseiro encardido!

Heitor e Luiz soltaram a avó e correram até as tias. O mais velho já tinha parado de chorar, enquanto o mais novo tinha um curativo grande e feio no nariz. Dona Marisa continuou implicando com Laura e ordenando que ela se levantasse, mas não foi obedecida.

— Estou muito cansada! — disse a moça, até que, com o objetivo de irritá-la ainda mais, deitou-se sobre o gramado.

Dona Marisa bateu as mãos nas coxas.

— Laura!

Os meninos começaram a gargalhar e se jogaram no chão, imitando a tia. Conforme a avó se irritava, eles achavam mais graça. Em um ou dois minutos, Amélia os alcançou e abraçou a mãe por trás, mudando o assunto. Foi quando as quatro mulheres se lembraram da vez que o sr. Henrique bebera tanto a ponto de ser carregado pelos dois genros. Elas riram e decidiram caminhar até os homens para relembrar aquela história. Eles ainda estavam no jardim da frente, fumando, conversando e observando a rua. Amélia segurava Malu em um braço, dona Marisa segurava as mãos de Heitor e Luiz e, por fim, Isis abraçou os ombros da irmã mais nova, depositando um beijo demorado em sua bochecha.

— Eu amo muito você — sussurrou em seu ouvido, enquanto Luiz ainda reclamava de dor. — E estou muito orgulhosa também.

— Que bonitinha — respondeu. — Também amo muito você.

E assim alcançaram a parte da frente da casa, onde Diogo, o sr. Henrique e Fernando estavam sentados, esperando que elas chegassem. O sol das quatro e meia fazia sombra do lado esquerdo da mansão Almeida, e, quando saíram de sua proteção e colocaram uma das mãos defronte ao rosto para proteger a vista, sabiam que estavam sendo observadas pelos homens, mas não faziam ideia de que eles não eram os únicos a analisá-las.

Do outro lado da rua, a carruagem de Alice estava estacionada. Com a vista embaçada por culpa das lágrimas, a moça assistiu ao amor da sua vida caminhando alegremente ao lado de mulheres e crianças que ela nunca vira antes, a não ser por dona Marisa. Isis estava com o decote do vestido um pouco torto e a barra arrastava no gramado. Com uma das mãos, segurava seu par de sapatos azuis; com a outra, abraçava uma mulher parecidíssima com ela, porém com cinco ou seis centímetros a menos, busto mais cheio e cabelos ondulados e mais longos.

O sol refletia na pele e parecia fazê-la cintilar. Por um momento, Alice acreditou poder ouvi-la gargalhar, ou talvez fosse apenas sua imaginação doente de saudade. Querendo ou não, estavam muito longe, mas tudo o que a loura queria era poder tocá-la novamente. Pensando nisso, deixou que uma das lágrimas despencasse e tocou o vidro com a ponta dos dedos, fingindo que a superfície rígida e gelada era, na verdade, a pele macia e quente da mulher que amava.

Talvez ela já tenha superado toda essa história, pensou Alice. Amargurada, sentiu o peito apertar, o corpo parecer cansado — mesmo sem ter feito muita coisa durante o dia. Sentia tanto a falta dela. Pensava nela a todo momento, mas também acreditava que não estava ali por outro motivo, senão para causar problemas. Estava agindo como uma imbecil. Ou melhor, *só* agia como uma imbecil nos últimos tempos. Havia humilhado Isis, brigava com os pais e agora estava espionando-a como uma louca. Parou de observar sua feição alumiada, dando-se conta do que estava fazendo, e decidiu ir embora.

6

Um sentimento muito grande e especial

— Essas já foram vendidas — esclareceu Alice com o pai logo atrás segurando uma prancheta, fazendo cálculos e perguntas relacionadas aos adereços de ouro. — A última peça saiu na semana passada, aliás.

Estavam na Ouro Bell, analisando uma das vitrines que ficavam atrás do balcão. O sr. Bell Air bufou e coçou a cabeça, impaciente.

— Pelos meus cálculos, haveria três pares disponíveis. Que estranho.

— Eu vou procurar lá dentro — respondeu a loura.

— Sua mãe já está procurando. Precisamos... hum... — Respirou fundo, de olhos fechados. — Deus, ainda há tanto trabalho pela frente.

— Posso ajudar em algo? — uma voz estranha questionou atrás deles.

Emília estava sorrindo abertamente, muito perto dos donos da joalheria — tanto que se assustaram.

— Perdão, senhorita, não a vimos entrar — esclareceu o sr. Charles e sorriu. — Alice, você a atende, por favor? Vou ver se sua mãe encontrou as joias.

— Claro — respondeu e o assistiu virar as costas. — Em que posso ajudar, senhorita...?

— Não se lembra de mim?

Alice franziu o cenho, tentando se recordar daquele rosto fino e cabelos alaranjados, além dos olhos muito azuis.

— Peço desculpa, minha mente está falhando hoje.

— Não tem problema. Você vai se lembrar. Da última vez que vim até sua loja, foi com uma amiga minha, Victoria Almeida Barros.

Foi como se dois dedos estalassem em sua mente. Da moça um ano e meio mais velha, Alice se esquecera quase que imediatamente. Foi a viúva que permaneceu em sua cabeça. Mas sempre se lembrava dela com incômodo, imaginando se já havia conseguido o que queria com Isis.

— Ah, sim. Vocês compraram um colar aqui há uma semana, não é?

— Exatamente!

— E... a dona do presente gostou? — indagou e se achou uma tola por perguntar.

— Gostou, sim. Estava usando hoje mesmo.

Estava usando o colar. Estava usando o presente de Victoria. Alice mordeu forte e sua língua reclamou. Saberia ela que seu mimo havia saído direto da Ouro Bell?

— Fico feliz. — Forçou um sorriso, batendo a ponta dos dedos no vidro do balcão. — E a senhorita veio buscar algo para si dessa vez? Perdão, não recordo seu nome.

— Emília Vieira, e, sim, vim comprar algo para mim. Achei que você poderia me ajudar.

Alice mal ouviu. Ficou pensando em Isis. Pensara nela ao acordar naquele dia, ao tomar um café forte e ao escolher um vestido ligeiramente mais decotado para aquela sexta-feira ensolarada. Por mais que Isis estivesse sempre em seus pensamentos, não tinha coragem suficiente para tirar o telefone no gancho, discar o número que sabia de cor e ouvir sua voz pela primeira vez após um mês. E queria muito poder fazer isso, marcar um encontro e pedir perdão. No entanto, todas as vezes que pensava nisso, algo a puxava para trás. Algo como as palavras do padre, por exemplo.

Mal sabia que o motivo de Isis usar aquele colar não era Victoria, mas a vendedora do adereço. Quando a cunhada lhe deu o presente e revelou onde e com quem havia comprado, a fidalga assustou-se, mas depois passou vários minutos encarando-o brilhar à luz das velas de seu quarto, deslizando a ponta do indicador, pensando que Alice havia tocado ali. E quanta saudade sentia... Quanta saudade de poder sentir nem que fosse apenas sua presença no mesmo cômodo.

Isso acontecera no dia em que Victoria e Emília chegaram à mansão. Depois das conversas de Isis, Laura e Amélia, o acidente de Heitor e Luiz e um resto de tarde relembrando bons momentos com a família toda, dona Marisa e o sr. Henrique foram para casa e a filha mais velha, assim como seus filhos e marido, além de Laura, foram jantar com eles, aproveitando para passar a noite por lá, mesmo que estivessem oficialmente hospedados na casa da irmã. Então, ficaram Isis, Diogo, Emília e Victoria a sós. Jantaram frutos do mar e beberam um pouco na sala depois disso. Logo, a ruiva foi se deitar. Os outros três continuaram papeando, até o instante em que o homem decidiu que era hora de irem dormir. Victoria foi indo para o quarto de hóspedes, mas antes sussurrou no ouvido da dona da casa:

— Não durma. Preciso falar com você.

Diogo estava ocupado mais à frente, tomando o último gole de uísque. Foi quando a morena sorriu fraco e assentiu, quase podendo adivinhar do que se tratava.

— Que dia exaustivo — reclamou Diogo enquanto subia a escada com a esposa. — Sua família é tão barulhenta, às vezes.

— Era a sua irmã quem estava gritando de tanto rir agora mesmo. Parecia uma hiena dando cria — falou com certo desprezo, mesmo que no fundo não achasse isso.

Diogo umedeceu os lábios e riu levemente. Isis estava na frente, subindo degrau por degrau. Ele não pensou duas vezes antes de erguer a mão direita e espalmar seu traseiro.

— Ai!

— Pare de rebolar. Vai ver o que vou fazer com você naquele quarto hoje.

— Ah, hoje não. Não estou me sentindo bem — justificou a mulher, e finalmente alcançaram o segundo andar.

— Isso não seria mais uma desculpa para descumprir seus deveres, seria?

Lado a lado, caminharam em direção ao quarto.

— Claro que não, amorzinho. Só estou meio enjoada. Acho que bebi demais. Só quero ficar quieta e dormir.

Ele envolveu sua cintura com um braço e a apertou forte, fazendo com que quase tropeçasse.

— Mas você pode ficar quieta, se quiser. Eu sei o que fazer. — E beijou seu pescoço.

De repente, Isis se sentiu ainda mais enjoada e o empurrou.

— Não, Diogo.

Ele mordeu a língua, enfurecido, mas respirou fundo e a seguiu até o cômodo. Trocaram de roupa e se deitaram. O jornalista tentou mais uma vez, quando terminou de apagar as luzes, mas ela mordeu seu ombro, e, depois de proferir alguns palavrões com a dor e o susto, ele se virou para o outro lado e dormiu cheio de raiva. Chegou a cogitar ir até o quarto de Emília e tentar alguma coisa, mas não estava com paciência para seduções. Queria algo rápido em que pudesse se aliviar. Dormiu e sonhou com isso, inevitavelmente.

Isis, de olhos pesados, decidiu adormecer e falar com Victoria só no dia seguinte. No entanto, assim que seu corpo ficou mole e já mal ouvia o marido roncar, um dedo fino e longo cutucou sua costela, fazendo-a despertar de imediato, num pulo assustado.

— *Shhh...* — Victoria fez com o mesmo dedo sobre a boca. — Ele vai acordar.

— Eu estava dormindo! — rosnou.

— Eu vi, e falei para ficar acordada.

— Por que invadiu meu quarto? Não pode esperar até amanhã?

— Não posso, Isis, vamos sair daqui — pediu.

— Será rápido?

— Com certeza não.

A morena bufou. Só queria descansar, mas aparentemente seria impossível. Vestiu o robe da camisola branca e as duas saíram do quarto, indo para o de Victoria. Ela estava hospedada no mesmo cômodo em que a dona da casa e Alice se amaram pela primeira e única vez. Isis ainda tinha lembranças sempre que olhava para aquela cama.

— O que você quer? — perguntou logo, coçando um dos olhos e bocejando em seguida.

— Que mal-humorada.

— Estou exausta.

— Quero lhe dar um presente. Algo que comprei hoje, especialmente para você.

Depois pediu que ela se sentasse sobre a cama e fechasse os olhos. Quando Isis os abriu, estava com o colar da Ouro Bell.

— É lindo — sussurrou, observando-o em frente ao espelho que sua cunhada segurava.

O quarto estava mal alumiado propositalmente, com parte das velas apagada, fazendo uma sombra insinuante na cama.

— Gostou? — a loura questionou baixo e subiu no colchão atrás dela, então iniciou uma massagem lenta em seus ombros. — A joia teve uma revisão especial, para que eu tivesse certeza de que você iria gostar.

— Revisão especial?

— Exato. Comprei num lugar de confiança. — Abaixou o rosto, quase encostando os lábios em seu ouvido, e sorriu, maldosa. — Na Ouro Bell.

Isis olhou para a frente e seu sono evaporou. Virou-se para ela.

— Como é?

— Sua adorável Alice me ajudou a escolher. Quando eu disse que você era uma mulher extremamente depravada, ela não demorou a afirmar que vermelho seria a opção perfeita. — Deu de ombros. — Acho que concordo com ela.

Piscando repetidas vezes, Isis não pôde acreditar no que ouvia.

— Você foi se encontrar com a Alice? — Agora, falava alto. — O que sabe sobre ela?

— Nada de mais. Apenas o que meu irmão me contou.

— E o que ele contou?

— Que vocês são amantes, é claro!

— Vá para o inferno, Victoria.

— Cristo, por que ficou tão brava? — Colocou as mãos na cintura, assistindo-a se levantar e ficar no meio do quarto.

— Não gostei do que fez.

— Ora, Isis, desse modo você me faz crer que realmente gosta dela. Digo, muito mais do que deveria.

Isis já estava brava por ter sido despertada, agora descobria que Victoria estava fuxicando sua vida, envolvendo-se com ninguém mais, ninguém menos do que a mulher para quem havia se declarado. Normalmente, passaria pela situação com alguns comentários ásperos e irônicos, colocando-a em seu lugar. Mas não se tratava de qualquer pessoa. Era Alice. Era muito mais sério do que as amantes que costumava ter antes de se casar.

— Santo Deus... você realmente gosta dela — notou Victoria e arregalou os olhos. — Você chorou quando brigaram e agora está brava porque eu a conheci. Só não me diga que está apaixonada.

A outra abriu os lábios, ameaçando responder algo, mas desistiu no meio do caminho.

— O que mais você disse a ela? — falou, um momento depois.

— Minha nossa, você está mesmo apaixonada. E o meu irmão?!

— Você fala como se Diogo fosse o melhor marido do mundo! Pois saiba que às vezes sinto vontade de colocar veneno no café dele.

— Que loucura. Ele a ama perdidamente. E é um homem tão bom — disse com graça, sabendo que a última parte não era verdade.

— Se tem tantas qualidades, então o leve para viver em Porto Alegre com você.

— Deus me livre. — Abanou as mãos como quem espanta algo. — Você que carregue sua cruz sozinha.

— Pois bem. Não venha me julgar.

A viúva milionária respirou fundo. Chamara Isis em seu quarto crente de que teriam uma noite juntas para matar a saudade. No entanto, aparentemente a morena não sentia sua falta.

— Quer deitar? — perguntou, só para ter certeza.

Isis franziu o cenho.

— Não! — Como se fosse óbvio.

— Desculpe, eu precisava tentar.

Ao que parecia, Isis de fato tinha fortes sentimentos pela herdeira da joalheria. A cunhada jamais a vira negar sexo em outra oportunidade. Ou estava extremamente cansada, ou extremamente apaixonada.

— Gostou do colar?

— Sim. Obrigada, aliás. Não comprei nada para você.

— E nem precisava. Só comprei porque achei que íamos transar. — Bateu as mãos nas coxas, levantando-se. — Amargo engano.

Isis sorriu. Victoria permanecia linda, como sempre foi, e seu decote era profundo, além de estar especialmente perfumada. Se o contexto fosse outro, a fidalga não perderia a chance de passar a noite toda gemendo em seu ouvido, mas pela primeira vez na vida desejava uma única pessoa.

— Volte em alguns meses — pediu. — Se meu coração estiver curado desse maldito sentimento, eu recompenso cada centavo e minuto do seu esforço.

Victoria gargalhou, desejando-a ainda mais.

— Voltarei. E cobrarei sua dívida com altos juros.

Foi como o colar da Ouro Bell chegou às mãos de Isis. Depois daquilo, ambas foram dormir em seus respectivos quartos e acordaram cedo na manhã seguinte.

Contudo, na cabeça de Alice, o pior havia acontecido. Para ela, Victoria teria persuadido Isis a se deitar com ela, e elas haviam se amado tal como Alice a havia amado. Era insuportável pensar naquilo. Totalmente frustrante.

Eu deveria ter ligado, pensou. *Eu deveria ter voltado para pedir perdão no primeiro instante de remorso.* Achava-se covarde, fraca e estúpida.

— Você está me ouvindo? — Emília questionou outra vez, confusa.

— Perdão, o que disse?

A cliente riu.

— Você está no mundo da lua.

— Desculpe, me distraí. Gostou dos brincos?

Emília admirava um par de joias douradas com três diminutas pérolas pendentes. Os adereços estavam presos numa superfície quadrada e esponjosa na cor preta e ela a colocou próximo à orelha para ver como ficariam.

— *Você* gostou? — Emília devolveu a pergunta.

Alice inclinou um pouco o rosto para a analisar de perto e Emília se aproximou também, umedecendo lentamente os lábios.

— Acho que são muito longos para o seu rosto — respondeu e em segundos encontrou outra opção. — Veja. Esse é parecido.

Colocando os novos brincos perto da orelha, Emília os admirou no espelho de moldura prateada.

— São lindos. Mais delicados, não?

— Com certeza. Combinam com você — respondeu e sorriu. — Eu tenho uma gargantilha que orna muito bem com ele. Só um instante.

Deu alguns passos até o outro armarinho atrás do balcão e procurou. Usou algumas chaves para destrancar a vitrine e retirar o colar de lá. Ao virar o corpo, quase trombou com Emília e levou um susto. Ela havia passado para o interior do balcão sem que Alice notasse.

— Assustei você? — questionou, sorrindo.

— Você... — gaguejou a loura, sem saber como dizer que a cliente deveria ficar do outro lado sem parecer rude e perder a venda. — Eu já estava voltando.

— Eu sei, mas queria ver de perto também — respondeu Emília e voltou a passar a língua nos lábios, acreditando que isso surtiria algum efeito em sua nova paixonite.

De início, Alice não havia notado as intenções da cliente. Entretanto, após a atitude demasiadamente estranha de atravessar os limites para se aproximar e movimentar a boca de maneira sensual, ela percebeu. Ao mesmo tempo, preferiu acreditar que estava imaginando coisas.

Estava tão obcecada por mulheres a ponto de uma mera aproximação a fazer pensar que a outra estava atraída? Que autoestima!

— Falava deste colar. — Alice o mostrou, segurando-o. — As pérolas são iguais.

Emília tocou a joia e, antes de tomá-la para si, acariciou levemente as mãos de Alice, que engoliu em seco assim que sentiu o toque.

— Adorei — sussurrou. — Pode colocar em mim, por favor? — E, antes de receber resposta, devolveu-o, virou-se e esperou.

Alice posicionou a gargantilha em seu pescoço e sentiu a pele aquecida. Alguns fios ruivos escapavam do coque e tocavam a nuca, então ela deslizou os dedos para tirá-los da frente e ouviu um riso leve vindo da outra.

— Você tem mãos delicadas. É tão agradável sentir.

Alice mordeu a língua e sorriu sem pensar. No fundo, havia gostado de ouvir aquilo, por mais inconveniente que fosse.

— Pronto — anunciou ao finalizar. Sua voz estava baixa. Pegou outro espelho e o virou para Emília. — O que achou?

— Ah, Alice, eu adorei. Você tem tanto bom gosto.

Eram muitos elogios, então ela pensou que deveria devolver algum e disse:

— Acho difícil alguma coisa desta loja não ficar bem em você. Seu rosto é muito bonito, realça as joias.

Emília suspirou, pensando já estar apaixonada. O sorriso que nasceu em seu rosto era gigante, e as bochechas coraram. Notando o efeito que tinha sobre ela, Alice apercebeu-se ligeiramente nervosa e satisfeita. No fundo, estava adorando aquilo.

— Você acha?

— Tenho certeza — afirmou. — Não é sempre que este lugar recebe uma mulher tão bela quanto você.

— Ah, duvido — retribuiu Emília e tocou seu ombro. — Se você vem para cá todos os dias, então a Ouro Bell é mais abençoada que qualquer catedral.

Alice esqueceu seus outros problemas, perdendo-se no tempo. Foi uma questão de segundos para que nem se recordasse de que estavam em posição de vendedora e cliente. Quando Emília mordeu o lábio inferior e encarou sua boca, ela estremeceu.

— Gostaria de ir a algum lugar comigo hoje? — perguntou Emília num sussurro rouco, ficando ainda mais próxima.

— Como?

— Ir a algum lugar. Eu e você... a sós.

Alice percebeu quais eram as intenções da outra. Não seria um breve flerte, e sim algo a mais. Cogitou ir, e no mesmo instante mudou de ideia. Fora agradável se envolver num momento de tensão, mas tornar aquilo real? Tocá-la de fato? Como mulher? Ah, não, pensou Alice. Sentiu como se estivesse fazendo algo muito errado. Errado não por Emília e ela serem do mesmo gênero, mas por sentir como se estivesse traindo Isis.

Por mais que, àquela altura, nem fossem amigas, ainda estava apaixonada por ela, e a morena ainda era a única mulher que desejava com todo o coração. Sua excitação momentânea se dissipou.

— Não, obrigada — respondeu, procurando ser direta.

— Por quê? Você não gosta de mim?

— Talvez algum dia possamos sair como amigas — justificou, tentando escapar com elegância. Afastou-se, indo trancar as outras vitrines abertas. — Eu adoro fazer novas amizades.

— Amigas? É mesmo?

— O que mais poderíamos ser? — indagou e sorriu com cinismo. No fundo, estava achando graça. Pensou que, se Isis estivesse ali, certamente iria rir e deixá-la constrangida.

Irritada com o descaso, Emília bufou e saiu de trás do balcão sem dizer nada. Em segundos, elas finalizaram o diálogo. A mais nova perguntou se poderia ajudar em algo mais e a outra apenas negou com a cabeça, tirou a gargantilha sozinha e se despediu sem levar nada.

Alice ficou parada, encarando a rua, olhando o movimento, e teve uma epifania. Havia gostado de flertar com Emília, tinha sido divertido, bom, fácil. Era um dos tantos sinais que tentava ignorar, mas naquele ponto não era mais possível. *Mulheres. Eu gosto de mulheres.* Por mais que não pudesse dizer em voz alta, seu cérebro ficou repetindo aquelas palavras, até se tornarem naturais. *Mulheres. Mulher. Isis.* Não havia o que fazer. Fugir do que sentia, fingir ser outra pessoa, afastar-se de quem amava, conversar com um padre ou se casar jamais mudaria seu espírito. E, pela primeira vez, não se sentiu assustada, mas orgulhosa.

Alguns minutos depois, Alice pôde deixar a frente da loja e subiu as escadas, adentrando a sala de estar. Ouviu as risadas argênteas da mãe e estranhou. Dona Berenice estava sentada no sofá, com o telefone grudado no ouvido, conversando com alguém.

— Não posso acreditar que... — E começou a rir de novo. — Marisa, você é impagável!

Estava conversando com a mãe de Isis? Até onde sabia, elas haviam se afastado com o tempo. Assim que notou a presença da filha, dona Berenice disse:

— Querida, Alice acabou de chegar, vou dar a notícia a ela. — Esperou um momento, ouvindo a resposta do outro lado da linha, e então gargalhou outra vez, curvando o corpo para a frente. — Jesus Cristo, minhas bochechas estão doloridas! Certo, certo... Claro, mal posso esperar. Mais uma vez, obrigada pelo convite. Certo. Nos vemos à noite, então. — Encaixou o bocal, encerando a ligação, e mirou a filha. — Nós vamos ao teatro hoje. Venha, vamos escolher sua roupa!

— Com a dona Marisa? — indagou, franzindo as sobrancelhas.

— Não só com ela. Com a família d'Ávila inteira! Ao que parece, as outras filhas dela estão aqui e hoje haverá a apresentação da peça *Führmann Henschell*. Você sabe como adoro a dramaturgia alemã. Não podemos perder!

A mente de Alice ficou presa na primeira parte daqueles dizeres. A família d'Ávila inteira. Iria se encontrar com aquela de quem mais fugia e ao mesmo tempo mais queria ver. Sentiu um frio desagradável no estômago e engoliu em seco. Dona Berenice continuou falando, até que a puxou pelo braço e foram ao quarto decidir o que vestiriam.

— Você precisa estar deslumbrante — afirmou a mãe. — Certamente as filhas de dona Marisa estarão lindas como rainhas, e você não estará diferente. O que acha desse? — questionou mais para si mesma, segurando um vestido rodado em tons de verde-claro e prata. — Bom, esse combina mais com uma mulher da minha idade do que com a sua, sejamos honestas. Por que compramos isso para você?

— Mãe, eu acho que não irei.

O sorriso de dona Berenice despencou.

— Como é? É claro que vai. Está maluca? Veja, eu sei que você e Isis tiveram certos atritos, mas isso não precisa continuar. E sei que você sente falta dela. Talvez hoje seja o momento perfeito para fazerem as pazes. Eu posso falar com ela por você, se quiser.

— Não! — exclamou ao ouvir a última frase. — Eu sei resolver meus problemas. Aliás, também sei escolher minhas próprias roupas. — Caminhou até o armário e puxou um vestido mais leve que o primeiro, nas cores lilás e branco, com rendas nas mangas e pequenos diamantes no decote e na cintura, bem justo, deixando os ombros quase inteiramente à mostra. — Se preciso ir, que seja com este.

Berenice sorriu. Era o vestido perfeito.

— Farei um lindo penteado em você à noite — sussurrou, já imaginando. — Ficará divina. Agora vamos escolher o meu. Venha!

Horas depois, já com tudo planejado e após um longo dia de estudo e trabalho, Alice ficou pronta. O vestido, que jamais havia sido usado, serviu como uma luva. Ela calçava sandálias de salto médio com laço preso ao tornozelo, um colar de pingente sutil e refinado, além de uma pulseira prata que combinava perfeitamente. Os longos cabelos louros estavam presos num coque trançado, volumoso e alto, com duas mechas finas caindo nas laterais do rosto, formando cachos nas pontas. Perfumada, ela também usava luvas brancas e maquiagem leve, realçando sua beleza.

Dona Berenice usava um vestido vinho e maquiagem um pouco mais forte. O sr. Charles e João Pedro, por sua vez, vestiam smoking azul-escuro, sapatos lustrados e tinham os cabelos bem penteados para trás. Depois de algumas broncas, a mãe convencera o caçula a não pular, sacudir ou se jogar no chão até que estivessem de volta em casa.

O caminho até o Teatro das Variedades Paulistanas pareceu voar. A carruagem foi estacionada e a família Bell Air adentrou o salão de recepção. Era um local imenso, com magnífica arquitetura, pé-direito alto, esculturas por toda parte. Não estava muito cheio, até porque chegavam com certa antecedência.

— Esquecemos de lhe contar uma coisa — proferiu dona Berenice, apertando o braço do marido num pedido silencioso de que ele participasse daquele momento. — Convidamos Benvindo.

A moça arregalou os olhos e puxou o ar. A pose equilibrada e meiga desmoronou.

— Alice, não fique histérica de novo, por Deus — murmurou o pai e tirou um lenço de dentro do paletó para secar a testa. — Sua decisão quanto a "não se casar" é tudo, menos válida.

— Mas eu não vou! — exclamou a moça, e algumas pessoas olharam.

— Controle a língua, mocinha — rosnou a mãe. — Você só precisa conhecê-lo um pouco melhor. Seu pai e eu nos encontramos com ele algumas vezes, sem que você soubesse, e ah, Alice... ele está perdidamente apaixonado por você.

A loura sentiu o estômago embrulhar.

— A forma como fala sobre sua pessoa... é adorável, não é, querido?

— É um pouco exagerado — confessou Charles. — Mas sabemos que você será muito feliz com ele.

— Como posso ser feliz me casando com uma pessoa de que não gosto? O que houve com o discurso de "só desejamos seu bem e queremos que você escolha"?

— Se não quer escolher, nós escolhemos por você.

— Pai, não acredito que vai fazer isso.

— Olhe só, ele acabou de chegar. — Apontou para a porta.

De fraque marrom, chapéu e relógio brilhante, Benvindo adentrou o salão, indo ao encontro deles. Sorridente, desejou boa-noite aos futuros sogros e ao pequeno cunhado e entregou uma rosa vermelha à quase noiva.

— Está estonteante, querida. — Segurou sua mão para beijá-la. — Jamais conheci donzela mais bonita.

Ela quase revirou os olhos, mas estava intimidada.

— Obrigada — respondeu somente.

Berenice fez uma careta para ela, repreendendo sua seriedade, mas Alice fingiu não perceber. Se fosse dizer algo a ele, seria: "Não sei de qual donzela está falando, pois eu estou longe de ser uma".

Que dia terrível. Estava com frio na barriga para ver Isis e ensaiava mentalmente as palavras certas para conquistar seu perdão, mas agora, com a presença de Benvindo... O que a morena pensaria quando chegasse e os visse juntos ali?

De tudo o que Alice imaginara, não conseguira nem chegar perto da ofensa que acometeu o peito de Isis quando cruzou a porta do salão e, logo depois de mirar a família Bell Air, notou a presença do jovem casal de braços dados.

A fidalga não via ou ouvia nenhuma outra coisa. Encarava-os perplexa, pensando quão baixa Alice poderia ser para chamar seu novo namorado e esfregá-lo na cara dela. Só para mostrar que estava bem e prestes a se casar. Para Isis, aquela atitude era uma tentativa de magoá-la e envergonhá-la. Engoliu em seco, e o sorriso que tinha ao conversar com Amélia se dissipou. Chamou Laura e sussurrou o que havia acabado de ver.

— Não acredito — proferiu a irmã caçula. — Você acha que ela fez isso para...

— O que vocês duas estão cochichando tanto, hum? — indagou dona Marisa, aparecendo por trás das filhas.

— O que a Alice e a família dela estão fazendo aqui?

— Isis, já é hora de deixar essa briga para trás. Olhe só, você ajudou a moça. Agora ela encontrou o rapazinho certo, deve se casar ainda este ano. Tenho certeza de que ela é muito grata a você. Deveriam conversar e se resolver de uma vez por todas.

Em segundos, ambas as famílias se encontraram. Alice se virou levemente e enfim fitou o motivo de suas noites maldormidas. Isis estava majestosa, exibindo um vestido azul-celeste com pequenos botões no colo e nas mangas. A região do decote ostentava um bordado clássico, escuro e fechado, que ia se dissipando conforme se aproximava da saia.

Usava um colar grande e quase colado ao pescoço — parecido com o de Amélia — e brincos diminutos em um tom de azul mais claro. O cabelo estava preso num coque mais baixo que o de Alice, e mais cheio também, com tranças largas compondo-o, além da franja lateral solta sobre o rosto.

As famílias estavam se cumprimentando, enquanto as duas se olhavam com seriedade e constrangimento, até que Isis desviou o olhar.

Tinha ido com os pais e as irmãs apenas. Fora uma luta, mas Amélia e Laura conseguiram convencer Diogo a deixar a esposa em paz por uma noite, para que pudessem relembrar os velhos tempos, quando ainda moravam todos juntos e não tinham outras responsabilidades. Diogo e Fernando ficaram em casa, e as crianças teriam ido com a mãe, mas pegaram no sono tão cedo que Amélia apenas os colocou na cama e pediu ao marido que os espiasse de vez em quando.

— É um prazer conhecer vocês — exclamou dona Berenice, observando as duas outras filhas de dona Marisa. — São iguaizinhas! E muito bonitas, diga-se.

Durante os primeiros minutos, conversaram normalmente, mas as antigas amantes não proferiam uma palavra sequer. Apenas sorriam vez ou outra. Alice a observava com atenção, e Isis a evitava, fingindo não perceber sua presença. Um momento mais tarde, dona Berenice e dona Marisa se concentraram num diálogo só delas, o mesmo acontecendo com seus maridos.

— Tem certeza de que ela não se incomodará? — sussurrou a portuguesa para a amiga.

— É claro que não. Isis!

Quando as três se aproximaram, dona Berenice perguntou, muito encarecidamente, se poderia saber o que havia acontecido entre ela e sua primogênita.

— Espero não estar sendo indelicada, mas é que vocês tinham uma amizade tão bonita. Não é mesmo, dona Marisa?

— Absolutamente! A mais bela.

— Minha Alice ficou tão estranha desde o dia em que se desentenderam e...

— Nada aconteceu, dona Berenice, nós só nos afastamos.

— Impossível, querida. Ela chegou da sua casa um dia e não falou com ninguém, estava tão... Não sei dizer. Parecia sombria. Eu sei que vocês tiveram um desentendimento grande, mas esse tipo de coisa acontece, é normal. E eu sei que ela sente sua falta. — Segurou as mãos de Isis. — Talvez pudessem conversar esta noite. Quem sabe pedir perdão uma para a outra. Você nos ajudou tanto ao encontrar o jovem perfeito para nossa filha. Benvindo é tão doce, carinhoso, inteligente e a ama mais do que qualquer coisa. Eles vão se casar em breve, e queremos que você e seu marido sejam padrinhos. Seria muito especial para nós.

Que pesadelo, pensou Isis. Sentia o coração diminuindo ao escutar cada uma das sentenças. No entanto, não podia dizer outra coisa que não fosse a seguinte:

— Claro, vou tentar.

Mas não tentaria. Muito pelo contrário. E, se perguntassem depois, diria que se esquecera.

O sr. Henrique e o sr. Charles foram retirar os ingressos que estavam reservados e enfim o grupo adentrou o teatro. Desceram escadas escuras para, em seguida, subirem outras e pegarem os assentos no alto, bem no fundo, de frente para o palco. A cabine era exclusiva para eles, então havia cadeiras o bastante para que, na primeira e curta fileira, se sentassem João Pedro e os casais mais velhos e, na fileira de trás, Benvindo, Alice, Isis, Laura e Amélia.

— Vá! — mandou dona Marisa. — Sente-se perto dela. Ande logo!

— Vou me sentar na ponta! Laura é quem ficará perto dela.

— Isis, não me faça dar um escândalo.

— Como se já não estivesse dando.

— O que disse?

— Sente-se você perto dela!

No entanto, com um empurrão comprometedor, a morena se viu sem escolha. Ela se encolheu para o outro lado, afastando-se o máximo possível da loura, mesmo que apenas seis ou sete centímetros, e apoiou o corpo no encosto da cadeira da irmã.

— Isis, que calor! — reclamou Laura.

— Cale a boca.

Dona Marisa estava contando algo engraçado para a amiga estrangeira, que gargalhou e virou-se de costas, vendo os mais jovens sentados juntos.

— Isis, fique de olho nesses dois pombinhos para mim! — Apontou para a filha e Benvindo.

Alice quis morrer.

— Com certeza — respondeu Isis, e seu rosto ficou vermelho de raiva ao perceber Laura começar a rir.

O teatro estava quase às escuras enquanto aguardavam o espetáculo começar. Isis tentou se afastar mais da cadeira de Alice e começou a fazer perguntas bobas a Laura e Amélia, para se distrair e fingir que a pupila não estava ali.

E não era como se Alice não percebesse. Podia sentir o desespero de Isis para se manter longe, para não olhá-la ou tocá-la de jeito nenhum. Ficou melancólica, de repente. Esperou que a morena parasse de agir de tal forma e falasse com ela, mas Isis não o fez. Não queria nenhum tipo de contato.

Ela me odeia, pensou Alice. Por vezes, pensava em tocá-la no ombro e chamá-la, mas não se sentia corajosa o bastante.

— Está tudo bem? — indagou Benvindo, encostando nos dedos de Alice e acariciando-os levemente.

Ela moveu a mão assim que o sentiu.

— Está, sim.

— Vocês discutiram, não é? Você e a dona Isis.

Então ela olhou para ele, um pouco insegura.

— Sim. Faz algum tempo.

— Eram muito amigas? — perguntou e continuou assim que a viu afirmar com a cabeça. — Eu entendo. Também briguei com um amigo recentemente. É bem difícil, não?

Alice o observou, pensando que aquela era uma ótima forma de dar início a um diálogo: inventando uma mentira só para que a outra pessoa se sentisse identificada.

— É mesmo? — perguntou, embora não estivesse nem um pouco interessada.

— Sim. E sabe a que conclusão cheguei? Que, quando não vale a pena, devemos simplesmente deixar pra lá.

— Mas vale a pena. No meu caso, vale.

— Tem certeza?

Alice assentiu.

— Então, o que está esperando? — No segundo seguinte, ele inclinou o corpo e puxou o ar. Alice quase teve um infarto quando percebeu o que o homem estava prestes a fazer. — Dona Isis!

Com a respiração presa, a loura não era capaz de mover um músculo sequer. Isis olhou para os dois.

— Pois não?

— Participarei de um campeonato de esgrima no domingo à tarde, no Ginásio da Liberdade. Não gostaria de ir? A senhora e a srta. Alice poderiam fazer companhia uma para a outra.

Ainda quase sem ar, Alice abaixou o rosto e aguardou a resposta, que nunca vinha. O silêncio a perturbava. Era como se Isis estivesse congelada, mas, na verdade, estava esperando um olhar receptivo da loura, que também não veio. Benvindo só a estava chamando por educação, pensou, e era óbvio que Alice torcia para que ela negasse.

— Perdão — respondeu um tempo depois. — Tenho um compromisso com meu marido. Certamente vocês encontrarão companhia melhor.

— Pois leve-o junto! — Benvindo tentou outra vez.

— Diogo não gosta de esgrima.

— Vamos jantar juntos após o jogo, então.

— Dormimos cedo aos domingos — respondeu. Observava Alice pelo canto do olho, esperando alguma reação.

— Vamos jantar juntos na segunda-feira, que tal? — sugeriu o jovem.

— Desculpe, ele não gosta de jantar fora de casa durante a semana. Está cansado do trabalho.

— E um almoço amanhã? — insistiu ele, já sem opções. — Não terá trabalhado no sábado, terá?

— Não, realmente. Mas tenho visitas em casa. Não posso deixá-los a sós. Sinto muito. Marcamos depois.

Ele piscou algumas vezes, impressionado com a quantidade de desculpas que ela fora capaz de arranjar tão rapidamente. Quando Isis virou as costas para os dois outra vez, Benvindo suspirou.

— Nossa. Ela está mesmo brava.

Pela primeira vez na noite, Alice sorriu com sinceridade. Achou adorável a forma como o rapaz tentou fazer com que elas reatassem a amizade. Sem que ela pedisse, ele praticamente implorou para Isis se aproximar. Sua mãe tinha razão, ele estava apaixonado por ela.

— Obrigada por tentar — respondeu, muito baixo.

— Era o mínimo que eu podia fazer. Não quero vê-la triste. Você é muito especial para isso.

Sorriu outra vez. Ele se importava. Curiosamente, aquela não havia sido a primeira vez que o ouvira dizer que ela era especial. Antes que virasse um pretendente, viviam conversando no balcão da Ouro Bell, e a dona da loja enxergava nele um amigo, por mais incomum que aquilo parecesse.

Quando o restante das luzes se apagou, no entanto, todos se viraram para a frente, pararam de conversar e se prepararam para assistir à peça. As cortinas vermelhas se abriram e um cenário doméstico apareceu. Parecia um quarto fechado. Uma mulher de nome Malchen Henschel surgiu, dizendo estar doente. Mais tarde, sua empregada Hanne entrou em cena e Malchen se referiu a ela com rispidez.

Estava interessante e até divertido, mas Alice não conseguia se concentrar. Observou pelo canto do olho e Isis continuava encolhida para longe dela, já quase em cima de Laura, que se afastara para respirar, consequentemente quase em cima de Amélia.

É como se ela tivesse nojo de mim. Aquele pensamento doeu, ainda mais ao recordar que havia dito exatamente isso no dia em que ouvira a declaração de Isis. Pressionou os olhos, perguntando-se pela milésima vez: *Como fui capaz?*

Os minutos passaram rápido. Chegando ao último ato do espetáculo, a moça se perguntava sobre o que havia sido. Ficou o tempo todo pensando que precisavam conversar, que precisava confessar toda a verdade. Refletiu que a própria Isis havia ensinado muito a ela sobre ser valente, fazer e dizer o que precisava, e isso tinha um valor imenso. Foi quando inclinou o corpo para a frente e aproximou os lábios do ouvido da mãe.

— Preciso ir ao toalete. — Antes que a mãe chamasse João Pedro para acompanhá-la, continuou: — Vou pedir para a Isis ir comigo.

Dona Berenice sorriu, sabendo que aquilo era uma forma de a filha tentar reatar a amizade. Assentiu e avisou ao sr. Charles num sussurro. Com isso, Alice virou a cabeça para a fidalga, deixando bem claro que estava olhando para ela. Isis ficou desconfortável instantaneamente e, com muito esforço, devolveu o olhar.

— O que foi? — perguntou.

— Preciso ir ao toalete.

Então a morena puxou os pés para debaixo da cadeira, dando espaço.

— Passe.

Alice respirou fundo.

— Eu gostaria que você me acompanhasse.

Franzindo o cenho, Isis nem se mexeu, por mais curiosa que estivesse.

— Por favor — sussurrou Alice. — Precisamos conversar. Você sabe.

— Eu não tenho o que dizer a você, Alice.

— Mas eu tenho. Por favor?

Naquele instante, Isis recordou que, da última vez que ela havia decidido falar, fora para machucá-la. Por outro lado, parecia decidida, e de uma forma positiva. Como não tinha nada a perder, apenas se levantou muito rapidamente, mas não antes de alfinetá-la, dizendo:

— Não se esqueça de pedir permissão ao namoradinho.

Tão enfezada, pensou Alice e levantou-se, seguindo-a pela descida dos degraus. Saíram do salão do teatro e se dirigiram ao toalete, que ficava ao final de um corredor bem iluminado e silencioso. Isis estava de braços cruzados e Alice procurava as palavras certas para começar, sem sucesso. Quando chegaram ao aposento, a morena encostou o corpo na pia para aguardar até que Alice fizesse suas necessidades, mas a loura só ficou parada diante dela, sem dizer nada.

— Esqueceu como se mija? — indagou Isis, maldosa.

Uma parte de Alice achou graça naquela postura passivo-agressiva, como se a estivesse chamando para uma briga.

— Cristo, você deve estar mesmo com muita raiva de mim, não? — perguntou Alice, numa infeliz tentativa de iniciar o assunto de forma leve.

O semblante da morena mudou no mesmo instante, como se caísse. Até mesmo sua voz refletiu a imediata melancolia quando respondeu:

— Raiva não, Alice. — Aguardou alguns segundos antes de continuar. — Eu estou magoada. Profundamente magoada.

Foi quando a mais nova entendeu que não haveria jeito de fugir do que havia feito, de minimizar, de lidar com a situação de maneira leve. *Profundamente magoada.* Já era hora de encarar seus erros, de assumir a responsabilidade por aquilo e agir de acordo. Os termos que usara jamais seriam esquecidos por nenhuma das duas, especialmente por Isis. Eles a tinham marcado. Porém, mesmo sem perspectiva de perdão, precisava tentar.

— Por que me trouxe aqui? — perguntou Isis, séria e irritada com a demora por uma resposta. — Quer me humilhar de novo?

De cabeça baixa e rosto corado, Alice respondeu:

— Não. Eu só acho que lhe devo um pedido de desculpas.

Isis percebeu um estranho aperto no peito. Tentou reprimir o que sentia, mas a raiva anteriormente mencionada começou a aparecer. Ela *achava*? Ela estava *pensando no assunto*, como se o que havia dito não significasse quase nada? Respirou fundo, mas não adiantou. Alice falava como se não compreendesse, como se, para ela, não importasse tanto. *Eu só acho que lhe devo um pedido de desculpas.* Que patético. Isis se irritou mais, pensando que, àquela altura, aquilo não seria suficiente.

— Não — respondeu, resoluta.

Estava muito brava. Alice nem sequer conseguia olhá-la nos olhos. Ficava encarando o chão. Era covarde demais para assumir o que fizera? Ou simplesmente não estava sendo sincera? No entanto, ao ouvir aquela rápida resposta, Alice notou o coração bater mais forte e um desespero a perturbou.

— Eu me arrependo amargamente do que fiz, Isis. Não decida isso tão rápido, por favor.

— Para mim, você não parece arrependida. — Desencostou-se da pia, andando em direção à porta, decidida a ir embora.

— Espere! Eu quero tentar ter uma conversa civilizada com você, está bem?

— Uma conversa civilizada, claro! — exclamou mais alto, virando-se. — Porque, afinal, você é muito boa, não é? Você é civilizada, é responsável, temente a Deus, uma cristã irretocável, uma filha perfeita, e certamente será uma esposa sem igual. Já eu sou uma louca, doente, aproveitadora que...

— Me escute, por favor!

— Eu não quero! Eu não quero ouvir nada vindo de você, porque só consigo me lembrar daquilo, da sua audácia ao cuspir cada palavra sem se importar com o que eu pudesse sentir. — Nervosa, a morena decidiu parar por ali. Não queria chorar na frente dela.

Isis não imaginava que teria aquele tipo de comportamento quando fossem conversar outra vez. Primeiro porque nem achava que conversariam de novo, e segundo porque não esperava ficar tão abalada, tão sentimental. Mesmo sem querer revelar quanto as palavras de Alice a haviam atingido, era o que acabava fazendo, porque ali, diante dela, só queria poder descarregar aquilo que tanto reprimira no último mês. Queria ter a chance de ser ouvida também.

— Você me disse tantos absurdos, Alice. Alguns deles eu nem tenho coragem de repetir em voz alta. Mas um, só um exemplo, foi quando disse que eu estava enferma e que era por isso que ainda não tinha engravidado. Você disse que eu não merecia. Você disse que eu não era digna de ter um filho...

— Isis... — tentou a loura, com os olhos se enchendo de lágrimas, constrangida como jamais estivera em toda a vida.

— ... e eu já desabafei tanto sobre isso com você. Aliás, você mesma já ouviu o tipo de coisa que minha mãe e meu marido me falam sobre o assunto. Você já viu quão cruéis eles podem ser e agiu exatamente igual. Ou pior!

— Eu não queria, eu juro, eu...

— Aliás, sobre um dos pontos que você abordou... disse que me aproveitei de você, que... que eu... Oh, Deus. — E parou por um momento, enojada. — Eu nunca imaginei que estivesse agindo contra sua vontade, Alice, jamais pensei que...

— E você não o fez!

— Me deixe terminar, eu preciso falar sobre isso porque...

— Não, você não precisa! — exclamou mais alto que o normal e secou a bochecha. — Você nunca fez nada contra a minha vontade. Eu quero falar sobre tudo isso, então, por favor, me deixe esclarecer as coisas.

Isis já tinha um discurso pronto na ponta da língua. Pediria perdão por ter cruzado limites que não deveria, por não ter percebido qualquer sinal que Alice tivesse dado, e diria que era melhor não voltarem a se encontrar. Aquela acusação a assombrou por semanas.

— Eu fiquei extremamente assustada — continuou Alice. — Ninguém jamais havia se declarado para mim, muito menos uma... uma mulher. Fiquei aturdida, não sabia o que pensar. E, quando enfim abri a boca, só pensava em como aquilo era errado.

— Nada justifica o que eu ouvi naquela tarde, e você dizer que o que eu sentia era errado definitivamente não ajuda.

O que eu sentia. Aquela frase ecoou no pensamento de Alice. Engoliu em seco, pávida, presumindo que a havia perdido.

— Eu sei que não. É o que estou tentando dizer.

— Não. Você está tentando provar que está certa mais uma vez.

Alice respirou fundo e ficou alguns segundos em silêncio, buscando permanecer calma. Decidiu que, independentemente do que Isis dissesse e de quantas vezes a interrompesse, iria apenas continuar falando. E continuou:

— Você me disse coisas lindas naquele dia. Disse que não havia ninguém no mundo que você desejasse mais que eu, e de todas as formas possíveis. Disse que estava apaixonada por mim. — Sorriu fraco, mas os olhos inundaram-se outra vez. Nesse momento, ergueu-os forte e a encarou. — Você disse que me amava. Que queria se casar comigo. E agora, quando paro para pensar nisso, sinto como se não houvesse nada no mundo que poderia me fazer mais feliz do que ver esse desejo se tornando realidade.

De todas as coisas que Isis imaginou que Alice pudesse dizer, aquela definitivamente não se encontrava na lista. Para ela, a loura a odiava profundamente e lutava para esquecer que um dia a conhecera. Por isso, ao ouvir tal declaração, apenas abraçou a si mesma, numa tentativa de se consolar. Falar com ela depois de tudo doía. A mágoa de uma discussão mal resolvida a perturbava.

— Eu sei como fui estúpida e cruel com você. Mas essa parte não demorou. No instante seguinte eu soube que havia cometido um grave erro, mas demorei a admitir para mim mesma. Sempre pensei que duas mulheres juntas fosse algo errado, uma abominação. Mas o pior não foi descobrir o que você sentia por mim, foi perceber que eu sentia exatamente o mesmo por você. Isso foi o que mais me assustou. Então, eu a ataquei. Eu a ataquei por pensar que estaria salvando nós duas. Daquela forma, você não sentiria mais nada. E talvez não sinta mesmo... E eu também pararia de sentir. Eu quis destruir aquele sentimento para nunca mais precisar lidar com ele. Para nunca mais precisar olhar para mim mesma, entender quem eu de fato sou e aceitar. Porque é assustador, Isis, é realmente assustador.

Elas ouviram fortes aplausos vindo do teatro. O espetáculo havia chegado ao fim, o que significava que logo precisariam sair dali e retornar cada uma à própria família.

— Tudo o que eu disse aquele dia é mentira. Você não é... Você não é doente. Também não é falsa ou mau-caráter. — Desviou os olhos. — Eu me recordo perfeitamente do que disse, e me dói como o inferno saber como fui terrível com você. E, se dói em mim, mal posso imaginar os efeitos que minhas palavras surtiram em você.

Sem saber o que dizer, Isis continuava quieta, ouvindo com total atenção. Pesava-lhe o peito sempre que Alice repetia os absurdos uma vez proferidos. Aquele era um momento que não queria ter de recordar.

— Não sinto pena de você nem quero que procure um médico nem uma igreja. Aquilo... *Argh!* Não sei como você não deu um tapa na minha cara quando eu disse isso.

— Nem eu — respondeu a morena e forçou um sorriso, por mais triste que estivesse.

Alice sorriu de volta, de forma mais aberta. Seus olhos brilhavam com as lágrimas que ela lutava para não derrubar, para não transformar aquele momento em algo mais dramático do que precisava ser. Se chorasse, pareceria que estava se colocando no lugar de vítima, e tudo o que desejava era fazer com que Isis soubesse que ela tinha consciência do que havia feito, que enxergava as marcas que havia causado e que se arrependia sobremaneira.

— Aquilo foi bárbaro — continuou a loura. — Digo, aquele termo. *Doente*. Foi impiedoso. Quero que saiba que não é verdade. Eu nunca achei que você fosse doente. Muito pelo contrário. Você é, na verdade, a pessoa responsável por me curar de muitos males invisíveis. Você me ajudou inúmeras vezes a manter a calma e a enxergar aspectos que eu nunca havia enxergado. E definitivamente não estou falando apenas sobre não gostar de homens.

Isis engoliu em seco, nervosa pela última parte em particular.

— Então você... você vê isso agora? — perguntou. — Você sabe que não gosta de homens?

Alice hesitou de início. Era difícil explicar. Mordeu o lábio inferior e encarou o espelho ao lado por breves segundos.

— Acho que sim — contou. — No fundo eu sei a verdade, mas, às vezes, fico pensando que eu deveria ser como você, que consegue se sentir atraída por ambos. Não seria essa a forma menos pior? Fico me perguntando esse tipo de coisa. Já tentei sentir, tentei olhar para o Benvindo e desejá-lo minimamente. Mas não consigo. Eu o acho bem-apessoado, respeitoso, gentil, mas não quero que coloque uma aliança no meu dedo e me chame de esposa. Não quero dar o braço ou a mão para ele. Não tenho paciência para suportar seus cortejos. Gostava mais quando éramos amigos. Então, resumindo, ainda tenho algumas questões a resolver, mas lido com o geral de uma maneira muito melhor do que naquele dia.

Isis assentiu devagar, compreendendo. No fundo, estava grata e orgulhosa por ver Alice passando pelo seu próprio processo e finalmente conseguindo se entender.

— Voltando ao que eu estava dizendo, também preciso falar que aquilo sobre você não ter engravidado por não ser digna... — Parou quando a viu respirar fundo e começar a se mover de maneira incômoda, refletindo quanto tal sentença a atingia. — Ah, Isis, aquilo... aquilo foi totalmente da boca para fora. E terrível também. Sempre me revoltei com a insensibilidade da sua família e nunca consegui entender como eles tinham coragem de magoá-la com um assunto tão delicado. E... eu fiz pior. Queria que soubesse que eu desejo, do fundo do meu coração, que um dia você realize esse sonho. Você merece realizar todos os seus desejos. E espero poder compartilhá-los com você, se me permitir.

De repente, uma imagem diferente de todas as outras passou por sua mente. Alice estava pensando numa realidade perfeita para ambas, na vida que mereciam viver. Sorriu para a parede e Isis estranhou, logo perguntando no que ela estava pensando.

— Nada — respondeu. — É só que... imaginei algo incomum.

— O quê?

— Se eu pudesse escolher, o Diogo não seria o pai do seu filho. — Deu de ombros.

— Não? E quem seria?

— Eu, ora.

Pela primeira vez naquele dia, Isis riu de verdade. Pôde escutar sua própria risada ressoando e ecoando pelo ambiente. Os olhos cintilaram, e foi incapaz de esconder quanto tinha achado graça daquilo.

— Você? Você seria o pai do meu filho?

— É impossível, eu sei. Mas fiquei feliz ao imaginar algo assim com você. Seria bom, não seria? — questionou em tom sugestivo, a fim de saber se Isis também sonharia com essa vida, se seu coração ainda batia por ela como antes.

Mas Isis não respondeu. Não o que Alice havia pedido, pelo menos.

— Mãe — corrigiu. — Você seria mãe. Nós duas seríamos.

— Isso existe? — perguntou Alice. — Duas mães?

— Acho que não. Eu nunca vi.

Alice se aproximou e, mesmo receosa, pegou as mãos de Isis. Suspirou aliviada quando percebeu que não seria desprezada, dizendo:

— Mesmo se não existir, podemos inventar.

Por um lado, a morena queria ficar feliz com aquilo, mas seu peito ainda doía ao pensar em tudo o que havia acontecido entre as duas um mês antes. Apesar dos pedidos de desculpas, precisaria de um tempo para processar. Soltou as mãos e olhou para baixo, sem saber exatamente o que responder.

— Você não quer? — indagou a loura, um pouco mais baixo.

— Não sei.

Ao observá-la, Alice pensava que, se pudesse voltar no tempo, teria feito tudo diferente. Pararia no instante em que Isis se declarou, então respiraria fundo e pediria por um tempo sozinha, diria que estava confusa, com medo e que precisava pensar sobre o que aquilo significava. Infelizmente, voltar não era uma opção.

— Teve uma coisa que eu disse e ainda não me desculpei corretamente. Eu mal consigo mirar seus olhos ao recordar. E, entre todas as atrocidades, acho que essa foi a pior. Ou uma das piores, não sei. — Engoliu em seco e bateu um dos pés no chão repetidas vezes, numa atitude ansiosa. Um instante depois, mordeu o lábio inferior e observou-a corajosamente. — Eu sempre quis você. Quis você desde o primeiro momento, mesmo antes de saber que queria. Eu só... só estava com tanto medo. Ainda estou, mas preciso dizer. Você nunca se aproveitou de mim. Nem por um segundo. Desde os primeiros momentos, antes de qualquer beijo que tenhamos trocado, eu já não conseguia pensar ou falar de outra coisa que não fosse você. Em casa, minha mãe brigava comigo, me mandando tirar seu nome da boca. Mas eu não conseguia. Eu era incapaz de tirar você da cabeça. Aliás, isso não mudou. Você está nos meus pensamentos dia e noite, e eu sinto a sua falta de uma maneira que... que dói. Dói *muito* quando percebo que não posso ir até a sua casa ou pelo menos telefonar para você, porque não sei se você quer que eu continue na sua vida. Tudo que eu quis durante esse mês foi deixar a covardia de lado, procurá-la e dizer com todas as letras quanto eu sempre a desejei de todas as formas, tudo o que você significa para mim e como eu estou... aliás, como eu *sou* totalmente apaixonada por você.

Então ela havia dito. Havia proferido as palavras que Isis sonhara um mês atrás. Eram aqueles os termos que haviam preenchido seus devaneios de uma realidade aparentemente utópica. Um sonho perfeito. No entanto, ali, no canto do toalete do Teatro das Variedades, não parecia mais se limitar a uma vontade. Era real.

Foi quando Isis compreendeu que tudo aquilo não era apenas um pedido de desculpas, era uma declaração.

— Eu amo você — acrescentou Alice num sussurro emocionado, apavorada ao não receber resposta nenhuma. — Eu amo tanto você, meu Deus. E não mais como melhor amiga.

Tinham sido semanas tendo absoluta certeza de que Alice a odiava, semanas recordando sua feição de desespero e, ao mesmo tempo, desprezo. Isis sentia como se tocasse numa esfera frágil, algo como uma bolha de sabão, e não soubesse se conseguiria adentrá-la sem estourar.

— Eu sei que você é casada, que esse "nós" é extremamente complicado por um milhão de motivos, mas não consigo me imaginar vivendo outra vida que não seja essa, com você — completou Alice.

— Eu realmente não sei o que dizer. — Isis abaixou o rosto, sentindo dificuldade para respirar.

A loura, por sua vez, aproximou-se um pouco mais — o bastante para deixá-la ainda mais desestabilizada. Estavam a centímetros uma da outra. O tecido da saia de seus vestidos se misturava, e podiam sentir seus aromas se tornando apenas um. Alice, mesmo tensa, segurou os braços de Isis com delicadeza, gesto que fez com que a morena se arrepiasse inteira. Deslizou as mãos, subindo morosamente até os ombros, depois pescoço e enfim o rosto.

Seria impossível para qualquer um estar a uma distância como aquela e não se entregar a um beijo. Suas bocas quase se tocaram, mas, quando a fidalga encostou a testa na de Alice, a jovem soube que precisaria suportar um pouco mais. Alice a viu fechar os olhos e prender a respiração, logo depois de morder o lábio inferior com mais força que o normal. Daria tudo para beijar os lábios avermelhados de Isis e umedeceu os próprios, esforçando-se para ser paciente e aguardar uma resposta.

— É insuportável ficar longe de você — sussurrou para que apenas Isis ouvisse. — Senti tanta falta disso, de tocar você...

— Ah, Alice...

— Você me perdoa? — perguntou, mas soou mais como uma súplica do que como um questionamento. — Me perdoa por ter dito todas aquelas coisas?

Isis abriu os olhos e desencostou seus rostos. Mirou-a com afeto, com alívio, até mesmo com graça. Quando flagrou Alice encarando sua boca com fervor, soube que não suportaria mais um segundo sequer ali sem matar a saudade que a sufocava dia após dia. Colocou uma das mãos em suas costas e a outra em seu queixo, como que preparando-a para o momento a seguir.

Entretanto, o barulho da porta sendo escancarada as assustou e interrompeu o momento. Era dona Berenice procurando a filha, visto que estavam havia tempo demais naquele cômodo. Encontravam-se em uma posição comprometedora; seria impossível fazer com que qualquer pessoa, por menos malícia que tivesse, não desconfiasse delas. Desse modo, Isis tirou a mão do queixo de Alice e usou os dois braços para apertá-la num abraço estranho e desconfortável. Um dos cotovelos da loura ficou preso entre seus corpos, o outro pendurado para o lado, até que entendesse o que estava acontecendo, que deveria abraçá-la de volta.

— Ah, claro, minha querida! — exclamou Isis, nervosa, forçando uma risada feliz. — Não se preocupe, aquela joia nem era tão valiosa. São águas passadas!

— O quê?

— Dona Berenice! — exclamou, e sua voz ainda não havia voltado ao normal. — Alice e eu acabamos de fazer as pazes! — Em seguida, soltou-a do abraço.

— Que ótimo! Ah, é maravilhoso saber que vocês voltaram a ser amigas — respondeu a portuguesa, com as mãos perto do rosto. — Você disse *joia?* Quer dizer que a briga aconteceu por causa disso?

— Oh, sim. Alice roubou uma joia minha no mês passado.

Os olhos de ambas as Bell Air se arregalaram, como duas moedas. Encararam a dama em completo choque e, logo depois, a mãe moveu o olhar até a filha, perplexa.

— Alice! — exclamou em um tom dolorosamente agudo. — Você roubou uma joia?!

— Também fiquei chocada quando a flagrei tirando-a da minha gaveta e guardando dentro do sapato — respondeu Isis, como se não fosse nada. — Mas, dona Berenice, como falei, são águas passadas.

Alice estava abismada, sem conseguir disfarçar o abalo. Seus olhos iam de uma para a outra, e irritou-se quando notou que não haveria maneira de sair daquela situação sem receber uma longuíssima bronca da mãe.

— Guardando dentro do sapato! — dona Berenice quase berrou. — Como uma ladrazinha!

— Isis, não acredito que você...

— E era uma joia de família, dona Berenice. Tinha um valor sentimental gigantesco. Alice sabia disso, inclusive — acrescentou Isis, divertindo-se. — Consegue acreditar?

A mais velha assustou-se ainda mais e tampou a boca com as mãos.

— Isis! — rosnou Alice, estressada.

— Era um par de brincos caríssimo, da minha bisavó — mentiu, o que por si só seria muito engraçado, visto que não possuía nenhum adereço assim tão antigo. Seus pais haviam vendido todos. — Ela me presenteou com eles em seu leito de morte. Fiquei pasma ao ver Alice roubando-o, mesmo após eu ter contado a trágica história. — Isis fingiu súbita tristeza, colocando uma das mãos no peito e abaixando o rosto.

No entanto, quando fitou a expressão de Alice, precisou se segurar para não gargalhar. A moça estava vermelha, nervosa, desacreditada, até perceber que aquilo não fora nada além da primeira coisa que havia passado em sua mente para proteger ambas. Era uma pena que sua desculpa para sair da situação custaria dias e dias de paz.

— Eu vou contar tudo isso para o seu pai! — dona Berenice gritou. — Onde já se viu? Roubar a dona Isis! Uma joia, ainda por cima. As milhares que temos naquele inferno de loja não são suficientes para você, vigarista?

— Eu não... *Argh!* Isis, por favor!

— Sinto muito, Alice — respondeu Isis, ajeitando o cabelo. — Agora que sua mãe sabe o que aconteceu, você precisará arcar com as consequências.

— Ah, mas ela vai. Com certeza vai! Isso é inacreditável. Eu vim aqui porque vocês estavam demorando tanto e está acontecendo uma coisa lá fora que Alice precisa participar e... Deus do céu, você roubou. Não posso acreditar. Minha filha roubando coisas. Oh, Senhor...

— Mas ela certamente aprendeu a lição, dona Berenice. Foi difícil no começo. Digo, para que ela entendesse que deveria me devolver os brincos e que não poderia comercializá-los na Ouro Bell, mas...

— Não!

— Mas ela compreendeu e já se desculpou, não se preocupe.

— Você é uma santa por não ter jogado a reputação da minha filha e da minha família no lixo, Isis. Se tivesse recorrido à polícia, não sei o que seria de nós.

— Imagine! Eu jamais faria isso. — Levou os olhos até uma Alice muito brava. — Apesar dos erros, tenho um sentimento muito grande e especial pela sua filha. É maior do que eu poderia dizer.

Foi diante de tal confissão que a ira da mais nova caiu por terra. *Um sentimento muito grande e especial.* Aquilo foi suficiente para fazê-la retornar ao estado de espírito anterior e se segurar para não perguntar se estava mesmo perdoada pelos erros verdadeiros.

Quando dona Berenice terminou o sermão e os agradecimentos à fidalga, Isis relembrou algo que ela havia dito.

— O que está acontecendo lá fora? A senhora disse que é algo de que Alice precisa participar.

— Ah, isso — respondeu. — Bom, era para este ser um dos dias mais lindos da vida de todos nós, mas minha adorada filha fez questão de destruir quase tudo, não? Vamos para fora, algo espera por ela no teatro. Vamos, Alice, e melhore essa cara.

Dona Berenice saiu andando na frente, pisando duro e um pouco tonta com aquela revelação. Quando a mulher já estava longe, Isis colocou uma das mãos sobre a boca e começou a rir. Observar a feição inconformada de Alice e ter a reação escandalosa de dona Berenice ao fundo fora a melhor das comédias. Certamente uma que mereceria ser encenada naquele extenso palco.

— Não acredito que fez isso — falou Alice, cansada só de imaginar as consequências daquela mentira.

— Ah, foi engraçado, não foi, *ladrazinha?*

— Aquilo era verdade? Sobre ser águas passadas? Você me perdoou?

A graça de Isis foi chegando ao fim e, ainda caminhando, observou-a de relance, com olhos pensativos, ponderando suas opções.

— Preciso pensar, Alice. Aquela conversa foi bem intensa, você não acha?

— Mas também foi verdadeira. Eu amo você. O que vai fazer sobre isso?

Rindo um pouco mais, a morena olhou para trás, nervosa, certificando-se de que ninguém tinha ouvido.

— Vou pensar se ainda te amo também — respondeu e ergueu o queixo.

Estavam no corredor alumiado, indo até a porta fechada que as levaria ao teatro. Depois dali, passariam por outra porta para enfim alcançar a saída. Alice já acreditava que talvez o sentimento dela tivesse passado. Afinal, não sabia como o amor de fato funcionava. Não tinha experiências profundas com ele.

— Quando terá terminado de pensar? — indagou, ansiosa.

Isis ergueu as mãos na frente do corpo, indicando que não sabia dizer.

— Talvez quando devolver os brincos da minha bisavó. — Viu os olhos de Alice se revirando e voltou a rir.

No entanto, sua alegria não duraria tanto. Assim que alcançaram a entrada para o teatro, Alice abriu a porta e notou que o ambiente permanecia escuro, a não ser pela luz redonda sobre o palco. Tanto seus familiares quanto os de Isis estavam na parte de baixo, de pé, observando Benvindo brilhar solitário no meio daquele círculo luminoso.

De início, a loura não entendeu. Continuou andando até lá, sentindo Isis atrás de si. Quando o rapaz, que até então permanecia de lado, recebeu o aviso de Amélia de que Alice havia chegado, ele se virou de frente e a moça viu um buquê enorme em seu braço. Foi quando os pés travaram no chão e ela compreendeu o que estava acontecendo.

Eles tinham preparado tudo. Depois de quase um ano preocupada com o fato de Alice ainda não estar comprometida, dona Berenice vira no convite de dona Marisa uma oportunidade de corrigir isso. Por mais que a filha ainda não enxergasse, Benvindo era o par perfeito. Na semana anterior, haviam jantado com a família dele pela primeira vez. Eram ótimas pessoas. Não havia opção melhor.

Ao atender o telefone e ouvir a clara intimação para que se casasse com ela de uma vez por todas, Benvindo ficou nervoso e não soube o que responder nos primeiros minutos. Mas, depois do choque, quando sua mente entendeu o que estava prestes a fazer, propôs a situação.

— Quão belo seria se Alice entrasse no teatro e me visse no palco, esperando por ela com um buquê de flores? Então, quando se aproximasse, eu me ajoelharia, diria como sou apaixonado por ela e a pediria em casamento com a bênção do senhor, seu Charles.

Mesmo pensando que aquilo era um pouco exagerado, o patriarca mudou de ideia assim que viu a esposa explodir de felicidade e afirmar inúmeras vezes que aquele era o amor da vida de Alice, que ela estaria se casando com um homem perfeito, um homem que faria tudo para vê-la feliz. No fundo, era o que o empresário queria. Se sua filha estivesse contente, ele estaria também.

Se Alice não tivesse ido ao toalete com Isis, a própria dona Berenice entraria em ação pedindo que a acompanhasse até a carruagem para buscar uma echarpe a fim de se proteger do frio. Além disso, antes de saírem de casa, Charles ligara para o teatro e conversara brevemente com o gerente, explicando a situação e propondo uma alta quantia caso ele os ajudasse a executar tal plano. Querendo ou não, Alice terminaria o dia com uma aliança de noivado no dedo.

— Está emocionada, não é? — perguntou dona Berenice quando percebeu que a filha não dava mais um passo à frente. Tinha saído do seu lugar próximo ao palco para fazer com que ela voltasse a andar.

— O que ele está fazendo lá em cima? — sussurrou Alice, aflita. — Por que todos estão olhando para mim?

— Só continue andando, querida — pediu e envolveu um braço no dela, levando-a cada vez mais perto de todos.

— Isso é o que eu estou achando que é? — perguntou baixo. — Mãe, responde!

— Você não vai me envergonhar outra vez, ouviu bem? Primeiro rouba e depois decide que não vai se casar? Está muito enganada, Alice.

— Mãe, não, pelo amor de Deus, eu não quero. Eu realmente não quero, não posso fazer isso. — Tirou o braço do dela e deu dois passos para trás, pisando no pé de Isis, que a segurou. — Desculpe... eu não posso.

Dona Berenice respirou fundo e gritou em direção ao palco:

— Ela está envergonhada!

O rapaz não precisou ouvir duas vezes para perceber o que precisava ser feito. Desceu do palco iluminado e correu na direção dela. Para os que assistiam, aquela cena parecia heroica, como se Benvindo fosse um príncipe indo resgatá-la, trazendo-a para a luz junto dele. Parecia amor.

Em choque, Alice voltou a dar passos para trás, mas Isis a segurou outra vez. Sem dizer nada, simplesmente não deixou Alice partir.

— O que está fazendo? — murmurou a loura. — Eu não quero isso. Você sabe!

— O que vai fazer depois que sair correndo de um pedido de casamento? O que acha que vai acontecer em absolutamente todos os aspectos da sua vida?

A voz da fidalga estava dura, decidida, como se nem mesmo cogitasse outra opção. Era porque de fato não existia outra. Se ela fugisse, sua reputação estaria manchada. Nenhum rapaz como Benvindo iria querê-la. Ela representaria um escândalo, uma vergonha. Depois disso, a loura só teria como pretendentes homens pobres ou velhos. A primeira opção estaria fora de cogitação por seus pais, e a segunda, pela própria noiva. E, sem um casamento, estaria fadada a uma vida cheia de dores de cabeça. Precisava se casar, e melhor que fosse com alguém bom o bastante, tal qual Benvindo Amado. Apesar de saber de tudo isso, Isis sentiu o coração apertar ao, depois da conversa que tiveram, ser obrigada a ver seus sonhos evaporarem outra vez.

O rapaz se aproximou, assim como as famílias Bell Air e d'Ávila. Com um sorriso no rosto, ele entregou o buquê a ela e se ajoelhou, audaz.

— Alice Capela Bell Air, eu sou apaixonado por você desde a primeira vez que a vi. Quero fazê-la feliz todos os dias, como seu marido. Então, é com a bênção de seus pais que eu lhe pergunto: você aceita se casar comigo?

Se pudesse, Alice gritaria seu *não* com todas as forças. Não por causa do pretendente, mas por si mesma, e para que todas as outras pessoas do mundo entendessem de uma vez por todas. Gritaria seu *não* como resposta a todas as vezes que a tinham mandado agir de determinada forma senão nenhum homem iria querê-la; como resposta a todas as vezes que precisara fingir não gostar ou não saber de algo para agradar a um homem; e como homenagem à pessoa que realmente era, decretando ali sua liberdade.

Mas também era esperta o bastante para saber que não poderia sonhar com aquilo pelo resto da vida. Depois daquele momento, Alice Bell Air seria noiva de Benvindo Jesus Amado. Mais tarde, esposa. E não havia nada no mundo que ela pudesse fazer para impedir.

7

Transgressora maldita

Por um tempo, os domingos foram dias de alegria. Eles se iniciavam cedo, apressados. Havia um horário correto para acordar, banhar-se, vestir-se, tomar café da manhã e ouvir a campainha tocar. Isis. Ela vinha cedo buscar Alice para a missa, tal como dona Berenice havia decretado desde o início de sua amizade. Mas aquela rotina tinha acabado depois da declaração da fidalga.

Normalmente saíam da igreja conversando e iam para a casa da madame, ou para a casa de dona Marisa, ou para a de Alice, para uma biblioteca, museu ou praça. Qualquer lugar. Estariam juntas, ririam, confessariam segredos, histórias da infância, curiosidades sobre determinado livro, um sonho para o futuro e uma decepção do passado.

Infelizmente, os domingos nunca mais foram dias bons. Após mais de um mês sem ir à igreja, Alice enfim havia retornado. Estava sentada entre tantas pessoas, mas não tinha Isis do lado esquerdo, onde ela em geral se acomodava. Ali estava, na verdade, seu futuro marido. Benvindo encarava o altar com o cenho franzido e, se não o conhecesse nem um pouco, Alice diria que estava imerso nas palavras do sacerdote. Entretanto, algo dizia que, apesar dos olhos atentos, o homem não ouvia uma palavra sequer. Assim como ela, fingia atenção. Talvez isso fosse bom.

Se ele não se importasse tanto com dogmas religiosos, não precisariam ir até aquele lugar toda semana.

Alice tinha Benvindo de um lado e sua mãe, pai e irmão do outro, cercando-a e impedindo-a de fugir para o mais longe possível. Queriam se certificar de mantê-la na linha, como o sr. Charles dissera. Ele e a filha, aliás, estavam sem conversar havia seis dias. Depois do súbito pedido de casamento, Alice ficou assustada. Não respondera. Não podia. Então dona Berenice falara por ela, soltando um "sim" em bom tom, e desse modo um anel de brilhante enterrara-se em seu dedo. Mesmo que a joia estivesse longe do pescoço, Alice sentia como se a sufocasse um pouco mais a cada dia.

Quando a família Bell Air chegou em casa naquela noite, Alice não gritou, como de costume. Não iniciou uma briga interminável. Só começou a chorar. Era um choro pesado, sentido, pela dor de pensar que estava sendo encaixada na última forma na qual poderia caber. Sentia que não tinha controle algum sobre sua vida e que o discurso de seus pais dizendo que só queriam a felicidade dela não era verdade.

Suas lágrimas silenciosas foram o suficiente para irritar os pais. Qualquer moça daria tudo para viver a vida que ela tinha, pensavam. Como podia ser tão ingrata? Mas nada disseram. Apenas ignoraram. Fingiram que não estava ali. No dia seguinte, as coisas estavam estranhas e mal conversaram. Alice tentou ligar para Isis. No entanto, depois que Cassandra atendeu, Diogo ouviu quem era do outro lado da linha e mandou que ela desligasse. No terceiro dia, dona Berenice avisou que iriam jantar na casa da família de Benvindo outra vez para começarem a planejar a festa de noivado e o casamento. Então Alice se desesperou. Estava se tornando real. Uma vez que sua ira e os gritos de antes não adiantavam, assim como o choro, dessa vez resolveu falar de forma controlada, séria e decidida. Olhando-os nos olhos, disse:

— Sei como isso é importante para vocês, mas sinto muito. Não vou me casar com ele.

Os primeiros segundos foram silenciosos. Foi tempo o bastante para que Charles perdesse a postura equilibrada de todos os dias e batesse a mão na mesa, assustando a todos, até mesmo João Pedro, que deixou um copo de suco cair sobre a camisa e se arrebentar no chão. Depois ele disse que, na verdade, ela iria sim.

— Não vou, pai.

Então ele gritou, disse que ela estava muito diferente, que havia se tornado ingrata e insensata. Que estava se perdendo. Como Alice se manteve firme em sua posição, ele se irritou mais. No fundo, se sentiria um pouco melhor se ela tivesse gritado também. Charles a proibiu de sair de casa sozinha para qualquer coisa que fosse e de usar o telefone. Para voltar a ter juízo, deveria se concentrar na educação que davam em casa.

A aliança a sufocava de um lado, e a prisão em casa, de outro. Por vezes, Alice pensava não ser capaz de suportar. À noite, debruçava-se sobre a janela do quarto, olhava as estrelas e pensava no que poderia fazer para se libertar da vida que não queria ter. Para onde poderia ir? O que deveria fazer?

Quando o padre terminou o sermão e os fiéis entregaram moedas, seguido de uma canção em coral, eles puderam se dirigir à porta. Alice olhava para os lados procurando Isis, mas não a encontrava. Ao ver dona Marisa conversando com duas freiras próximo ao altar, convenceu-se de que a morena de fato não havia ido à missa naquele dia.

Com o braço apoiado no do noivo, ela ia na frente dos pais, abrindo caminho para que saíssem. Antes de alcançarem a porta, um homem entrou na frente dos dois, quase os fazendo tropeçar. Benvindo puxou-a para trás e disse:

— O que você está fazendo aqui?

Gabriel Carvalho os encarava com decepção e fúria, inconformado por vê-los juntos.

— Bom dia, seu Benvindo, srta. Alice — saudou, sempre muito polido. Ajeitou o paletó antes de dar continuidade. — Quer dizer que os boatos são verdadeiros? Estão noivos?

— Estamos — respondeu Benvindo e sorriu de forma cínica. — Vamos nos casar em poucos meses.

— Gabriel... — disse Charles, cumprimentando-o e, junto da esposa, formando um círculo de conversa.

— Como vai o senhor?

— Muito bem. Espero que também esteja.

— Não estou, na verdade. Ainda não entendi o que aconteceu. Em um momento, estávamos combinando os detalhes do meu futuro com a filha dos senhores, e no outro...

— Este certamente não é o local adequado para tal discussão.

— Depois do que conversamos, e ainda mais por eu ter sido recomendado pela dona Isis, pensei que estivéssemos no caminho certo.

A mera menção do nome da morena, unida à visão de Alice ali, séria e desinteressada, fez com que Gabriel se lembrasse de tudo o que tinha ouvido um mês e meio antes. Parte da declaração da sra. Isis d'Ávila Almeida, a última mulher que ele poderia imaginar estar envolvida em tal coisa. Estava do lado de fora do quarto ouvindo tudo e descobriu o segredo de ambas. No entanto, até aquela data, não o havia revelado para ninguém. Ou melhor, para *quase* ninguém.

Ficou espavorido, sem saber o que pensar. Aquele certamente era um segredo ardiloso e poderia destruir a vida de uma pessoa. Ainda assim, queria se casar com Alice. A pressão que seu pai colocava sobre ele estava maior dia após dia e, tal como Alice e sua família, eles também estavam tendo sérios problemas, mas um casamento com a estrangeira herdeira da Ouro Bell resolveria tudo. Não a amava, apesar de admirar sua elegância, inteligência, voz e beleza. Ela era a que recebia maior aprovação dos Carvalho. E, se pudesse resolver os problemas com a família, resolveria todo o restante de sua vida.

— Sinto muito — respondeu o sr. Charles. — Mas analisamos melhor e Alice se casará com Benvindo. Agora, por favor, se nos dá licença... — Tentou passar para fora.

— Espere. O senhor considera este homem um bom par para a sua filha? Acha que ele será um bom genro?

— Estou apostando nisso.

— Tenho certeza de que um mentiroso jamais se encaixaria numa família como a sua, senhor. Sei que ele vem inventando histórias sobre mim e...

— Gabriel, por favor, não se envergonhe mais — pediu Benvindo com um sorriso travesso.

Alice observou a expressão do noivo e percebeu que ele não se limitava a ser um jovem carinhoso, educado e simpático, como ela pensava. Também podia ser sarcástico e provocador. Perguntou-se, então, se na verdade fora sempre assim e a pose de príncipe era uma lorota. Bom, de qualquer forma, não vinha ao caso. Seria esposa dele, não importava o que fizesse.

— Me envergonhar? Você é quem deveria se sentir envergonhado por tudo o que andou fazendo nos últimos meses. Estou de fato impressionado com o tipo de pessoa que se tornou — disse, mais calmo. Sua voz não expressava mais raiva, e sim frustração, desgosto.

Então eles se conheciam mais do que a família Bell Air imaginava. E aparentemente tinham um passado conturbado. Ao ouvir aquilo, a pose de superior de Benvindo começou a se desmanchar.

— Rapazes, seja qual for o problema entre vocês, resolvam fora da casa de Deus — pediu o sr. Charles, abanando a mão e mandando-os para fora. — Quanto a você, Gabriel, espero que tenha maturidade e postura para compreender a situação.

Descendo as escadas, o moço tentou pela última vez:

— Alice, eu sei que nós...

— Gabriel! — exclamou Benvindo, interrompendo-o para que não dissesse mais nada. — Você fez suas próprias escolhas, e agora nós estamos fazendo a nossa.

Sem entender o que aquilo significava, Alice percebeu o olhar desapontado do outro rapaz. Estava de tal forma presa em sua própria melancolia que podia facilmente notar outra alma enferma quando a visse. Era evidente que Gabriel estava sofrendo muito mais do que deixava transparecer.

— Eu e minha família desejamos ao senhor toda a felicidade possível — voltou a dizer o sr. Charles quando terminaram de descer as escadas.

Descontente, ele colocou a cartola, que combinava com o fraque azul, e saiu sem se despedir.

Em seguida, compraram pipoca de um senhor que vendia a guloseima ao fim de todas as missas, e Charles questionou o futuro genro sobre as coisas que Gabriel havia dito. Sua resposta foi superficial. Disse que foram amigos e que, após as mentiras que o rapaz começara a contar para continuar saindo com mulheres e amaldiçoando-as à morte, Benvindo decidira se afastar. Nenhum detalhe a mais.

— Aliás, seu Charles, eu estava pensando se poderia ir até a casa dos senhores durante a semana para cortejar Alice. Sob sua supervisão, é claro.

O empresário limpou a garganta e umedeceu os lábios, estudando a expressão da filha, que desviou o olhar e fingiu não ter escutado, mesmo que estivesse bem ao seu lado.

— Claro — respondeu. — Esperaremos por você.

O caminho até sua casa parecia mais longo que o normal. Aquele silêncio terrível causava tal efeito. Quando chegaram, Alice se trocou, colocando uma indumentária um pouco mais leve. Sentou-se no sofá da sala com um livro no colo, aproveitando para estudar um pouco mais de francês antes de o almoço ficar pronto. Durante a leitura do romance parisiense, sua mente divagou até a mulher que desejava ter visto naquele dia. *Por que Isis não foi à missa?* Ela sempre ia.

Depois da conversa no teatro, não havia compreendido se estava ou não perdoada. Isis não havia respondido com todas as letras, e não poder falar com ela nem mesmo por ligação para esclarecer seu relacionamento a perturbava. Dessa forma, teve uma ideia. Esticou o pescoço na direção do corredor e viu a porta do escritório do pai entreaberta. Ele estava quase deitado na cadeira, lendo o jornal. Enquanto isso, a mãe tentava cortar as unhas dos pés de Pedrinho no banheiro.

— Está doendo! — ele choramingava.

— Mas eu nem encostei a tesoura, menino.

Ninguém prestava atenção nela. Seria aquele o momento perfeito? Levantou-se e caminhou até sua mãe e irmão.

— Mãe, vou estudar no quarto. Por favor, não deixe o João Pedro entrar. Quero me concentrar.

— Alice, segure o pé dele!

— Não! — exclamou o menor, sabendo que à força seria pior. — Eu vou ficar parado.

— Vou estudar, mãe — repetiu. — Ninguém vai entrar, certo?

— Tudo bem. Quando o almoço estiver pronto, eu aviso.

— Não estou com fome, então não se preocupe. Quando quiser comer, saio por mim mesma.

— Pare de encolher os dedos! — exclamou. — Certo, Alice. Vá estudar.

A moça foi até o quarto e bateu a porta com mais força que o necessário, para que todos ouvissem. Em seguida, pisou delicadamente no corredor, tentando sair sem fazer barulho. Apesar da dificuldade, cerca de um minuto depois, estava fora da casa. Desceu as escadas, passou pela entrada da loja e alcançou a garagem. Com um pedido, o cocheiro a ajudou a subir, abriu o portão e atiçou os cavalos.

Estacionou em frente à mansão Almeida e desceu às pressas. Correu até lá com um sorriso no rosto, animada de poder olhar para Isis outra vez. Enquanto esperava ser atendida, suspirou, pensando no tamanho de sua saudade. Faria qualquer coisa para abraçá-la e beijá-la de novo. *Eu te amo*, diria quando estivesse quase sem fôlego. *Não quero ficar longe de você nunca mais.*

A porta se abriu e, como já previa, Cassandra estava lá.

— Srta. Alice! — exclamou, surpresa com sua presença. Logo se recordou do choro da patroa quando a moça saíra daquela casa pela última vez. Ainda assim, já sabia sobre o pedido de desculpa. Isis contara para ela na manhã seguinte ao acontecido.

— Bom dia, Cassandra. Isis está?

A maçaneta escapou da mão da mulher, que se assustou e deu um passo para o lado, percebendo que era Diogo quem tinha puxado a porta para aparecer diante da loura também. Estava de queixo erguido, expressão ameaçadora, camisa meio aberta e charuto entre os dedos.

— Não. Ela não está.

— Bom dia, seu Diogo — saudou. — Não está? Que estranho. Como não foi à missa hoje, pensei que havia acontecido alguma coisa. Ela está bem?

Engolir em seco geralmente representa medo ou nervosismo, quando se está numa encruzilhada. Era um ato que pessoas confiantes como

Diogo não reproduziam. No entanto, naquele momento, foi impossível disfarçar. A saliva passou devagar por sua garganta e ele constrangeu a visita ao passar tantos segundos em silêncio, pensando.

— Isis não foi à igreja?

Foi a vez de Alice ficar quieta. Isis tinha mentido para ele, era óbvio. Estava em outro lugar.

— Bom, eu… eu me expressei mal, na verdade. Não a vi. Havia tantas pessoas lá. Ela deve ter ido, sim.

Mas ele não era bobo. Alice parecia muito certa ao afirmar que ela não tinha ido, e, se de fato não estivesse lá, tinha mentido. E aquela era a última coisa que deveria ter feito.

Diogo fechou a porta sem dizer nada. Ainda tinha raiva de Alice pela forma que fez sua esposa sofrer por semanas, logo não precisava ser gentil. Tal como o sr. Charles, também a considerava uma ingrata. Mas, diante de tal hipótese, enfureceu-se. Não, Isis não seria tola de tentar enganá-lo, seria? Talvez estivesse na casa dos pais. Com certeza. Então, vestiu-se adequadamente e resolveu ir até lá, apenas para se certificar de que Alice era uma sonsa que não enxergava direito. Queria tirar a preocupação da cabeça.

Enquanto isso, Alice pensava no que tinha acabado de fazer. Parecia que havia escolhido o pior momento para procurar a madame. Só torcia para que não tivesse plantado intrigas. Mas o que a moça não tinha ideia era que havia feito algo muito pior. Havia despertado o ciúme de um homem de quase dois metros, furioso por natureza e absolutamente possessivo.

Amélia e sua família haviam retornado a Pernambuco quatro dias antes. Laura voltara para o Rio de Janeiro no dia anterior. Victoria e Emília, por sua vez, tinham ido embora para o Rio Grande do Sul havia três dias. Os d'Ávila e os Almeida estavam sozinhos de novo, de volta à rotina. A casa voltou a ser silenciosa, até mesmo melancólica. Mesmo assim, Isis parecia melhor. Bem melhor, na verdade — como ele imaginou que seria.

Diogo adentrou o carro recém-importado da Europa — um modelo famoso e inovador, apenas para os mais ricos — e dirigiu velozmente até a mansão da sogra, tentando ser otimista, tentando se convencer de que Isis estaria lá tomando chá ou algo do tipo. No entanto, quando foi atendido e não teve a resposta que desejava, sentiu como se virasse do avesso.

— Ela me ligou pela manhã — contou dona Marisa, bordando um casaco que seria presente para Luiz. As roupas de Heitor e Malu já estavam prontas. — Disse que não estava passando bem e que ficaria em casa. Ela saiu mesmo assim? Ora, mas não a vi na missa. Certamente não estava lá.

Claro que não estava. Não estava porque era uma vadia ordinária, pensou ele. *Está me traindo, rameira? Você não seria tão estúpida, seria?*

Respirou fundo uma vez e todos os sentimentos negativos possíveis infestaram seu espírito. Quando entrou de novo no automóvel, bufava, estava ofegante, vermelho, revoltado. Sentia-se feito de idiota, e jamais permitiria que ninguém, especialmente sua mulher, o fizesse sentir daquela forma. Isis mentira para todos e estava em algum lugar que não deveria. Transgressora maldita. Estava decidido a rodar em cada canto daquela cidade a fim de encontrá-la.

Dirigia rápido, quase cego de fúria, pensando para onde deveria ir. Isis não estava com Alice. Também não estaria consultando nenhuma costureira sobre roupas novas, porque não teria motivo para esconder isso.

— Onde você está, sua insolente? — murmurava entredentes, caçando-a como uma presa da qual tinha o mais profundo ódio, como se quisesse encontrá-la em meio à selva, atirar em sua perna, deixá-la sangrar até a morte e, então, possuí-la e conquistá-la, da forma que deveria ser. Empalhada na sala de casa. Em pé, sozinha, linda e calada.

Por que ela havia mentido? Por que seria cruel a ponto de deixá-lo tão mal? Pensou em todas as vezes que ouvira a esposa dizer que ele a machucava. Não. Estava errada. Um aperto no braço ou no pescoço não seria pior do que o que aquela dissimulada fazia com seu coração.

— Eu sou a verdadeira vítima aqui, não você.

Isis não servia para outra coisa, senão para magoá-lo. Diogo pensava que, depois do que já havia feito por ela, merecia sua devoção eterna, mas aparentemente a esposa discordava.

Ele passou na frente de cada um dos restaurantes de que sabia que ela gostava e não a viu em nenhum. Até entrou naqueles que eram grandes o suficiente para que ela pudesse se esconder. Nada. Enquanto isso, sua testa suava. Era difícil respirar. A mente imaginava o pior cenário possível: estava sendo traído, estava sendo enganado, ela e o amante riam dele pelas costas. Não. Jamais permitiria isso. Mataria os dois.

Quase atropelou um casal ao atravessar a rua da feira. Chegou a receber uma repreensão, mas não deu ouvidos. Estava perturbado, só queria saber onde a traidora estava e o que faria para puni-la depois de tamanho desespero e confusão. Apertava a manivela com força, quase arrebentando-a também. Tentava respirar fundo, mas parecia impossível.

Por que Isis mentia? Por que precisava ser sempre tão má? Por que não o compreendia? Não merecia um marido como ele, era o que pensava.

Uma hora depois, já quase perdendo as esperanças e sentindo o coração querer explodir dentro do peito, lembrou-se de um lugar. O único em que ainda não havia procurado. Mas não seria possível, seria? Brigaram por causa daquilo tantas vezes. Teria ela o desobedecido de tal forma?

Deu marcha a ré, retornou pela via principal e dirigiu ainda mais rápido até o Som América — o bordel de Raquel, a pior melhor amiga que Isis poderia ter arranjado. Estacionou defronte a entrada e pensou um pouco antes de entrar. Não estava em horário de funcionamento, mas, prestando atenção, ouviu um burburinho vindo de dentro. Pressionou os olhos e implorou a Deus que Isis não estivesse ali, porque sua vergonha seria tanta que sentiria como se ela tivesse se deitado com outro homem. Já podia perceber seu espírito tornando-se ainda mais agitado com a expectativa. Ele sabia que ela *precisava* não estar ali, porque, se estivesse, não conseguiria se controlar.

Sua respiração estava mais acelerada que o normal. O sangue queimava e, com os punhos cerrados, ele empurrou o portão de tinta descascada e a porta do Som América.

Tinha dito um milhão de vezes que ela não deveria ir até lá, e para o próprio bem dela. Contudo, se a mulher escolhia não o respeitar por bem, respeitaria por mal. Diogo soube disso no momento em que a viu sentada à mesa com Raquel, Esther e outras três mulheres que ele nunca tinha visto. Elas seguravam cartas de baralho, jogando truco.

Isis sorria abertamente e, antes que o visse, segurou a mão de uma das mulheres que o marido não conhecia e gargalhou, jogando a cabeça para trás. Em seguida, apontou para o rosto de outra, que riu assim como ela havia feito. Mas ele não conseguia entender o que diziam. Sua mente expressava um imenso borrão, um completo descontrole. Ela estava lá, afinal. Sua esposa estava sentada à mesa com outras cinco vagabundas, igualando-se a elas.

Que pena. Ela havia cometido o pior pecado de todos — a desobediência. Infelizmente não haveria perdão para aquilo. Assim que elas perceberam sua presença e toda a alegria se evaporou, não havia o que fazer.

Após o quarto ou quinto tapa no rosto, Isis desmaiou, sentindo gosto de sangue. Então, tomou repetidos chutes no estômago. Diogo enfim encontrara um motivo grande o bastante para surrá-la até que ela aprendesse a lição e nunca mais tentasse enganá-lo. Daquele dia em diante, seria a esposa perfeita. Isso, é claro, se ainda estivesse viva para tentar.

8

Festa de noivado

Quatro dias depois, na noite de quinta-feira, o restaurante Palace Colombo estava fechado para o público. Os Bell Air o alugaram de última hora, provando que, pelo preço correto, não havia nada que não pudessem ter. Inspirado em ambientes luxuosos da Europa, o Colombo tinha arquitetura vitoriana, com estátuas nos cantos e uma enorme pintura renascentista de anjos no paraíso. O teto cintilava com o reflexo do imenso lustre. Havia mesas redondas espalhadas pelo salão, todas com toalhas brancas e douradas. Em cada uma sentavam-se de duas a quatro pessoas. As cadeiras eram largas e tinham um estofado mais confortável que sua própria cama, Alice pensou. À frente, podiam ver um grupo de sete homens tocando clássicos com violoncelo, violino e piano.

A festa de noivado de Alice e Benvindo fora organizada às pressas. Afinal, dona Berenice não queria que a filha perdesse mais tempo. Logo faria vinte e um anos, e era melhor que já estivesse casada. Desse modo, não tinha sido possível que sua família viesse de Portugal ou dos Estados Unidos para contemplar aquele falso amor. Era melhor assim, a noiva sabia. Quanto menos pessoas decepcionasse, melhor.

Usava um vestido branco de saia pesada, o que a cansou muito rapidamente. Tanto que tinha certeza de que, assim que tirasse os sapatos de salto, encontraria bolhas nos dedos. O cabelo estava preso num coque angelical, em harmonia com a sutileza da maquiagem na face. Benvindo tinha o terno escuro bem passado, com um broche milionário pendurado ao alto da gravata. Eram o casal perfeito. Estavam de braços dados conversando com dona Rute e o sr. César Jesus, os pais do rapaz. Minutos depois, mudaram de mesa para falar um pouco com os primos dele, que haviam viajado de Minas Gerais para a festa.

As famílias já se conheciam por completo. Tantas pessoas já sabiam. Por vezes, enquanto Alice estava na loja, alguma cliente a elogiava e felicitava pelo noivado. Naquela noite se tornaria oficial. Em algumas horas, Benvindo faria um breve discurso e pediria a mão de Alice diante de todos.

Além dos familiares, havia também os amigos. Alice descobrira que quase todos os colegas do futuro marido já eram casados e viviam sempre juntos, como um grande e leal grupo. Poucos Benvindo conhecera em seu trabalho no Banco do Brasil — apenas dois, e bem mais velhos, um deles viúvo.

Uma das maiores surpresas para os convidados, no entanto, foi a presença de seu Antônio Peixoto e dona Maria Catarina — o prefeito e a primeira-dama de São Paulo. Depois do Carnaval em que foram prestigiados, Charles e Berenice criaram um laço com o casal, que frequentava regularmente seu comércio. Desse modo, não poderiam ser excluídos da lista de convidados.

Ainda assim, seis meses em São Paulo não era tempo o bastante para que conseguissem um arsenal de amizades, como em Portugal. No entanto, dona Marília, o sr. Roberto e seus filhos — donos da maior floricultura da cidade —, os srs. Nelson Batista e Pedro de Andrade, assim como dona Camila Lima, não perderiam a oportunidade por nada no mundo. Eram todos clientes da Ouro Bell, e os amigos mais próximos que o casal Bell Air conseguira arranjar. Além, é claro, das famílias d'Ávila e Almeida. Dona Marisa e o sr. Henrique foram os primeiros a chegar e escolheram uma das mesas centrais. Contudo, Isis e Diogo estavam extremamente atrasados.

O convite fora enviado junto de todos os outros e, ao recebê-lo, Diogo decretou que não iriam. Não pisariam no mesmo ambiente que aquele monstro terrível chamado Alice Bell Air, mas dona Marisa, mesmo que sempre concordasse com o genro, não permitiu que sua ira passasse por cima da educação e da amizade que haviam construído com os pais da noiva. Ela pediu, implorou e quase discutiu com ele, até que aceitasse. Nesse momento, a mais velha estranhou o comportamento da filha. Normalmente ela bateria o pé e brigaria junto, mas estava quieta. Num canto do sofá, Isis não se pronunciava, nem mesmo parecia ouvir o que diziam. Ficara a maior parte do tempo deitada, com o rosto virado para o outro lado. Quando a sogra por fim convencera Diogo de que deveriam ir, foi checar a filha, certificar-se de que estava bem. Mas arregalou os olhos e pôs a mão sobre o peito quando notou o estado de seu rosto.

— Ela caiu da escada ontem — justificou Diogo. — Bebeu e estava distraída. Sabe como Isis é.

Desde então, aquela era a desculpa a todos que a viam. *Uma pena. Bebeu e caiu. Foi um acidente.*

Na próxima hora haveria o pedido oficial de casamento, e Alice continuava procurando Isis com os olhos. Em certo momento, perguntou a dona Marisa se havia acontecido alguma coisa.

— Deve estar se arrumando até agora, querida — respondeu. — Isis é muito irresponsável, você sabe.

— A senhora acha? — questionou Alice, irritada com a acusação. — Eu percebo justamente o contrário.

Dona Marisa deu um sorriso amarelo.

— Conheço minha filha há mais tempo do que a senhorita está viva. Mas aproveite a festa. Acho que algumas pessoas estão chamando-a por ali.

Alice continuava proibida de sair de casa desacompanhada e de usar o telefone, fazia duas semanas. Por isso, era difícil receber notícias.

Queria sair escondida outra vez, mas ainda não havia conseguido porque precisava ficar ao lado da mãe o tempo todo, organizando o noivado.

— Está muito bonita, sabia? — murmurou Benvindo após o fim da conversa com dona Marisa e o sr. Henrique.

Alice sorriu com educação. Em geral, não tinham muito assunto. Antes, quando eram apenas amigos, a conversa fluía leve como uma pluma, mas depois foi como se tudo tivesse sido jogado no lixo.

Mais alguns minutos de conversa com outros convidados se passaram até que dona Berenice se aproximou dos dois, abraçando-os por trás.

— Já cumprimentaram todos?

— Creio que sim — respondeu o noivo.

— Mãe, todos os convidados da lista já estão aqui?

— Estão. Acabei de conferir.

— Tem certeza? Não vi a Isis até agora.

— Ah, ela e Diogo chegaram faz cinco minutos. Estão na última mesa, perto da porta.

Haviam escolhido o lugar mais afastado. Os noivos caminharam até lá e felizmente o rapaz não pôde ouvir o coração da moça acelerar assim que seus olhos encontraram os da morena de vestido cor de vinho, sentada logo à frente, mastigando um quadradinho de queijo.

— Isis! — exclamou Alice com um sorriso radiante. — Achei que não fosse vir.

A morena estava com um penteado diferente. Havia uma franja mais longa caindo sobre ambos os lados do rosto. Alice se segurou para não tirar os fios da frente a fim de admirá-la por completo.

— Eu não perderia este dia — respondeu com um sorriso fraco, sem fazer questão de olhar para ela. Quase como se não se importasse.

Alice estranhou a reação e uma dorzinha a incomodou no peito.

— Sr. Diogo — disse —, este é Benvindo, meu noivo.

Emburrado para ela, Diogo demonstrou mais simpatia ao cumprimentar o homem.

— Diogo Almeida, certo? O editor-chefe do jornal?

— O próprio.

— Deve conhecer meu pai. Nós gerenciamos o Banco do Brasil. — Sentou-se na cadeira ao lado, pronto para iniciar um diálogo.

Alice aproveitou a deixa para fazer o mesmo. Puxou uma cadeira, aproximando-a de Isis, e chamou sua atenção com o tom de voz baixo, para que nenhuma palavra escapasse e os dois homens não ouvissem.

— Você está bem? — perguntou. — Tentei falar com você, mas estou tendo alguns problemas em casa, então foi impossível. Até a procurei no domingo, após a missa.

— Eu soube — contou Isis, que já ouvira a versão de Diogo sobre aquela história. Ela não olhava a amiga nos olhos. Permanecia de cabeça meio baixa, os olhos focados nas taças e na comida, a franja tampando mais que a metade do rosto. Estava estranha, indiferente, parecia desprezá-la.

— Fiz algo errado? — perguntou Alice, inclinando-se na direção dela. — Bom, *mais alguma coisa errada*, no caso.

— Não. Só não estou muito bem hoje.

— Por quê? Aconteceu alguma coisa?

Isis queria contar, ou melhor, *precisava* contar a alguém. A pressão de viver com aquilo a sufocando era tamanha que sentia a cabeça prestes a explodir. Além disso, lidava com a dor constante nas costas, costelas e barriga, além dos braços, canto dos olhos e interior da boca. Estava ferida por inteiro, e não poder dividir tal segredo com ninguém tornava o trauma ainda pior. Como revelaria qualquer detalhe a Alice quando estava sob o olhar de Diogo, que alternava a visão entre ela e Benvindo a todo instante? *Como?*

— Não se preocupe. Aproveite a sua noite.

— Esta noite não é minha, Isis, você sabe — sussurrou.

— Finja que é.

— Você está muito estranha.

— Minha roupa está tão feia assim?

Alice riu de leve. Adorava seu humor. Observou os homens e os outros convidados por um momento. Eles não perceberiam se...

— Por que não quer olhar para mim? — Levou a mão até seus fios numa tentativa de colocar a franja atrás da orelha.

Isis desviou o rosto com rapidez, mas não o bastante. Quando Alice ficou em silêncio, a fidalga soube exatamente o que ela tinha acabado de ver. O vergão vermelho ao lado do olho direito estava feio e, mesmo de maquiagem, ainda era possível notá-lo. O olho estava inchado, roxo, e abaixo dele a pele continuava lesionada, com um corte. O outro lado da face não estava muito diferente.

Alice percebeu os ferimentos e ficou perplexa. Parada pelos próximos segundos, torcia para que aquilo não fosse o que temia ser. Engoliu em seco e passou a respirar pela boca.

— Isis? — chamou, mas não obteve resposta.

A morena bebeu mais do champanhe oferecido, envergonhada, desejando que Alice saísse dali. Então a dona da festa se aproximou mais, arrastando a cadeira.

— *Ele* fez isso com você? — questionou entredentes, apavorada. Diogo não seria capaz, seria? — Isis, olhe para mim, por favor.

— Eu caí da escada — disse, tentando fazer com que Alice voltasse a agir normalmente e não lhe causasse um problema ainda maior quando chegassem em casa.

— E eu sou uma idiota, certo?

— Só às vezes. — Sorriu, observando-a de relance.

Alice estava atordoada, sem conseguir acreditar. Encarou Diogo do outro lado da mesa, falando qualquer coisa para seu noivo, e quis quebrar a garrafa de champanhe no meio de sua testa.

— Vamos conversar em outro lugar — pediu. — Venha.

— Não posso.

— Por quê?

— Não posso, Alice. Não posso falar com você agora, está bem?

Claro que não, não poderia sair de perto dele por vontade própria. Seu tom foi suficiente para que a loura compreendesse. Então, Alice olhou ao redor, tentando encontrar uma desculpa para tirá-la de lá. Como não conseguiu ver dona Berenice em lugar nenhum, levantou-se da cadeira, apressada.

— Vocês ouviram? — perguntou alto aos dois homens, interrompendo-os indelicadamente.

— Ouvimos...? — perguntou Benvindo.

— Minha mãe. Ela acabou de chamar Isis para ajudá-la com alguma coisa. — Segurou seu pulso, ajudando-a a se levantar.

— Por que sua mãe precisaria da ajuda de Isis? — indagou Diogo, desconfiado.

— Porque ela é minha madrinha, ora. E está atrasada. Precisa nos ajudar a resolver inúmeras questões. Vocês, rapazes, fiquem conversando. Nós voltamos depois. Vamos, Isis — apressou-a, mas logo percebeu que não poderia fazer isso.

Isis se levantou devagar e fez careta antes de se colocar completamente de pé. A dor estava em todos os lugares. Depois, virou-se para o marido. Diogo exalava ira. Estava prestes a causar mais um grande problema, então se aproximou dele e se inclinou devagar para beijá-lo antes de sair.

— Vou roubar um pouco da sobremesa para você — disse e sorriu. — Quer?

— Quero que você fique na mesa.

— Será rápido, prometo. — Fez um carinho delicado em sua barba. — Você sabe como essa família é insuportável, nem eu aguentaria tanto tempo perto de qualquer um deles.

Ele curvou os lábios, satisfeito.

— Amo você.

As duas saíram andando e Alice preocupou-se quando percebeu que Isis continuava lenta e ligeiramente curvada. A face tinha uma expressão sofrida, como se cada passo doesse mais. Alice se aproximou e segurou sua mão. Enlaçou seus dedos e segurou-a com firmeza. Isis sorriu e a apertou com mais força.

— Com licença — pediu Alice ao maître do restaurante. — Eu e minha madrinha precisamos conversar a sós. Poderia, por gentileza, nos apontar um lugar adequado?

O homem baixo e calvo guiou-as por um corredor extenso. Ao fim, estava sua sala pessoal. Tinha uma mesa de trabalho com uma cadeira confortável atrás. Do outro lado da sala, um sofá vermelho e largo de dois lugares encostado na parede, de frente para um quadro renascentista. Assim que se encontraram sozinhas, elas se sentaram ali.

— Ele bateu em você? — perguntou Alice, indo direto ao ponto. — Quando isso aconteceu, Isis?

Isis sentiu-se aliviada, pela primeira vez em quatro dias, por enfim estar longe dele. Desde o acontecido, Diogo não tinha ido trabalhar. Ficava próximo dela vinte e quatro horas por dia. Segundo ele, para ajudá-la a andar, banhar-se, vestir-se e lhe fazer companhia, mas Isis sabia que era para mantê-la na linha, sem falar com nenhuma outra pessoa, fazendo-a completamente dele. Então, pela primeira vez podia respirar, longe das rédeas que a enforcavam. Pensando nisso, esticou-se devagar e envolveu Alice num abraço regado de afeto.

— Eu senti sua falta.

Abraçando-a de volta, a loura sentiu o coração doer com aquela frase. Ela a segurou com mais força, mas a pressão nas costas fez Isis se contrair e gemer, então Alice afrouxou os braços.

— Não tive tempo de dizer no teatro — continuou. — Mas eu realmente senti muito a sua falta.

Pressionando os olhos, Alice beijou seu ombro e respirou o aroma de seus cabelos.

— Eu também — murmurou. — É horrível ficar longe de você. — Beijou seu pescoço e, em seguida, o rosto, passando pelos hematomas. — Por que ele fez isso, Isis? Precisa me contar.

A fidalga a soltou devagar e respirou fundo. Seguraram as mãos outra vez e permaneceram próximas.

— Eu... bem, eu fiquei muito surpresa e sensibilizada com a nossa conversa aquele dia. É difícil dizer alguma coisa quando se está extasiada, não? Então decidi que precisava me acalmar e pensar direito. No domingo, falei que ia à igreja, mas na verdade fui ao Som América conversar com Raquel e Esther. Queria contar a elas o que tinha acontecido e quão feliz eu estava, porque eu estava *realmente feliz*, Alice. Ficava me lembrando das coisas que você tinha dito e sorria sozinha. Eu me lembrava dos seus olhos, do seu cheiro, sua voz, seu toque... e não conseguia acreditar. Então pensei em encontrar minhas amigas de manhã, matar a saudade, contar o que tinha acontecido e, depois do horário do almoço, iria até sua casa. Mas Diogo me encontrou lá antes que eu saísse e... e isso aconteceu.

Alice ouvia horrorizada, sentindo um medo grande demais, até que se lembrou daquele dia e percebeu o que havia feito.

— Você vai me odiar quando souber, mas... eu fui até a sua casa depois da missa e...

— Você contou que eu não estive na igreja. Eu sei. Ele me disse depois. — Sorriu, mostrando que estava tudo bem.

— Eu causei isso, não causei? Oh, Deus, não acredito. — Sua voz fraquejou. — Não fazia a menor ideia, se eu...

— Não foi você quem mentiu, Alice. E não foi você quem não soube se organizar direito. Jamais se culpe por isso.

— Você também não deveria se culpar — disse, irritada. Não com ela, mas com o homem que ousava machucá-la. — *Não foi você quem mentiu.* Ora, e desde quando uma mentira justifica tapas na cara?

A reação silenciosa da outra, somada à lembrança de seus movimentou lentos, foram suficientes para que percebesse que, na verdade, não havia levado *apenas* tapas na cara.

— Você está com dor no corpo — afirmou, assombrada. — Ele... Ele fez muito mais do que eu acho que fez, não é?

— Não foi grande coisa, na verdade.

— Você mal consegue andar, Isis. O que mais aconteceu?

As lembranças voaram até aquele dia. Não se recordava bem do que havia acontecido, mas sabia que tinha se assustado ao ver Diogo ali. Também se lembrava do momento em que ele avançou e derrubou a cadeira em que estava sentada, fazendo-a cair. Os próximos instantes foram confusos. As mulheres gritavam. Teve um milésimo de segundo para ver a feição feroz e descontrolada do marido. Depois, foi atingida pelo primeiro tapa, que a fez colar a bochecha no chão.

Sua visão ficou escura, como se tivesse desmaiado, mas continuava ouvindo Esther, Teresa e Fátima gritando por ajuda. Em seguida, o marido puxou seu rosto de volta para cima e bateu do outro lado. Isis gemeu, tentando respirar, mas o peso sobre sua barriga dificultava. Depois ouviu o barulho de algo grande sendo quebrado muito perto, mas não sabia o que poderia ser. Mais tarde percebeu que Raquel tinha arrebentado uma das cadeiras nas costas dele.

Diogo caiu para o lado, tonteando. Mas, quando se levantou, utilizou a perna quebrada da cadeira para acertar a cabeça da ruiva, que desmaiou na hora.

— Meu Deus — rumorejou Alice, abalada como nunca. Jamais poderia imaginar que ele seria tão violento.

Isis se levantou do sofá, ainda contando a história e tudo de que se lembrava. Enquanto isso, puxou o laço do corpete que a apertava.

— Eu vi Raquel do outro lado da mesa, caída no chão. Acho que ela tentou correr quando ele se levantou. Maria começou a jogar pratos na direção dele, mas, quando Diogo torceu o braço dela e, bem, acho que quebrou, ela não pôde fazer mais nada.

Enquanto isso, Esther socorria Raquel, procurando saber se ainda estava viva. Chorava desesperadamente e não parava de gritar. Teresa e Fátima saíram correndo para a rua, gritando por ajuda, dizendo que um homem queria matá-las. Nesse meio-tempo, Isis arrastava-se no chão, tentando se levantar, mas tudo estava girando, sua cabeça parecia pesar cem quilos. Gemeu e apoiou o peso nas mãos, mas caiu outra vez quando Diogo a chutou com força.

— Eu me lembro de ouvi-lo dizer algumas coisas, como "Eu pedi tanto que não viesse aqui", "Por que você me obriga a fazer esse tipo de coisa?" ou algo parecido. — Afrouxou o corpete e finalmente conseguiu respirar. Fechou os olhos por um instante, sentindo alívio. — Então ele passou a chutar minhas costas de novo e de novo.

Era a primeira vez que algo tão terrível acontecia entre os dois. Antes, eram apertos fortes nos braços e talvez no pescoço. Eram ameaças e socos na parede, talvez alguns empurrões, mas as agressões jamais tinham alcançado aquele nível.

— "Eu faço tudo por você", ele gritou quando consegui abrir os olhos. "Por que não pode fazer nada por mim? Por que precisa ser tão egoísta?" Então segurou meus braços e me virou de frente. — Enquanto contava, Isis tirou o corpete e o jogou sobre o sofá em que estivera sentada ao lado de Alice. Depois puxou as mangas do vestido, passando-as pelas mãos. — Ele subiu sobre o meu corpo e voltou a me bater. Lembro de sentir gosto de sangue. E parecia que minha coluna tinha quebrado ao meio. Senti as costas latejarem, assim como o rosto, a cabeça inteira. Não sei dizer bem o que aconteceu depois. Eu desmaiei por alguns minutos.

Diogo não passou muito tempo acertando sua face, por ser uma parte que as pessoas veriam. Levantou-se, irado, magoado, frustrado com ela. Rosnava ofensas, dizendo que ela não prestava para absolutamente nada. Não servia para satisfazer seus desejos — já que o negava quase todas as noites —, não servia para ser obediente e colaborar e não servia para ser mãe. Pensando nisso, passou a usar a ponta comprida do sapato social para acertar sua barriga. Uma, duas, três vezes, ela contava. Mas perdeu a conta. Diogo suava, xingava e não se cansava de jeito nenhum. Só foi parar de atingi-la quando dois homens atenderam ao pedido de Fátima e Teresa e correram para dentro do estabelecimento, prontos para ajudar.

Agarraram os braços de Diogo e o puxaram para trás, fazendo com que caísse. Imobilizaram-no e esperaram até que se acalmasse. Assim que o jornalista parou de forçar os músculos para se levantar, passou a ser ouvido. Dizia que aquilo era briga de marido e mulher e que ninguém deveria se meter.

— Você ia matá-la! — berrou Esther em desespero, soltando Raquel no chão e indo checar a outra amiga. — Você ia matar sua própria esposa, Diogo! Que tipo de *monstro* faz isso?

Em alguns minutos, ele conseguiu se levantar, dizendo que iria levar Isis para casa, que iria cuidar dela. Esther não queria permitir, mas o jornalista ameaçou surrá-la também, o que fez com que os dois homens voltassem a intervir. Enquanto a escritora gritava, Teresa a segurou por trás, insistindo que não havia nada que ela pudesse fazer. Isis era a esposa dele — sua propriedade.

Ele estudou a situação deplorável da mulher, sentindo pena, mas especialmente satisfação pelo que viria a seguir.

— Não se preocupe, meu amor — sussurrou, ajoelhando-se ao lado dela. — Vou cuidar de você. — Tomou-a nos braços e a levou até o carro. Acomodou-a deitada e encolhida no banco e dirigiu de volta para casa.

No meio do caminho, Isis despertou.

— Ele estava dirigindo bem rápido, então eu acordei sentindo muita dor, Alice. — Tirou as mangas do vestido, cobrindo-se apenas com a anágua. — Eu não conseguia me mexer, e cada buraco na rua parecia mais um chute. Tinha alguma coisa deslizando da minha boca... Quando toquei, vi que era sangue.

Alice pressionou os olhos. As mãos tremiam, e foi naquele momento que decidiu que odiava Diogo com todas as forças. Aquele homem tão admirado por todos acabava de se tornar seu maior inimigo.

— Quando chegamos em casa, ele me levantou, me apoiou no ombro e começou a me levar para dentro. "Nunca mais me traia", recomendou. Então eu disse que ele merecia todos os chifres do mundo. — Deslizou as alças da anágua pelos braços e virou de costas, deixando-a cair até a cintura. Desse modo, Alice pôde ver suas costas nuas. — Foi quando me jogou no chão e continuou com os chutes.

Era dificílimo olhar para aquilo. As costas de Isis eram como um quadro abstrato pintado a aquarela, com cores e intensidades diferentes e totalmente preenchido. A maior parte dos hematomas era de um forte tom roxo, outros começavam a ficar verdes. Alice entendeu o motivo de ela mal conseguir andar ou ser tocada, tal como a razão de estar se movendo tão devagar. Diogo a destruíra. A jovem se pôs de pé, aproximando-se.

— Não acredito que ele fez isso com você — disse, mas de repente não conseguia enxergar direito. As lágrimas nos olhos deixaram sua visão tão turva que, pela cor da pele, parecia que Isis tinha se vestido outra vez. Alice esticou a mão e tocou de leve seu ombro, um dos únicos lugares sem feridas. — Meu Deus. Eu não consigo acreditar.

— Nem eu.

Pelo tom de voz, a loura soube que ela também estava chorando. Isis vivia um inferno dia após dia, e Alice nunca fez a menor ideia. Inconformada, a jovem soluçou, deu um passo para a frente e abraçou seu corpo ferido. Tentando ser leve como uma pluma, envolveu-a devagar, com carinho, cuidado. Encostou a bochecha em seu pescoço, e a ponta do nariz tocava a orelha.

— Você não pode passar por isso de novo — implorou, mesmo sabendo que a outra não tinha o menor controle sobre a situação. — Isso é inaceitável. Não suporto ver você assim.

De todas as notícias que poderia receber naquele dia, a que sua amada sofria tal violência em casa era a pior. O coração começava a se endurecer, pensando no quanto odiava aquele homem e que seria capaz de fazer qualquer coisa para tirá-la de perto dele para sempre.

Isis curvou-se um pouco e Alice pensou que a machucava, então começou a soltá-la, mas parou quando sentiu as mãos dela segurando seus braços ali, para que não rompesse a proximidade tão cedo. Alice percebeu que Isis continuava chorando, mas que fazia um esforço gigantesco para não mostrar, para não a deixar ouvir.

Apesar de confiar nela o bastante para desabafar, a fidalga estava morta de vergonha. Estava apanhando em casa. Tinha apanhado na frente de suas amigas, seu rosto estava feio, a pele maculada, não conseguia se mover normalmente — e tudo isso causado pelo próprio marido, pelo homem que deveria amá-la e protegê-la de toda dor.

— Me ajude a me vestir, por favor.

Alice a soltou e começou a procurar as alças da anágua entre todo aquele pano. Isis se virou um pouco, quase ficando de frente, o bastante para que Alice notasse as mesmas marcas em seu colo e barriga.

— Não olhe muito, por favor — pediu Isis, secando as lágrimas.

— Desculpe — respondeu Alice, ajudando-a a passar os braços pelas alças. — É que é inacreditável e assustador.

— Estou muito feia, não é? — Forçou um sorriso. — Aposto que nem me ama mais.

Alice paralisou, pensando ter ouvido errado. Suas mãos pararam de auxiliar e os olhos congelaram-se nos dela.

— Estou brincando — disse Isis. Realmente estava. Queria tentar fazer com que ela esquecesse aquilo.

— Não diga esse tipo de coisa — pediu. — Eu a amaria em qualquer hipótese e de qualquer forma, Isis.

— É mesmo? — perguntou, só porque era maravilhoso ouvi-la dizer.

— Sim.

— Errei o tempo da piada, então.

Alice continuou ajudando-a a se vestir, sempre esbarrando os olhos na visão daquelas manchas fortes, roxas, verdes, grandes. Seu coração estava em pedaços. Sentia-se impotente e até mesmo culpada. Tentou secar as lágrimas, mas era impossível fazê-las pararem de cair.

Era especialmente triste porque Alice sempre pedia sua ajuda e recorria a ela para qualquer coisa. No início da amizade entre elas, pensara que Isis estava lá para ajudá-la. Que era, talvez, como um anjo da guarda ou a luz que precisava. No entanto, jamais imaginou que era ela quem precisava de ajuda durante todo aquele tempo. Isis sempre parecera dona de uma vida perfeita. Ninguém imaginaria o contrário.

— É a primeira vez? — perguntou Alice, amarrando seu corpete, deixando-o frouxo o bastante para que doesse menos.

— Sim. Quer dizer, ele sempre foi agressivo e às vezes me machucava, mas jamais tinha ido tão longe — contou. — Alice, pode me fazer um favor?

— Todos.

— Pode procurar notícias de Maria e Raquel? Sobre Maria, quero saber se está conseguindo cuidar do braço que Diogo quebrou e se precisa de ajuda com alguma coisa. Sobre Raquel... bom, qualquer coisa já seria *alguma coisa*. Eu não faço ideia se ela está viva ou... — Engoliu em seco, amedrontando-se.

— Vou procurá-las. Não se preocupe. Amanhã já terei respostas.

Quando se sentaram outra vez, seguraram as mãos e respiraram fundo. Alice não parava de dizer quão inaceitável era aquilo e como odiava Diogo com todas as forças.

— Isso é comum em relacionamentos. Por mais que não seja tão comentado, é comum — disse a morena.

— Mas não deveria ser! Não vou agir como se aceitasse. Ele quase matou você! Por Deus no céu. Preciso fazer alguma coisa.

— No momento Diogo está tranquilo comigo. Está me tratando muito bem, com bastante paciência, e me ajuda a cuidar dos machucados todos os dias. Então, não, você não precisa fazer nada.

Alice franziu o cenho, enojada. Ele batia e ele mesmo ajudava a curar. Iniciou um discurso sobre isso, narrando hipóteses do que elas deveriam fazer. *Incriminá-lo e fazer uma denúncia, envenenar seu jantar, jogá-lo da escada* ou *fugir para muito longe.* Isis sorriu, apaixonada. Alice a amava mesmo. Inclinou-se para a frente e segurou seu rosto, interrompendo o discurso cheio de loucuras.

Acarinhou suas bochechas e encostou a testa na dela. Percebeu a respiração de Alice se acalmar e se concentrar naquele momento especial.

— Você está muito brava — notou.

— Estou mesmo. Ele não pode machucá-la. Ninguém pode.

Isis fechou os olhos e deixou que a mente se concentrasse apenas no som de sua respiração.

— Mas eu a machuquei também, não é? — questionou Alice com o coração apertado. Nunca havia sentido tanto remorso na vida.

— Eu perdoo você.

Então, a loura se afastou um pouco.

— Verdade?

— Sim. Confesso que fui um pouco longe demais. Acho que a pressionei quando deveria tê-la deixado livre para partir e pensar. Isso certamente colaborou com a sua reação. Então eu perdoo você e peço desculpas também.

Alice sentiu os olhos lacrimejarem de novo. Mas, agora, de felicidade. Aquilo queria dizer que estavam juntas, certo? Como um casal de verdade — mesmo que com suas limitações? Antes de tentar responder aquela pergunta, avançou e beijou Isis com delicadeza, buscando acabar com a saudade que a consumia.

O coração de ambas acelerou. Abraçaram-se com todo o amor que vinham cultivando havia meses. Era a primeira vez que se beijavam sem a desculpa de aulas ou qualquer outra que disfarçasse o que de fato sentiam. Alice a acarinhava na bochecha com a mesma delicadeza com a qual tocaria as pétalas de uma flor. Sentir seu aroma e lábios passeando sobre os seus tinha efeito calmante. Queria aproximar-se mais, beijá-la inteira, venerar cada centímetro de seu corpo, render-se à grandiosidade do que sentia, mas um movimento brusco a machucaria mais. Teria paciência, portanto. Sabia que nada no mundo seria capaz de afastá-las outra vez, então teria o resto da vida para amá-la com toda a força de sua alma recém-renovada.

Minutos mais tarde, Isis alegou dor e cansaço, então Alice se afastou e foi para a ponta do sofá. Isso deu espaço para que a amada se deitasse e apoiasse a cabeça em suas pernas. Disse que muito tempo com o corpo levantado fazia a dor nas costas e no estômago piorar. Assim que Isis se acomodou, Alice iniciou um carinho vagaroso em seu rosto, deslizando os dedos até os cabelos presos. Apesar de maravilhoso, aquele momento também podia doer. Durante as carícias, ela via os ferimentos ali deixados. Tinha vontade de chorar.

— Como isso vai funcionar? — perguntou alguns momentos depois.

— Vamos descobrir — respondeu Isis de olhos fechados. — Diogo odeia você, sabia?

— Deus me livre ter a simpatia daquele desgraçado.

— Bom, você vai precisar da simpatia dele se quiser me ver com frequência.

Alice estava pronta para rebater, mas se lembrou de que ele também odiava Raquel e Esther e proibira a esposa de vê-las. Quando descobriu que as visitava escondida, não mediu forças para aplicar a punição que julgou necessária. Alice não precisou pensar muito para saber que, sem a aprovação de Diogo, seria impossível. Bastaria que fossem vistas juntas uma única vez e ele mataria Isis de uma vez por todas.

— Tenho uma ideia para fazer com que ele volte a aprovar nossa amizade. Mas não será muito agradável — disse Isis.

Depois que contou seu plano, Alice bufou. De fato não seria agradável, mas poderia funcionar. Por Isis, o preço era baixo. E, acontecesse o que fosse, jamais viraria as costas para ela outra vez. Queria que soubesse disso. A partir daquele momento, lutaria por seu amor sem pestanejar, e a morte seria a única coisa capaz de separá-las novamente.

9

O amor da sua vida

Na manhã daquele dia, a copa da mansão Almeida estaria silenciosa, não fosse pelos breves sons da chaleira, da xícara batendo de leve sobre o pires ou do pote de geleia sendo aberto. Alice, Isis e Diogo tomavam café da manhã juntos, quietos e levemente constrangidos.

Alice não suportava ficar perto dele sem sentir o sangue ferver, mas, pelo bem de Isis, aguentaria aquilo e muito mais. A morena, por sua vez, não sabia como deveria se portar. Ao mesmo tempo que precisava agradar o marido o máximo possível, sabia quanto aquilo desagradava a mulher que ela amava. Já haviam conversado sobre o assunto algumas vezes durante os últimos dois meses. Enquanto isso, Diogo ainda estava se acostumando à ideia de ter Alice por perto de novo.

Depois da festa de noivado, foram para casa e Isis vestiu a melhor camisola, perfumou-se e penteou os cabelos, deixando-os macios. Diogo adentrou o quarto fumando o charuto que ela odiava, mas Isis não demonstrou desconforto. Tudo fazia parte do plano.

— Vai se deitar agora, amor? — perguntou ela, sentada diante da penteadeira.

— Não. Vou beber.

Com dificuldade, ela se levantou. Diogo estava se trocando.

— Eu gostaria de conversar com você sobre uma coisa.

— Pode falar.

— É um assunto sério — explicou. — Preciso da sua atenção.

— Você sempre tem a minha atenção, querida. Sabe disso.

Ele terminava de vestir a calça do pijama. Antes de colocar a camisa, sentiu as mãos de Isis acariciando seu peito e parou o que estava fazendo.

— Então me escute, por favor. — Sentindo que tinha o interesse dele, guiou-o até a cama e o incentivou a se sentar. — Eu queria resolver as coisas entre nós. Sei que não venho sendo a melhor esposa do mundo nos últimos tempos e isso deve frustrá-lo muito. — Ajoelhou-se com dificuldade, ficando pequena, vulnerável, submissa, da exata forma que sabia que ele gostava. — Às vezes, penso que estou fazendo a coisa certa, mas posso ser tão estúpida quando não ouço você...

Engolindo em seco, o homem achou que ela parecia verdadeiramente arrependida, prostrada daquele jeito. Respirou fundo, sem saber o que dizer num primeiro momento. A surra tinha surtido efeito? Havia conseguido educá-la?

— Estou muito arrependida e envergonhada da mentira que contei. Você ficou tão magoado comigo.

— Fiquei, realmente.

— Espero que ninguém tenha me visto naquele lugar. Imagine o que falariam de mim. Oh, Deus... sou tão burra. — Encostou o rosto na perna dele. — Você me perdoa, meu amor? Me perdoa por ter sido irresponsável e ruim com você?

Diogo acariciou seu rosto e umedeceu os lábios, com um sorriso orgulhoso.

— Eu perdoo se você jurar nunca mais me desobedecer — respondeu. — Tudo o que eu faço é para o seu bem. E você sabe que o marido é a cabeça da casa. Por vezes posso tomar decisões que a desagradam, mas é porque sei o que é melhor para você.

Isis mordeu a língua e quase mandou que ele enfiasse as tais decisões no rabo, mas, com um autocontrole impressionante, apenas sorriu com delicadeza.

— Tem toda a razão. Eu não sobreviveria nem mesmo um segundo sem você.

— Então jure. Jure que nunca mais vai me desobedecer.

Ela respirou fundo. Mesmo sabendo exatamente o que responder, era difícil precisar se humilhar tanto.

— Eu juro — respondeu. — Juro o que você quiser.

Diogo sentiu-se aliviado pela primeira vez em dias. Cumprindo aquela promessa, os dois por fim seriam felizes. Ajudou a esposa a se levantar e a acomodou em seu colo, segurando-a com cuidado para não machucar mais.

— Eu te amo tanto, Isis. Sou louco por você.

— Eu também sou louca por você, meu amor. Você me faz muito feliz. A mulher mais feliz do mundo. Demorei para enxergar isso, mas antes tarde do que nunca, não é? — Beijou o canto de sua boca muito devagar e resolveu aproveitar a deixa. — Sabe quem me mostrou isso?

— Sua mãe?

— Não. Alice.

— Alice? Aquela vadia que magoou você?

— Acho que não podemos mais chamá-la assim. — Deitou a cabeça em seu ombro e se encolheu para caber em seus braços. Segurou os gemidos de dor que os movimentos lhe causavam. — Quando me chamou naquele momento na festa, foi para pedir perdão, acredita? Estava arrependida por ter me deixado tão triste. Eu não queria aceitar, é claro, mas ela viu as marcas no meu rosto e... e entendeu o que tinha acontecido. Então eu comecei a chorar porque estava triste com você. Mas Alice me mostrou o que eu não estava vendo. Quando contei o que eu tinha feito, ela me disse como fui má. "Ele bateu em você, Isis? Bom, quem poderia culpá-lo, não é?"

— Alice disse isso? — perguntou, surpreso.

— Sim. Ela disse que o entendia porque sabe como você é correto, além de me amar muito. Quando Alice falou isso, eu chorei ainda mais. Me arrependi naquele instante. Percebi como estava sendo ingrata. Você nunca quis me machucar de verdade, só fez isso porque precisou, porque eu o obriguei.

Era assustador proferir aquele monte de bobagens. Isso porque alguma parte de si acreditava nelas. Que era culpada por ter apanhado. E que deveria se envergonhar.

— Ela disse que eu deveria reconhecer meus erros e agir como uma esposa de verdade. "Cresça, Isis. Valorize o homem que você tem e pare de chorar." Então eu soube que deveria lhe pedir perdão o mais rápido possível.

Eles fizeram as pazes naquela noite. Mesmo com a esposa machucada, Diogo tentou ter relações sexuais, mas ela reclamou de dor algumas vezes e prometeu que o iria satisfazer completamente assim que estivesse recuperada. Duas semanas mais tarde, ele conseguiu o que queria, mesmo que os hematomas ainda estivessem ali. Nem roxos nem verdes, mas amarelos, começando a se misturar com a cor da pele.

Na manhã daquele dia, dois meses depois, haviam conversado pouco, e Alice e Isis comiam como passarinhos.

— As damas estão de dieta? — perguntou ele, percebendo que os pratos não mudavam de figura.

Isis sorriu e segurou sua mão.

— Quero ficar linda para você, amorzinho. E Alice para Benvindo. — Mas se arrependeu logo depois.

Alice a fuzilou com o olhar, morrendo de ciúme. Era cada vez mais difícil aceitar que, sim, Isis era casada, e casada com um homem, e não havia nada que pudesse fazer em relação a isso. Diferente da fidalga, ela tinha sérias dificuldades para esconder seus sentimentos.

— Você já está perfeita, meu bem. — Limpou a boca com um guardanapo e se levantou. — E eu estou atrasado para o trabalho.

— Bom trabalho, querido.

Ele beijou sua testa.

— Já estou com saudade — disse Diogo. — Tenha um bom dia, Alice.

— O senhor também.

Quando ele saiu e se viram sozinhas, Isis observou Alice com cuidado, temendo que estivesse chateada. De fato, não era fácil ver a mulher amada dando amor a outra pessoa.

— Está brava comigo? — perguntou e a viu negar com a cabeça. — Eu amo *você*, lembra?

Alice ergueu os olhos.

— É mesmo?

— Claro que sim. — Levantou-se, sentando-se na cadeira ao lado. — Você é o meu coração inteiro.

A loura deu um sorriso fraco e curvou-se para a frente, para selar os lábios nos dela.

— Desculpe — pediu. — Estou sendo injusta, não estou? Vocês são casados. Não é como se eu pudesse sentir ciúme.

— Você pode sentir qualquer coisa. Isso não é algo que dê para controlar.

— Bom, então é o que sinto. Estou com ciúme. E tenho muita raiva dele. É insuportável precisar fingir que o Diogo não lhe deu uma surra. E é ainda pior assistir vocês trocando declarações o tempo todo.

Isis se calou, não sabia o que responder. Quando um problema é colocado para fora, é certo que a outra pessoa tente compreender e talvez encontrar um caminho justo para ambas as partes, mas não fazia ideia de qual seria esse caminho. Parar de tratar bem seu marido não era uma opção. Ele tinha que estar sempre feliz, pensando que a esposa era apaixonada por ele. Do contrário, ela poderia se machucar de novo.

Desde que Isis pedira perdão, ele nunca mais a tratara com grosseria ou maldade desenfreada. A partir daquele momento, ela havia se tornado uma flor que merecia todo o carinho do universo, segundo seus olhos.

— O que você quer que eu faça para se sentir melhor? — perguntou a dona da casa.

— Só não me esqueça.

Isis sorriu docemente e a beijou outra vez.

— Não seja boba. Esquecê-la seria impossível.

— E se você se apaixonar por ele de novo?

— Eu sinto nojo dele, Alice. É esse o sentimento que cultivo pelo meu marido. *Você* é a única pessoa que eu quero.

No fundo, Alice sabia que não tinha com que se preocupar, mas era impossível não sentir nada quando os via agindo da forma que *ela* queria agir com Isis. Tocando-a, declarando-se, fazendo de tudo para vê-la feliz, sem precisar se esconder do resto do mundo.

Depois de reatarem o romance, Alice conseguira entrar em contato com Raquel e Esther. Foi até o Som América e descobriu que, após dias acamada, a proprietária do estabelecimento estava bem. Sua cabeça havia sido enfaixada e tomava três remédios diferentes todos os dias. Maria, por outro lado, sofria com o braço quebrado, mas estava recebendo auxílio de Raquel.

Elas conversaram por uma hora e Alice ouviu a versão de Raquel dos fatos. A ruiva falou do horror estampado no rosto de Isis, dos gritos de todas as mulheres ali presentes, do barulho de Diogo estapeando a face desacordada...

Quando saiu dali, Alice queria vomitar.

— Está pronta para o que tínhamos combinado? — perguntou Isis, tentando fazer com que a amada esquecesse o ciúme e iniciassem o dia.

Elas correram para o segundo andar de mãos dadas com pressa, sem querer desperdiçar mais tempo. Alice foi para o quarto de hóspedes e Isis para o seu próprio.

Felizmente, Diogo tinha um sono muito pesado, então não fazia a menor ideia de que a esposa transava com a visita todas as vezes que a jovem dormia na casa deles. Para o jornalista, Alice estava lá para conversarem sobre o casamento. Às vezes, ela passava a noite e voltava para casa no dia seguinte. Em outras, dormia três noites seguidas. Tudo dependia do bom humor de Diogo e dos pais da loura.

Isis tirou o vestido verde e cobriu-se com uma camisola creme. Soltou os cabelos e tirou o pouco de maquiagem que tinha passado no rosto. Saiu do cômodo e ouviu passos ao pé da escada. Quando observou, viu os cabelos de Alice balançando para longe. Ela tinha sido mais rápida e já havia saído do quarto. Então Isis caminhou até o aposento de hóspedes — que na verdade já tinha se tornado o quarto das duas — e bagunçou a cama que Cassandra tinha arrumado. Deitou-se no meio dela e esperou, ansiosa.

Era demasiado difícil conseguirem um momento a sós. Sempre havia muitos riscos, perigos e medo — o que por vezes poderia ser excitante, mas também era cansativo, e nas últimas semanas aquilo mais as irritava do que excitava. Queriam ter uma vivência normal, como de marido e mulher. Ou melhor, de *mulher e mulher*. Foi quando Alice teve aquela ideia. Pensou que Isis iria achar bobo, mas se enganara. Por mais fantasioso que fosse, seria o mais próximo que teriam de um café da manhã de casal. Também tinha sido por conta disso que não haviam comido quase nada à mesa. Queriam tomar o café da manhã juntas, sozinhas, do jeito delas. Pensando nisso, Isis começou a sorrir sozinha, com os olhos brilhando.

— Vai ser como uma surpresa para você — dissera Alice na noite anterior, quando descansavam depois de tantos orgasmos. — Vou preparar o café da manhã e trazer na cama. Cristo, parece fantasista demais, não?

— Parece perfeito, na verdade — respondera Isis enquanto deslizava os dedos sobre o seio nu da amante, até a barriga. — É um pouquinho de como seria nossa vida se vivêssemos num mundo diferente.

Para que não corressem riscos, Isis dispensou os empregados que trabalhavam na parte interna da casa. Então, após preparar a refeição, Alice adentrou o cômodo com dificuldade. A bandeja estava pesada e cheia demais.

— Minha nossa, quanta coisa! — exclamou Isis.

— Em primeiro lugar, era para você estar dormindo e não me ver desse jeito.

— E em segundo?

— Em segundo lugar, durma!

A dama riu e levantou-se para ajudá-la.

— Não! Fique na cama! — pediu a jovem.

— Essa jarra vai cair, Alice.

— Eu limpo tudo e compro outra para você, se cair.

Isis revirou os olhos e negou com a cabeça.

Elas foram para o colchão e a morena sentou-se onde estava antes. Alice posicionou a bandeja em seu colo e armou-a para que os pequenos apoios a deixassem segura o bastante.

— Pronto, meu amor — disse a loura, orgulhosa. — Meu café da manhã para você. Fiz ovos frescos e mudei o suco. Sei que você prefere framboesa a abacaxi com hortelã ou chá. E cortei as frutas em pedaços um pouco menores também. Ah, e troquei o tipo do queijo. Esse está fresco e é mais saudável.

Isis estudou os alimentos, sorrindo, encantada.

— Está se saindo uma esposa e tanto — afirmou.

— Você acha?

— Deveras que sim. Até arrumou as torradas. — Apontou para elas. — Eu com certeza não vou me sair tão bem quando for a minha vez de lhe trazer café na cama.

Alice riu, contente por tê-la impressionado. Cada momento ao lado de Isis era maravilhoso. Sabia que jamais sairia de perto dela outra vez. Amava-a mais a cada dia, especialmente em momentos como aquele, em que faziam coisas românticas que deveriam fazer parte da rotina. Levar café da manhã na cama, fazer uma massagem nos ombros ou nos pés, contar segredos, ouvir a outra reclamar de alguma coisa, caminhar descalças pelo quintal ou apenas dizer "Boa noite, meu amor. Até amanhã".

Faziam o máximo de coisas juntas. Além de caminhadas, também iam à igreja, dormiam e banhavam-se juntas. Isis gostava de lavar o cabelo de Alice. Dizia que ele ficava ainda mais lindo quando mergulhava na banheira. Também adoravam cozinhar à tarde e fazer piqueniques diante da fonte da casa da fidalga. Na semana anterior, tinham começado algo novo: Alice escolhera um livro da estante e acomodaram-se no sofá para ler juntas. A loura sentou-se confortavelmente entre tantas almofadas, Isis deitou-se e colocou as pernas sobre seu colo. Enquanto recebia carinho dos joelhos para baixo, ouvia a voz doce de Alice lendo *Senhora*, de José de Alencar.

— "Vendido, sim: não tem outro nome. Sou rica, muito rica; sou milionária; precisava de um marido, traste indispensável às mulheres honestas. O senhor estava no mercado; comprei-o. Custou-me cem contos de réis, foi barato; não se fez valer. Eu daria o dobro, o triplo, toda a minha riqueza por este momento" — leu Alice e respirou fundo. — O que você acha? — perguntou um momento depois.

— Da vingança? Acho que ela estava certa. Você não?

— Acho que Aurélia deveria ter seguido em frente. Ela estava rica, era linda, todos a queriam por perto. Poderia fazer o que quisesse, se casar com quem quisesse, para que ficar se torturando a ponto de aprisionar consigo um homem que a magoou?

— Porque ela o amava — respondeu Isis. — De uma forma não muito bonita, mas amava.

— Tem uma passagem no livro que diz que ela amava mais a sensação de amar do que o próprio Fernando.

Então Isis franziu o cenho e disse que não se lembrava. Elas começaram a folhear o livro e encontraram a citação. "Aurélia amava mais seu amor do que seu amante; era mais poeta do que mulher; preferia o ideal ao homem."

E continuaram a leitura. Isis dormiu quinze minutos depois, então Alice a cobriu e se deitou do outro lado do sofá, lendo para si mesma. No dia seguinte, a morena pediu que ela continuasse de onde tinha parado.

— Você com certeza vai dormir de novo — disse Alice. A jovem estava tentando consertar um colar quebrado na varanda da casa dela.

— É que eu gosto de ficar observando você enquanto está concentrada. E gosto de ouvi-la lendo, amor. Me faz muito bem.

Alice sorriu, contente.

— Tudo bem, então. Vou continuar de onde parei.

Uma intimidade impressionante crescia entre elas. E, às vezes, mesmo quando estavam entediadas, ainda se sentiam gratas por terem a presença uma da outra.

Agora, no café da manhã, sentavam-se de frente. Isis as serviu de suco de framboesa e elas brindaram.

— A nós.

— A nós.

Dessa vez, comeram o quanto quiseram. Sem pressa, falavam sobre o que andava acontecendo em suas vidas.

— Marcamos o casamento para o início de novembro — contou Alice, tentando mostrar tranquilidade.

— Pensei que a sua mãe quisesse que se casasse o mais rápido possível.

— E ela quer, mas também quer uma festa gigantesca. Convidou todos os parentes de Portugal e dos Estados Unidos. Então eles precisam se organizar para chegar a tempo. São dias de viagem.

Isis concordou com a cabeça, dando uma mordida na torrada com queijo branco.

— E você está mais conformada em relação a isso?

— Não.

A morena segurou sua mão.

— Vai ficar tudo bem — garantiu. — Geralmente os piores momentos são rápidos.

— Tudo me preocupa, não só os piores momentos. Queria me casar com você.

— Isso é um pedido? — perguntou, alegre, e se aproximou.

— Não — respondeu Alice, sabendo que aquilo a irritaria. Em resposta, recebeu um tapa na mão. — Ai!

— Que indelicadeza!

— Ora, como vou pedi-la em casamento sem uma aliança?

— Usasse um pedaço de fruta, um travesseiro, um sapato, qualquer coisa!

Alice gargalhou, jogando a cabeça para trás. Em seguida, encheu a taça de suco de novo.

— Você merece mais do que um pedido de casamento tão simplório assim.

Isis umedeceu os lábios e sentiu um frio na barriga. Alice era tão romântica. Agia de uma forma muito diferente de Diogo. O olhar, a escolha das palavras, até mesmo a forma de tocá-la. Não que estivesse tentando comparar ou fazê-los competir, mas era inevitável pensar que o marido agia sempre com força bruta, demonstrando uma possessividade absurda, enquanto Alice a fazia se sentir segura e livre ao mesmo tempo. Queria ser cuidada por ela, e sabia que não precisava se preocupar em esconder sua verdade, seus desejos, sua voz, sua essência ou seus medos. Alice não andava na frente ou atrás, mas sempre ao seu lado.

Alguns dias depois, Isis estava sentada diante da mesa da cozinha da casa dos d'Ávila. O cabelo estava trançado para trás, o que foi um verdadeiro alívio, já que não parava de suar, tamanho o calor. Escolhia os melhores grãos de feijão para guardar num pote de vidro. Dona Marisa e o sr. Henrique haviam dispensado metade dos empregados com o objetivo de cortar gastos. A situação financeira de seus pais se deteriorava a cada mês, mas estavam cuidando disso.

— E o que você disse depois? — perguntou Isis, jogando os feijões feios no lixo.

Dona Marisa estava sentada do outro lado da mesa, limpando a porcelana.

— Eu disse que tínhamos as terras mais férteis do sudeste do Brasil — respondeu, mas, quando ouviu Isis gargalhando, exclamou: — O que foi?!

— *As terras mais férteis do sudeste do Brasil* — repetiu. — Que mentira.

— Se ele acreditar, bom para mim!

Durante a festa de noivado, os pais de Isis haviam se aproximado do prefeito de São Paulo, o sr. Antônio Peixoto, e de sua esposa, dona Maria Catarina. Não demorou até perceberem que haviam acabado de encontrar sua nova luz no fim do túnel. Afinal, os planos de conseguir um patrocínio ou outro tipo de auxílio financeiro do casal Bell Air já tinham se mostrado improváveis. Os joalheiros não estavam e não ficariam interessados naquele mercado. Mas com Antônio seria diferente!

Além de atual prefeito, Antônio era advogado, empresário e *felizmente* cafeicultor. Já conhecia o ramo. Isso significava que, com as palavras certas, poderiam se reerguer às nuvens outra vez.

— Ele e a esposa virão almoçar aqui em casa — contou dona Marisa e apontou um dedo na direção da filha. — Você tem que vir. Você e Diogo.

— Por quê?

— Para que eu possa exibir a família linda que tenho. Também para me utilizar dos dotes persuasivos do meu genro favorito e, assim, convencer os dois mais rápido.

Henrique surgiu pela porta dos fundos, caminhando lentamente. Estava sujo, fatigado e com uma leve dor de cabeça.

— Terminei — rosnou. Estava cortando a grama na frente da casa.

— Tudo? Até os cantinhos? — indagou sua esposa, virando-se para ele. — Tem que estar perfeito, Henrique. Tudo tem que estar perfeito!

— Se não estivesse, eu não teria dito que terminei.

Isis tampou a boca, rindo. Enquanto isso, dona Marisa jogou o guardanapo na direção dele, acertando seu rosto.

— Bruto! E me devolva esse pano! — exclamou, mas, ao notar que ele tinha se sentado ao lado da filha e também começou a escolher os feijões, bufou, enraivecida. — Por que está se sentando? Tem que lavar as janelas!

— Até isso? — perguntou Isis.

— O restante das empregadas está esfregando as escadas. Foram as únicas que restaram, além de dois lavradores.

— E uma cozinheira — destacou Henrique.

— Pois bem, podem reclamar o quanto for, mas vou contar ao Diogo sobre essa situação — afirmou Isis. — Ele fará um cheque com a quantia necessária para que resolvam o problema.

— De jeito nenhum! — proferiu o dono da casa.

Mãe e filha se entreolharam e a mais velha sinalizou disfarçadamente um "continue".

— Ele pode ajudar vocês.

— Não vou aceitar dinheiro do Diogo.

— Mas não foi para isso que permitimos que Isis se casasse com ele? — choramingou Marisa.

— Estou exausto de ouvir aquele homem me tratando como se eu fosse um velho inútil, como se ele soubesse mais do que eu sobre a vida, sobre negócios, sobre charutos e sobre como cuidar da minha família. Não vou lhe dar mais um motivo para falar.

Se dependesse de dona Marisa, já teriam aceitado o auxílio do genro havia muito tempo, mas o marido tinha suas convicções. Enquanto não estivesse passando fome, não pediria aquele tipo de ajuda descarada a ninguém.

Alguns minutos depois, um dos lavradores correu até a cozinha e anunciou a chegada de uma visita. Isis já sabia quem era. Abandonou os feijões, levantando-se rápido.

— Aonde você vai? — perguntou a mãe.

— Alice chegou!

As ditas melhores amigas haviam marcado de passar aquela tarde juntas para cavalgar. Alice tinha contado à fidalga que praticara tal exercício poucas vezes em seus quase vinte e um anos, então Isis teve a ideia de relembrar o passo a passo, o que lhes permitiria passar mais tempo juntas.

— Você chegou! — exclamou Isis, alegre, ao vê-la se aproximar.

Depois de cumprimentar os donos da casa, elas partiram em direção ao estábulo. Alice falava sobre uma cliente engraçada que atendera naquele dia, fazendo Isis rir com muita facilidade. Quando alcançaram seu destino, a morena chamou a atenção dos dois únicos cavalos que ainda restavam na fazenda.

— Você não vem?

— Não tenho certeza de como fazer isso — respondeu Alice com uma careta.

— Ora, fazendo. Eles precisam confiar em você. — Caminhou até ela, segurou sua mão e a guiou até o rosto do animal marrom, que deu um passo para trás. — Ah, perdão. Rápido demais. Está tudo bem, querido — disse, acarinhando-o outra vez.

Alice sorriu ao vê-la demonstrar tamanho carinho pelo cavalo. Era a coisa mais graciosa que já tinha visto. Encontrou ali sua deixa para se reaproximar, mais devagar.

— Fale com ele — instruiu Isis, abraçando-o com suavidade.

— Até isso? — perguntou, incomodada. — Não é como se ele fosse entender.

— Zeca é um bichinho muito sensível, Alice. Ele só precisa de um pouco de amor para levá-la aonde você quiser.

A loura respirou profundamente. Não estava nem um pouco acostumada a conversar com animais, mas tentaria.

— Olá, Zeca. Meu nome é Alice. É um prazer conhecê-lo. — Por fim encostou a ponta dos dedos entre seus olhos e começou a acariciá-lo. — Desculpe se eu estiver meio travada. É que Isis está me olhando com expectativas demais, e isso me deixa nervosa.

— Viu, Zequinha? — apontou Isis. — Ela está caidinha por mim.

Tiraram os cavalos do estábulo e fecharam as portas. As selas já estavam postas e devidamente reguladas, pois fora a primeira coisa que Isis fizera ao chegar à casa dos pais. Caminharam um pouco, deixando ambos os animais sobre o gramado amplo e nivelado.

— Pronto. — Ajeitou os pés nos estribos depois de montar. Mas, quando olhou para Alice, viu que ela ainda não havia movido um músculo. — Você não sabe montar?

— Claro que sei — respondeu e observou Zeca de relance. — Eu só não me lembro.

Isis desceu e foi ajudá-la.

— Está usando botas de salto? — perguntou sem olhar para ela. Depois se certificou mais uma vez de que a sela estivesse bem presa.

Alice elevou a saia salmão e exibiu o pé direito de botina preta e salto espesso.

— Perfeito. Bom, você precisa se posicionar do lado esquerdo, colocar o pé no estribo e fazer força. Como não está acostumada, vou segurar as rédeas para você. — Aproximou-se do animal e apertou a corda para cima, apenas para mantê-lo imóvel.

— Certo. — Alice se colocou ao seu lado e, com dificuldade, encaixou o pé esquerdo no estribo velho, que começava a enferrujar. — E agora?

— Agora você sobe.

— Mas *como*? Onde eu seguro? Nas rédeas?

Pasma, Isis deixou o queixo cair e um sorriso travesso tomou parte do rosto.

— Você não disse que sabia o básico?

— E eu sei! Só não me lembro. Além disso, sou bem urbana. Passei a vida toda em grandes centros, então, por favor, tenha paciência comigo.

Montar a cavalo, criar gado, noções de agricultura e gerenciamento de sítio eram coisas tão óbvias para Isis, que sentiu como se Alice fosse de outro mundo. Apesar de levemente envergonhada, a estrangeira ficava linda quando falava daquela forma. Isis não conseguiu segurar o sorriso diante de sua explicação sobre *ser uma mulher urbana.*

— Tudo bem, então — disse, segurando as rédeas outra vez. — Como já está com o pé encaixado no estribo, vai precisar segurar no pito e na cabeça. Quando for dar impulso para subir, tem que jogar o peso por cima dele e não ficar demorando, parada de um lado só, apoiada no estribo. Você pode machucá-lo ou irritá-lo. E...

— O que é pito?

— Essa parte mais alta. — Segurou o apoio e depois apontou para o suporte diante dele. — E aqui fica a cabeça. Pode segurar nesses dois lugares. Nunca segure na parte de trás da sela, pois ela pode estar um pouco mais frouxa.

— Entendi.

— Então você segura, dá um impulso para subir e levanta bastante a outra perna para passar para o outro lado. É importante levantar bem para não chutar o cavalo.

Alice franziu o cenho.

— Vamos cavalgar com uma perna de cada lado?

— É mais seguro e confortável. — Deu de ombros.

— E o que acontece se eu não levantar a perna alto o suficiente e acabar chutando o cavalo?

— Ele pode sair andando ou lhe dar um coice.

Alice estava apavorada, pensando que seus minutos estavam contados. Morreria ali mesmo, pisoteada pelo cavalo Zeca da família d'Ávila.

— Mas não se preocupe — acrescentou Isis. — Estou segurando as rédeas.

A loura engoliu em seco, já arrependida de ter aceitado a empreitada. Respirou fundo e agarrou-se no pito. No entanto, mais um obstáculo atrasou sua subida. O cavalo era alto demais, ela certamente cairia, pensou. Choramingou para Isis, que insistia em dizer que ela só precisava de mais impulso.

— Eu não consigo! Tenho certeza que não consigo.

Então encontraram um caixote de madeira dentro do estábulo, fecharam-no outra vez e tentaram novamente. Alice o fez de escada, apoiou o pé no estribo, fez força, levantou alto a outra perna e sentou-se na sela. Porém, quando pensou que a missão estava cumprida, Zeca começou a se mover para o outro lado. Isis puxou as rédeas para trás, dizendo:

— Ei, ei, ei! Calma!

— Eu vou cair! — gritou Alice, mas no instante seguinte Zeca já havia se acalmado.

— Você se sentou rápido demais — explicou. — Tinha que ter sido mais suave para não o machucar.

— Ora, você não disse isso!

— Eu esqueci. E pare de gritar! — exigiu, também gritando.

Sem delonga, a mais velha passou outras instruções relacionadas à força e à posição dos pés. Quando achou que Alice poderia se virar sozinha, subiu em seu próprio cavalo, Alfredinho. Começaram a cavalgar lentamente em direção ao pasto. Dariam algumas voltas ali, até que Alice se acostumasse e pudessem passear por outros lugares.

Ainda insegura, a loura tinha sérias dificuldades para controlar as rédeas, fazer o animal caminhar na velocidade correta e ir para o lugar certo.

— Está usando muita força! — exclamou Isis, por estar um tanto longe, mas gargalhou quando pôde se aproximar e ver a expressão de agonia no rosto da amada. — Você é tão medrosa!

Parecia que Alice havia bebido um suco de limão bem ácido. Sua careta era das mais feias e engraçadas.

— O que devo fazer? Por que ele não para de dar voltas?!

— Afrouxe as rédeas!

Zeca relinchou e andou mais rápido, reclamando. Em contrapartida, Isis achou melhor ensinar outras coisas a ela com mais calma. Ainda falando alto para se fazer ouvida, deu as devidas coordenadas para que a pupila fizesse o cavalo parar. Após quase dez minutos de desespero, Alice enfim conseguiu.

— Por Deus no céu — murmurou, exausta, como se tivesse passado o dia ajudando dona Marisa e o sr. Henrique a limparem a casa.

— Acho que você é muito afobada — comentou Isis e desceu de Alfredinho.

— Eu sou. E para absolutamente qualquer coisa, você sabe — disse, aliviada por ter parado, mas referindo-se à sua dificuldade em aceitar o amor de outra mulher.

Isis deixou sua montaria longe e caminhou até Alice e Zeca.

— Vamos tentar de novo. Os estribos estão mesmo confortáveis nos seus pés?

— Nada está confortável. Ainda estou com medo. E você está me achando uma tola, não está?

— Não — respondeu a fidalga. — Estou pensando que essa Alice apavorada, que grita por causa de um cavalo, é bem diferente da Alice intelectual, que sabe um monte de coisas.

A loura deu de ombros.

— Ninguém é perfeito. Mas vou lhe contar uma coisa sobre mim. Uma coisa que você não sabe.

Isis começou a acariciar Zeca enquanto a ouvia. Murmurou, indicando que ela continuasse.

— Eu sei dirigir automóveis.

Desviando o olhar do cavalo e fixando-o na amada, a madame disse:

— Mentirosa.

— Mentirosa? Acha que uma mulher como eu não é capaz de dirigir, dona Isis?

— Acho que uma mulher como você faz piadas demais.

Alice abriu a boca, injuriada. Como podia duvidar de sua palavra? Não demorou para convencê-la a desistir de cavalgar e irem até seu automóvel. *Vou provar para você*, foi o que disse. Estava animada, andando rápido, e a arrastava pela mão. Chegou a torcer o pé, mas não foi suficiente para fazê-la desacelerar.

— Você sabe que, quando bater aquele carro, eu não vou assumir a culpa para proteger você, não é? — indagou Isis, sorrindo de canto, ainda pensando que ela estava inventando histórias.

— Em primeiro lugar, não vou bater. — Observou-a de relance. — E, em segundo, sei que você assumiria, sim.

Quando chegaram aos fundos da mansão d'Ávila, a morena apontou para onde estava seu carro. Era lançamento da Fabbrica Italiana

Automobili Torino, tendo sido encomendado por Diogo assim que possível. Chamava-se Fiat 3½ HP. Isis chamava-o de Três e Meio. Estava tão novo que a lataria azul-escura reluzia à luz solar. As formas lembravam uma pequena carruagem puxada a cavalo. Com o teto todo aberto, era um automóvel pequeno, de dois ou três lugares, dependendo da estrutura corporal de quem o tomasse para viagem. Tinha banco estofado azul, quatro rodas finas nas cores preto e amarelo e faróis dourados. Se o sol estivesse demasiado forte, havia a opção de puxar a cobertura superior e proteger metade do veículo, mas, por enquanto, permanecia aberta.

— Já dirigiu esse? — perguntou Isis.

— Hum... o que já dirigi é um pouco diferente.

— Alice, se você bater, juro que estarei morta. Esse carro acabou de chegar da Itália.

— Você realmente não confia nem um pouco em mim, não é?

— Claro que confio. De olhos fechados, aliás.

— Então, vamos logo. — Puxou-a pela mão outra vez e a guiou até o banco do passageiro. Ofereceu a mão e fez uma pose cavalheira para ajudá-la a subir.

Isis riu de leve e beijou sua bochecha antes de adentrar. Ficou olhando a amada dar a volta no carro e entrar pelo outro lado.

— Aqui fica a embreagem. E esses pedais são o freio e o acelerador.

— Certo.

Isis a observava com atenção, notando como estava séria ao explicar. Falava sobre o nível exato de força que precisaria ser empregado em cada uma daquelas alavancas, a forma correta de ligar o automóvel e como acionar os faróis. Às vezes, parecia usar termos muito técnicos para seu entendimento, mas Isis continuou assentindo e reparando em sua forma de falar. Alice posicionou os pés e ligou o carro. Usando a marcha a ré, saíram da sombra que o protegia.

— Oh, Deus — murmurou Isis ao senti-lo se mover.

— Não me diga que ainda está com medo.

— Não estou — disse, mas sua voz revelava justamente o contrário.

Em segundos, elas estavam passeando pela fazenda. O sr. Henrique as flagrou de longe e soltou um grito desesperado, mas sua filha apenas acenou e berrou de volta:

— Estamos fugindo! Adeus!

Alice gargalhou, quase deixando o Fiat se afundar num buraco.

— Você sabe mesmo dirigir — disse ela.

— Claro que sei. E muito bem, está vendo?

— Como isso aconteceu? Eu nunca vi uma mulher dirigir.

— Aprendi ano passado, enquanto passava férias na casa dos meus tios. Estávamos nos Estados Unidos, era fim de ano, a chácara estava quase vazia e estávamos entediados, então meu pai olhou para mim e perguntou: "Quer fazer uma coisa maluca?"

— Seu próprio pai lhe ensinou?

— Sim. E ensinou a minha mãe também. Mas é claro que nós não saímos dirigindo por aí. Isso seria demais, segundo ele.

Isis percebeu que os olhos de Alice estavam atentos à estrada, os braços permaneciam firmes e a coluna muito reta. Trocava de marcha sem olhar para baixo, atenta apenas no que encontrava em seu caminho. Estava bonita, poderosa, elevada. Então, mordeu o lábio ao realizar uma curva para a direita, e isso fez com que Isis umedecesse os dela.

— Gosto dessa visão — confessou.

— Qual? O mato?

— Não. Você dirigindo.

Alice sorriu e a observou por alguns instantes, achando-se vigorosa e preponderante. Elevou ainda mais os ombros, fazendo pose, e voltou a olhar reto.

— Pois aproveite. Vou parar daqui a pouco.

— Parar? Por quê?

— Seu pai virá atrás de nós.

— Claro que não. Ele tem mais com que se preocupar e viu que você está fazendo direito. — Aproximou-se dela e apoiou o queixo em seu ombro, inspirando o aroma.

— Certo, então. — Engoliu em seco ao se desconcentrar por um instante com sua proximidade. — Você não parece muito interessada em aprender a dirigir, não é? Eu ia lhe ensinar.

— Prefiro assistir você dessa vez. Depois eu aprendo.

— Me assistir?

— É. Você fica linda assim, tão resoluta e concentrada.

Alice riu. Sempre ria muito quando estavam juntas. Às vezes, era pelas piadas ásperas que ouvia; em outras, por conta do frio na barriga que Isis provocava. Em seguida, a morena sugeriu que fossem mais longe para ficarem sozinhas, sem correr o risco de algum empregado flagrá-las, ou de o próprio Henrique de fato as seguir. Portanto, ensinou a ela uma trilha para saírem da região da fazenda. Era um caminho escondido, afastado, que acessava uma estrada vazia.

Alguns minutos depois, passaram pela cerca caída, saíram do gramado e entraram em uma estrada de terra, seguindo o caminho reto. Isis explicava para onde deveriam ir, isto é, em direção às chácaras abandonadas, onde, adiante, haveria uma cachoeira.

— Aquilo que você disse para o seu pai... nós realmente poderíamos fazer, não poderíamos? — perguntou Alice, insegura. Já estava pensando no assunto fazia algumas semanas.

— O quê? Fugir?

— É.

Isis ficou quieta de repente, apenas observando as árvores ficarem para trás. Então Alice continuou:

— Poderíamos ir com este mesmo carro para bem longe daqui. Eu não precisaria mais me casar com um homem e você não precisaria tolerar um que a machuca.

— Ele não me machuca mais.

— Só porque você está fazendo tudo o que ele manda.

Isis continuou quieta, pensando sobre aquilo. Era uma decisão grande demais, essa de fugir. Quer dizer, com que dinheiro sobreviveriam? E como fariam para que jamais fossem encontradas? Aliás, estavam dispostas a isso? Abandonar tudo e todos, família e amigos, para viver uma vida desconhecida e afastada da sociedade?

Lembrou-se de Laura e Anaya. Sua irmã dissera que, se houvesse a oportunidade, fugiria sem pensar duas vezes. Mas qual seria o cenário ideal para que tal opção se tornasse viável?

Alice decidiu não continuar o assunto, percebendo o desconforto de Isis. A morena sempre foi e aparentemente sempre seria a primeira pessoa a defender que o certo era que se esforçasse e se casasse, sim, com um homem. Isso para se proteger, para ter um lar, para disfarçar o olhar desconfiado dos outros e receber o mínimo de respeito como mulher.

— Que passarinho feio aquele ali, não? — mostrou ela, mudando de assunto.

Quando alcançaram o rio raso de cachoeira em pedras altas, desceram do carro e caminharam de mãos dadas. Havia muitas árvores cercando o lugar, o que proporcionava uma sombra deliciosa. Alice sugeriu que em outra oportunidade levassem comida para fazer um piquenique à beira da lagoa. A água era límpida, fresca e alguns peixes muito pequenos nadavam ao fundo. Também podiam ouvir o canto dos pássaros ao redor, os únicos que podiam vê-las sem espalhar uma fofoca que destruiria suas vidas.

Elas se sentaram na grama e encostaram a ponta dos pés na água. Isis contou que fugia até aquele lugar quando queria ficar sozinha, ou o frequentava com as irmãs. Alice a cutucou e provocou, dizendo que apostava que levava os amantes para lá também, e o sorriso travesso da morena confirmou suas suspeitas.

Continuaram conversando sobre variados assuntos e, quando as palavras tomaram um rumo um pouco mais sentimental, Alice indagou:

— Você acha que nós somos o amor da vida uma da outra?

Isis estava apoiando o corpo com as mãos para trás, o mais livre que podia. Seus sapatos estavam ao lado e ela respirou fundo repetidas vezes, feliz por como seu coração ficava tranquilo quando estava ao lado de Alice.

— Eu realmente espero que sim. Por quê?

— Você acha que é algo que simplesmente acontece ou é construído?

— Acho que é um pouco dos dois. Não dá para sentir muito amor por alguém e não cuidar da pessoa. Só o sentimento não é suficiente.

— Mas é só isso o que nós temos, não é? Só o sentimento.

Isis a observou com uma careta.

— Claro que não. Além de amor, nós temos lealdade, confiamos tudo uma à outra, nos respeitamos, nos importamos com o que a outra pensa ou sente, nos protegemos, nos ajudamos e, somado a tudo isso, ainda somos melhores amigas.

Ansiosa, Alice mordeu o lábio. Queria muito ser o amor da vida dela, especialmente por sentir que Isis era o amor da sua. Todos os seus planos a incluíam, mesmo se fossem fantasiosos demais e não pudessem se realizar, como acordar ao seu lado todos os dias. Em silêncio, ela se imaginava levando café na cama para ela todas as manhãs, então conversariam e teriam um dia cheio, mas ao fim dele poderiam se encontrar outra vez e suspirar de alívio porque, por mais difícil que a vida se revelasse, elas enfrentariam todos os desafios juntas.

— O que uma pessoa precisa ser para se tornar o amor da sua vida? — indagou Alice e movimentou os pés rapidamente, causando ondas na água fria.

— Que questão profunda. — Fez outra careta, mas essa mostrava certa confusão, como se jamais tivesse pensado muito sobre o assunto. — Acho que *não me bater* pode ser considerado o primeiro item da lista.

— E o segundo?

— Acho que uma pessoa que me faça sentir verdadeiramente vista e ouvida. Que me faça sentir que estou sendo levada a sério. — Observou-a. — Isso, é claro, *quando eu estiver* falando sério.

— Anotado. O que mais?

Sorrindo, Isis questionou:

— Por que está me fazendo essas perguntas?

— Apenas tentando ser a pessoa dos seus sonhos.

Isis já tivera muitos romances, de todos os tipos. Tinha histórias que renderiam um livro. Muitas pessoas passaram por sua vida e se envolvera com várias delas, mas nenhuma paixão chegaria aos pés da que sentia ao ouvir aquela voz recitar o que sempre quis ouvir.

— Ah, Alice... — Suspirou e segurou sua mão. — Você é muito melhor do que qualquer sonho meu.

Radiante como o sol que queimava sobre as árvores, a loura inclinou-se e a beijou com ternura. Repetia a frase em sua mente, ouvindo sua voz proferi-la repetidas vezes. Segurou o rosto dela e aprofundou o beijo. Já estava tão familiarizada com seus lábios que sabia exatamente o que fazer. Quando Isis a apertou na cintura, Alice colocou a mão desocupada em sua nuca e a fez se deitar com suavidade. Com uma das pernas sobre seu corpo, permitiu que a língua se movesse devagar o bastante para deixá-la extasiada. Ao sentir o efeito que causava, mordeu seu lábio e a observou nos olhos, finalizando o beijo.

Em seguida, respirou fundo e ficou olhando para ela, pensando que não existia ser humano mais especial do que aquele em seus braços. Ao abrir os olhos, Isis sorriu. Adorava quando Alice a fitava apaixonadamente e acariciava seu rosto daquele jeito. Era como se, por fim, estivesse a salvo. Foi pensando nisso que questionou em tom baixo:

— E para você? O que uma pessoa precisa ser para se tornar o amor da sua vida?

Alice umedeceu os lábios e deslizou o polegar pela sobrancelha de Isis, descendo com cuidado pelo contorno da face etérea.

— Você — respondeu num sussurro. — Ela só precisa ser você.

Isis tinha certeza de que estava com cara de boba. Afinal de contas, estava mais do que surpresa. Sentia-se perplexa, fascinada e perdidamente apaixonada. *Você.* Um aperto no peito a fez querer chorar, mas não desperdiçaria um momento tão especial com sentimentalismo exagerado.

Diante do barulho da cachoeira, da sombra das árvores altas e do canto dos pássaros, teve certeza de que, se Alice estivesse com ela pelo resto da vida, não precisaria de muito mais coisas para afirmar com todas as letras que era a mulher mais feliz do mundo.

— Está dizendo que eu sou o amor da sua vida?

Alice assentiu, sem desviar os olhos ou mesmo piscar.

— É exatamente o que estou dizendo.

Então Isis a puxou para que continuassem o beijo. Dessa vez, com muito mais força e paixão. Terrível seria o pesadelo de perdê-la outra vez. Abraçou-a forte e gemeu ao sentir que Alice a apertava também.

— Você vai ficar comigo para sempre? — questionou a fidalga, um momento depois.

— Até o fim dos meus dias.

— E nós vamos continuar nos amando e nos respeitando para sempre?

— Jamais tenha dúvidas disso. Eu nunca seria capaz de machucá-la de propósito, e sempre vou vê-la e ouvi-la de verdade. Independentemente do que aconteça, você poderá confiar em mim.

Isis acariciou os fios louros, perdendo-se em seu olhar tão firme e decidido. Pouco tempo atrás, Alice jamais responderia algo do tipo, mas desde a conversa no teatro ela parecia mudada. Era como se toda a sua insegurança houvesse evaporado e enfim tivesse certeza de alguma coisa.

Até o beijo havia se tornado melhor. Ser tocada por alguém que tinha certeza dos próprios sentimentos a fazia se sentir inabalável e especial. Ao notar o coração batendo forte, soube que estava exatamente onde deveria estar, e que não havia nada que a vida pudesse trazer que fosse melhor que aquilo — o amor gigantesco que sentiam uma pela outra.

10

Paraíso em vida

Ele era bonito, cheirava bem, era educado, inteligente e engraçado. Além disso, vestia-se de maneira tão sofisticada quanto um príncipe, tanto que, se dissessem que era um membro da realeza, ninguém poderia negar. Alice sabia que ele seria o par perfeito se não fosse, de fato, um homem.

Eles estavam caminhando lado a lado numa praça três quarteirões à esquerda do prédio da Ouro Bell. Alice sustentava sua sombrinha no ombro e sentia a luva pinicar a mão. Usava um de seus vestidos cor de creme com rendas nas cores amarelo e laranja, além de joias delicadas no pescoço e no pulso. Por sua vez, Benvindo vestia um fraque bege justo e alinhado, feito sob medida. Os sapatos lustrados reluziam com os raios solares e combinavam com o chapéu de mesma cor.

Além das várias carruagens, carroças e pessoas que passeavam ao redor, havia ainda João Pedro, que estava ali para ficar de olho nos dois, como dona Berenice ordenara. No entanto, o garoto estava mais preocupado com seu estilingue novo do que com qualquer transgressão que a irmã pudesse cometer. Vestia calça preta, camisa branca e suspensórios um pouco apertados, quase o irritando. Estava parado próximo à árvore central e guardava no bolso as pedras mais bonitas que encontrava.

Enquanto isso, Alice gargalhava ouvindo Benvindo falar de sua família e como podiam ser parecidos com a dela.

— Uma vez eu estava deitado na cama — contou — e já era noite. Minha mãe apareceu na porta do quarto e gritou "Vai dormir, inútil", então eu me assustei e respondi como que pedindo desculpa. Só depois percebi que ela estava falando com nosso cachorro, que mastigava meu sapato embaixo da mesa. "Eu te amo tanto, não sei por que pensou que eu o chamaria de inútil", ela me disse, sentida. Então, meu pai se levantou na sala e falou: "Não foi só o Benví. Eu também me assustei".

Alice riu outra vez e contou que, dentro de sua casa, não haveria chance de sua mãe chamar de inútil qualquer outro além dos dois filhos. Em seguida, reparou em algo interessante.

— Sua família o chama de Benví? Por que não disse antes?

— Não acredito que ainda não se acostumou com meu nome.

— Eu me acostumei, é que Benví é mais simples.

— Você pode me chamar assim também, se quiser. Afinal, agora seremos família.

Alice engoliu em seco.

— É mesmo.

O céu cheio de nuvens por vezes escondia o sol, aliviando o calor e deixando o clima mais fresco, em um prenúncio de chuva para aquele dia ou o próximo.

Alice contou sobre as amigas de Portugal, o colégio em que estudara e como sentia saudade daquele tempo. Benvindo também falou de seus amigos.

— Quem é Malena? — questionou Alice, ouvindo brevemente aquele nome.

— Uma amiga.

— Você tem amigas mulheres? — Franziu o cenho, não de ciúme, mas com estranhamento. Como poderiam um homem e uma mulher ser amigos?

— Bom, tenho. — E se perdeu na história, ficando nervoso de repente.

Alice tocou seu ombro e fez com que ele parasse de andar.

— Calma — pediu. — Foi só uma pergunta.

— Eu sei. É que falei da Malena sem perceber.

— O que tem ela?

— Ela era muito nova. E faleceu faz pouco tempo. Era minha melhor amiga. — Seus olhos ficaram tristes e a voz se retraiu.

— Verdade? Benví, eu sinto muito.

— Obrigado. Não se preocupe. Eu fico bem quando não estou pensando nela.

— Deve ser horrível perder alguém tão especial.

— Você sabe como é. Seu avô morreu quando tinha quinze anos, não é?

— Sim, mas não éramos tão próximos.

Ela então imaginou como se sentiria se seus pais ou seu irmão morressem. Ou se Isis morresse. A energia alegre se foi ao ser atingida por tais pensamentos. De todas aquelas pessoas, a mulher por quem estava apaixonada era a que mais tinha chance de ir embora tragicamente. Afinal de contas, vivia sob o mesmo teto de um marido agressor. Alice sentiu o estômago embrulhar ao pensar naquela possibilidade. E sempre pensava. Mais do que gostaria.

Alguns dias antes, por exemplo, quando se encontraram na igreja, Alice vira duas marcas roxas no braço de Isis. Ficou perplexa, apavorada por alguns instantes, mas não poderia se desesperar durante o sermão do padre. Assim que achou que conseguiria controlar a própria voz, encostou os lábios no ouvido de Isis e perguntou o que eram aquelas marcas. Nervosa, Isis abaixou a manga do vestido azul.

— Depois eu conto — sussurrou e tentou desviar do assunto durante as próximas horas, mas Alice ficou com aquilo na cabeça.

— Eu não quis transar — revelou. — Então ele se aborreceu, porque venho negando todas as vezes. Ficou bravo, mas depois passou.

Mas depois passou. Apesar de curta, a frase era bem clara. Passou porque ela tinha aceitado. Mais uma vez ela dissera “sim” querendo dizer “não”. Pela *milésima* vez. Quanto mais o tempo passava, menos Alice se importava com o mundo à sua volta. Quanto mais o tempo passava, menos se importava em esconder quem era, em seguir as regras que aprendera desde os três anos com a vida que lhe foi previamente determinada. Estava se tornando mais rebelde do que nunca.

Queria ir embora dali. Ir embora para sempre. Queria respirar sem corpete e nunca mais ser obrigada a usar a aliança de um homem. Se tivesse sorte suficiente, Isis iria com ela e salvaria a si mesma de seu matrimônio cruel, aceitando receber Alice Capela Bell Air como a mulher que viveria para fazê-la feliz até o fim de sua existência.

— Mas perder uma amiga importante é mesmo uma dor muito diferente — acrescentou Benvindo.

— Eu estava pensando nisso agora. Se perdesse a Isis, não sei o que faria.

— Fico feliz que tenham feito as pazes. É muito bom vê-las juntas outra vez.

— Ah, ela é como uma estrela guia para mim. Seria impossível viver sem ela.

Benví sorriu sem mostrar os dentes e desviou o olhar, pensando consigo mesmo.

— Eu gosto disso, sabia? Essa amizade que estamos desenvolvendo.

— Eu também — respondeu Alice com toda a sinceridade. — Eu também gosto muito disso, da *amizade.*

— Espero que se perpetue por todo o nosso matrimônio. E que um dia tenhamos confiança o bastante um no outro para revelar qualquer tipo de segredos sem censura.

Alice estranhou e estudou-o por um momento. Em seguida, voltaram a andar.

— Por quê? Acha que não estou sendo totalmente sincera sobre a minha vida?

— Acho que nenhum de nós está.

— Bom, eu estou. Não menti nenhuma vez.

— Tem certeza?

— Deveras que sim. E você? O que é que está escondendo? Não posso me casar com o senhor se achar que está omitindo algo. — Estava firme e determinada.

— Me conte seu segredo mais cabuloso e então também contarei o meu.

Alice refletiu. Seu segredo mais cabuloso era o romance com Isis, mas não revelaria nem sob tortura.

— Eu já afoguei meu irmão na banheira uma vez, quando ele foi tomar banho — contou.

Benvindo franziu o cenho e não acreditou. Então Alice pensou que, se tivesse dito aquilo para Isis, ela teria se acabado de rir.

— Você não seria tão má.

— Claro que seria. Ele me irrita muito. E foi só por alguns segundos. E você? Qual o seu segredo?

— Eu já frequentei bordéis. Houve uma época em que ia todos os dias.

Pensando que aquilo poderia ser bastante desprezível, Alice tentou não exibir sua reprovação.

— É mesmo? Divertia-se muito?

— Eu diria que sim.

— Que horror.

— Eu não fazia nada de mais. Não precisa ficar com ciúme.

— Quem vai a um bordel e não faz nada de mais?

— Eu.

— Só falta dizer que frequentava o mesmo bordel que o Gabriel.

Imediatamente atingido, Benví hesitou, perdendo sua linha de raciocínio.

— Como assim?

— Você disse que ele frequentava bordéis e causava a morte das moças.

— É. Eu disse.

— Então vocês frequentavam o mesmo lugar?

Tentando se manter calmo, ele respondeu:

— Talvez.

— Você tinha razão. Ainda não temos total confiança um no outro. *Você* se nega a ser sincero comigo.

Benvindo mordeu o lábio inferior e sorriu com malícia.

— Não estou fazendo diferente de você, srta. Alice. Se seu segredo mais cabuloso é afogar o irmão adolescente na banheira, o meu é ser um santo inocente demais para acreditar nisso.

Do outro lado da cidade, a família d'Ávila vivia um drama diferente.

A pergunta era: qual a melhor forma de ganhar dinheiro? E a resposta, segundo dona Marisa, era: *política, claro!*

O sr. Antônio e dona Maria Catarina renderam-se muito rapidamente aos encantos do casal d'Ávila. Seus gracejos espertos e divertidos despertaram tamanha atenção que, em poucos dias, tornaram-se grandes amigos.

Aquela era a terceira vez que o prefeito de São Paulo e a primeira-dama iam almoçar na casa dos dois. Em contrapartida, o sr. Henrique e dona Marisa já haviam ido mais de seis vezes até o semipalácio em que os políticos moravam. As mulheres se encontravam quase todos os dias; já os homens, quase todas as noites. Elas tomavam chá e fofocavam; eles jogavam e fumavam. O prefeito havia até recomendado ao sr. Henrique que investisse na carreira política.

— Você é um bom comunicador — comentara em um de seus encontros. — Eu o apoio.

Mas Henrique não teria paciência para adentrar aquele mundo. Mesmo após uma briga muito feia com a esposa, ele sabia que não daria conta.

— Bicho do mato! — berrara Marisa, afirmando que, além de ter nascido na roça, ele também morreria nela.

Suas esperanças ainda estavam na possibilidade de receberem algum tipo de patrocínio para que o sítio voltasse à vida. As plantações estavam começando a morrer, o pouco gado que restava ficava cada vez mais magro e tinham pouquíssimos empregados. Precisavam urgentemente de uma saída.

Para aumentar ainda mais a confiança e gerenciar os melhores tipos de laços possíveis, Isis e Diogo aceitaram o convite para participar do almoço com dona Marisa, o sr. Henrique, o prefeito e a primeira-dama. Não haviam comparecido ao compromisso na última vez, já que o jornalista se encontrava de mau humor. Para não causar nenhum tipo de atrito ou provocar outra briga, Isis preferiu se manter em silêncio e não insistir. Alguns minutos depois, chorou amargurada, pensando no tipo de mulher que estava se tornando — o tipo que obedece, que aceita calada, que diz "sim" a tudo, que tem medo, que abaixa a voz e se acorrenta. Em contrapartida, ouvia um "eu te amo" perdidamente apaixonado e pensava se estaria ficando louca.

— Aconteceu a mesma coisa com uma prima minha — a primeira-dama contou ao engolir o pedaço de tomate refogado. — Ela tentou engravidar durante muito tempo, e um dia, de repente, após quase quinze anos, engravidou de gêmeas. As meninas completaram oito anos há pouco tempo, aliás.

O assunto era, mais uma vez, filhos. Isis não poderia estar mais exausta de falar sobre aquilo, de ser consolada por ainda não ter gerado uma criança ou de receber conselhos e simpatias milagrosas que a fariam engravidar. Ainda queria um bebê, mas, a cada dia que passava, trabalhava mais a ideia de que jamais seria agraciada por tal dádiva.

— Ela tinha mais de trinta, então? — indagou dona Marisa.

— Trinta e dois, para ser exata — respondeu dona Maria Catarina.

A primeira-dama tinha o cabelo louro cheio e liso, sempre penteado para trás num coque de extrema fineza. Seu rosto era oval, olhos pequenos, nariz pontudo e lábios retos. Usava um vestido azul-escuro que tampava seu pescoço quase que inteiramente e cobria os braços e as pernas. Tinha a idade de dona Berenice e poucas marcas de expressão no rosto. Sua voz era calma, muito controlada e simpática. Não exalava arrogância. Era fácil ser cativado por ela.

Já Antônio, o prefeito, tinha os cabelos castanho-escuros e lisos, também penteados para trás. Tinha duas entradas bem fundas nas têmporas, o que deixava sua testa maior. A barba era volumosa e perfeitamente alinhada, assim como o bigode, que tampava quase toda a boca. Tinha o olhar cansado e usava óculos pequenos, e um terno tão apurado que Isis apostou ser importado da Europa.

O casal tinha um filho de treze anos, Antônio Júnior, que havia preferido ficar em casa.

— Viu, Isis? — apontou Marisa. — Ainda há chance para você.

Aquilo poderia ser uma frase de compaixão, mas seu tom hostil não enganaria o maior dos tolos.

— Se dependesse de mim, eu já teria engravidado. Você sabe disso — justificou e espiou os homens.

Eles estavam falando sobre alguma outra coisa, e o assunto parecia atrapalhá-los. Seria questão de poucos minutos até que se levantassem e fossem conversar na sala, no escritório ou na varanda.

— Você tem preferência por menino ou menina? — perguntou dona Catarina, fingindo não ter visto a careta insatisfeita de Marisa.

— Sempre digo que, desde que minha mãe pare de me importunar, o que vier é lucro.

A primeira-dama riu sinceramente. Não era o primeiro comentário ácido de Isis, e eles sempre soavam tão verdadeiros que não tinha como segurar o riso. A feição zangada da dona da casa também não ajudou.

— Você sabe que, na minha opinião, ser mãe de menino é mais fácil, mas ser mãe de menina é mais divertido — continuou a primeira-dama. — Se a idade me permitisse, eu adoraria engravidar outra vez. Quem sabe agora viesse uma menininha?

— Deve ser um sonho — respondeu Isis. — Tenho uma sobrinha, Malu, de dois anos, e ela é um anjo de criança. Eu a adoro.

Depois de ouvir mais um pouco sobre Malu, dona Maria Catarina mudou o assunto de "possíveis filhos" para "histórias familiares". Como previsto, os homens se afastaram e foram fumar na sala, enquanto as mulheres permaneceram à mesa.

Falaram sobre joias e roupas da moda. Foram horas agradáveis, divertidas e muito calmas. Próximo às três da tarde, o sr. Antônio decidiu que já era o momento de partir. O político e a esposa se despediram dos dois outros casais com a promessa de um novo encontro muito em breve. Dona Maria Catarina abraçou tanto dona Marisa quanto Isis, e, segurando seus braços, disse que adorou conhecê-la.

— Você é tão autêntica — disse, sorrindo de forma quase maternal. — Eu me diverti muito. Espero que possamos nos tornar amigas.

Quando partiram, dona Marisa e o sr. Henrique encheram duas taças de vinho e brindaram em comemoração.

— Dessa vez, nada vai nos atrapalhar!

Não demorou muito até que Diogo e Isis decidissem retornar ao lar. Acomodaram-se no carro e foram para casa, que não ficava longe dali.

— Eles são bastante agradáveis, não? — ele elogiou. — Eu já tinha conversado com o prefeito antes, mas nunca por tanto tempo.

— São, sim, mas o assunto poderia ter sido melhor, não acha?

— O que quer dizer?

— Você não reparou? Metade da tarde se passou com minha mãe e dona Maria Catarina falando sobre engravidar, ter filhos, ser mãe... Ficavam me observando como se suas falas fossem me ajudar a parir uma criança instantaneamente no meio daquela sala.

Diogo riu, sardônico. Estava girando a manivela para entrarem no gramado, onde o criado aguardava para estacionar o carro.

— Bom, quem poderia julgá-las, não é?

Isis piscou algumas vezes até entender que, não, ele não estava do lado dela.

— Como assim?

— Amor, temos quase sete anos de casamento. Você está chegando aos vinte e seis de idade. Não é hora de começar a se apressar?

Esperando que o marido estivesse brincando, ela o assistiu desligar o automóvel e dar a volta para ajudá-la a descer.

— Vamos?

— Você não disse isso, disse?

— O quê?

— Que é hora de eu começar a me apressar.

— Não é como se você não soubesse disso.

Magoada, ela o observou com olhos tristes e se perguntou o que teria feito de tão errado durante a vida para merecer tal castigo. Negou a mão dele e desceu, caminhando sozinha até a mansão. Ao mesmo tempo pensava que aquela era uma atitude perigosa, já que ele poderia se irritar por ter sido desprezado. E ela faria de tudo para não precisar lidar com um Diogo irritado. Todavia, já era tarde demais.

Escancarou a porta da frente e começou a caminhar em direção à cozinha. Seu objetivo era comer um pedaço de bolo de laranja enquanto conversava com Cassandra para desabafar suas frustrações. Quando Diogo a chamou, sua mente alertou que seria melhor parar. Mas não foi o que fez. Nem respondeu. Ao continuar o caminho, ele proferiu seu nome outras duas vezes, até puxá-la pelo braço e obrigá-la a obedecer.

— Se é que você não se lembra, eu sou seu marido, então, quando eu chamar, é melhor você parar tudo o que estiver fazendo para me atender. Compreendeu?

— Para ouvir você falar mais merda? Não, obrigada. — Tentou soltar o braço, mas ele apertou mais forte e a puxou para perto.

— Eu realmente não quero me estressar com você outra vez, Isis. Eu juro que não quero. — Os batimentos cardíacos começavam a acelerar.

Ele sentia certo prazer naquelas situações, como se sua força pudesse ser medida ao mirar um soco e vê-la cair rapidamente para trás. Uma vez, entre amigos, ele disse que parecia um jogo viciante. Quanto mais batesse, mais pontos faria, e se sentiria vitorioso quando ela estivesse sangrando desacordada no carpete.

— Eu só estava tentando desabafar com você sobre algo que acontece desde sempre — justificou ela —, e você reagiu como se eu fosse a culpada. Você sabe muito bem que, se dependesse de mim, nós já teríamos filhos.

— Quer dizer que a culpa é minha? — Franziu o cenho e cerrou o olhar, irritando-se mais.

— Ora, talvez seja. Pode ser que eu tenha algum problema de saúde, sim, mas talvez seja você! Eu só… — A fala foi interrompida pelo tapa rápido que atingiu sua face.

O estalo ecoou por toda a sala, assim como dentro do crânio de Isis. Sua visão escureceu e soube que só não havia caído para trás porque Diogo a segurava com força pelo braço.

Mais do que um soco, um tapa tinha o poder de humilhar, de fazer a pessoa se sentir tão pequena e insignificante que demoraria vários minutos até conseguir reagir. A região atingida estava começando a arder e a visão se regularizando. Aos poucos, ao retornar o olhar ao agressor, pôde vê-lo sério, nem um pouco arrependido e talvez até orgulhoso.

Diogo parecia mais alto, mais forte, mais dono dela. No início do matrimônio ela se sentia esposa, mas, com o tempo, passou a se ver como apenas mais uma empregada. Havia a faxineira, a cozinheira, o jardineiro, o cocheiro e, enfim, a mulher.

Isis costumava sentir muita falta da liberdade de sua adolescência, mas, naquele ponto, sentia falta dos meses anteriores, de sua prisão menos violenta. Era melhor quando gritavam um com o outro e iam dormir virados cada um para um lado. Era melhor quando ela podia fazer com que ficasse tudo bem apenas com um carinho mais elaborado. Era melhor quando se sentia esposa.

— Eu achei que você já tivesse aprendido o conceito de *respeito* — murmurou Diogo, ameaçador, mas sua voz aumentava de forma gradativa. — Se alguém nesta casa tem algum problema, Isis, esse alguém é você. Você deve estar imunda por dentro. Certamente é por isso que Deus se nega a colocar uma vida dentro do seu corpo. E eu sou obrigado a viver essa amargura até o fim dos meus dias. Sou obrigado a me manter preso nessa merda de casamento com essa merda de esposa que não me serve para nada!

Já estava congelada pela pancada, mas as palavras a deixaram perplexa. Engoliu-as devagar. Tanto que, quando ele a soltou com brutalidade, a ponto de fazê-la bater as costas e a cabeça na parede, e subiu para o quarto, Isis permaneceu parada, os olhos vidrados e cheios d'água. Sentia que, com o tempo, especialmente em momentos como aquele, sua vontade de viver se esvaía. Era como se as palavras conseguissem adentrar sua mente, sua pele, seus músculos e ossos para se tornarem inteiramente verdadeiras.

A face ainda flamejava, e quase não sentiu quando as primeiras lágrimas deslizaram sobre a bochecha ferida. De coração apertado, ela caminhou até o sofá e se sentou, abraçada a si mesma. Queria se sentir protegida e vista de novo. Então, lembrou-se de Alice e pensou no que a amada estaria fazendo àquela hora. Com o rosto molhado e a coriza incomodando, ela colocou o bocal do telefone no ouvido e tentou parar de chorar. Mas era muito difícil.

Permaneceu daquele jeito por vários minutos, sem forças para proferir a frase que fosse, até que, um momento depois, decidiu que precisaria ser forte outra vez para não cometer uma loucura contra si mesma. E não queria falar daquilo com Alice. A loura sempre se exaltava e ficava com muita raiva de Diogo, tanta que acabava tratando-o mal quando se encontravam. Isso não podia acontecer. Se Alice o tratasse mal, Diogo voltaria a se irritar com ela e as proibiria de se encontrarem. E a presença de Alice era uma das pouquíssimas coisas que ainda a faziam genuinamente feliz.

Fez a ligação e engoliu o choro. Mesmo que o rosto e o braço doessem, mesmo que seu coração estivesse partido e quisesse desistir de tudo, ela fingiu que o mundo estava nos conformes. Só precisava ouvir Alice falar de seu dia por um momento para se sentir um pouco menos sozinha.

— Residência da família Capela Bell Air, pois não?

Depois de perguntar pela jovem, o telefone foi rapidamente passado para ela.

— Oi, meu amor! — comemorou Alice, animada, mas tentando falar baixo. — Eu estava pensando em você agora mesmo. Meus pais vão sair daqui a pouco, o que acha de vir para cá? Meu irmão vai passar o dia brincando com um amigo e, se você viesse, eu poderia dispensar os empregados e teríamos a casa toda só para nós duas!

Diferente de Isis, ela estava radiante. Seu dia havia sido ótimo. A morena pressionou os olhos e engoliu o choro outra vez.

— Oi, meu bem — respondeu, um pouco menos animada, mas tratou de disfarçar. Limpou a garganta e forçou um sorriso, para que a voz saísse em melhor tom. — Seria maravilhoso. Eu daria absolutamente qualquer coisa para estar com você agora. — Virou-se de costas e observou o alto da escada, certificando-se de que Diogo não havia retornado do quarto. — Mas não estou em condições de sair.

— Por quê? Estou morrendo de saudade de você.

Isis percebeu o aperto no peito ficar mais forte.

— Eu também — sussurrou. — Eu também estou morrendo de saudade de você.

— Ora, então venha. Minha mãe está terminando de se arrumar, eles vão sair em breve. Ah, aconteceu tanta coisa hoje. Tenho muito a lhe contar.

— Não posso, Alice. Desculpe.

Do outro lado da linha, Alice ficou em silêncio por alguns segundos, sentindo um pouco do brilho ir embora. Estava tão animada com a possibilidade de ficarem a tarde toda juntas, até a noite, e chateou-se ao perceber que Isis não estava tão interessada.

— Tudo bem, então. Eu fiz algo que a aborreceu?

— Nunca, amor. O problema não está em você. Eu só acho que não conseguiria sair agora.

— Diogo está de mau humor, não é?

Isis respirou fundo.

— É. Algo assim.

— Vocês brigaram? É por isso que você está triste?

— Eu não estou triste.

— Está, sim. Estou percebendo pela sua voz.

Ela havia notado. Ainda que se esforçasse para esconder a dor, seria impossível que passasse despercebida por Alice.

— Nós brigamos — afirmou. — Mas não quero falar sobre isso.

Ficaram quietas por um momento e Isis se arrependeu de ter confirmado. Deveria ter mentido e se esforçado para manter a conversa em tom animado.

— A briga foi feia?

— Alice, eu realmente não quero falar sobre isso.

Fazia muito tempo que Isis e o marido não brigavam, e a loura sabia. Se tinha acontecido outra vez, após tanto tempo, Alice se perguntava quais os efeitos colaterais, se ele havia quase quebrado suas costas ao meio de novo.

— Ele machucou você?

— Alice... — Isis estava começando a se enfezar.

— Eu quero saber.

— Por quê? O que você ganha com isso?

— Meu Deus, ele bateu mesmo em você — constatou, preocupada, e sentiu o estômago embrulhar.

— Nada aconteceu, está bem? Fique tranquila. Ele só disse umas coisas que me deixaram chateada. Foi só isso.

— O quê, por exemplo?

Alice tinha todos os motivos para não acreditar, e de fato não acreditaria até que pudesse vê-la e se certificar de que não havia um mísero arranhão.

— Ele disse que estou imunda por dentro e que é por isso que Deus não me permite engravidar. E que sou uma merda de esposa que não presta para nada. Foi isso. Mas não estou mais tão triste assim. Já passou. E estou pensando que Raquel tem uma amiga que faz feitiçaria, sabia? Eu não me lembro o nome da religião dela, mas, segundo Raquel, funciona mesmo. Talvez eu devesse ir atrás dessa mulher. Ela pode me ajudar a engravidar. Isso resolveria metade dos meus problemas.

Alice engoliu em seco e respirou profundamente, pensando em como poderia responder àquilo. Via tantas coisas erradas no que Isis dissera e perguntava-se se ela tinha se dado conta disso. No entanto, antes de corrigir seus equívocos, priorizou o primeiro aspecto.

— Você não está imunda — respondeu com delicadeza. — E não é uma merda de esposa.

— Você nunca se casou comigo para saber. — Riu de leve, acreditando que ela também se divertiria com a piada, mas não ouviu a risada de Alice.

— Eu estou falando sério, Isis. Essas coisas que ele fala não a atingem, não é? Tenho medo que Diogo fale tantas coisas ruins a ponto de fazê-la acreditar.

A morena acarinhou a bochecha quente, tentando senti-la de novo, e pensou sobre aquilo. Não tinha coragem de responder a verdade, porque a verdade a faria confessar que, sim, desde o dia em que apanhara, tudo o que Diogo falava ou fazia entrava em sua mente e criava raízes. Mesmo que às vezes não percebesse, ia aos poucos perdendo sua essência para caber na possibilidade mínima da segurança domiciliar.

— Eu sei que é irritante quando o assunto "filhos" retorna — acrescentou Alice —, mas você ainda cogita permitir que esse homem seja pai? Considerando as coisas que faz com você, sinto que essa criança não teria uma vida feliz. Não inteiramente, pelo menos.

Isis sentiu os olhos voltando a lacrimejar. Encostou o rosto no sofá e assumiu uma expressão de choro de dar pena.

— Além disso, um filho não resolveria seus problemas — voltou a dizer Alice. — Outra coisa resolveria.

— O quê?

Ela suspirou e demorou para voltar a falar. Não era o tipo de assunto para tratar por telefone.

— Se você não fosse mais casada com ele.

Isis franziu o cenho e piscou algumas vezes.

— Sinto informar, mas meu marido demorará muitos anos para morrer. Disso eu tenho certeza.

— Não estou falando de morte.

— Do quê, então?

— Sabia que semana que vem vai sair um trem daqui de São Paulo direto para a Bahia? Ah, me disseram que Salvador é uma cidade tão bonita, e é longe daqui.

— O que está querendo dizer?

— Meu amor, a cada dia que passa eu me sinto mais certa de quem sou e do que quero. E eu quero você. Quero passar o resto da vida com você.

Sensível como já estava, a fidalga sentiu ainda mais vontade de se debulhar em lágrimas. Se pudesse, sairia correndo para abraçá-la naquele exato instante.

— Não vou suportar um único dia sendo esposa do Benvindo. Não me entenda mal, ele é um excelente rapaz. Hoje, aliás, passamos a manhã toda juntos e... e eu até poderia dizer que senti certa conexão com ele. Ainda assim, ao me imaginar beijando-o ou... ou... *Argh*. É terrível.

— Então você quer ir para a Bahia?

— Para a Bahia, para o Maranhão, para a China, para a Lua... qualquer lugar. Eu só quero que você venha comigo. Não sei se Diogo de fato não bateu em você outra vez hoje. Torço imensamente para que eu esteja com paranoias e ele nem tenha cogitado tocar em você, mas, se não bateu, sei que baterá em algum outro momento. Você está se esforçando muito para mudar e se tornar uma pessoa completamente diferente, e isso não é justo. Não é justo que alguém tenha tanto poder sobre outra pessoa. E não é justo que eu assista a isso e não faça nada para impedir. Até hoje tenho pesadelos com a lembrança do seu corpo todo machucado. Até hoje eu me apavoro ao pensar na possibilidade de que em algum momento vocês possam ter uma briga terrível e ele acabe findando sua vida. Esse é, sem dúvida, meu maior tormento. Então, sim, acho que nós poderíamos conversar, planejar alguma coisa e ir embora deste lugar. Poderíamos recomeçar. Só eu e você num lugar em que jamais nos sentíssemos presas de novo.

Isis tirou o telefone do ouvido por alguns segundos e seus olhos tremeram, tal como o peito, que palpitava velozmente. Amava Alice muito mais do que poderia dizer, ainda que achasse que, ao mesmo tempo que ela se tornava valente, também ficava cada vez mais ingênua.

— Isso é muito bonito, meu amor — disse um tempo depois. — Mas é bobo também.

— Por quê?

— Não existe a menor possibilidade de acontecer. Você sabe.

— Você não vai nem pensar sobre o assunto? Não vai gastar um segundo para imaginar como seria nossa vida?

— Eu já imaginei. Seria um inferno. Não há a menor possibilidade de funcionar.

Foi a vez de Alice se chatear. Calou-se e absorveu a frustração.

— *Um inferno?* — repetiu num murmúrio. — Nossa.

— Viver com você seria espetacular. Mas todo o resto seria um inferno. Você está pensando em fugir. Que tipo de condições nós teríamos?

— Podemos juntar dinheiro antes de ir, é claro.

— E então viveríamos fugindo?

— Podemos escolher algum lugar, comprar uma casa e viver como primas encalhadas ou... bom, não sei. Poderíamos inventar uma história.

Isis pensou em virar de costas para checar a escada, mas Alice continuou falando, então ela manteve a posição.

— É por isso que eu acho que tudo o que o Diogo diz está entrando na sua cabeça e fazendo um estrago. Antes daquele dia no Som América, você era tão corajosa. Antes daquele dia, eu realmente acho que você não teria recusado uma proposta como essa.

— Talvez eu esteja enfim tomando juízo, como sempre pediram.

— Isso não é tomar juízo, Isis. — Suspirou. — Eu só quero o seu bem, entende? Só quero que você esteja segura. Só quero que seja feliz.

— Sempre fico feliz quando falo com você. Estou feliz agora.

— Mas eu quero que você esteja feliz cem por cento do tempo.

Isis sorriu e fechou os olhos brevemente.

— Isso seria humanamente impossível.

— Bom, noventa e nove por cento, então. Essa métrica certamente poderia ser alcançada. — Estava sorrindo também.

— Morando com você, com certeza.

Alice riu, esperançosa de que, mais cedo ou mais tarde, ela aceitasse o alvitre.

— Morando comigo você até enjoaria de tanto sorrir.

— Seria perfeito. Soa como o paraíso.

— O paraíso em vida. E ele pode se tornar real, se você quiser.

Isis tomou ar. Algo dentro de si dizia que morreriam na primeira semana longe de casa. Como iriam se sustentar financeiramente? E socialmente? E onde morariam? Abririam mão de tudo e de todos?

Ao mesmo tempo, a voz de Laura ressoava em sua consciência, dizendo que, se tivesse oportunidade, fugiria sem pensar duas vezes. Olhando para trás, Isis recordava-se de momentos em sua vida em que teria sido capaz do mesmo. No entanto, diante dos atuais acontecimentos, ela não se sentia mais tão poderosa a ponto de bater no peito e enfrentar o mundo. Perguntava-se se a convivência com o homem que a humilhava com tapas na cara e que a afligia com palavras duras e dóceis ao mesmo tempo teria alguma coisa a ver com isso.

— Eu amo muito você, está bem? — Isis a relembrou. — Não importa o que aconteça, quero que jamais se esqueça disso.

— Eu também te amo. E, por favor, pense mais sobre as coisas que eu lhe disse.

— Vou pensar. Prometo.

— Certo. Bom, se não hoje, quando nos veremos de novo?

Ela voltou a acariciar a bochecha atingida. Ainda ardia e permanecia quente.

— No domingo, durante a missa. E acho que consigo passar a tarde com você para matarmos a saudade, que tal?

— Queria que fossem dias. Será que não há a possibilidade de você dormir aqui?

— Diogo jamais permitiria isso.

— É verdade.

— Mas vou fazer a tarde valer a pena, está bem? Você não perde por esperar — contou em tom malicioso.

— Promessa é dívida, dona Isis.

— Claro que é. — Mexeu os pés, ansiosa. — Vou desligar agora. Estou ansiosa para ver você, meu amor.

— Não mais do que eu. Contarei os segundos.

— Eu também. Até logo. Cuide-se!

Quando desligaram, Isis já se sentia melhor, como se a conversa tivesse impulsionado suas energias. Ainda que uma dor de cabeça se iniciasse pela pancada, além da mágoa em seu peito, ela sabia que não era nada que um chá e uma soneca não pudessem resolver. Antes de providenciar as ervas e a água fervente, permitiu-se sorrir sozinha, sentada no sofá, relembrando as coisas que Alice dissera. Mordeu o lábio, sabendo que jamais fora tão amada na vida. Torceu para que, quando conseguisse tirar sua soneca, a loura estivesse em seus sonhos.

No entanto, ao se levantar e se virar, o susto a fez dar dois passos para trás e colocar a mão sobre o peito. De braços cruzados e semblante irado, Diogo estava parado atrás dela, tal qual um fantasma de residências mal-assombradas. Isis sentiu a pressão baixar, e ali, naquele instante, soube que, se o marido tivesse ouvido o diálogo ao telefone, ela e Alice estariam perdidas.

Por sorte ou por misericórdia divina, Diogo não havia escutado tudo, a não ser pelo final. Ainda assim, a esposa não estava em vantagem.

— *Eu amo muito você* — ele repetiu.

Isis respirava pela boca e não sabia o que responder. O queixo tremeu enquanto ela procurava pelas palavras certas, que nunca chegavam.

— Você vai *matar a saudade* de quem, Isis? Vai *fazer a tarde valer a pena* com quem? — Começava a andar na direção dela.

A morena soube que aqueles seriam seus últimos momentos antes de levar uma surra muito pior do que no dia em que fora encontrada no Som América. Na própria casa, ela pensou que talvez ele não conseguisse se controlar. Talvez a matasse de uma vez por todas.

— Não é o que você está pensando — disse, com a voz trêmula. Ela o observava se aproximar e era consumida pelo desespero tenebroso que corria por suas veias. Diogo acreditava no que queria acreditar, e ela não fazia ideia de quanto ele havia ouvido.

— Você é uma vagabunda, como eu sempre soube — rosnou e cerrou os punhos.

Estava mais informal. Havia tirado a gravata e desabotoado a camisa até a metade do peito. No entanto, o rosto começava a ficar vermelho, tamanha a ira. O sentimento de estar sendo traído o enlouqueceria em segundos se ela não desse uma boa explicação. Dessa vez ninguém o impediria de descontar todo o seu ódio no corpo dela.

— Eu não estou traindo você, se é o que está pensando. Eu estava falando com uma amiga.

— Que merda de amiga é essa pra quem você diz esse tipo de coisa, Isis? Você acha que eu sou idiota?

— Bom, está sendo agora — acusou, utilizando-se dos últimos resquícios de coragem que restavam em si. — Eu amo muito a Alice e estou morrendo de saudade dela.

— Mentirosa! Eu conheço cada tom de voz que você usa! — argumentou e deu um murro com as costas da mão na parede adjacente, fazendo a esposa tremer. — E eu ainda estava vindo me desculpar com você!

Isis passou a andar para trás na mesma velocidade que ele se movia para a frente. Parecia um caçador prestes a capturar sua presa quando ela menos esperasse.

— Eu estava com dor, Diogo! Você certamente se confundiu porque não consegue pensar nada de bom em relação a mim. Sou uma merda de esposa, não sou? — Sua voz fraquejou e os olhos inundaram-se. — Eu liguei para a Alice desesperada, porque sabia que ela seria a única capaz de me consolar e de me lembrar por que ainda estou casada com você. — Voltou a chorar, mais por medo que por qualquer outra coisa.

Aquilo não durou muito, porque, assim que o marido decidiu ligar para Alice para confirmar a história, tudo se tranquilizou. Ele repetia as coisas que ouvira Isis dizer e esperava que Alice reproduzisse o que tinha dito, assim como o que a morena havia falado depois. A moça tinha boa memória, então, mesmo muito assustada, apenas mudou brevemente as coisas românticas que dissera e repetiu as falas da mulher.

— Se me permite a pergunta, por que o senhor quer saber disso? — questionou, desconfiada e preocupada.

— Não permito, infelizmente.

— Me deixe falar com a Isis, por favor.

— Ela não vai falar com ninguém por um tempo — prometeu, encarando a esposa parada do outro lado da sala. — Obrigado pelas respostas, senhorita. Até breve.

— Espere, sr. Diogo, eu...

E o telefone foi desligado.

O homem estava parte aliviado, parte irado. Sabia que era estranho Isis usar aquele tom tão suave e amoroso com outra pessoa. Questionou-se, então, se o diálogo não havia sido demasiado previsível ou até mentiroso. Talvez a loura tivesse mentido para proteger Isis, já que eram tão amigas. Talvez, se não era a estrangeira, fosse outra pessoa. E, naquele instante, sentiu sua confiança nela ser quebrada mais uma vez.

— Viu? — perguntou Isis. — Eu não fiz nada de errado.

— Eu realmente espero que não tenha feito. Não sei do que seria capaz se tivesse.

Em silêncio e sentindo a mente e o corpo explodirem, tamanha a ansiedade, Isis foi esconder-se no quarto. Algumas horas depois, ainda com dor de cabeça, medo e desconforto, viu o marido chegar com um buquê de flores. Ele beijou sua testa e pediu perdão pelo tapa e pelas palavras terríveis de mais cedo. Aproveitou para desculpar-se pela desconfiança, disse repetidas vezes que a amava e, por fim, dormiram lado a lado, como se nada tivesse acontecido.

11

O casamento por amor

Retornar ao Som América após as últimas ocorrências era, no mínimo, perturbador.

No entanto, ao contrário do dia de sua tragédia, Isis via o estabelecimento diferente. Agora, às oito da noite, pessoas cantavam e dançavam, lotando o espaço. Num canto do balcão, de costas para o bar, com os cotovelos apoiados para trás, ela observava a felicidade alheia. Enquanto isso, buscava não permitir que memórias ruins retornassem.

Havia dito para Diogo que iria à missa com Alice, e, como a própria foi buscá-la em casa, ele não viu motivos para impedir. "Vou rezar para que nosso filho chegue logo", Isis havia prometido. Sem embargo, ele não fazia ideia dos verdadeiros objetivos das duas.

Alice tinha preparado uma surpresa. Aliás, várias. A primeira foi a ideia de arranjar tudo para que Isis pudesse reencontrar as amigas. Ela mencionara que gostaria de revê-las, mas tinha vergonha de se aproximar. Uma rápida conversa com Raquel e Esther foi o bastante para descobrir que elas também estavam ansiosas para encontrá-la e ver com os próprios olhos que a amiga estava viva. Portanto, aproveitando as missas noturnas de domingo, Alice informou-as sobre seu plano e, com a permissão de Isis, preparou tudo. Tinham duas horas e meia livres.

Raquel usava um vestido vermelho tão decotado que quase revelava a coloração de suas aréolas. Tinha o cabelo preso e joias falsas que faziam barulho em seu pescoço e seus pulsos toda vez que se movia. Já Isis exibia uma indumentária roxa e ataviada, o que a deixava elegante o suficiente para uma noite de oração. No entanto, naquele ponto, ela já havia aberto os três botões superiores, revelando o início do colo. Também de cabelo preso, exibia adornos mais delicados pelo corpo.

— E ele a machucou outra vez? — perguntou Raquel, sentada ao lado, encarando-a.

— Não — mentiu. — Foi só aquele dia.

— Algo me diz que isso não é verdade.

Alice suspirou, o que confirmou as suspeitas da ruiva de que Isis tinha, sim, voltado a apanhar. Ela usava um vestido azul-claro, cabelo meio preso e uma fina corrente no pescoço.

— Não tem muito o que eu possa fazer, você sabe — justificou Isis, como se não se importasse com o próprio inferno. Não obstante, a verdade era que por dentro estava desesperada por uma saída mágica que pudesse salvá-la.

De careta muito expressiva, Raquel colocou as mãos na cintura e encarou Esther e Alice.

— O que foi? — reclamou Isis.

— Acho que ele matou você e substituiu por outra pessoa.

Isis revirou os olhos e virou-se de costas, pedindo mais um copo de cerveja. Enquanto Raquel se mantinha sentada à sua esquerda, Alice ficava de pé à sua direita, e acariciou de leve o ombro da morena ao notar a irritação. O ambiente parcialmente escuro e bem movimentado parecia perfeito para não chamarem atenção. Ao retornar com o copo cheio, Raquel permaneceu encarando-a, como se fosse um quadro difícil de ser interpretado.

— Por que está estranha assim? — questionou Isis.

— Por que *você* está estranha assim?

— Não estou estranha. Estou como sempre fui.

Esther riu de leve e negou com a cabeça.

— Estamos nos referindo à sua forma de pensar. Não é uma acusação, mas uma *observação*. Ela está diferente, não está, Alice?

Os três pares de olhos voltaram-se à loura quieta, que de repente se viu nervosa entre a escolha de dizer a verdade ou fingir que não havia percebido nada. Apesar de não querer chatear a amante, sabia que deveria optar pela franqueza. Raquel e Esther poderiam ajudar.

— Você está com medo — disse. — É por isso que está diferente. Mas não é culpa sua.

Para Isis, não era novidade ouvir aquilo da boca da loura. Elas já tinham conversado sobre o assunto outras vezes. Em uma, aliás, acabara desabafando, dizendo que tinha pesadelos com aquele dia terrível, que às vezes sentia que apanharia de novo, que perderia todos os dentes ou sangraria até a morte.

Não haviam mais falado sobre a possibilidade de fugir. Não por falta de desejo, mas porque Alice estava tentando arquitetar saídas. Diante dos questionamentos de Isis quando falaram sobre a possibilidade por telefone, a estrangeira soube que ainda havia muito a ser pensado. Elas precisariam ir para um lugar muito afastado e sem deixar rastros; precisariam de muito dinheiro, de nomes diferentes, de uma história perfeita para contar aos outros e de documentos que teriam de ser assinados por homens. Essa última parte era a mais difícil. Afinal, como guardariam dinheiro no banco e comprariam uma casa sem a assinatura de um pai ou marido? *Como?* Alice queria arranjar todas as soluções antes de apresentar a ideia outra vez. E mesmo que, ao final, Isis ainda negasse, pelo menos teria tentado.

— Tudo é motivo para brigas, entendem? — revelou Isis, olhando para Raquel. — Qualquer termo errado é suficiente para que ele parta para cima. Eu não quero arriscar.

— Ele viu que bater adianta — notou Esther. — Essa era a arma que precisava para controlar você.

Elas conversaram um pouco mais sobre o assunto e Esther contou que, segundo as pesquisas que fizera para escrever seu primeiro livro, o melhor caminho nesses casos era a separação de corpos alegando sevícia, ou seja, maus-tratos. No entanto, haveria consequências, como a completa exclusão social. Afinal de contas, ninguém gostaria de ficar perto de uma mulher desquitada, que não foi forte o bastante para salvar o próprio lar ou ficar ao lado do marido e compreendê-lo em seus momentos de maior estresse. Outros ainda a acusariam de adultério e a apontariam como mundana, uma mulher que havia destruído a própria casa a troco de uma vida de imoralidade. Isso, é claro, se conseguisse se separar, pois o processo poderia demorar anos ou até jamais acontecer, já que não tinha provas de que Diogo a agredira de forma verdadeiramente violenta. Tinha testemunhas, mas a palavra de nenhuma delas teria qualquer valor diante do parlamento.

— Vamos falar de coisas boas, por favor — pediu Isis. Estava farta de discutir aquele assunto. — Eu vim aqui para ter uma noite agradável com vocês.

Elas compreenderam e aceitaram. Em seguida, pediram uma porção de carne cozida e mais cerveja, escolheram uma mesa redonda e comeram, beberam e conversaram ao som do lundu-canção tocado por alguns homens no palco, com instrumentos como cavaquinho, pandeiro, tambor e cuíca.

Esther decidiu contar a Alice algumas histórias da Isis adolescente, que saía à noite para dançar escondida. Raquel complementava e, consequentemente, viam a fidalga se animar cada vez mais. Relembrar aquele período a deixava mais contente do que qualquer um poderia dizer. Tinha sido uma época de muito aprazimento. Seus olhos brilhavam e o sorriso crescia, logo sendo percebido por Alice, que fazia perguntas e mais perguntas por não querer que o assunto morresse. Se alegrava Isis de tal forma, então não deveria ter fim.

— Eu nunca vi você dançar — comentou Alice, olhando para ela.

— Isso é um pedido?

Alice apoiou os cotovelos na mesa e o queixo nas mãos, assentindo.

— Essa eu pagaria para ver — disse Raquel e recostou-se na cadeira. — A ilustre dona Isis Almeida requebrando os quadris no meu restaurante noturno? Inacreditável!

Esther cruzou os braços, desafiando-a com o olhar. Escondia um sorriso travesso, que revelava sua animação.

— Vão ficar me assistindo? — questionou, cogitando a ideia.

— Sim, por quê? — disse Alice. — Vai ficar com vergonha?

Isis negou com a cabeça.

— Vou ficar *excitada.*

Raquel bateu uma palma, jogou a cabeça para trás e gargalhou, espalhafatosa, enquanto Esther ria com o copo de cerveja na boca, o que quase a fez engasgar. Já Alice se viu enfeitiçada no mesmo instante. Contraiu os músculos interiores ao imaginar sua mulher dançando sob a luz fraca.

— Então, o que está esperando?

Isis tirou os sapatos de salto e os jogou para debaixo da mesa. Em seguida, levantou-se e segurou a barra do vestido, deixando seus pés e parte das pernas à vista. O lundu abandonava o ritmo lento e ficava cada vez mais agitado, o que a inspirou sobremaneira.

Sem se afastar muito da mesa, a fidalga se misturou aos homens e mulheres que se divertiam e começou a girar lentamente o quadril, ao passo que envaidecia o traseiro redondo. Rodava o corpo no ritmo da música e, quando virou de costas para sua mesa, Alice suspirou. Ao observá-la, a loura soube que a definição de beleza e sensualidade estava diante de seus olhos. Ainda assim, tais termos pareciam pobres perto do que assistia.

Isis estava magnífica. Dançava tão bem quanto sambistas profissionais. Era como se tivesse nascido com um dom. A cada volta de quadril, Alice se via mais longe do mundo real e mais concentrada no corpo divino que se exibia diante dela. A saia de Isis balançava de um lado para o outro quando ela abria os braços e os girava para acompanhar os passos. Não demorou a sentir sua respiração melhorar, por mais calor que estivesse. Isso porque dançar espontaneamente em meio aos outros era o que mais a aproximava do sentimento de liberdade de que tanto sentia falta. Aquele estava sendo, sem dúvidas, o ponto alto de seus últimos dias. Também se sentia orgulhosa de si mesma. Nos últimos tempos sua vida resumia-se a autocontrole, elegância, obediência e silêncio. Mas, naquela noite, tinha a oportunidade de ser quem era de fato. Naquela noite ela era Isis d'Ávila, a mulher mais feliz do mundo.

Deixando que o sentimento de autonomia a invadisse, ela sacolejou ainda mais rápido e adentrou a aglomeração de pessoas, ansiosa por sentir na pele a energia que um momento animado poderia causar. Ali, esqueceu-se de todas as coisas. Rodopiou, bateu os pés no chão e sentiu os cabelos presos se desmancharem sobre as costas. Foi quando soltou a barra do vestido e desatou outros três diminutos botões. Quanto mais livre, melhor.

Raquel e Esther decidiram dançar também. Chamaram Alice para participar, mas ela recusou, alegando que não fazia ideia dos passos.

— Você aprende! — insistiu Esther. — Nós podemos lhe ensinar.

Mas observar a beldade diante dela lhe parecia mais proveitoso. Isis estava leve como uma pluma, sensual como o sabor do vinho, e ainda mais airosa do que sempre fora. Os minutos se passaram e a música ficava ainda melhor, tal como os passos de dança da madame.

Quando o lundu se aproximou do fim, Isis procurou Alice com o olhar e viu que estava sozinha na mesa, olhando para ela e mordendo a ponta de uma unha. Abriu um sorriso largo e requebrou ainda mais sem desviar os olhos, dançando especialmente para ela. Alice umedeceu os lábios e voltou a suspirar. Estudava cada parte do corpo de sua amada, que começava a brilhar pelo suor — só conseguia pensar em quanto a desejava.

Isis se aproximou ainda dançando e, com um sinal com a mão, a estrangeira percebeu que deveria afastar a cadeira da mesa. Quando o fez, Isis se sentou em seu colo. Normalmente jamais fariam tal coisa, mas todos ali já deviam estar bêbados — e, se não estivessem e questionassem o ato, diriam que Isis havia bebido demais.

— Adoro quando você me observa com esse olhar — sussurrou em seu ouvido.

— Adoro quando você dança para mim.

A madame segurou o queixo de Alice e se esforçou ao máximo para não a beijar ali, diante de todos. Por maior que fosse a volúpia, alguns limites eram impossíveis de ser cruzados.

— Acho que poderíamos vir à missa todo domingo à noite, não?

— Eu ia sugerir a mesma coisa. — Alice colocou uma das mãos sobre sua perna e apertou, fazendo-a gemer baixo. — Você é fascinante, Isis. É a mulher mais linda do mundo.

— Pare de falar essas coisas ou vou transar com você aqui mesmo, na frente de todo mundo.

E aquela era a Isis de antes. Mesmo que não fosse maluca para de fato fazer aquilo, a mera menção à atitude insana já revelava que ela ainda era a mulher irreverente de sempre.

— Eu adoraria ver isso acontecer — contou a loura. — Mas tenho uma ideia melhor.

— É mesmo? — Deslizou o polegar pela clavícula marcada de Alice, ameaçando abaixar a alça de seu vestido.

Elas se levantaram e Alice segurou sua mão, pronta para apresentar a segunda surpresa da noite. Observou Raquel de longe e sinalizou que estavam indo para o corredor. A ruiva já sabia o que iria acontecer, já tinham planejado tudo. Seguiram até o final do passadiço e, antes que alcançassem o escritório, Alice abriu uma das portas, que dava para uma sala escura.

— Alice, não estou enxergando nada.

— Calma, você já vai ver. Feche os olhos.

— Como vou ver se fechar os olhos?

— Precisa esperar que eu arrume o que falta. É uma surpresa. Feche logo!

Então, assim fez. Enquanto isso, Alice trancou a porta e riscou um fósforo.

— Deus do céu, você vai atear fogo nesse lugar, não vai?

— Não conte para ninguém — disse e ouviu a risada da morena.

Quando finalizou sua arrumação, pediu que Isis continuasse de olhos fechados e segurasse a barra do vestido. Depois a ajudou a dar alguns passos para a frente e, em certo ponto, pediu que desse um passo maior por haver um obstáculo no caminho.

Em segundos, a morena sentiu algo macio nos pés, como um tecido.

— Pode abrir.

Isis soltou o vestido e olhou ao redor, sem acreditar no que estava vendo. Estavam sobre um acolchoado creme cheio de almofadas vermelhas, combinando perfeitamente com as pétalas espalhadas pelo chão e com a imitação de cama na qual pisavam. As inúmeras velas pequenas cercando o estofado formavam um círculo perfeito. Os candelabros nas paredes auxiliavam para que conseguissem enxergar melhor.

— Faz tantos meses que nós nos conhecemos e vivemos esta nossa... bem, este nosso romance. E nunca comemoramos. Eu queria, não sei, fazer algo especial — comentou Alice.

A morena mirou aquele círculo de velas e não conseguiu proferir uma só palavra. Alice continuava surpreendendo-a dia após dia, fazendo-a feliz dia após dia, fazendo-a a amar mais *dia após dia*.

— É perfeito — murmurou, notando as pétalas de rosas por todo o cômodo. — Nunca vi nada tão lindo.

Elas se sentaram e Alice se esticou para pegar as duas taças que emprestara do bar. Em seguida, serviu-as. Elas ergueram as taças de vinho e brindaram. O som do lundu-canção ainda podia ser ouvido, mas em volume muito mais baixo. Enquanto isso, elas se admiravam à luz de velas.

— Obrigada por ter me trazido aqui. Se não fosse você, talvez eu jamais tivesse voltado. Por vários motivos.

— Não precisa agradecer — respondeu Alice. — E saiba que eu adorei a ideia de virmos todos os domingos. Sinto que você se diverte muito aqui.

— Ah, me divirto mesmo, e você também estava adorando me assistir, não estava? — Aproximou-se, quase colando suas bocas.

— Você não faz ideia — murmurou e descansou a taça ao lado. — Sou aficionada pelo seu corpo. Para mim, não existe coisa mais bonita no mundo. — Apertou sua cintura com uma das mãos, aproveitando que estavam de frente. — Às vezes me pergunto se faz alguma ideia de como é perfeita.

Arrebatada, a morena umedeceu os lábios e acariciou a face da amada, sem saber como começar a dizer quanto a amava. Queria que o tempo parasse e elas pudessem ficar escondidas naquele quarto com pétalas de rosas, velas, vinho e uma cama improvisada para todo o sempre. *Juntas para todo o sempre.*

— Eu amo tudo em você — continuou Alice. — Sua voz, seus olhos, seu cabelo perfeito... — Tocou os fios longos e deslizou os dedos entre eles. — Amo seu cheiro, seu senso de humor, a forma como você consegue ser tão cuidadosa...

Isis a beijou, emocionada pelo amor imenso que recebia. Alice nunca economizava em dizer e demonstrar seus sentimentos, nunca mais havia escondido que o coração batia forte sempre que estavam juntas ou quando pensava nela.

Suas línguas envolveram-se com total fervor, como se fosse o último beijo que dariam. Adoravam sentir o aroma uma da outra quando estavam perto. Alice a puxou e agarrou uma de suas coxas, pedindo silenciosamente que voltasse a se sentar em seu colo, agora com uma perna de cada lado. Desse modo, a loura enfiou ambas as mãos sob sua saia e a apalpou com desespero. Alice a desejava de tal modo que duvidava de que outro ser humano tivesse conhecimento daquela sensação.

Enquanto isso, Isis segurava os cabelos louros com firmeza, numa tentativa de conter a sensibilidade ao perceber as mãos de Alice a descobrindo. Seu centro úmido se contraía repetidas vezes, desejando sentir os dedos dela. Não sabia se o calor que a invadia era fruto das velas acesas ou da voracidade dos toques do seu amor. Quando o pescoço se tornou um dos objetivos principais da dona da surpresa, Isis se viu arrepiar inteira. Esfregou os seios em seu colo e apertou-se contra o seu corpo.

— Eu tenho mais uma coisa para você — Alice sussurrou e tirou as mãos de suas coxas, levando-as até a cintura.

— Você não se cansa de me fazer feliz, não é?

— É a minha atividade favorita.

Não muito longe havia uma caixinha. Pela pouca luminosidade, a morena não notara sua presença. Recebeu alguns selinhos de Alice e, em seguida, se concentrou em seu novo presente.

— Você sabe como eu sonho em ter uma vida normal com você, não sabe? — indagou a loura em tom baixo.

— Eu também sonho com isso todos os dias, meu amor.

Alice mostrou a caixa arredondada de veludo vermelho e sorriu. Isis prendeu a respiração, já imaginando o que haveria ali dentro. Quando abriu a tampa, viu dois anéis iguais. Eram finos e muito delicados, de prata, e havia um pequeno brilhante em cada um, de modo que se confundissem com um anel corriqueiro.

— É para representar o nosso amor — explicou a moça. — Eu queria poder pedi-la em casamento, mas depois vi como isso seria bobo, porque não há maneira de nos casarmos, então... — Deu de ombros. — Eu só queria que você tivesse algo meu e eu tivesse algo seu.

Isis mirou os anéis com todo o cuidado, como se pudessem se quebrar a qualquer momento. Eram lindos, refinados e graciosos. Passavam o exato sentimento de seu amor: leveza e paz.

— Atrás do brilhante de cada um estão nossas iniciais. No seu, a minha, e no meu, a sua. Deixei tudo bem pequeno para que ninguém além de nós consiga notar.

Ela fazia tudo com tanto cuidado e carinho que Isis sentiu o amor transbordar um pouco mais. Os olhos brilhavam ao observá-la e ouvi-la, o coração batia forte e o desejo de gritar sua paixão ao mundo quase a fazia perder o controle.

— Bom... — disse e tomou a caixinha. — Se você não vai me pedir em casamento, eu vou pedi-la.

— O quê? — Riu-se.

— Mas não vou me ajoelhar porque adoro me sentar no seu colo e estou muito confortável aqui.

Alice riu ainda mais e se esparramou nos lençóis, apoiando a cabeça com as mãos e esperando, ansiosa.

— Alice Capela Bell Air... — disse Isis pausadamente.

— Deus, você vai fazer uma declaração?

— Um discurso completo!

Alice virou o rosto e voltou a rir, nervosa, sem suportar as reviravoltas e o frio que sentia na barriga.

— Se você ficar rindo, eu vou desistir e ainda jogo esse negócio fora.

— Não, não, não! — Alice ergueu o tronco, sentando-se outra vez. — Eu quero ouvir. Quero ouvir tudo o que você tem a dizer.

— Ótimo. — Empurrou-a para que se deitasse outra vez. — Como eu ia dizendo, Alice Capela Bell Air, você... é quem me salva todos os dias, mesmo de longe — revelou com sinceridade, acalmando a própria voz ao passo que agitava o peito da ouvinte. — Você é meu sonho de amor verdadeiro sendo realizado, é minha pessoa favorita no mundo e é minha fonte de força. Quando penso sobre a minha vida antes de você, vejo como eu já sentia sua falta mesmo antes de conhecê-la. Eu te amo desde o primeiro momento em que a vi naquele Carnaval, e esse amor cresce a cada dia, tanto que para mim seria impossível imaginar uma vida plenamente feliz em que você não estivesse presente. E, mesmo que nós nunca possamos viver como um casal normal, eu quero vivenciar o máximo de coisas que a vida me permitir ao seu lado. Mesmo que para os outros eu precise chamá-la de melhor amiga, internamente estarei pensando em você como minha esposa, se assim me permitir. — Fez uma pausa rápida ao pensar em quão forte e delicioso aquele termo soava. — Sei que vivemos outras coisas fora destas paredes, mas gostaria que pensasse em meu matrimônio com Diogo e no seu com Benvindo como o casamento por dever, e no nosso como o casamento por amor, o casamento que se dá pelo encontro de almas gêmeas. É o casamento principal, aquele com que eu mais me importarei e mais me esforçarei para manter e cuidar. Portanto, eu lhe pergunto: você aceita se casar comigo?

Perdida no brilho de seus olhos, Alice segurou a mão de Isis e beijou-a repetidas vezes.

— Ser sua esposa é o meu maior sonho, meu bem. — Enlaçou seus dedos com a outra mão e beijou o nó formado. Em seguida, pegou o primeiro anel. — Estes são nossos anéis de noivado, então?

— Exatamente. — Isis estendeu a mão para que ela colocasse o brilhante, que decerto se misturaria com os outros anéis que carregava.

— E como será nosso casamento? — Encaixou a joia em seu anelar.

— Como você gostaria que fosse?

Alice ofereceu sua mão depois que Isis pescou a outra aliança. Encaixou-a em seu dedo e beijou-a devagar, com demasiado afeto.

— Na igreja.

— Pensei que não fosse religiosa.

— Não sou. Mas é um casamento, não? O casamento por amor, como você disse. E a essa altura eu tenho certeza de que Deus já nos deu sua bênção.

— Ele deve até estar emocionado com meu discurso, não acha? Sou ótima com as palavras.

Enquanto Alice ria outra vez, Isis abaixava-se até colar o corpo todo no dela. Devagar, arrastou a ponta do nariz pelo pescoço da loura, não demorando a senti-la se arrepiar.

— Tem razão — afirmou Alice. — Posso imaginá-lo secando as lágrimas de alegria.

Isis sorriu sem se conter. A paz que sentia provava que, sim, nem ela nem Alice tinham nada com que se preocupar. Deus estava tremendamente orgulhoso.

Abraçando-a, a estrangeira fechou os olhos e desejou com todas as forças que um dia conseguissem ficar envolvidas daquela forma todas as noites. Arrepiou-se mais uma vez, portanto, quando percebeu os dentes de Isis mordendo o lóbulo de sua orelha. Em seguida, assistiu-a aprumar o quadril, tornando a visão nada menos do que inefável. Foi quando seus músculos internos voltaram a se contrair e ela encaixou suas pernas, implorando que Isis aproximasse a coxa de seu centro.

Isis depositou um beijo molhado em seu pescoço, lambendo-o como se fosse sua boca ou o meio de suas pernas, o que deixou a outra ainda mais enérgica. Em seguida, arrastou-se até o colo quente, depositando beijos demorados ali.

Alice tirou as mechas longas de seu rosto para que nada atrapalhasse sua visão enquanto a morena brincava com a língua entre seus seios, ainda por cima da indumentária, com o único e exclusivo objetivo de tentá-la.

— Achei que esposas não se provocassem dessa forma — proferiu Alice. — Não me torture assim, amor.

— Ainda não sou sua esposa — justificou. — Posso fazer o que quiser.

Alice mordeu o lábio inferior.

— Quer dizer que quando nos casarmos você vai parar de fazer gracinhas?

— Você não sobreviveria uma semana sem elas, Alice. Confesse.

Ofegante, ela ergueu o tronco e fez com que Isis caísse para o lado. A inversão de posições conseguiu deixá-las com ainda mais calor.

— Você é tão convencida, não?

— E como poderia ser diferente?

— É mesmo. Você é como uma divindade, tamanho primor.

Isis suspirou, com a alma enlevada pelas palavras tão bem apontadas. Decidiu, por fim, que a queria naquele exato momento. Começou a desamarrar seu vestido nas costas.

— O que está aprontando aí? — perguntou Alice ao sentir o tecido afrouxar.

— Apenas deixando você pronta para mim.

Isis baixou as alças do vestido e beijou seu ombro direito, aproveitando para suspirar no ouvido dela assim que se viu sem ar. Alice fechou os olhos para ouvi-la e enlouquecer-se mais. No entanto, quando a fidalga empurrou seus ombros para cima, soube o que deveria fazer. Pôs-se sentada e recebeu a ajuda da morena para retirar toda a indumentária que a envolvia. Cada uma das peças era arremessada para longe, tomando cuidado para não encostarem nas diminutas chamas.

Seus planos eram outros, mas, quando a viu absolutamente nua à luz de velas, Isis não pôde suportar mais um único instante. Possessiva, ela a agarrou e enfiou um dos seios rosados entre os lábios, o que fez Alice arfar. A sensação de ter aquela boca aquecida namorando-a com fervor a fez arquear as costas e prender o ar. Em seguida, liberou um gemido prolongado, clamando-a com devoção.

Com uma das mãos, Isis acariciou a intimidade já úmida de sua noiva. De início foi delicada, mas soube que poderia tomá-la para si quando Alice pressionou as pernas e voltou a clamá-la. Então a ajudou a se deitar sobre os lençóis brancos com pétalas de rosas e arrastou-se para ficar bem perto de sua intimidade. Quando começou a se deleitar com seu sexo, notou que Alice sentia o mais agudo dos disparos de inquietação, visto que se curvou para cima e pressionou as unhas nos ombros de Isis, lutando para não deixar escapar gemidos tão altos quanto de fato gostaria.

Alice sabia que tal deleite tinha o poder de desorientá-la em questão de segundos. Para sua surpresa, a sensação duplicou quando percebeu a fidalga se masturbando enquanto a estimulava. Ela gemia e suspirava ao passo que sugava e lambia seu ponto de maior prazer. Ali, elas não tinham outro objetivo senão consumar sua paixão, seu casamento por amor.

Alice sentia a língua de sua amada deslizar com familiaridade, suave como cada uma das pétalas no chão. Entregava-se facilmente, apreciando o interior ferver em lascívia e o centro pulsar nervoso.

Por vezes, não acreditava no que estavam fazendo. Eram duas mulheres vivendo um relacionamento às escondidas. Conversavam, riam, compartilhavam segredos, tocavam-se, beijavam-se, declaravam-se e amavam-se imensamente. Como haviam chegado tão longe?

Quando Alice atingiu o ápice, deixou as pernas caírem sobre o almofadado. Respirava forte, como todas as vezes que a morena conseguia tirá-la da linha. Isis se deitou ao seu lado, limpando os cantos da boca e sorrindo.

— Você está linda — sussurrou. — Gostaria que pudesse ter a visão que estou tendo agora.

Seu olhar libidinoso continuou pelos segundos seguintes, enquanto a loura se recuperava. Alice piscava lentamente, e pelos olhos da fidalga ela era bela o bastante para ser pintada pelo melhor dos artistas. Seus olhos pequenos, nariz delicado e lábios finos eram a mais esplêndida obra de arte, especialmente quando corada após um orgasmo, com o peito ainda subindo e descendo, ofegante.

Isis aproximou-se, ficando de barriga para baixo. Acarinhou seu rosto, depois o colo, os seios, venerando-a sem censura. E o fazia com a mão que carregava a aliança, então enlaçou seus dedos nos dela, também na mão que carregava o símbolo de seu amor. Assistiram aos dedos moverem-se juntos, o brilho do fino adereço refletindo a luz das velas, e perceberam-se ainda mais fortes e unidas que antes.

Alice beijou-a com carinho antes de se levantar e pediu que Isis permanecesse deitada de bruços. Curiosa com o que poderia acontecer, ela obedeceu. A loura começou a desamarrar seu corpete lentamente. Vez ou outra, abaixava-se para beijá-la na nuca, fazendo a madame estremecer de tesão. Quando terminou, arrastou a saia por suas pernas e a bata pela cabeça, e sentiu o aroma florescer antes de remover a anágua. De repente, Isis estava nua. Suas costas perfeitas e definidas fizeram Alice salivar. Ela a admirou, duvidando de que houvesse algo mais belo e saboroso no mundo. Pensando nisso, abaixou-se para beijar e cheirar a pele macia de olhos fechados, sentindo-se nas nuvens.

Quanto mais movimentos fazia, descendo pelo seu corpo, mais úmida Isis ficava. A morena mordeu o lábio inferior. Alice apalpou seu traseiro com firmeza e, quando ela menos esperava, enfiou uma das mãos entre suas pernas. Isis arfou e fechou os olhos, logo erguendo ainda mais aquela região, pedindo por ela.

Atrevida, Alice beijou-a com mais intensidade. Observava o corpo de Isis com reverência, idolatrando-a com cada grama do seu ser. Um instante mais tarde, virou-a de costas, podendo admirar sua beleza de frente. Os seios médios que adorava, a barriga macia e o clitóris inchado. Massageou-o apenas pelo prazer de assistir Isis se contorcer.

Observar aquela expressão de efervescência a deixava cada vez mais alterada. Isis mordia os lábios, que formavam um círculo perfeito enquanto gemia. Ninguém no mundo teria boca tão deliciosa. Foi pensando nisso que Alice se inclinou para baixo, deitando-se sobre ela. Ainda a masturbava sem pausa, mas beijá-la naquela situação de fervor era sua maior necessidade.

Foi quando se enlaçaram com força. A conexão entre seus corpos as fez tremer e desejar jamais se soltarem novamente. Aquele encontro de peles representava muito mais do que prazer carnal, era uma união muito mais poderosa que tinha o poder de fazê-las transcender em par. O prazer foi tanto que seus quadris passaram a se movimentar juntos, arrastando-se um no outro. Alice apoiava o peso nos braços, envolvendo-a. Enquanto isso, Isis arrastava as unhas em suas costas, provocando-a ainda mais do que a loura pensava ser possível.

Imaginavam ser improvável desejar outra pessoa como se desejavam naquele momento. O som do prazer e o calor as descontrolava. O que sentiam ao roçar suas intimidades tão úmidas era imenso. Iam para cima e para baixo, gemendo imoralidades. Seus olhos reviravam e sabiam que o orgasmo estava cada vez mais próximo. A velocidade aumentava, seus músculos enrijeciam, as pernas cada vez mais trêmulas e o suor escorrendo pela testa. Amavam-se sem limites.

Os orgasmos, que chegaram em sincronia, fizeram-nas gritar e grudar as mãos acima da cabeça. A cada dia que passava, pareciam melhores quando o assunto era fazer amor. Alice colou suas testas para que sentissem aquele momento em conjunto, mesmo que parecesse que não suportariam. A união de prazer era sem dúvida a maior prova do perfeito encaixe que haviam se tornado.

Abraçadas, elas ouviram a respiração exausta uma da outra. Alice deslizou a ponta dos dedos pela face avermelhada de sua futura esposa, notando como estava ofegante. Beijou-a na testa, demorando-se ali e fazendo Isis sentir-se benquista como nunca. De olhos fechados, a morena aproveitou o suave beijo e iniciou uma carícia serena nas costelas da amada.

Alice deslizou os lábios em seu pescoço e beijou-a lenta e benevolente. Quando notou o ombro de Isis querendo restringir seu acesso, repetiu o movimento, fazendo-a rir.

— Não vejo a hora de me tornar sua esposa — proferiu Isis, amando vê-la sob a luz quente das velas ao redor. — Eu te amo tanto, Alice. Tenho medo até de tentar imaginar uma vida sem você.

Alice acarinhou seu rosto outra vez, desenhando com o polegar uma linha invisível e vagarosa que descia do meio da testa, passando pelo nariz e pausando nos lábios cheios.

— Pois não imagine. Eu jamais me afastarei de você. Depois que se casar comigo, serei inteiramente sua. Vamos viver juntas até o fim dos nossos dias. E, ainda na velhice, eu te amarei como se fosse a primeira vez. Em meus pensamentos, chamarei você de *minha mulher*; sempre que a encontrar, direi como sou louca por você. Vou viver cada dia aguardando um mundo em que nosso amor deixe de ser errado para se tornar nosso maior motivo de orgulho. Eu quero você, Isis, e quero você por toda a eternidade, custe o que custar.

12

Paz

Mordendo o lábio inferior, Isis fez um lance sobre as peças de Esther.

— Inferno — murmurou a escritora, enquanto a fidalga batia três palmas acima da cabeça.

— Isso é tão bom! Há quanto tempo eu não jogava damas? — perguntou mais para si do que para as amigas.

Era terça-feira à tarde quando decidira visitá-las outra vez. Logo após o almoço, foi levada pelo cocheiro para o Som América. Não puderam conversar tanto quanto gostariam no domingo, portanto mais um dia devia dar conta de matar a saudade.

Isis e Esther jogavam cada uma de um lado do balcão do bar. Enquanto isso, Raquel sentava-se ao lado delas, assistindo ao jogo e pintando as unhas de vermelho com um esmalte barato e fedorento. O salão estava vazio e bagunçado, com as cadeiras sobre as mesas e o chão recém-limpo.

— Juro por Deus — reclamou Esther —, você só pode estar trapaceando.

— Como trapacearia? Estou bem diante de você.

— Não sei, mas você é muito espertinha.

Isis revirou os olhos.

— Raquel, eu trapaceei, por acaso?

— Não vi — disse a ruiva, muito concentrada no borrão de esmalte que havia acabado de fazer. — Mas aposto que sim.

A tarde quente as fazia não suportar o volume das saias, que estavam enfiadas entre as pernas para receberem um pouco de ar. Isis e Esther retornaram ao jogo, por vezes desafiando-se com o olhar.

— Quando terminarmos essa partida, vamos jogar xadrez — decidiu a escritora. — Duvido que você ganhe tantas vezes.

— Não vou ganhar mesmo, porque não estarei aqui. — Pegou o relógio diminuto deixado de lado e abriu-o com a ponta dos dentes. — Vou embora para visitar Alice em alguns minutos. Faz um tempinho que não nos vemos.

— Já?! — estranhou Raquel.

— Como "já"? Estou aqui há quase quatro horas, e daqui a pouco vai escurecer.

— Ah, é que você nunca mais apareceu. Sinto que até agora não colocamos o assunto em dia.

Isis achou graça, observando Esther refletir sobre sua próxima jogada. Receber uma frase carinhosa de Raquel era um tremendo milagre.

— Vou voltar mais vezes, prometo. Mas hoje realmente preciso ir. Estou com saudade da minha noiva. — Fechou os olhos e suspirou ao curvar o rosto e encostar o queixo no ombro por um instante, numa óbvia feição apaixonada.

— Deus do céu — murmurou Esther e colocou o dedo sobre uma das peças, refletindo se aquela era a melhor jogada. — Parece que vocês nasceram grudadas.

— Estou até agora pensando sobre essa história de "noiva" — proferiu a dona do Som América. — Ainda não consegui entender. Quer dizer, como vocês poderiam se casar? Vão morar na mesma casa e tudo mais?

— Claro que não! — Isis esboçou uma careta. — Bom, na verdade seria maravilhoso, mas não vai acontecer, por mais que a Alice viva falando disso.

— Ah, ela vive mesmo. No domingo, aliás, estava me fazendo umas perguntas muito estranhas.

— Estranhas como?

— Queria saber se eu conhecia alguma forma de comprar uma casa sem precisar passar por todo aquele processo burocrático, se conseguiria adquirir um imóvel sem a assinatura de um homem.

Isis arregalou os olhos, percebendo um ligeiro incômodo ao ter acesso àquela informação. Alice não conseguia tirar da cabeça a ideia de fugir, mas Isis não esperava que ela levasse o assunto às suas amigas.

— Ela parece bem decidida — comentou Esther.

— Eu sei. Nós até discutimos uma ou duas vezes por conta desse assunto.

Um lado de si queria, e muito, ir embora e abandonar todo aquele caos. No entanto, havia muitos aspectos a se levar em conta, tanto a abandonar e tanto a construir, ou *reconstruir*. Num instante recordou-se de duas coisas: a primeira era Alice dizendo que não via a hora de se casar com ela; a segunda era a voz de Diogo chamando-a de *merda de esposa que não serve para nada*. Sabia que era um medo bobo, mas um lado de si temia que, em alguns anos, fosse a loura a compartilhar daquela opinião.

Muito de sua vivência juntas provava quão infundado era aquele temor — era óbvio que, acontecesse o que fosse, Alice jamais a enxergaria tal qual os olhos de Diogo. Isis tinha plena consciência disso. Ainda assim, alguma parte sua, que se tornava cada vez mais insegura e ansiosa, repetia que, ao sair de sua zona de conforto, era provável que ela, como mulher, perdesse toda a graça.

— Existem muitas questões — murmurou e passou por cima de outra peça de Esther, que já estava quase desistindo do jogo. — Nunca vai acontecer.

— Ora, e por que não? Poderia aproveitar essa chance para se livrar daquele demônio que você chama de marido.

— Por Deus, Raquel, como viveríamos juntas? Como teríamos uma vida decente? Alice não vê que isso não é justo nem com ela mesma.

Ela tem toda a estrutura necessária, tem segurança, tem um lar e quer jogar tudo fora?

Tal questão era outro motivo que levava Isis a negar com tamanha veemência a possibilidade de fuga. Alice tinha a vida que milhares de mulheres sonhavam em ter. Até podia estudar! A própria Isis, de todas as damas e jovens que já havia conhecido, jamais vira alguma como ela ou Esther, que tinham tanto acesso a informação. A loura tinha todos os privilégios, tinha uma família que a protegia de toda maldade, tinha prestígio e continuaria tendo quando se casasse. Provavelmente em dose superior. Alice vivia na certeza de que não passaria por necessidade alguma no próximo dia, ano ou década. Vivia na mais completa estabilidade, assim como a própria Isis. Portanto, não parecia sensato abrir mão de tudo isso para arriscarem-se mundo afora.

— Não me entendam mal — acrescentou. — Se não fosse tão difícil, eu abandonaria tudo neste instante e iria embora com ela. Iria para qualquer lugar do mundo com Alice. Um dos meus grandes sonhos é viver o nosso amor em paz. Mas tudo é *tão complicado* e *tão perigoso* que tenho medo de que alguma tragédia aconteça. Eu jamais me perdoaria.

— Com dinheiro vocês podem fazer o que quiserem. E podem ir para onde quiserem. E isso vocês têm — disse Raquel. — Só precisam juntar, colocar numa mala e ir embora. Eu sei que ficam empacadas com a questão burocrática, mas, para ser sincera... com dinheiro, tudo pode ser feito por debaixo dos panos.

— O que quer dizer? Quer que eu simplesmente burle a lei?

— Só estou dizendo que, se vocês de fato sonham em fugir, precisam encarar a realidade. Querem comprar uma casa? Acheguem-se ao proprietário, mostrem o dinheiro, provem que têm condição de pagar, conversem, e a casa será sua. Se querem alguma coisa, não fiquem esperando a aprovação masculina, apenas deem um jeito, tentem, insistam. Mesmo que, no fim das contas, vocês não possam ter um imóvel *legalizado*, com escritura e tudo mais, pelo menos terão a casa que tanto desejam.

Isis engoliu amarga e secamente. Sabia que ela estava certa. Também era adepta da emancipação feminina; sabia que aquele era o melhor caminho, apesar de parecer-lhe tremendamente utópico. Em contrapartida, se levassem tal conselho ao pé da letra, estariam entrando num mundo de eternos desafios. Estariam prontas para enfrentar tantas adversidades?

— Você sempre viveu uma vida correta perante a lei — a ruiva continuou. — Tudo o que você tem está documentado, impostos pagos, um casamento, prestígio social. Tudo muito belo. Só que a maior parte das pessoas deste país não vive desse modo. As pessoas vivem da forma que dá. Então, eu entendo seu receio de quebrar determinadas regras, mas saiba que não é impossível. Eu, aliás, acho você forte o bastante para enfrentar qualquer coisa. Se fosse outra pessoa, eu duvidaria, mas você? Ah, Isis, você tem fibra e lábia. Isso é tudo de que uma mulher precisa.

Raquel não sabia, mas, pelo restante de seu encontro, aquelas palavras permaneceram martelando na cabeça da amiga. No entanto, não o suficiente para fazê-la mudar de opinião. Levar a vida de maneira ilegal sempre lhe parecera tão perigoso que Isis nem cogitara aquilo. Porém, a partir daquele instante, passou a refletir.

Assim que a partida de damas, novamente tendo Isis como vencedora, chegou ao fim, elas se despediram com a promessa de se verem outra vez no domingo à noite. Isis apressou o cocheiro para que chegassem à loja de sua noiva o mais rápido possível. Afinal, era quase noite e, se chegasse tarde em casa, estaria morta. Quando a carruagem estacionou diante da entrada da Ouro Bell, ela adentrou o estabelecimento apressada, já perguntando ao atendente se a srta. Alice estava por ali. Antes que ele pudesse procurá-la, no entanto, a loura, que estava no estoque ao lado do escritório do pai, reconheceu-a pela voz.

Ela estava concentrada na tarefa que iniciara dez ou quinze minutos antes: a gravação interna das alianças de seu casamento. Não do casamento com Benvindo, mas com a própria visitante. Assim que seu fornecedor entregara novas joias, vindas dos Estados Unidos, ela não demorou a escolher as duas alianças mais belas e a escondê-las consigo.

Eram de ouro, brilhantes e lisas. Utilizando um pantógrafo, Alice cuidadosamente escrevia seus nomes no interior dos aros. Ao ouvi-la, escondeu as joias num canto e correu para encontrá-la.

— Oi, meu am... Isis! — corrigiu-se a tempo. — Meu Deus, estou morta de saudade. — Atravessou o balcão e elas se abraçaram, encontrando sérias dificuldades para se separarem logo depois.

— Também estava morrendo de saudade, meu bem. Não faz ideia de quanto. — Soltou-a. — Como você está?

— Estou bem. Você não vai acreditar no que eu estava fazendo. — Espiou ao redor e sussurrou a frase seguinte: — Escrevendo em nossas alianças.

— Está brincando! — exclamou Isis. Depois, puxou as mãos dela para perto, fazendo os rostos se aproximarem. — Você precisa me mostrar agora mesmo!

— Sinto muito. Só no dia do casamento — respondeu, desvencilhando-se e indo para trás do balcão, já retomando a postura profissional. — E você? Como está e o que anda fazendo?

— Estou ótima. Hoje fui visitar Raquel e Esther outra vez. Passamos a tarde jogando damas.

— Ah, por isso demorou para vir me ver. Já estava achando que tinha mudado de ideia.

Sorrindo, Isis curvou-se sobre o vidro que as separava, observando os detalhes das sobrancelhas e os lábios rosados de Alice.

— Falando em Raquel, hoje ela me contou que você a abordou para conversarem sobre aquela nossa... questão. Sobre comprar uma casa e... — Observou ao redor, tal como a loura fizera. — Fugir.

— Ah, sim. Eu tirei algumas dúvidas sobre isso com ela.

Isis umedeceu os lábios, notando que não receberia mais explicações.

— Certo. E por quê?

Pelo tempo que se conheciam e pelos longos períodos que ficavam juntas, Alice notou rapidamente seu desconforto. Estava estampado nos olhos de Isis que ela não havia gostado do que fizera. Ainda assim, não se arrependia.

— Porque eu quero uma saída, Isis. Você me fez milhares de questionamentos quando conversamos, então estou procurando formas de responder a cada um deles.

Depois de engolir em seco, a fidalga não pôde deixar de notar singela simpatia por sua resposta.

— Eu entendo, mas... Alice... — Fez uma careta, sem terminar de falar e esperando que ela compreendesse que precisava parar de pensar naquilo.

A opção apresentada por Raquel ainda girava em círculos pela mente sobrecarregada de Alice, mas ela lutava para conseguir ser racional e não permitir que um desejo tão maluco a consumisse.

— Não aguento mais viver assim — respondeu, desanimada. — Olhe as coisas que você passa, Isis. Você vive seguindo milhares de regras que odeia. Não pode visitar suas amigas sem correr risco de morte. Seu marido *bate* e *abusa* de você. Não entendo como pode querer continuar vivendo assim para sempre.

Isis tentava não pensar naquelas questões, pois sabia que, se pensasse, enlouqueceria. Por outro lado, apontar tais atrocidades também doía na mais nova. No entanto, ainda assim o fazia, porque por vezes sentia que a morena apenas fechava os olhos e fingia que nada de ruim estava acontecendo. E, no fundo, Alice sabia que ela só fazia isso para, de uma forma torta, se proteger.

— Isso não é vida — acrescentou. — Veja só, Raquel me contou uma história. Você conhece a Irene Silveira? Aquela mulher que atende como cabeleireira no sobrado do Som América?

— Já a vi algumas vezes, sim.

— Raquel disse que aquele lugar não é dela, e que também não há nenhum documento que comprove que ela tem direito de trabalhar ali, mas ela continua exatamente no mesmo lugar. Isso porque, apesar de ter um marido, ele é um bêbado que passa meses fora de casa e depois volta como se nada tivesse acontecido, então ela precisou dar um jeito. E como só tem filhas mulheres e seus irmãos moram no Pará, não havia maneira de legalizar coisa alguma. Então, Irene pegou um dinheiro do marido enquanto ele dormia, conversou com o proprietário, disse que tinha condições de pagar o aluguel se ele a deixasse atender suas clientes ali e ainda morar com as meninas no quartinho dos fundos. Isso já faz quase catorze anos, Isis. Tudo foi apenas conversado. Ela mora e trabalha naquele lugar e ninguém jamais foi fiscalizar.

Mordendo o canto da boca, a fidalga respirou fundo, percebendo a mente fazer um nó. Desviou o olhar outra vez, vendo um casal idoso adentrar o estabelecimento e ser atendido pelo rapaz que antes reorganizava brincos perolados.

— É possível, meu amor, é só isso que eu quero mostrar para você. — Alice iniciou um carinho em seu braço. — Eu só preciso do seu *sim*.

— Isso não está certo. Você está querendo viver como peão.

— Bom, peões têm toda a liberdade do mundo, então...

— Está vendo? A forma leviana como fala desse assunto me faz pensar que não tem ideia do que seria de fato viver nessas condições.

Sentindo-se ofendida, Alice tirou as mãos dela e buscou controlar o máximo possível o tom de voz. Porém, temendo não conseguir, chamou-a para que saíssem da loja. Elas atravessaram um corredor interno, passaram pelo escritório de Charles e meteram-se no estoque, onde Alice decorava as alianças de casamento. Era uma sala cinzenta cheia de prateleiras e caixas acumuladas, além de sacos de papel a serem reorganizados e uma mesa com carimbos, mais pantógrafos e um dos cofres da família. Depois de trancar a porta, Alice proferiu:

— Não menospreze um desejo meu. Eu sei muito bem do que estou falando e...

— Tem razão. Desculpe, desculpe. Eu me arrependi no momento em que falei.

— Que bom.

— Mas ainda acho que é preciso repensar. É tão mais seguro viver enquanto cidadão sancionado. Você acha que viver como Irene é fácil? Tudo se torna melhor quando sua vida está legalizada. Você consegue ter muito mais paz.

— Paz?! — questionou Alice, exaltando-se. — Que *inferno* de paz é essa, Isis?

Houve um silêncio. Isis não soube o que responder.

— Você tem dinheiro e não pode ir para lugar nenhum. Você vive para obedecer, mora com alguém que nem ama de verdade e está em constante pressão para engravidar. Enquanto isso, eu tenho cada passo e termo perfeitamente calculados desde criança, estou a ponto de ser levada acorrentada para o altar, sinto ânsia a cada momento em que me imagino sendo tocada por qualquer homem e, ainda por cima, sou apaixonada por você. Então, sim, eu realmente acho que não temos paz nenhuma. E muito me admira que logo você esteja tão conformada com esse suplício que vive dia após dia.

Nervosa, Isis foi acometida por uma grave sensação de vulnerabilidade.

— Eu não estou conformada, Alice, a questão não é essa.

— Qual é a questão, então? Apenas me explique.

— São muitas questões.

— Sou toda ouvidos.

A morena respirou fundo, buscando manter-se calma, por mais difícil que fosse.

— Você certamente vai se frustrar em relação a mim quando começarmos a conviver todos os dias. Eu tenho certeza disso. A segunda é que...

— Espere! Vamos conversar sobre cada uma delas — respondeu, já notando de onde vinha aquele pensamento. Buscou controlar-se.

— Não há nada a ser dito sobre isso. É um fato.

— Por que acha que vou me frustrar com você?

Antes de recostar-se em uma das prateleiras, cheias de ouro e prata, Isis bufou, impaciente.

— Porque você vai. Eu não sou tão boa esposa. Às vezes sou muito teimosa, e isso vai irritar você. E também no geral, entende? No geral eu deixo a desejar. — Foi tomada por um nó na garganta, uma sensação pesada. Desqualificava-se, certa de suas palavras. Não seria boa o suficiente, e nem mesmo sabia dizer quando começara a se sentir assim. Nunca fora o tipo de mulher insegura, mas, àquela altura, reconhecia os destroços de sua coragem.

— Você só está repetindo o que Diogo diz — notou Alice, bem mais baixo, recordando o dia em que o marido de Isis a chamara de *merda de esposa* e afirmara que ela não servia para nada. Tudo isso logo após um tapa no rosto, mas Alice não tinha conhecimento desse agravante.

A dama firmou os lábios, confusa demais para responder. Sim e não, ela pensava, mas não saberia explicar. Só achava que o marido tinha razão.

— Eu sabia que ele estava conseguindo influenciar você — proferiu Alice, e tratou de oferecer-lhe braços afáveis para que compreendesse que, junto dela, jamais se sentiria daquela forma. Ao perceber a tristeza de seu amor, continuou: — Não há nada que você faça que possa me frustrar. A menos que pare de me amar.

Isis fechou os olhos e sorriu, escondendo o rosto no vão entre o pescoço e o ombro que a afagava.

— Eu não pararia de amar você nem em um milhão de anos.

— Perfeito, então. — Beijou sua bochecha.

Ficaram quietas por um instante, processando aquelas informações. Enquanto Isis refletia sobre a quantidade de coisas que Diogo conseguia infiltrar em sua mente dia após dia sem que notasse, Alice pensava numa forma de convencê-la a deixar de valorizar tanto o calvário em que tão intensamente lutava para sobreviver. Beijou-a de novo, demorando-se um pouco mais.

— Você sabe que eu me exalto com facilidade numa discussão, não sabe? — perguntou Alice, delicada.

— Sei. Você fica nervosa de maneira precipitada.

— Tenho fé que um dia vou melhorar. — Riu de leve. — Outra coisa: eu fico insuportável quando não durmo direito. Reclamo até das nuvens no céu, e não há café que recupere meu estado de espírito natural.

Foi a vez de Isis rir.

— Você já ficou assim ao dormir na minha casa algumas vezes. Eu me lembro.

— Exato. Ah, e posso ser muito insistente também.

— O que está querendo dizer?

— Algum desses defeitos faz você ter menos vontade de estar comigo?

Não, Isis pensou no mesmo instante e, ainda recostada no ombro da amada, sorriu, por mais que a loura não pudesse ver. Fechou os olhos e mordeu o lábio inferior, notando o que ela queria dizer ao citar os próprios defeitos. No entanto, a demora para responder deixou Alice preocupada.

— *Faz?!* — exclamou, soltando Isis e posicionando as mãos na cintura. — Os meus defeitos fazem você não querer estar comigo?

Ainda sorrindo, Isis demonstrou trejeitos confusos e balançou o corpo de leve, em dúvida.

— Perdão, meu amor, é que você fica realmente *insuportável* quando não dorme direito. Preciso pensar.

Alice abriu a boca, espantada, e arregalou os olhos, mas, ao ouvir a risada alta da fidalga, soube que aquilo não passava de mais um de seus escárnios.

— Você escolhe cada momento para fazer piadas.

— Quem disse que era uma piada?

— Isis!

Ainda rindo, a morena aproximou-se dela e beijou-a de leve, apenas para acalmá-la.

— Nenhum dos seus defeitos me faz não querer estar com você.

— É igual para mim. — Alice deixou claro. — Não se martirize tanto. Você é a melhor pessoa que eu conheço, Deus do céu. Quantas vezes vou ter que repetir até que entenda?

Então Isis a beijou outra vez, sentindo-se mais segura ao ouvir de sua boca. A lentidão de seus lábios fez a outra derreter, não demorando a segurá-la pela cintura e dar vagarosos passos para trás, a fim de encostá-la na prateleira. Todavia, por melhor que estivesse o afago, a mente da fidalga viajou para outro lugar.

Que inferno *de paz é essa, Isis?*, recordava-se. As justificativas de Alice para aquela frase adentraram sua mente e ela refletiu sobre o próprio conceito de serenidade. Ao acariciar a bochecha da amante, notou que se sentia muito mais feliz e segura escondida no estoque de uma loja no centro da cidade, na presença de quem fazia questão de tratá-la com todo o amor, do que livre em sua gigantesca mansão registrada em cartório, na presença do marido cujo nome constava na certidão de casamento, também reconhecida pelo governo. Naquele segundo cenário, ela estava cercada de tudo, menos paz. Podia sentir medo, receio, nojo, raiva, mas paz? Aquela era uma sensação que seu *eu-esposa* há muito tempo desconhecia. Portanto, de fato, que *inferno* de paz era aquela?

Mas ainda era difícil dizer sim para os devaneios de Alice.

Quando o beijo terminou, alguns minutos depois, Alice limpou a pequena mancha de batom que havia ficado ao redor do lábio superior da morena.

— Eu vou tentar parar de falar desse assunto, está bem? — murmurou. — Você não quer isso, e sinto que estou insistindo demais. Desculpe.

— Você está chateada comigo? — Isis podia sentir sua voz baixa e melancólica, como que decepcionada.

— Não, é só que... — Suspirou, desviando o olhar por alguns instantes. Em seguida, sentiu o coração apertar. — É que eu queria *muito*, entende? Queria poder escolher meu próprio caminho. Recomeçar, ter uma vida diferente. E queria construir isso com *você*. — Enquanto falava, seus olhos brilhavam. Era como se sonhasse acordada, apesar da óbvia tristeza presa na garganta. — Mas, se você não quer, tudo bem. Vou dar um jeito de esquecer.

Mas eu quero, Isis pensava. *Só não consigo.* Ao mesmo tempo, pensou uma coisa nova. Se não era forte o bastante para acompanhá-la, também não poderia prendê-la. Desde que se conheceram, Alice havia conquistado uma garra imensa e sabia exatamente o que queria. Tendo plena noção de que não poderia privá-la de seus desejos — justo por saber quanto isso poderia doer —, decidiu mostrar que, de qualquer forma, ela era livre para ir aonde quisesse.

— Eu entenderia se você fosse embora, sabia? — A voz estava baixa, e proferia cada palavra com cuidado. — Se você partisse... eu *realmente* entenderia.

Alice observou-a atenta, piscando algumas vezes e compreendendo sua mensagem. Em todo caso, não era como se nunca tivesse cogitado tal opção.

— Já pensei sobre isso.

Isis engoliu em seco, sofrendo por antecipação ao se imaginar dizendo adeus ao amor da sua vida.

— E então? Você... Você iria?

Após segundos de uma expectativa dramática, Alice abaixou o olhar e fitou uma das mãos da morena. Mirou atentamente o anel de noivado com que a havia presenteado e que se tornara um dos símbolos do amor delas. Recordou-se das juras feitas, do amor imenso que sentia, e respondeu com as únicas palavras que poderia:

— Claro que não. — Segurou a mão com o anel e a beijou com carinho. — Nós vamos nos casar, Isis. Você vai ser minha esposa. Eu jamais a deixaria aqui.

De respiração descompassada, Isis foi acometida de um fortíssimo desejo de chorar. *Chorar*, simplesmente, porque nunca havia se sentido tão amada. Sim, iam se casar, e estava apaixonada pela forma como Alice levava isso a sério.

— Eu amo tanto você — sussurrou Isis, segurando as lágrimas.

— Eu te amo o dobro!

Depois, elas se despediram. Já era noite, e o sr. Charles fechava a loja quando Isis saía pela porta da frente. Ainda muito sensível, ela pediu que deixasse Alice dormir na casa dela aquele dia, pois não tinham conseguido conversar o suficiente. O dono da joalheria lamentou, dizendo que dona Berenice não iria gostar daquilo, já que ela e a filha tinham muito o que organizar para o casamento com Benví. Então, as duas se abraçaram uma última vez, Isis a beijou na bochecha e prometeu que voltaria no dia seguinte para almoçarem juntas. Com o coração apertado já de saudade, separaram-se.

A loja foi trancada e Isis adentrou a carruagem. No entanto, em vez de correr para casa a fim de não arrumar mais problemas com Diogo, decidiu esperar um pouco. Ficou olhando para o prédio garboso e tão elegante quanto as joias que ali eram vendidas. Observou as janelas claras do andar de cima, as cortinas brancas, a varanda do quarto dos Bell Air e a do quarto de Alice. Estudou, ainda, as flores que enfeitavam a entrada. Era um lugar muito bonito. E, ainda que digno de inveja e admiração, tal propriedade guardava uma mulher infeliz. De que adiantava tanta formosura? Também se recordou de que o imóvel havia sido comprado por aquela família, o que queria dizer que havia uma escritura em seu nome, isto é, apesar de legalizado e correto perante a lei, não era suficiente para trazer verdadeiro bem-estar a quem nele residia.

O cocheiro partiu na direção das belas chácaras localizadas a poucos quilômetros dali. Com a cabeça recostada na janela, a madame não parava de pensar no assunto da fuga e em como poderia aliviar os nervos se deixasse de morar em São Paulo, se não precisasse cruzar com Diogo nunca mais, se pudesse ir para qualquer lugar a qualquer momento, se não tivesse mais ninguém para apressá-la a engravidar e, especialmente, se pudesse amar Alice dia e noite, pelo resto da vida.

Quando chegaram à mansão, pediu ao criado que não adentrasse com a carruagem. Estava confusa, perturbada por diversas questões. Observando a garagem, ela soube que o marido já tinha chegado, tal como esperava, e foi atingida pela impaciência de ser obrigada a se explicar assim que pisasse na sala, bem como pela repulsa de saber que, pelo seu próprio bem, teria de pedir mil perdões, fingir arrependimento e culpa, abraçá-lo e torcer para que ele a desculpasse antes do primeiro tapa.

Tinha, do casarão, a mesma vista que tivera da Ouro Bell, e passou a refletir sobre os mesmos pontos. Então, pela primeira vez, perguntou-se: *De que tudo isso me vale?* Sua residência era uma imensidão. Tinha vários quartos e salas, e uma cozinha exageradamente extensa. Mais empregados do que poderia contar. Seu jardim era um dos mais amplos de toda a região, e, ainda assim, *de que tudo isso me vale?*

Esforçou-se e, sem dificuldades, respondeu a si mesma. Aquela casa servia para abafar os gritos do marido, impedindo que qualquer pessoa descobrisse o que fazia com ela; servia, também, para que se escondesse quando as marcas eram muito intensas, ou quando Diogo queria que ela ficasse presa; servia, ainda, para exibir aos outros, contar vantagem e intimidar as pessoas com a quantidade de dinheiro que tinham. Era um espaço insignificante, pensou, já que não usavam nem metade da metade. Não tinha quem a ajudasse a preencher tantos metros quadrados. Não tinha filhos e provavelmente jamais teria, não podia ter amigas, não tinha família próxima além dos pais. Portanto aquela casa, para ela, não valia um décimo do que poderia valer para outra pessoa. Era um monte de tijolos que, juntos, compunham sua prisão.

Raquel estava certa. Ela sempre vivera perfeitamente perante a lei. Seus pecados eram apenas sociais e sexuais, enquanto os outros aspectos sempre foram seguidos à risca. Não tinha dívidas, jamais cometera crimes, tinha toda a documentação necessária para viver como uma dama da alta sociedade, mas mesmo assim tudo aquilo não servia de *nada*.

O pensamento ecoou dolorosamente sobre qualquer outro que poderia ter. Nada, nem a casa, nem o dinheiro, nem o marido, nem o prestígio, nem o sobrenome significavam ninharia alguma.

Em seguida, voltou a pensar em uma coisa que Alice dissera com tanta segurança. Isis havia perguntado se a amada partiria sozinha de São Paulo, e a loura respondeu que era *claro que não*, que elas iriam se casar e que jamais a deixaria ali. Havia tanta convicção em seus olhos e sua voz ao proferir tais palavras. Alice a amava, sim, muito mais do que qualquer pessoa poderia imaginar. Foi com essa consciência que Isis se recordou do dia em que a pedira em casamento. Durante o pedido, prometera que aquele seria o casamento por amor, o casamento mais importante, e o que ela mais se esforçaria para cuidar. Naquele momento, ela jurou que Alice vinha em primeiro lugar. E percebeu que já estava quebrando sua promessa.

— Almir — ela chamou o cocheiro —, vamos voltar à Ouro Bell, por favor? Eu me esqueci de uma coisa.

A carruagem retornou para a estrada enquanto Isis se perguntava: *Se eu prometi a ela que o nosso seria o casamento principal, por que estou colocando o outro em primeiro lugar?* E sua mente abriu-se para toda a valentia que renegara nas últimas semanas. Aquele certamente tinha sido o último empurrão que precisava para compreender que viver seu *para sempre* com a estrangeira era a coisa que mais queria.

Conforme os cavalos faziam o percurso em direção ao edifício dos Bell Air, Isis sentia um tipo de alívio que a deixava mais alegre a cada passo. Quanto mais se aproximava, mais contente e ansiosa se percebia. Era quase como se, naqueles últimos tempos, estivesse o tempo inteiro prestes a se afogar, quase perdendo as forças, quase sendo puxada pela correnteza, mas, ao tomar a decisão, finalmente fosse empurrada para terra firme. Pensou que, se soubesse que a sensação da futura liberdade fosse se revelar tão boa, teria aceitado ir embora de São Paulo há muito mais tempo.

Quando alcançou a Ouro Bell, tocou a campainha e uma das empregadas foi recebê-la. Subiram as escadas e adentraram a residência no segundo andar. Isis foi direcionada até a cozinha, onde a família toda jantava, exceto quem ela de fato queria encontrar.

— Isis, que prazer revê-la! — Dona Berenice sorriu. — Por favor, sente-se conosco para jantar. Vou pedir que sirvam um prato para você.

— É um prazer revê-la também, dona Berenice, mas eu gostaria muito de conversar em particular com Alice. Ela está?

A mãe guiou-a ao quarto da filha e, por sorte, não podia ouvir como o coração de Isis batia forte como um tambor. Ela respirava pela boca e não via a hora de contar, com todas as letras, sua decisão. A portuguesa bateu repetidas vezes na porta do quarto, até que ouviu a voz da loura avisar que já estava indo.

— Isis, fique à vontade, está bem? Vou voltar para a cozinha, senão o João Pedro é capaz de jogar o prato no chão e Charles não fará nada para impedir.

Perfeito, pensou Isis. Despediu-se dela com a promessa de que, se desse tempo, provaria da refeição da noite, por mais que soubesse que seria impossível.

Enquanto Isis pensava isso, trêmula de ansiedade, Alice enfim abriu a porta, sem fazer ideia do que a esperava. Quando seus olhos se encontraram, o brilho dos de Isis contagiou os de sua noiva. Ela sentia o coração saindo pela boca ao enfim confessar:

— Mudei de ideia.

E, mais rápido do que a moça poderia calcular, foi atingida por um beijo intenso, o que a fez perder as estribeiras. Isis, ainda a beijando com intensidade, empurrou-a para dentro do quarto, utilizando um dos pés para alcançar a porta e fechá-la outra vez. Em seguida, recostou-se sobre a madeira e gemeu baixo ao notar o corpo da outra apertando-a contra si.

Por mais frenética que estivesse, Alice precisava ter certeza do que aquilo significava. Podia imaginar, mas estava morta de medo de ter entendido errado. Por isso, ao sentir a primeira mordida no lábio inferior, afastou o rosto três ou quatro centímetros.

— Como assim? Mudou de ideia sobre o quê, exatamente?

— Fuja comigo, Alice. Vamos deixar essas porcarias para trás e construir nosso destino com nossas próprias mãos!

A loura precisou se segurar para não começar a gritar naquele exato instante.

— Santo Cristo, você não está dizendo que... nós, eu e você, a gente...

— Sim, é exatamente o que estou dizendo. Você tinha razão, vamos nos casar! E eu não quero dois casamentos, quero apenas este. Quero só eu e você.

Sem conseguir se aguentar, a loura movimentou os pés rápido no chão, sentindo como se um sonho de anos estivesse enfim se realizando.

— Não acredito! Meu Deus, Isis, meu Deus! — exclamava em meio à melhor sensação do mundo. — Para onde vamos?!

— Não sei. Qualquer lugar. Você escolhe.

— Não, *você* escolhe!

Elas riram e voltaram a se beijar, como se seus corpos não fossem capazes de sustentar toda a carga de imensa alegria. No entanto, Alice afastou-se outra vez, sentindo o desejo de confirmar se Isis de fato falava sério, porque aquela era uma notícia tão boa que mal podia acreditar.

— Amor, tem certeza disso? Hoje à tarde você disse que…

— Tudo o que eu disse antes era brincadeira, bobinha. Não me diga que acreditou.

De imediato, Alice jogou a cabeça para trás e gargalhou, pensando que aquela mulher era, sim, a melhor pessoa que já havia conhecido. E em breve seriam esposas, teriam sua própria casa e nada poderia impedir sua felicidade.

13

Esposas

Era dia 20 de outubro, uma ensolarada sexta-feira, quando Isis e Alice enfim se casaram. Estavam a postos na entrada na Igreja Nossa Senhora das Dores — a mesma que frequentavam todos os domingos — usando seus respectivos vestidos níveos, comprados especialmente para a ocasião. O de Isis tinha mangas mais longas e era o tipo de indumentária usada para ir a um elegante evento à tarde. O de Alice, um pouco mais casual, tinha saia rodada, apesar de leve, tal como a distribuição das esmeradas rendas em seu breve decote.

Além de vestidos brancos que pouco lembravam roupas matrimoniais e dos sapatinhos de salto presos aos tornozelos, ambas ostentavam curtas e muito requintadas luvas diurnas. Enquanto a de Isis deixava os dedos à mostra, a de Alice cobria-os totalmente. Tinham finas joias no pescoço, e cada uma segurava seu próprio terço, os cabelos em seus penteados usuais: Isis com seu coque sofisticado, Alice de fios leves e soltos nas costas, com duas mechas presas atrás.

Ainda paradas diante da entrada, elas se entreolharam, sorrindo uma última vez. Entrelaçaram os braços numa muito amigável posição, e a morena de súbito se alarmou.

— Esquecemos os buquês! — exclamou entredentes.

Alice franziu o cenho e negou com a cabeça.

— Acho que, se entrássemos ambas de vestido branco e flores nas mãos, seria o mesmo que sair gritando o que estamos fazendo.

— Você acha?

Alice riu. Os olhos brilhavam.

Ajeitaram o fino véu na cabeça, o mesmo que usavam para ir à missa aos fins de semana, e enfim entraram. Caminhavam calmamente em direção ao altar, tentando disfarçar a singela risada presa na garganta. Por mais felizes que estivessem, não podiam deixar de encarar tal situação como a mais hilária de todas. Viam velhos ajoelhados rezando. Dois ali e três aqui. Nenhum deles fazia a menor ideia do que acontecia bem diante de seus olhos. Isis mordeu o lábio inferior com o coração disparado e um delicioso sentimento de insubordinação, tal qual Alice, que era incapaz de esconder o sorriso, apercebendo-se, pela primeira vez, soberana de sua própria existência.

Quando se aproximaram do altar, ajoelharam-se aos pés da escada e fizeram o sinal da cruz, repetindo em uníssono:

— Em nome do Pai, do Filho e do Espírito Santo, amém.

Diante de Deus e da gigantesca escultura sagrada do Nazareno crucificado, elas suspiraram algumas vezes, absorvendo a importância daquele momento. Por mais impossível que parecesse, elas haviam decidido viver segundo o seu amor. Espertas como eram, já haviam pensado em tudo. Se algum curioso questionasse o que as duas jovens faziam ajoelhadas de vestido branco diante do altar, responderiam:

— Estamos pagando promessa — sussurrou Isis e sorriu quando uma freira começou a encará-las.

A senhora ergueu as sobrancelhas e envergonhou-se da própria malícia. Em seguida, perguntou se precisavam de alguma coisa.

— Uma Bíblia seria bom — respondeu Alice.

Poucos foram os segundos que a freira levou para trazer o livro e entregá-lo em suas mãos. Ao vê-la se afastar, Isis mostrou a língua e virou-se para a loura.

— Fico me perguntando se essas freiras não têm vida própria e por isso ficam cuidando da vida dos outros.

— Laura deve ser a única freira com uma vida — respondeu Alice, recordando-se da história que Isis contara sobre a irmã. — Ela e Anaya.

Posicionaram a Bíblia Sagrada no degrau seguinte, deixando-a um pouco mais elevada que seus joelhos. Umedeceram os lábios e voltaram a observar a imagem de Jesus acima de suas cabeças.

— Vamos começar? — sugeriu Alice, ansiosa.

Isis sorriu e concordou. De terço em mãos, elas iniciaram suas orações. Visto que não tinham como pedir a um padre que as unisse perante Deus, decidiram inventar a própria cerimônia. Isis era muito mais religiosa que Alice, mas ainda assim a loura fez questão de que seu enlace fosse realizado segundo o amor e a aprovação do Altíssimo. Não precisavam perguntar a opinião de ninguém para saberem o pensamento geral: que Deus era contra seu casamento e envergonhava-se delas. Diante desse contexto, aquele ato era uma forma de provar a todos que estavam errados. Seguraram o terço pela cruz e fecharam os olhos, recitando os versos decorados desde criança em tom baixo e calmo:

— *Divino Jesus, nós oferecemos este rosário, contemplando os mistérios de nossa redenção. Concedei-nos, pela intercessão de Maria, vossa Mãe Santíssima, a quem nos dirigimos, as graças necessárias para bem rezá-lo para ganhar as indulgências desta santa devoção.*

No dia seguinte ao pedido de casamento, Alice estava deitada, pensando se realmente queria oficializar sua relação dentro da igreja, já que precisariam ter o maior dos cuidados e nem poderiam beijar-se ao fim do ritual. Em contrapartida, refletiu sobre o que tão grande atitude significava e, mais que isso, o que casar-se com Isis significava. Queria que ficassem juntas por toda a eternidade e que seu amor as unisse mais a cada dia, que permanecessem se respeitando e cuidando uma da outra. Queria que continuassem se dando bem e nenhuma tragédia jamais acontecesse a nenhuma delas. Com esse pensamento, viu que estava certa da decisão. Elas se casariam no interior de uma catedral, diante do Espírito Santo e, em meio à cerimônia improvisada, receberiam a bênção e a proteção divina. Aquilo tinha, sim, um significado gigantesco.

— *Pai Nosso que estais no céu, santificado seja o Vosso nome, venha a nós o Vosso reino, seja feita a Vossa vontade, assim na terra como no céu.*

O pão nosso de cada dia dai-nos hoje, perdoai as nossas ofensas, assim como nós perdoamos a quem nos tem ofendido, e não nos deixeis cair em tentação, mas livrai-nos do mal. Amém.

Concentradas, de olhos fechados e cabeça baixa, elas já não chamavam atenção. Rezavam em timbre suave e moroso, realizando a união eterna com total entrega.

— *Ave, Maria, cheia de graça, o Senhor é convosco. Bendita sois vós entre as mulheres e bendito é o fruto do vosso ventre, Jesus. Santa Maria Mãe de Deus, rogai por nós, pecadores, agora e na hora da nossa morte. Amém.*

E assim sucederam os próximos minutos. Após algumas repetições, elas abriram os olhos. Não rezariam o rosário por completo, mas continuariam a cerimônia com as próprias palavras.

— Certo… — disse Isis e fungou. — Vamos trocar nossos votos?

Alice notou a emoção em sua voz e seu olhar.

— Você está chorando?! — questionou de olhos arregalados, aproximando-se de seu rosto.

— Claro que não!

— Que bonitinha, está emocionada por estar se casando comigo…

— Alice, você vai ler seus votos agora ou não?

Ainda sorrindo divertidamente, ela negou com a cabeça.

— Você primeiro.

Sendo assim, Isis sacou um papel de carta do pequeno bolso do vestido. Arrastou as costas da mão no nariz e respirou fundo, causando novas risadas na outra, que a observava.

— Não estou chorando.

— Deveras que não.

A morena esperou alguns segundos antes de começar. Tinha escrito tais palavras alguns dias antes, pensando se eram suficientemente boas para descrever o que sentia por Alice.

— Alice — leu —, sempre duvidei quando ouvia terceiros falando sobre amor à primeira vista. Duvidei, é claro, até conhecer você. Quando a vi pela primeira vez, estávamos num baile de máscaras, numa noite de Carnaval. Nossos olhares não se cruzaram nem trocamos saudações, mas, ainda assim, naquele dia senti fogos de artifício em meu interior. Você era nada menos que a mulher mais linda que já havia cruzado o meu caminho, e me lembro de continuar olhando para você pelo resto da noite, encantada. Então, mais tarde, tivemos a chance de nos conhecer melhor, e não houve dúvida. Eu me apaixonei perdidamente pela sua graça, inteligência, gentileza e integridade. Eu me apaixonei pela sua voz, seu riso, cada olhar que você era capaz de expressar, especialmente os direcionados a mim. Há alguns meses, eu jamais seria capaz de nos imaginar aqui, nesta tarde, nos casando, mas garanto que, tal como no momento em que a vi pela primeira vez, sinto agora os mesmos fogos de artifício explodirem em meu coração. Eu os sinto, na verdade, a cada expectativa de reencontrá-la e a cada doce palavra que a mim direciona. Eu os sinto sempre que me toca com cuidado e que prova, mesmo sem se esforçar, que é o grande amor da minha vida. Espero que possamos construir nossa vida juntas com o mesmo amor e paciência com que lidamos com nossas atuais questões. Espero que, a partir de hoje, jamais nos afastemos e jamais faltemos com o respeito uma com a outra. Estarei ao seu lado em cada uma das adversidades que necessite enfrentar, e juro, diante de Deus, nunca soltar sua mão. Eu a amo mais do que palavras podem expressar e mais do que eu poderia tentar dizer em toda a minha vida, mas, para que você saiba a imensidão desse amor, prometo demonstrá-lo dia após dia, em pequenas e grandes atitudes, até o fim da minha vida.

Ao fim dos votos, Isis chorava copiosamente. Levantou os olhos vermelhos para mirá-la e irritou-se ao flagrar o sorriso gozador. Alice tinha os olhos cheios d'água; no entanto, divertir-se assistindo à emoção de sua noiva era muito melhor. Não pensou que Isis fosse chorar.

— Você não gostou, por acaso? — indagou a morena, nervosa.

Alice riu outra vez e, em seguida, deslizou os joelhos para aproximar-se ainda mais dela. Então, enquanto Isis secava as próprias lágrimas, a loura a envolveu num abraço afável.

— Foi a coisa mais linda que ouvi em toda a minha vida — revelou num sussurro carregado de afeto. Ali, emaranhada a ela, fechou os olhos e permitiu que suas próprias lágrimas caíssem. Ainda não podia acreditar que estava se casando com Isis d'Ávila. — Eu amei tanto quanto amo você, o que quer dizer que amei muito mesmo.

Foi a vez de Isis rir. Alice beijou sua bochecha molhada, e elas se afastaram.

— Ótimo, porque se não tivesse gostado eu ia pedir a separação agora mesmo.

— Você ainda não enlouqueceu!

— Sua vez. — Já de rosto limpo, ela guardou a declaração no bolso.

— Certo. — Alice sacou o papel e limpou a garganta. Antes de iniciar, respirou fundo e aguardou alguns segundos, percebendo as mãos tremerem. — Isis, se eu tivesse que descrevê-la utilizando-me de uma só palavra, diria *heroína*. Minha heroína, para ser mais específica. Com sua coragem admirável, sabedoria imensa e amor etéreo, você me salvou. Mostrou-me não só quem sou de fato, mas quem sempre quis ser. — Pausou, então, percebendo como era difícil proferir aquelas palavras sem se emocionar. Suspirou pesadamente e engoliu em seco, sentindo o peso e a veracidade de cada palavra. — Eu nunca vi alguém acrescentar tanto na vida de outra pessoa como você na minha. Sem esperar nada em troca, você me entregou o melhor de si e, para a minha sorte, também entregou seu coração; este que juro hoje, diante dos céus e da terra, cuidar como se minha vida dependesse disso, como se fosse a mais bela e cara joia. No entanto, sinceramente, gostaria que soubesse que seu coração para mim é algo ainda mais especial do que isso. Nesta tarde, meus votos a você reverenciam meu eterno compromisso, assim como meu respeito, honestidade, paciência, amor e força para, ao seu lado, enfrentar toda e qualquer dificuldade. Desde que estejamos juntas, me vejo forte o bastante para enfrentar riscos, leis que não entendemos, regras inúteis, desacatos e qualquer outra coisa da qual possamos nos tornar vítimas. Quando estou ao seu lado, me percebo resiliente como nunca, e quero que saiba que, se algum dia estiver cansada de lutar, não se preocupe, pois eu lutarei por nós duas. Obrigada por nunca ter desistido de mim e por ter aberto meus olhos. Amo você para sempre.

Ainda com a tal explosão de fogos de artifício acontecendo dentro de si, Isis se sentia incapaz de segurar a emoção. Levava as mãos aos olhos a todo momento, secando as insistentes lágrimas. Jamais sentira tamanho apreço por qualquer outro ser humano como sentia por Alice. Naquele momento, pensou que não havia nada no mundo que não fossem capazes de fazer uma pela outra.

— Gostou dos meus votos, futura esposa?

Ofegante e tremendamente sensível, Isis não respondeu de imediato. *Se tinha gostado?* Aquelas eram nada menos que as melhores palavras que já ouvira desde o seu primeiro dia de vida. Com dor no peito, tinha o violento desejo de segurar o rosto de Alice e beijá-la. Achou, naquele segundo, que deveriam ter realizado o casamento dentro de um quarto, onde pudessem deixar as formalidades para depois e consumar sua paixão sem receios.

— Os meus ficaram melhores, na minha opinião — implicou após um soluço doloroso. Estava emocionada como nunca.

Com as primeiras lágrimas começando a cair e um sorriso impagável, Alice secou as bochechas de sua amada, chegando perigosamente perto.

— Não chore, meu amor — sussurrou. — Prometo caprichar mais da próxima vez.

Então Isis riu e respirou fundo, fechando os olhos por alguns instantes, buscando se acalmar. A freira passou por perto e, outra vez, questionou se estava tudo bem.

— Está, sim — informou Alice. — É que minha amiga está sentindo o toque do Espírito Santo. Está inteirinha arrepiada, olhe só! — Puxou o braço de Isis para cima, o que provocou nela uma risada descontinuada.

— Verdade, irmã — mentiu. — O Altíssimo está me revelando mistérios.

A religiosa ergueu novamente as sobrancelhas, convencida e tocada, e afastou-se. Em seguida, as noivas decidiram continuar.

— Hora das alianças? — perguntou Isis, sorrindo.

Alice sacou a diminuta caixinha branca do mesmo bolso em que guardara seus votos e olhou de um lado a outro e para trás, certificando-se de que todos os fiéis estivessem ocupados em suas rezas e que a freira houvesse se afastado o bastante. Abriu-a, revelando as alianças douradas, ligeiramente mais grossas que o anel de noivado. Elas reluziam, com suas bordas arredondadas.

— Amor... são lindas — murmurou a morena, fascinada.

Alice, então, mostrou a gravação interna, que ela mesma havia feito. No anel que iria para o dedo de Isis, exibiu a pequena frase em letra cursiva: *Alice, para sempre sua*; e, na da loura: *Isis, para sempre sua*. A emoção foi, mais uma vez, inevitável. Então, a moça pegou uma das alianças e pediu a mão de sua noiva, que prontamente tirou a luva, estendeu-a e respirou fundo.

— Isis d'Ávila — recitou —, prometo estar com você na alegria e na tristeza, na saúde e na doença, na riqueza e na pobreza, te amando, respeitando e sendo fiel em todos os dias da minha vida, até que a morte nos separe. — Inseriu o anel até a base do dedo, beijando-o três vezes.

Após admirar a mão que naquele dia carregava apenas a nova aliança, Isis pegou o adorno idêntico ao seu e, da mesma forma, pediu a mão de Alice. Quando a noiva estendeu a mão nua, a morena a imitou de coração acelerado, dizendo:

— Alice Capela Bell Air, prometo estar com você na alegria e na tristeza, na saúde e na doença, na riqueza e na pobreza, te amando, respeitando e sendo fiel em todos os dias da minha vida, até que a morte nos separe. — Beijou a joia demoradamente, mas logo despertou e recordou que estavam em público.

Observaram ao redor. Dois senhores já haviam ido embora e os outros três continuavam de joelhos no chão e cabeça baixa. A freira, por sua vez, conversava com uma criança do lado de fora, distraída.

Voltaram a olhar-se nos olhos, gratas por terem escolhido uma tarde de sexta-feira para realizar seu tão sonhado matrimônio. Ninguém as observava, além da imagem de Jesus Cristo.

Alice tomou as duas mãos de Isis para si, acariciando-as com cuidado e, devagar, aproximou o rosto um pouco mais.

— Eu nos declaro esposa e esposa. Você nos declara esposa e esposa também?

Isis achou graça. Sentia o peito transbordar de alegria.

— Eu definitivamente nos declaro esposa e esposa.

Mordendo o lábio inferior e sentindo um imenso desejo de comemorar com pulos e gritos, Alice voltou a mirar cada pessoa dentro daquela catedral, ansiando por finalizar o momento da maneira correta.

— Será que a noiva pode beijar a outra noiva? — sussurrou, excitando-se com a presença do perigo.

Isis olhou o entorno também e estudou a rua. A freira estava de costas, apontando para algum lugar longínquo, e o menino com quem conversava roía a unha do polegar ao seguir suas indicações.

— Acho que sim, mas terá de ser... — Antes que pudesse continuar, seu queixo foi puxado para a frente e os lábios foram beijados, fazendo-a estremecer.

Seu ato de afeto durou cinco ou seis segundos. Ainda assim, foi suficiente para que, quando voltassem a fitar os olhos uma da outra, finalmente se sentissem como *uma só carne*. Enfim, esposas. Casadas. Unidas. Uma. Seus olhos permaneceram encarando-se com fervor. Estavam conectadas em espírito. Haviam consumado o tão raro casamento por amor, haviam se comprometido com o respeito e o amor eternos diante de Deus e jurado a união com toda a sua alma. Naquele instante, sentiram-se diferentes, renovadas e muito mais fortes.

Após beijar as costas da mão esquerda de Isis mais uma vez, Alice levantou-se primeiro, então ajudou-a a fazer o mesmo. Não suportavam permanecer um único segundo sem sorrir. Pararam diante da imagem de Jesus crucificado e novamente o saudaram ao realizar o sinal da cruz. Em suas mentes, agradeceram-lhe por ter sido testemunha da união.

— É como se ele fosse nosso padrinho — comentou Alice.

— Espero que nos dê um presente muito bom, como forma de nos parabenizar.

— O quê, por exemplo?

— Fazer com que nossa vida juntas seja tranquila e feliz — respondeu Isis, sonhando. — Fazer com que, assim que sairmos daqui, consigamos nos restabelecer com rapidez e que nada de ruim jamais nos aconteça.

Concordando, a loura semicerrou os olhos e apontou o dedo indicador para o Cristo, como que desafiando-o.

— Você ouviu a minha esposa, certo?

Apaixonada, a morena riu e deleitou-se ao som do termo "minha esposa", que saiu tão naturalmente dos lábios de Alice. Enlaçaram os braços, caminhando para fora, prontas para a festa de casamento.

Festa, sim! Porque jamais finalizariam aquele dia sem comemorar. Com a carruagem da mais velha, dirigiram-se à confeitaria mais famosa da cidade. Não desgrudavam os braços de maneira alguma, e o riso largo fazia com que uma pessoa ou outra pensasse que estavam bêbadas. Afinal de contas, que motivo seria grande o bastante para deixar duas mulheres exorbitantemente felizes daquele jeito? Álcool, com certeza.

— Boa tarde! — desejou Isis à senhora de quarenta e tantos anos do outro lado do balcão. — Vamos querer este bolo aqui. — Apontou. — E aquele também. Ah! Embrulhe aquele amarelinho junto destes, por gentileza.

— Essas trufas... pode pegar duas de cada sabor também? E aquela torta de limão parece igualmente deliciosa. Vamos levar.

— Cristo, veja o tamanho daquele pote de doce de leite! — exclamou Isis. — A senhora tem pães fresquinhos? Se sim, pode adicionar à compra.

Além desses montes de coisas, ainda levaram balas de caramelo, cocada, café, três tipos de suco e barras de chocolate. Jamais seriam capazes de comer tudo em um único dia, mas poderiam guardar para os próximos piqueniques.

Na manhã daquele dia, Isis já tinha seu plano todo arquitetado. Despertara reclamando de tudo — até do vento, como Diogo fez questão de observar. Qualquer coisa a irritava, por isso desejava ficar sozinha. Batendo o pé, ela lhe informou que queria a casa vazia, até mesmo sem empregados, para que ficasse totalmente silenciosa.

— Isso não faz sentido — comentou o homem, terminando de calçar os sapatos para ir ao trabalho. — E se você ficar com fome?

— Eu encontro alguma coisa para comer. Não interessa! Não suportarei olhar para a cara de ninguém hoje.

Ele riu de leve.

— Deve estar naqueles dias.

Isis revirou os olhos disfarçadamente a caminho da porta.

— Que seja. Vou mandar todos para casa, e só as cozinheiras voltarão para o jantar, está bem?

E nem as chamaria, se não fosse pela inevitável presença do marido ao anoitecer.

Assim, a mansão Almeida estava vazia. Isis e Alice chegaram e a morena dispensou também o cocheiro. Carregaram sozinhas os pacotes para dentro, conversando sobre futilidades que as divertiam. Enquanto Alice colocava os bolos e a torta em travessas, encontrava pratos, talheres, xícaras, copos e taças, a fidalga achou uma toalha grande o suficiente para acolhê-las, além das comidas. Posicionou-a diante da fonte no centro de seu quintal nos fundos da casa, segurando o tecido com a ponta do pé para que não corresse o risco de voar. Em seguida, Alice veio trazendo cada uma das iguarias, equilibrando-as nos braços, mas não demorou a receber ajuda.

Quando tudo estava disposto sobre a toalha vermelha quadriculada, elas chutaram os sapatos para longe, livraram-se das luvas, soltaram os cabelos e sentaram-se lado a lado. Isis cruzou as pernas em forma de borboleta, enquanto sua esposa as manteve esticadas. A morena colocou uma das mãos sobre a coxa de sua amada, e a manteria ali pelo restante de sua festa de casamento.

— Veja só o que eu trouxe. — Isis sacou uma garrafa de champanhe. — É só para o primeiro brinde, depois nós vamos nos afundar naquele bolo ali.

— Certamente sofreremos de dor de barriga pelo resto da semana. Não estou preparada.

— Eu só peço que não fique soltando puns perto de mim, combinado? Isso é muito desagradável.

— Isis! — exclamou a loura, de bochechas coradas.

— O que foi? Você não solta puns?

— Não! Não solto! — Arrancou a garrafa das mãos dela. — Por Deus, não acredito que esteja falando disso a instantes de começarmos a comer.

— Você que começou a falar de dor de barriga!

— E você nem deveria ter dado atenção! — Forçava a rolha para cima com dificuldade.

— Tomara que você não peide embaixo das cobertas esta noite — pensou alto, olhando para o outro lado. — Bem na nossa noite de núpcias. Que tragédia.

Alice largou a garrafa no chão para tampar o rosto e começar a gargalhar.

— Você é impossível! Agora abra esse negócio.

Após o brinde, elas passaram a comer um pouco de cada doce, deliciando-se sem pressa. Já estavam cheias, mas era difícil parar; suas bocas pareciam clamar por aqueles sabores e aromas. Quando tiveram a sensação de que nem mais um grama poderia adentrar-lhes o estômago, elas se deitaram, um pouco enjoadas.

— Isso poderia facilmente se tornar um vício para mim — comentou Alice. — Digo, comer cem quilos de doce numa tarde.

— Vou lhe dar doces todos os dias quando estivermos enfim morando juntas. — Estava com o pulso defronte os olhos, a fim de escondê-los do brilho solar.

— *Quando estivermos enfim morando juntas* — repetiu a loura devagar, sorrindo e virando o rosto para ela, mesmo que não a olhasse de volta. Estava belíssima, Alice pensou. Isis ficava linda de branco, ainda mais quando deixava os cabelos soltos. — Precisamos nos planejar com mais afinco.

— Eu sei. Estou tentando pensar em novas saídas. Gostei da ideia que você teve outro dia.

— Qual delas?

— Uma vez você relembrou o fato de eu ter muitos conhecimentos rurais, e você, administrativos. Disse que poderíamos comprar um pedaço de terra e, com ela, nos sustentarmos para sempre.

Aquela parecia a melhor das opções. Alice havia refletido e chegado a tal conclusão no dia em que Isis tentara ensiná-la a andar a cavalo, sem sucesso. Ainda que não tivesse dito naquele momento, a ideia ainda estava ali, esperando para ser posta em prática. Na mesma tarde, Isis percebera quanto sua infância e adolescência vividas na fazenda dos pais haviam lhe dado boas noções sobre gado e agricultura. Juntas, elas poderiam dar início a algo.

— A questão é que precisaríamos de dinheiro, e não sei se conseguiríamos levar uma quantia suficiente em bolsas — relembrou. — Seria tão bom se conseguíssemos usar o banco.

Mas jamais poderiam, não nos corpos em que nasceram. Alice, então, recordou que Benví, seu noivo, era filho do gerente do Banco do Brasil, além de também trabalhar no banco. Quão maravilhoso seria se ele simplesmente desse um jeito de burlar o sistema e abrir uma conta para ela? Bem, de qualquer forma, aquele era mais um devaneio inútil.

— E a agricultura e o mercado de gado são ramos que andam exigindo cada vez melhores contatos, para que não se perca dinheiro.

— Nós podemos arranjar contatos. Não será tão difícil. — Alice ficou de bruços, ainda observando-a.

Isis virou o rosto, sorrindo na direção de sua mulher.

— Eu não acho que os outros agricultores e criadores vão nos dar tanta atenção quando virem que somos mulheres. Os homens reinam nesse setor, Alice. Aliás, nesse e em todos os outros.

A loura suspirou e encarou o gramado com o pensamento longe. A expressão triste e cansada fez Isis arrepender-se de ter tocado naquele assunto. Não queria que ela se entristecesse, ainda mais naquele dia.

— Mas isso não quer dizer que não vamos conseguir — acrescentou. — Vamos encontrar as respostas com o tempo.

— Você já está ficando desanimada, não está?

— Claro que não. Eu não penso em outra coisa desde que decidimos. Tenho certeza que vai dar certo. De uma forma ou de outra, vai dar certo.

E suspiraram, refletindo sobre sua infelicidade social. Ficaram observando as nuvens se moverem devagar pelo céu, indo para a mesma direção e formando desenhos engraçados. Deram as mãos e começaram a apontar para cada uma, indicando o que viam. O desesperador assunto da fuga se foi na mesma velocidade em que chegara, dando lugar à graça de um momento em paz. Voltariam a refletir sobre aquilo, mas ainda precisavam de algum tempo para planejar. O fato de serem mulheres era sempre um empecilho, e, por mais que não dissessem em voz alta, ambas estavam apavoradas diante da possibilidade de não conseguirem se manter na vida longe de São Paulo.

No entanto, não deixariam tais pensamentos destruírem aquele dia. Depois de algumas piadas de Isis, Alice aproximou-se e, aproveitando a soledade da mansão, passou a beijá-la lenta e gentilmente. Estavam de frente uma para a outra, abraçando-se com afeto. De olhos fechados, não ouviam outra coisa que não o acariciar de lábios, seus suspiros e o canto das aves em torno.

Isis aproveitava para acariciar a face de Alice com as costas da mão, por vezes causando-lhe arrepios, especialmente quando escorregava com a ponta das unhas até sua nuca e segurava-lhe os cabelos com firmeza. Enquanto isso, a loura mantinha seus corpos colados e deslizava a mão pelas costas de Isis até o traseiro.

Então, sua mente divagou a um fato que a divertiu.

— Não é engraçado? — indagou Alice de riso aberto.

— O quê?

— Quando nos conhecemos, minha mãe a requisitou para que me arranjasse um casamento. — Segurou sua mão, levou-a para cima e beijou o exato local em que a aliança descansava. — E, bem, você arranjou.

Isis riu alto, sem acreditar que ainda não havia pensado naquela ironia. Na tarde após a missa, quando conversaram sobre o assunto pela primeira vez, nenhuma delas jamais imaginaria o fim da história, muito menos dona Berenice.

— Ela tinha tanta pressa que você se casasse — murmurou a morena, estudando os detalhes da boca que adorava beijar. — Vou avisá-la que não precisa mais se preocupar.

— Combinado. Você a avisa enquanto eu expulso Diogo dessa casa.

E riram novamente.

Apesar de sua paixão desmedida por Alice, havia algo que entristecia a fidalga mais do que aquelas coisas. As dificuldades externas, sabia que eram fortes o suficiente para suportar. No entanto, ainda havia um detalhe que lhe trazia significativa melancolia.

— Eu nunca vou ser mãe — constatou. — Nem você. Isso não a perturba? Quer dizer, ficando aqui, você ainda teria uma enorme chance de conseguir, já eu... ficando ou partindo, jamais terei esse privilégio.

Alice não precisava se esforçar para enxergar o vazio em seu olhar distante. Todavia, sabia que, se ambas tivessem a mesma visão sobre um assunto específico, ela não teria com que se preocupar. Secou a breve lágrima que ameaçava escorrer dos olhos tão marcantes e voltou a envolvê-la em seu abraço carinhoso.

— É claro que você vai ser mãe — afirmou. — Assim como eu.

— Ah, sim, porque você tem um pau entre as pernas, não é? — Achou graça, mas, em seguida, entristeceu-se outra vez. — Na verdade, nem assim funcionaria. Não com o meu corpo, pelo menos.

— Existem muitas crianças sozinhas neste mundo, sabia? — disse em tom delicado, como que já sentindo o peito doer apenas de imaginar. — E muitos bebês abandonados também. Eu nunca perguntei a sua opinião sobre isso, mas é algo em que costumo pensar.

Isis piscou algumas vezes, ficando em silêncio e sentindo a estranheza daquela situação. Jamais imaginara criar um filho nascido de outra pessoa. Dar à luz sempre fora esperado e cobrado dela, e jamais parecera haver outra opção, por mais que já tivesse ouvido falar daquele exótico modelo familiar.

— Uma criança de outra família?

— Uma criança, até então, sem família. Nós seríamos a família dela. Nós cuidaríamos dela com todo o amor e a compreensão que um dia desejamos ter recebido. — Suspirou, sonhando acordada. — Eu sempre pensei que uma família de verdade é composta por pessoas que dão amor, entende? Talvez você discorde de mim, mas é como vejo. Não tem nada a ver com linhagem, sangue ou sobrenome.

A morena sorriu fraco, pensando em como aquilo podia ser bonito, mesmo que soasse estranho aos ouvidos alheios. Já escutara muitos comentários sugerindo que um filho adotado jamais seria filho de verdade. No entanto, quando imaginou a si mesma e Alice segurando as pequenas mãos de uma criança que as chamava de mamães, seu coração desfaleceu. De um momento para o outro, sentia como se já amasse aquela criança, mesmo antes de conhecê-la.

— Você tem razão — concordou em seguida. — Nós vamos ser mães.

Consolada e aliviada, Isis sorria de emoção. Muitos de seus sonhos estavam sendo realizados ultimamente, e precisava aproveitar aquela maré de sorte.

As noivas do dia finalizaram o piquenique com mais algumas mordidas em pedaços de torta de limão, depois armazenaram tudo em seus devidos lugares. Os empregados retornaram à mansão Almeida e, quando Diogo chegou, esforçaram-se para comer pelo menos mais um pouquinho, a fim de não lhe causar irritações ou desconfianças. Ao fim da noite, quando o jornalista pegou no sono, Isis caminhou até o quarto de Alice, e finalmente puderam ter sua longa, deliciosa e inebriante noite de núpcias, em que outra vez juraram amor eterno, além de tocarem o corpo uma da outra como se fossem ouro em pele.

E, para sua sorte, naquela noite Alice não soltou puns.

14

Melhores amigos

Alice estava aflita. Se já passava todo o tempo em casa suportando os pais falarem sobre o futuro casamento, naquela noite precisaria ser ainda mais forte para não enlouquecer. Em uma confortável carruagem, estavam indo até a casa de Isis e Diogo, onde aconteceria um jantar com amigos do jornalista e as respectivas esposas. A família Bell Air havia sido convidada, e, visto que os laços entre eles e a família Jesus eram fortíssimos, não deixaram de chamar Benví e seus pais, dona Rute e sr. César.

A loura já podia prever que, aonde quer que fosse, o assunto ao seu redor seria o noivado com o filho do banqueiro, união que se tornava cada vez mais famosa na cidade.

Ela vestia bege e dourado, o que combinava perfeitamente com os cabelos alumiados. João Pedro chutava o outro lado do banco vez ou outra, incapaz de ficar quieto. Os olhares severos do sr. Charles não eram capazes de controlá-lo, mas, quando dona Berenice vociferou, irritada, ele se assustou, emburrou-se e encostou no braço da irmã. Assim continuaram por todo o caminho, e não demoraram a voltar a falar do assunto que Alice odiava: o casamento. A mãe, em especial, adorava o tema e falava do futuro com tamanha animação que chegava a causar pena na filha.

Berenice não fazia ideia de que, muito em breve, o futuro que tanto planejava não mais existiria. A filha não estaria em São Paulo para construir a reputação de madame que a mãe idealizava, não ficaria grávida, não faria festas como a de Isis. Os planos eram outros. Então a observou melhor, assim como ao pai e ao irmão, distraídos no meio de tanta conversa. Ninguém imaginava. E, era evidente, levariam um tremendo choque quando descobrissem.

O peito de Alice apertou, mas sabia que não era como se jamais fosse vê-los de novo. Tinha planos de, após algum tempo de fuga, voltar a entrar em contato. Era claro que jamais aceitariam ou compreenderiam seu relacionamento com outra mulher, mas também duvidava de que, após o escândalo que pudessem fazer, não lhe dessem pelo menos um abraço, nem que fosse para se despedir definitivamente.

De qualquer forma, ela sabia que apenas o tempo traria tantas respostas. Eles se decepcionariam e se envergonhariam nos primeiros anos, mas talvez Deus limpasse o coração deles mais para a frente.

Ao chegarem ao casarão, os primeiros a recebê-los foram seus queridos amigos, dona Marisa e sr. Henrique.

— Dona Berenice, você está belíssima! — exclamou a mãe de Isis, indo ao encontro deles.

Cumprimentaram-se demoradamente, arranjando assunto como se fizesse anos desde o último encontro. Só pausaram a prosa quando seu César e dona Rute vieram à porta falar com eles. A mãe do noivo, de voz muito baixa e doce, beijou a bochecha de Alice após elogiar sua graciosidade. Em seguida, foi dado espaço para que os noivos ficassem lado a lado.

— Boa noite, senhorita — Benví a saudou, fingindo formalidade e beijando as costas de sua mão.

Já acostumada com sua presença e brincadeiras inocentes, ela revirou os olhos e abanou a saia, curvando-se de leve.

— Boa noite, senhor.

Seus pais, com Marisa e Henrique, permaneciam num infindável assunto ao lado. Então eles apenas se mantiveram por perto, de braços dados.

Viam-se sempre, já que o noivo ia cortejá-la com frequência. Por vezes, eram deixados quase sozinhos na sala — a não ser pela constante presença de Pedrinho. Uma das coisas que mais aliviavam Alice era o fato de Benvindo nunca dizer nada de cunho romântico, o que a libertava da obrigação de fingir que estava gostando. Conversavam tal como quando se conheceram, antes de qualquer possibilidade de casamento.

O aprendiz de gerente era o tipo de pessoa que sempre tinha algum assunto novo para conversar, o que por vezes os fazia perder a noção do tempo, bem como sua própria família fazia naquele instante. O nível de intimidade também estava aumentando. Tinham até mesmo algumas piadas internas.

— Eu comecei a ler aquele livro que me ofereceu — contou ela, animada.

— Não acredito. Finalmente! E o que está achando?

— É terrível — confessou. — Terrivelmente ruim, Benví.

— O quê?! Você só pode estar brincando!

— Muito melancólico. Estou empurrando com a barriga.

Ele respirou fundo, sem crer que um de seus livros favoritos estava sendo cruelmente massacrado.

— *O jardim dos suplícios* é uma obra política de extrema importância! Em qual capítulo você está? Certamente ainda não chegou ao meio.

Continuaram papeando e ele ouviu com atenção as reclamações de Alice sobre as constantes descrições de tristeza e tortura. Ela disse, ainda, que talvez pudesse gostar daquela obra em algum outro momento, mas, por estar vivendo uma época muito feliz, não conseguia se conectar.

— Época muito feliz? — Ele estranhou e semicerrou os olhos. — Posso saber o motivo?

— Hoje não. — Observou ao redor, procurando Isis com os olhos. — Mas em breve saberá.

Localizou Isis, mas preferia não tê-la encontrado. Apesar de muito bela em seu vestido vermelho, claramente o mais bonito da festa, estava agarrada a Diogo, que parecia não querer dar brecha para que a esposa respirasse. Seu braço a envolvia pela cintura; enquanto todos os outros casais estavam de braços dados ou apenas adjacentes um ao outro, o jornalista e sua esposa eram os únicos a se manterem tão colados.

E não era por estarem em sua própria casa que as fofocas cessariam. Disfarçadamente, uma dama ou outra sussurrava no ouvido de uma amiga, reclamando de quão constrangedor e mal-educado era aquele tipo de comportamento.

— Você viu que coisa feia? — a própria dona Rute, mãe de Benví, murmurou para Berenice quando Marisa se afastou. — Isis não tem vergonha de fazer uma coisa dessas?

A portuguesa umedeceu os lábios e engoliu em seco, encarando o casal. Pensou, por um momento, que tal comentário não fazia muito sentido, já que era claro que era Diogo quem a agarrava, não o contrário. Então deu um sorriso amarelo, sem proferir palavra alguma. Depois elogiou o penteado de dona Rute.

— Está olhando para a dona Isis? — Benvindo murmurou para Alice.

— O quê? Não! — respondeu nervosa, desviando o olhar. — Estava... reparando na decoração da casa.

Ele achou graça e mordeu o lábio inferior. Ela era engraçada quando tentava dar desculpas.

— Podemos ir até lá, se quiser. Parece que vão demorar um pouco para arranjar tempo de vir nos cumprimentar, então melhor se formos até eles.

Mas a loura negou. Não tinha ânimo para fingir amizade, ainda mais com a pontada de ciúme e frustração que a afligia.

Parados perto da porta, os d'Ávila, os Bell Air e os Jesus atrapalharam a entrada de uma nova família. O sr. Vicente Carvalho foi o primeiro a chegar, tendo a porta aberta por um mordomo. No braço, trazia sua mulher, dona Marta. Ao adentrarem a casa, os olhares entre as famílias que ali estavam denunciaram o desconforto, especialmente quando o filho do casal também cruzou a entrada.

Gabriel se colocou ao lado dos pais, e todos eles se encararam por um breve momento, constrangidos pela inimizade que havia se instalado após o acontecido entre seus filhos. No entanto, acima de qualquer ressentimento estava a etiqueta; assim, depois dos primeiros segundos,

Vicente Carvalho estendeu a mão ao sr. Charles, perguntando como ele estava.

Vicente, advogado como o filho, já assessorara Diogo e o pai dele, por isso a família Carvalho havia sido convidada. Entretanto, naquele momento, estava aposentado e vivia para importunar o único filho e forçá-lo a casar-se com uma moça rica de uma vez por todas. O fato de Gabriel ter perdido Alice para Benví lhe rendera muita dor de cabeça.

Cumprimentaram-se todos com cordialidade. Até mesmo Gabriel o fez, fingindo não guardar nenhum rancor. Por último, beijou as costas da mão de Alice muito rapidamente e, enfim, chegou a Benví.

— Boa noite — desejou e apertaram as mãos.

Alice os encarou, atenta, pensando no que resultaria aquele breve encontro. Estranhou, no entanto, quando percebeu o olhar magoado de ambos. Não havia raiva ou prepotência, mas uma óbvia melancolia.

— Boa noite — respondeu Benvindo, a contragosto.

— Posso falar com você? — indagou o jovem advogado. — Em particular.

— Não temos nada para conversar, Gabriel.

— Temos, sim.

— Aqui não é o momento nem o lugar.

— Eu sei, mas você continua ignorando minhas ligações, recados e finge não estar em casa sempre que tento entrar em contato, então... — Estendeu as mãos, como se não tivesse escolha.

— Alice, vamos caminhar.

Os noivos saíram rápido dali, antes que ela pudesse responder.

— O que há entre vocês? — questionou, confusa.

— Nada de mais. Estou vendo um conhecido perto da escada, vamos cumprimentá-lo?

Alice tirou o braço do dele, parando de andar em meio a tantos jornalistas e damas que não se lembrava de já ter visto em algum momento. A sala de estar mantinha-se num burburinho de diálogos e risadas, além do som das taças que se encostavam num brinde vez ou outra. Ali havia, no mínimo, quinze famílias.

— Não. Quero saber o que há entre vocês.

— Não é nada, Alice. Nós só não nos damos muito bem.

— E eu sou uma imbecil.

Ele franziu o cenho, incomodado.

— Claro que não. Não diga isso.

— Pois então?

Notando que não haveria para onde fugir, o rapaz decidiu dar alguma resposta. Bufou impaciente antes de enfim dizer:

— Lembra-se de quando fomos ao teatro, e a senhorita e a dona Isis estavam no meio de uma briga? Eu lamentei e contei que também havia brigado com um amigo recentemente. Bem, esse amigo era o Gabriel.

Alice ergueu as sobrancelhas e piscou algumas vezes.

— Mas você tinha dito que eram apenas conhecidos.

— Eu menti. Eu e ele éramos grandes amigos. *Melhores amigos*, na verdade, tal qual você e a dona Isis.

Ela engoliu e umedeceu os lábios, desviando o olhar. Queria rir, mas não podia. Que tolo.

— Entendi. E por que brigaram, então?

— Porque ele é um covarde. Mas não quero falar disso agora, está bem? Posso explicar depois. Só não desejo que ninguém nos escute.

Ela suspirou, aceitando. Logo depois foram alcançados pelos pais, que rapidamente se desvencilharam da família Carvalho. Eles conversaram sobre amenidades e, mais tarde, foram chamados para perto por Antônio, o prefeito. Ele e dona Maria Catarina estavam acomodados no extenso sofá da casa, junto de vários jornalistas e damas sofisticadas.

Após cumprimentá-los, o homem os convidou a sentarem-se junto dele. Sem demora, e sabendo que lhes era oferecida tremenda oportunidade e privilégio, não ousaram recusar. Dona Marisa e o sr. Henrique quase tropeçaram na pressa de passar na frente de todos e serem o casal a acomodar-se bem ao lado do político. Depois deles, ficaram dona Berenice e o sr. Charles. Dona Rute e o sr. César, pais de Benví, não encontraram assentos próximos, então tiveram que ir para o outro lado do cômodo. Enquanto isso, os pais de Gabriel foram conversar com os donos da casa. O advogado mais novo, no entanto, mantinha-se por perto, tomando um gole de uísque, incapaz de disfarçar os olhares na direção do ex-amigo. Benví fingia não notar. Ele e Alice também se sentaram por ali e não demoraram a receber novos cumprimentos dos outros convidados, além, é claro, do casal dono da noite. Isis e Alice cumprimentaram-se de forma cordial, e a morena fingia muito melhor que a outra, mantendo um sorriso natural, enquanto a jovem tinha sérias dificuldades para parar de morder a lateral da bochecha e agir normalmente.

Os Almeida terminaram de agradecer a presença dos últimos convidados que haviam chegado e tomaram lugar no almofadado também. Uma pessoa havia levantado, o que possibilitou à fidalga descansar ao lado de Maria Catarina.

— Querida, está maravilhosa — elogiou a primeira-dama. — Não me canso de dizer.

Rindo de leve, a morena agradeceu pela terceira vez e perguntou se ela estava gostando da noite.

— Tudo está perfeito. Antônio está adorando a bebida, aliás.

Continuaram papeando entre elas, até que o assunto pareceu acabar. Quando Isis virou o rosto para o marido, ao lado, percebeu que ele estava contando algumas das mais tenebrosas piadas que já ouvira em toda a sua vida. Já um pouco alto pela bebida, ele ria de alguma anedota sexual, constrangendo a esposa, que preferiu retornar o olhar à primeira-dama e puxar um novo assunto.

— Homens têm um senso de humor muito peculiar, não? — perguntou em voz baixa.

— O seu homem, em especial, tem mesmo.

— O sr. Antônio não diz esse tipo de abobrinha?

A mulher negou com a cabeça. Era uma dama clássica. Todos os seus movimentos refletiam a mais pura fineza e graciosidade. Além de muita elegância, era um poço de simpatia e compreensão.

— Não. Nunca na minha frente, pelo menos.

— Sortuda — respondeu e suspirou, cansada de ouvir os outros homens gargalharem dos absurdos replicados.

— Realmente. Antônio sempre foi um príncipe. Desde o dia em que nos conhecemos.

— É mesmo? Casaram-se com que idade?

— Eu catorze, ele dezoito.

Isis assentiu e logo pensou que, com tal idade, estava desbravando fervorosamente sua sexualidade. Mas, se dona Catarina fizesse algum questionamento, diria que passava os dias brincando de casinha.

— Falando nisso, querida, eu sei que se conselho fosse bom não se dava, se vendia... mas posso ser sincera com você sobre uma coisa?

Isis piscou algumas vezes e engoliu em seco, já nervosa com o que viria a seguir. Pensou se havia feito algo errado, talvez contratado poucos garçons, ou se a primeira-dama não gostara da comida. Ela, no entanto, aproximou-se um pouco mais da dona do casarão e segurou uma de suas mãos num toque maternal.

— Eu sei que o seu marido a ama muito, e isso é lindo, mas... — Olhou ao redor, certificando-se de que não haveria nenhuma fofoqueira prestando atenção na conversa. — Tente conversar com ele sobre a maneira como demonstram esse carinho quando estão em público. As pessoas reparam e falam muito. E a culpa sempre acaba recaindo no colo da mulher.

Isis ergueu a sobrancelha e a boca se entreabriu sutilmente enquanto processava aquelas palavras. Queria poder se dizer surpresa pelas próprias convidadas estarem falando mal dela pelas costas, mas não era como se já não esperasse por isso.

— Por favor, não me leve a mal — pediu a primeira-dama. — Estou lhe dizendo isso porque, se estivesse no seu lugar, também gostaria que me alertassem.

— E eu agradeço imensamente. Jamais a levaria a mal, ainda mais por ser sincera. Só é uma pena que a culpa recaia sobre mim. Eu também me constranjo quando meu marido faz esse tipo de coisa, tanto que, numa busca pelo equilíbrio, eu nem mesmo o toco direito. Já ele, por outro lado...

— Ah, eu entendo. Mas tenho certeza de que, com jeitinho, você conseguirá mostrar que certos comportamentos devem ser mantidos no âmbito particular do casal.

— Tomara que a senhora esteja certa. É difícil fazer o Diogo me ouvir.

Na verdade, não tocaria no assunto com ele. Evitaria mais um desentendimento. Esperava que ela e Alice dessem logo um jeito de fugir antes de outra festa ou jantar. Não suportava mais viver sob o teto daquela casa.

— Eu não sei como você estava aguentando — confessou dona Maria Catarina, fazendo uma careta. — Ele parece apertar sua cintura e braço com tanta força. Não estava doendo?

Isis respirou fundo.

— Estava. Sempre dói.

Tocar naquele assunto ou apenas pensar em como era sua vida a deixava instantaneamente desanimada, como se seu nível de energia espiritual caísse de maneira abrupta. Sentia-se exausta.

A visita, por outro lado, engoliu aquela última frase com dificuldade. *Sempre dói,* repetiu para si mesma. Imaginou, então, o tipo de coisa que Isis passava quando estavam sozinhos. Acariciou a mão dela com mais afeto, sentindo compaixão por aquela vida que pouco conhecia. Umedeceu os lábios antes de dizer:

— Vou rezar por você.

A morena tirou os olhos da mesa de centro e voltou a mirá-la.

— Vai?

— Vou. Vou pedir a Deus que lhe traga felicidade e segurança.

Isis sorriu genuinamente, sendo tocada pela curta confissão. Acariciou a mão de dona Maria Catarina de volta e pensou que adoraria formar uma amizade mais profunda com ela.

— Essas de fato são as coisas de que mais preciso neste momento.

Dona Maria Catarina tinha amor nos olhos, a voz maviosa, e era uma amiga de verdade, a ponto de passar por cima das fofocas e aconselhá-la humildemente. Era impossível não ser cativada por alguém assim.

— Eu vou rezar pela senhora também — disse Isis.

— Por mim? Para quê?

— Para que Deus devolva em dobro todas as coisas boas que me deseja.

O assunto então mudou, envolvendo outras pessoas, como dona Marta e o sr. Vicente, que se sentaram ao lado de alguns dos jornalistas convidados. Falaram com seus amigos e com dona Berenice e o sr. Charles, que tentavam fazer Pedrinho parar de insistir em provar uísque. Quando o pai enfim se rendeu e botou um pouquinho em sua boca, o menino quase vomitou e logo depois bebeu meio litro de água, a fim de tirar aquele gosto terrível da língua.

Não demorou a sentir uma intensa vontade de urinar. Com uma das mãos segurando o meio das pernas, ele chamou a atenção das outras visitas e conquistou risinhos.

— Mãe... — choramingou. — Eu acho que vou *mijar.*

Dona Berenice arregalou os olhos e não se importou em falar um pouco mais alto que os outros para perguntar a Isis onde ficava o toalete. Ela, percebendo o grau de pressa, julgou demorado o tempo que levaria para explicar, então se levantou e pediu que a seguissem. Caminharam por alguns segundos e indicou em qual porta deveriam entrar.

Ao voltar ao salão, Isis decidiu aproveitar a distração do marido, que gargalhava com amigos, para ter um momento em paz com sua esposa. Parou próximo à parede e observou Alice, que conversava com Benví. Continuou olhando, esperando que em algum momento ela fosse perceber, mas, como estava demorando demais, pediu licença e sentou-se ao lado da moça. Deu duas batidinhas em seu ombro e a loura virou-se.

— Isis! — exclamou. — Achei que não viria falar comigo nunca.

— Você também nem cogitou se aproximar, não é?

— Eu não suporto ficar perto de *certas pessoas.* Ainda mais quando acham que são seus donos.

Então, a morena viu o pescoço de Benví esticando-se para que pudesse olhá-la.

— Ah! Bem-vindo, Benvindo! — Sorriu, travessa.

— Obrigado, dona Isis. Vai roubar minha noiva de mim? — indagou em tom divertido, já que a dona da casa os havia interrompido abruptamente.

— Já roubei há muito tempo.

— Sempre desconfiei.

Benví pediu licença e se levantou para ir papear com o sogro, que estava de pé.

— É horrível encontrá-la e não poder fazer certas coisas — comentou Alice, mirando-a nos lábios.

— Está com saudade?

— Você não imagina o quanto.

Elas sorriram, apaixonadas, segurando-se para não se beijarem ou pelo menos darem as mãos.

Alguns minutos depois, Pedrinho e a mãe retornaram do banheiro e uniram-se ao sr. Charles e Benví. Não tardou até que dona Berenice chamasse sua filha e a melhor amiga dela com um gesto, para que se unissem à pequena roda de conversa. Ficaram assim, de pé, papeando por alguns minutos, até que os que se acomodavam no sofá chamassem a atenção de Charles para o assunto *ferrovia* e *longas viagens*. Naquele momento, todo o diálogo da sala de estar se unificou e passaram a prestar atenção quando o prefeito decidiu contar uma novidade.

— Falando nisso, minha esposa e eu vamos viajar dentro de algumas semanas — revelou o sr. Antônio, segurando carinhosamente a mão de dona Maria Catarina. — Esse trem fará uma viagem pela costa brasileira, então conheceremos praias e algumas das terras mais férteis do Brasil.

Recordando-se do plano de comprarem um sítio, Isis e Alice se entreolharam. Apuraram os ouvidos para não perderem nenhuma informação importante.

— Essas viagens estão mesmo um sucesso, não? — comentou o sr. Vicente após abandonar o copo vazio sobre a mesa de madeira no centro da sala.

— Muito — concordou Antônio. — Será uma viagem longa, mas não poderíamos perder a chance.

— Por onde vão passar, especificamente? — indagou Isis em voz alta, nem um pouco preocupada com quão exótico era a voz de uma mulher atravessar aqueles metros para se fazer ouvida.

Foi nesse momento que Diogo estranhou a distância. Ela estava cercada por Alice, Benví e o casal Bell Air, além de João Pedro, que tocava sem parar a beirada de um quadro, empurrando-o com cada vez mais força, como se o provocasse, esperando para ver até onde balançaria antes de se espatifar no chão. Diogo estudou aquele grupo de pessoas e sentiu-se enciumado ao notar que o sr. Charles estava muito próximo de sua esposa. Antes encontrava-se perto de dona Berenice, mas, quando viu as tramoias do filho, deu dois passos para o lado a fim de puxá-lo pela mão e disfarçadamente mandar que ficasse quieto, logo recebendo um bico emburrado e pés batendo forte contra o piso. Dada a bronca, o homem não retornara para a posição adjacente à portuguesa, mantendo-se atrás de Isis.

De olhos maliciosos, Diogo os encarou por alguns minutos, pensando na falta de filtro daquele homem em se manter próximo de uma mulher que não era a dele. E não saía. Então recordou o dia em que ouvira uma conversa muito estranha de Isis ao telefone, conversa essa que ele automaticamente julgara de cunho romântico. Era apenas Alice, no fim das contas. Nada de mais. Ou talvez a loura os estivesse acobertando.

Aquilo explicaria a quantidade de vezes que Isis saía de casa com a justificativa de visitar a amiga estrangeira. O ciúme e a possessividade o cegavam. Aquela ligação ainda martelava em sua cabeça, assim como o profundo incômodo sempre que a via próxima de outros homens. *Uma vagabunda*, ele pensava. *Totalmente incapaz de se comportar como uma esposa de verdade.*

— Vamos começar pelo sul do país — o prefeito respondeu à dona da casa. — Quero comprar novas terras, o Paraná e Minas Gerais são estados excelentes para isso. Vou aproveitar a viagem para conhecer algumas opções pessoalmente. Depois que o negócio estiver feito, vamos subindo o mapa, não é querida? — Observou a esposa de relance.

Os olhos do sr. Henrique e de dona Marisa brilharam ao ouvir que o prefeito tinha interesse em comprar uma nova propriedade, mas mantiveram-se calados.

— Será uma viagem a negócios e a lazer ao mesmo tempo — completou dona Maria Catarina. — Por isso tão longa.

— Minas e o Paraná são mesmo ótimas regiões para agricultura — respondeu Isis, mas parecia pensar alto. — Os valores são muito salgados?

— Bom, para mim e para você, com certeza não.

As duas esposas voltaram a se entreolhar, ainda que buscassem disfarçar o máximo possível. Um trem faria a viagem pelas regiões mais privilegiadas para negócios. Aquela parecia uma excelente oportunidade.

Ouviram a voz de Diogo iniciando algum comentário, mas Alice, curiosa, não se importou em parecer mal-educada para passar por cima dele e fazer uma nova pergunta.

— Perdão, sr. Antônio, quando será essa viagem?

— Não me lembro exatamente — respondeu, confuso, então virou-se para a esposa. — Lembra-se em qual data partiremos, querida?

— Dia 1º de dezembro. Como pode não se lembrar de uma data tão fácil? Está ficando caduco? — Seu tom não era áspero ou prepotente, mas divertido e doce, o que o fez botar a mão na testa e suspirar, cansado.

— Esta será minha última viagem antes de ir direto para o asilo. Não posso acreditar!

Dona Maria Catarina gargalhou junto dos outros presentes, que logo preencheram a conversa com demais comentários. Isis não deixou de reparar na sintonia do casal e em quão harmoniosas eram suas interações. Nenhum deles ficava grudado no outro nem parecia cobrar qualquer tipo de comportamento. Parecia um casamento simples e fácil, e muito verdadeiro. Seria impossível alcançar aquilo com Diogo, mas nem se fosse possível Isis desejaria. Torcia para que seu futuro com Alice fosse daquela exata forma: leve e indolor.

No entanto, para além da imensa admiração por tão belo relacionamento, tinha outras coisas com que se preocupar. A notícia daquela viagem parecia vir ao encontro do que ela e sua esposa estavam procurando.

— E, na opinião do senhor, qual desses dois estados apresenta maior competência agrícola? — perguntou Isis, sendo malvista pela milésima vez naquela noite.

— Isis está tão interessada que até parece que cuida de algum empreendimento rural — esnobou Diogo.

— Eu poderia cuidar.

Ele ergueu as sobrancelhas e riu de leve.

— Eu pagaria para ver.

Sua relação estava tão putrefata que comentários desagradáveis já soavam normais para os dois. Em contrapartida, a sala inteira se viu constrangida e permaneceu em silêncio por alguns segundos.

— Ora, tenho certeza de que Isis conseguiria gerir até mesmo um sítio com o triplo do tamanho da fazenda dos pais, se quisesse — defendeu dona Maria Catarina, achando de muito mau gosto o desprezo com que Diogo se referia a ela e pensando que a jovem era muito azarada por ter sido condenada a passar o resto dos seus dias ao lado de um brutamontes como o jornalista. — Experiência é tudo, seu Diogo. — Mirou a nova amiga e piscou, exibindo um singelo sorriso em apoio.

— Ela tem coisas mais importantes para fazer, como tomar conta do marido, por exemplo — respondeu ele, e seus amigos não deixaram de maliciar e se divertir com o comentário.

Ao revirar disfarçadamente os olhos, dona Maria Catarina conquistou ainda mais a simpatia de Isis, que lamentou não poder cultivar uma amizade longa com alguém que talvez a entendesse muito bem. Se não tivesse planos mais importantes para o próprio futuro, com certeza se aproximaria dela.

O diálogo se estendeu e o sr. Antônio, junto de alguns outros jornalistas, papearam sobre as terras que tinham espalhadas pelo Brasil, seus cafezais, canaviais e a modernização que havia se iniciado. Discutiram a fundo quanto os novos maquinários agilizavam o trabalho e seus projetos futuros.

Quando dona Maria Catarina e o sr. Antônio se levantaram para conversar com outros grupos, Isis e os Bell Air se aproximaram a fim de continuar discutindo sobre a tal viagem. Diogo permaneceu encarando o grupo, pensando se estava ficando louco ao desconfiar do fato de a esposa não sair de perto deles.

Os minutos se passaram e, em dado momento, quando a atividade de conversar e fazer sala começou a ficar demasiada entediante, Isis disfarçou e deu alguns passos para trás. Um minuto depois, puxou de leve a mão de Alice, fazendo com que se afastasse também.

— Você acha que essa pode ser uma chance? — sussurrou. — Esse trem que vai passar pelo Paraná e por Minas.

A loura olhou de um lado para o outro e sussurrou:

— Você está maluca se pensa que vamos discutir esse assunto aqui.

Então a morena cutucou suas costelas, fazendo a jovem pular de susto e cócegas.

— Veja só quem é a medrosa agora!

Alice rolou os olhos e envolveu seu braço no da esposa, arrastando-a para longe de tantas pessoas. Caminharam até a sala de jantar, onde todas as caríssimas louças repousavam antes de serem usadas pelos convidados. Escolheram duas cadeiras e acomodaram-se na posição ideal para que pudessem se olhar. Os joelhos se encostavam, e aproveitaram a solidão para acariciarem os dedos uma da outra.

— O valor da passagem não é tão alto para uma viagem tão longa, não é? — comentou Alice, agitada, falando rápido demais.

— Sim, mas você percebeu que será dividida em etapas? O valor mais barato é para viajar apenas pelo Sudeste.

— E o nosso foco é Minas mesmo, não é? Ou o Paraná? Será que o trem passa por Mato Grosso do Sul?

— Não sei. Precisamos pensar.

— Deus do céu! — exclamou Alice, muito animada. — Quer dizer que nós vamos? Nós vamos mesmo?!

— Eu quero tanto, meu amor. Mas a viagem é em duas semanas. Será que conseguiríamos nos planejar nesse tempo? Quer dizer, eu acho que poderia vender todas as minhas joias, e isso certamente nos daria uma quantia maravilhosa. O que você acha?

— Unido ao valor das minhas, seria perfeito! Nós com certeza conseguiríamos o montante de que precisamos.

Suas respirações estavam tão agitadas que quem passasse por ali decerto notaria a severa ansiedade que as preenchia. As carícias nas mãos já haviam se tornado um aperto nervoso, como se morressem de medo de que algo as arrancasse uma da outra.

— Alice, você tem certeza de que quer fazer isso? Seria difícil, muito difícil mesmo. Nós estaríamos abrindo mão de muita coisa.

— Em troca de liberdade, qualquer preço é válido. E acho que não estamos fazendo isso apenas por nós como casal. Acho que estamos fazendo isso pela nossa pessoa individual também, você não acha?

— Eu estava pensando sobre isso esta semana.

— Sim, mas, de qualquer forma, se meu único motivo fosse você, eu ainda iria sem pensar duas vezes.

Isis sentiu as bochechas doerem ao rir de sua declaração inesperada. As batidas no peito aceleraram ainda mais.

— Não vejo a hora de dormir e acordar ao seu lado todos os dias. — Elevou o pulso e beijou as costas da mão de Alice, tensa com toda a mudança que se aproximava, mas ansiosa no mesmo nível. — Só que, além de pensar nas coisas boas, precisamos ter total consciência de tudo o que pode dar errado.

— Eu sei. Talvez nós não consigamos encontrar um bom lugar, porque bons lugares não são vendidos sem toda a burocracia necessária.

— Exatamente. E temos que ser muito espertas ao fazer negócio, para não perder nem uma moedinha que seja. E eu vou precisar da sua paciência com o início de toda a montagem da fazenda. Digo, os insumos, a melhor maneira de plantar, colher e vender. Tem coisas que eu não sei, tem procedimentos que eu não lembro e...

— Isis, eu também não sei de tudo. Não tem problema. Nós vamos aprender juntas, vamos construir nossa vida e guiá-la na direção que quisermos.

Aliviada com a resposta, a morena respirou fundo, sentindo grande parte do peso do medo sair de suas costas.

— Não haveria pessoa melhor neste mundo para fugir comigo do que você, sabia? — confessou Isis.

— Não mesmo. Eu sou sua esposa!

— Tem razão. — Beijou-a nas mãos outra vez.

— Mas, se tudo der errado e nós ficarmos pobres...

— Por Deus, não seja tão pessimista!

— Desculpe, é que estou a ponto de explodir. Queria já estar lá, na nossa casa, com tudo pronto.

— Olhe para a aventura que vamos viver. Será memorável. Difícil, mas memorável.

Alice mordeu o lábio inferior e tombou levemente a cabeça.

— Não queria que fosse *difícil*.

— Eu sei, meu bem. Nem eu. Mas esse é o peso que vem junto das nossas saias. Não se preocupe, está bem? Eu tenho certeza de que vamos encontrar o melhor caminho, e então... — Interrompeu-se ao notar uma estranha movimentação atrás das costas de Alice. Olhou acima de seu ombro e viu dois homens atravessarem o corredor ao longe. — Amor...

— O que foi? — Olhou para trás, mas era tarde, pois os indivíduos já tinham seguido caminho.

— Benvindo e Gabriel fizeram as pazes?

— Não. Eles não se gostam nem um pouco. Por quê?

Isis franziu o cenho, imaginando que seus olhos haviam lhe pregado uma peça.

— Eu pensei tê-los visto passarem pelo corredor em direção à porta dos fundos. Não é estranho?

Olhando para trás outra vez, Alice refletiu, pensando que, se o objetivo fosse ambos resolverem suas diferenças, a visão de Isis não seria tão fantasiosa. Levantou-se e sugeriu que espiassem de longe, apenas para se certificar.

— Espiar meus convidados? Onde estão seus modos, Alice Bell Air?

— Você quer dizer d'Ávila. Alice d'Ávila.

As mulheres deram as mãos e caminharam a passos rápidos para o mesmo lugar aonde Benví e Gabriel teriam ido. Notavam o coração acelerado pela expectativa de quebrar ainda mais regras, mas especialmente por estarem juntas. Quando chegaram ao lado de fora, buscaram não fazer nenhum barulho. Isis não demorou a ver, então, uma sombra que teria virado a esquina da mansão e permanecia parada, apenas gesticulando vez ou outra. Mordeu o lábio inferior e apontou naquela direção, chamando Alice, que logo viu a mesma coisa. Elas poderiam se aproximar e ouvir toda a conversa, ocultas pela parede. E foi exatamente o que fizeram.

Tomando um cuidado especial, aproximaram-se vagarosas, ficando perto o suficiente da sombra que conversava com outra. Não havia mais ninguém ali, apenas eles quatro. Com as costas apoiadas na parede, elas mantiveram-se quietas, apenas escutando. E, sim, eram Benvindo e Gabriel. Os olhos de Isis não a haviam enganado.

— ... e eu sempre o apoiei e estive por perto quando você mais precisou! — Era a voz de Benví. Parecia bastante magoado e alterado, adotando uma posição muito diferente da que costumava expressar.

— Eu sei — respondeu Gabriel em tom baixo, talvez até envergonhado.

— Nunca dei motivos para que você duvidasse de mim, Gabriel. Nem mesmo por um segundo sequer!

— Eu sei — repetiu, rendido.

Isis e Alice se entreolharam, abismadas. Sempre foram muito curiosas em relação ao que existia por trás de todo o rancor entre aqueles dois, e naquela noite tinham a chance de descobrir.

— Se você sabe, então deveria se envergonhar de continuar me perseguindo. Deveria simplesmente me deixar viver a minha vida.

— Inferno, Benví, não estou perseguindo você. Estou tentando conversar. Estou tentando lhe explicar o meu lado.

— Eu conheço bem o seu lado. Você fez questão de esfregá-lo na minha cara quando decidiu virar as costas para mim e fazer as vontades do seu pai — Benvindo o relembrou, gesticulando sem parar.

— Me ouça, por favor. Sei que fui muito rude naquele dia, mas eu estava apavorado. Ele já desconfiava de nós havia muito tempo! Eu não podia mais nos arriscar assim.

Isis e Alice se entreolharam outra vez, muito mais confusas com a frase que havia saído dos lábios de Gabriel. O sr. Vicente, seu pai, desconfiava de quê?

— Já ouvi suas explicações um milhão de vezes e estou exausto delas. Como disse em outras oportunidades, você escolheu o seu caminho e eu escolhi o meu. — Benví deu alguns passos para o lado, a fim de contornar a parede e sair dali.

Ao notar a sombra se aproximando, Alice quase gritou de susto, mas Isis tampou sua boca. No jardim do casarão Almeida, podiam ouvir apenas o canto de cigarras e o farfalhar das folhas das árvores.

Antes que Benví seguisse caminho, Gabriel o puxou de volta.

— Não! Chega de fugir! — vociferou.

Aquela frase, mesmo que curta, foi responsável por fazer com que uma fera despertasse no interior do funcionário do Banco do Brasil.

— *Chega de fugir?* — Riu. — Veja só quem fala! Não fui eu quem abandonou o homem que dizia amar da forma mais imbecil possível, como um covarde!

Alice quase gritou outra vez quando as coisas começaram a fazer sentido em sua mente. Queria pensar que estava sendo demasiado maliciosa, mas não era o que as últimas frases confessavam. Isis apertou-a mais, tão chocada quanto ela, de olhos arregalados como a límpida lua daquela noite.

— Você tem razão. Eu fiz isso, mas é exatamente sobre esse assunto que quero falar há semanas, e você simplesmente não permite!

— Eu não vou deixar a Alice, se é o que quer.

— Nem se eu disser que me arrependi da minha covardia? — questionou Gabriel. — Nem se eu disser que não quero mais fazer as vontades da minha família? Nem se eu disser que, se pudesse voltar no tempo, faria tudo diferente e jamais teria deixado você?

Isis tirou a mão da boca de Alice para tampar a própria. Então, sua esposa fez o mesmo. Estavam chocadas, sem conseguir se mover ou pensar em qualquer outra coisa que não fosse aquela conversa. Eles haviam tido um... romance?

Surpreso — para dizer o mínimo —, Benvindo manteve-se calado. Achava ter entendido errado. Gabriel continuou:

— Ainda que eu lhe dissesse tudo isso, ainda que dissesse que o amo mais que tudo e todas as coisas, ainda que contasse que me sinto pronto para me entregar por inteiro e construir uma vida com você, ainda assim não me ouviria? Não deixaria a Alice? Não seria capaz de me perdoar?

Perplexo, Benví mal conseguia acreditar no que estava ouvindo. Era como se vivesse um sonho, e se perguntou, por um segundo, se na verdade não estaria dormindo ao imaginar pela milésima vez o amor da sua vida rendendo-se ao que de fato importava e enfim decidindo abandonar seus incontáveis medos.

— V-Você... — gaguejou — não pode estar dizendo isso.

— Eu me arrependi. Me arrependi de cada mísero segundo em que permiti que o medo me vencesse. Viver sem você, Ben, é insuportável. Simplesmente insuportável.

Então, de coração quebrantado pela confissão, Benví engoliu em seco e seus olhos marejaram. Sentiu como se respirasse na superfície depois de muito tempo afundado embaixo d'água. Observar os olhos de seu grande amor, depois de tantos meses sofrendo a angústia do abandono, e ter o privilégio de ouvi-lo contar que era insuportável viver sem ele deixou-o sem palavras.

— Quero que tudo o que me impede de ficar com você vá para o inferno. Não me importo mais com o que meu pai diz ou com o que nosso amor pode me custar. Já fui tolo o bastante por ter me separado de você uma vez, não quero ter de continuar vivendo esta tempestade. Eu lhe peço perdão, lhe peço perdão um milhão de vezes se preciso for, mas acredite em mim: eu sei o que quero, sei do que preciso, e tudo se resume a nós dois. Se você puder me dar outra chance, juro jamais decepcioná-lo novamente.

Isis e Alice olhavam uma para a outra, nervosas e, no fundo, segurando uma intensa gargalhada pela ironia de toda aquela situação.

Elas deram-se as mãos e aproximaram-se mais da quina da parede. Em seguida, curvaram-se muito devagar, a fim de espiá-los.

Então, ficaram boquiabertas diante da imagem que jamais haviam presenciado. Gabriel e Benvindo beijavam-se intensamente, agarrados nos braços um do outro. Benví segurava o rosto e os ombros de Gabriel, enquanto o advogado puxava o outro para cada vez mais perto, o que poderia desalinhar suas vestes e deixá-los acalorados.

Ao flagrar aquele momento íntimo, as duas não suportaram mais se segurar. Puxaram o ar com força, incrédulas, voltando a tampar a própria boca, mas seria impossível não as ouvir. Gabriel e Benvindo separaram-se naquele segundo.

Benví, então, deu dois passos para o lado.

— Vocês estavam nos espiando?! — exclamou baixo, segurando-se para não gritar.

Gabriel surgiu ao seu lado, limpando o canto da boca.

— Vocês têm um caso! — Isis apontou um dedo na direção deles.

— Vocês também! — respondeu Benvindo, na defensiva.

Elas ficaram quietas. Como ele poderia saber? Ninguém sabia. Ninguém além das melhores amigas de Isis e de sua cunhada, que vivia em Porto Alegre. Todavia, dada a coincidência do momento, Alice não viu motivos para negar. De qualquer forma, eles sabiam exatamente o que era viver uma história às escondidas.

— Quem lhe disse isso? — perguntou a loura, colocando-se ao lado da esposa, que suspirou, temerosa.

— Fui eu — revelou Gabriel. — Eu ouvi vocês uma vez, no dia em que vim cortejar Alice e vocês brigaram.

— Mas... Mas como? — perguntou Isis, sem entender. — Como você ouviu? Você tinha ido embora! E como assim vocês são... são... O que vocês são?

— Ora, somos dois homens que se amam — respondeu Gabriel e tentou segurar a mão de Benví, que desviou a sua rapidamente e cruzou os braços.

— *Se amam!* — esnobou e revirou os olhos. — Quem disse que eu ainda amo você?

Gabriel respirou fundo e sorriu.

— Eu sei que ama, mas eu amo muito mais.

Ouvir aquilo e presenciar aquela discussão tão sensível tocou o coração das mulheres. Pela primeira vez, elas conseguiram vê-los de verdade. Conseguiram enxergá-los como eram de fato: exatamente como elas. Dois seres humanos do mesmo gênero que tinham uma longa história, cheia de altos e baixos, mas com muito amor e muitos pontos a resolver. Ali, naquele jardim, estava um grupo que entendia com exatidão a dor do outro — a dor de amar e ser obrigado a esconder; a dor do medo da sarjeta e da morte, simplesmente por ter nascido um pouco diferente do que a sociedade estava acostumada a aceitar. Compreendiam-se como ninguém mais poderia.

— Por que você nunca me contou? — Alice questionou o noivo, decepcionada. — Você sabia sobre mim e Isis esse tempo todo, e nós sempre fomos tão amigos, Benví. Cada dia mais, inclusive. Por que nunca me disse nada?

Ele suspirou. Uma parte de si estava aliviada por poder parar de contar mentiras, pelo menos para ela — alguém que ele amava de verdade, mesmo que não de forma romântica.

— Eu acho que todos nós temos muito a conversar — proferiu, mais calmo. — Mas aqui não é o lugar ideal.

Certamente não era. Não faziam ideia, mas Diogo já procurava Isis em todos os cantos da casa, assim como Charles procurava Benvindo e Alice, crente de que, se haviam sumido, decerto o homem estaria se aproveitando da inocência da moça e a tocando antes do matrimônio, e não permitiria que ninguém manchasse a reputação de sua filha.

Por outro lado, os dois casais se olhavam com confusão, nervosismo e cumplicidade. A partir daquele dia, teriam seus segredos nas mãos uns dos outros. Mas, antes de qualquer movimento, inúmeras coisas precisariam ser explicadas.

15

Nosso maior segredo

Gabriel Carvalho e Benvindo Jesus tinham se conhecido no ano anterior, 1898, em um dos tantos bordéis instalados na cidade de São Paulo. Aliás, tratava-se de um estabelecimento próximo do Som América. Sempre que questionados, diziam estar num clube para homens, num restaurante peculiar ou num bar de quinta categoria, jamais usando a verdadeira nomenclatura daquele estabelecimento.

O advogado, que já se conhecia bem para ter plena consciência de que jamais poderia casar-se com uma mulher, vivia um longuíssimo e discreto romance erótico com seu vizinho, Romeu Garcia, um homem para lá dos quarenta anos, casado, que compartilhava do mesmo segredo de Gabriel. Jamais se importaram verdadeiramente um com o outro, mas representavam a mais facilitada chance de esvaziar-se de seu tão reprimido desejo.

O também advogado e coronel Vicente Carvalho, no entanto, estava longe de ser bobo e, desde a infância do filho, desconfiava de *quão homem* ele era. O pai tencionara levar o filho pela primeira vez a um bordel quando o garoto tinha oito anos, mas, após uma terrível briga com a esposa, aceitou esperar até que Gabriel completasse treze, idade em que de fato o apresentou a tal ambiente.

Curiosamente, o fato de ter sido pressionado a estar num local impuro e que incentivava sentimentos diferentes dos que levava em seu íntimo o estimulou a entender-se melhor desde cedo, seguindo a linha contrária à que o pai tanto o instigava. Passou a infância, a adolescência e a vida adulta incapaz de olhar para uma mulher da mesma forma que olhava, por exemplo, para seu amigo Guilhermino, do colégio. Ou da forma lasciva que olhava para o vizinho, assim que este se mudara com a esposa para a casa ao lado.

Vivendo com a certeza do que queria, eventualmente ele arranjava um amante ou outro, escondendo-se como se estivessem cometendo um crime pior que o homicídio. Ao ser questionado sobre mulheres e casamento, dizia estar demasiado ocupado estudando a lei e defendendo os fazendeiros e criminosos para quem trabalhava. Todavia, seu pai, sempre perturbado pela hipótese de o filho ser um grande maricas — como amiúde reclamava para dona Marta —, decidiu voltar a levá-lo para algum bordel da cidade.

— Façamos uma lista, Romeu! — pediu ao vizinho, certa vez. — Vamos procurar o puteiro das mulheres mais bonitas deste maldito estado.

A contragosto, e após fugir inúmeras vezes, Gabriel foi obrigado a engolir seu desprezo por tais ambientes e pelas práticas ali cometidas e seguiu caminho com seu pai e seu amante rumo ao Doce de Pimenta, o prostíbulo mais bem avaliado por Romeu.

Ali foi onde tudo começou.

Gabriel e Benvindo conheceram-se naquela mesma noite, e o segundo, como se pudesse adivinhar que o outro rapaz era como ele apenas pela forma de andar, não demorou a aproximar-se e a revelar-se um grande amigo — pelo menos para o coronel e seu vizinho. Gabriel não lhe dera atenção de início, mas bastou uma aproximação um pouco maior e as palavras certas para o rapaz enfim notá-lo da forma que o outro queria.

Benví ia até o Doce de Pimenta todo fim de semana, religiosamente, fazia pelo menos três anos. Apesar disso, ele nunca havia se deitado com uma mulher em toda a sua vida. Assim como Gabriel, ele também não demorou a entender quem era de fato e a aceitar sua falta de desejo pelo corpo feminino. Mas, pela constante pressão que alguns de seus amigos faziam, passou a frequentar o alcoice, o que, por mais contraditório que fosse, acabou se tornando a melhor coisa que já lhe acontecera.

Engraçado e carinhoso como era, Benví rapidamente conquistou todas as moças do bordel já na primeira semana. Contava histórias que muitas vezes nem eram verídicas, apenas para impressioná-las ou fazê-las rir. Quando iam para o quarto, continuava falando pelos cotovelos, mal dando tempo para que a jovem tirasse o escandaloso vestido. Ao fim de alguns minutos ou horas, ele a pagava, agradecia e dizia tê-la adorado.

— Só mais uma coisa, um segredo... — sussurrava ele antes de saírem da acomodação. — Você é a mulher mais bela deste lugar. Mas não conte a ninguém que eu disse isso!

E assim repetia, noite após noite, para cada uma das moças que tinha a chance de conhecer. Elas logo se acostumaram com sua presença e com o jeito distinto e gentil. Elas o amavam, amavam ouvir e ser ouvidas sem ter mãos em seus corpos, especialmente por aquele príncipe cheio de histórias.

No entanto, infelizmente, Benvindo tinha o terrível hábito de entregar-se demais em suas relações. Viveu romances intensos como tempestade com homens que conhecia naquelas noites, no trabalho ou em qualquer outro lugar. Buscava o amor sem descanso, sem olhar para si, sem permitir-se amar de fato, dando tudo e não recebendo nada, o que o fez carregar no peito mais cicatrizes do que poderia contar.

Quando se conheceram, porém, encaixaram-se de imediato. Gabriel era pura bondade, cuidado e amor, tudo e muito mais do que Benví sempre sonhara em receber. Ele, por sua vez, mostrou ao advogado uma possibilidade que jamais imaginara a sério: a possibilidade de receber o verdadeiro afeto de outro homem e enfim ter alguém para sempre.

Sua história foi preenchida de muita cumplicidade, paixão e risadas com suas melhores amigas, Maria Helena, a Malena, e Valentina. As moças, como eles, também viviam um romance em segredo, portanto sabiam perfeitamente o que eles sentiam. Eram ambas meretrizes do Doce de Pimenta. Malena, por ser órfã e sem o privilégio de oportunidades que não fossem aquela; Valentina, por ter sido expulsa de casa aos dezesseis anos. Havia engravidado de um rapaz que lhe prometera o mundo, mas que havia desaparecido ao descobrir a existência do futuro filho.

Valentina, ainda grávida, começou a trabalhar como garçonete e faxineira no Doce de Pimenta, logo sendo apelidada de Pimentinha pelos homens que tanto a queriam, mas não podiam tocá-la. Após o nascimento da criança, notou que o salário de serviço geral jamais seria capaz de sustentá-los e rendeu-se ao trabalho de rameira.

Valentina e Malena apaixonaram-se ainda durante a gravidez, juraram amor eterno e decidiram criar o menino juntas. Quando Gabriel e Benví iniciaram seu relacionamento, o fruto do abandono da Pimentinha, Davi, já tinha três anos e chamava ambas as mulheres de mamãe.

Apesar de sua vida feliz dentro dos limites possíveis, a amizade dos quatro se dissipou com a morte trágica de Malena. *Maleninha* para Benví e Gabriel, *meu amor* para Valentina e *Musa Maria* para todos os clientes do Doce de Pimenta. Maria Helena faleceu aos vinte e um anos, e ainda era difícil explicar como tal tragédia havia ocorrido.

Sua perda afetou profundamente a vida dos três restantes, ou melhor, quatro, contando o pequeno Davi, que acabara de perder uma de suas mães. De repente, a vida não tinha mais cor, razão ou graça. Nem mesmo Benvindo, que adorava gracejar, conseguia mais inventar uma história boa o suficiente para alegrar a todos.

Valentina, ainda de luto, aceitou casar-se com um dos clientes do bordel, já que a dor em seu coração era tanta que ela não se sentia capaz de voltar a trabalhar e esforçar-se tanto quanto antes. As contas e a fome começaram a bater em sua porta. Se fosse apenas por si mesma, era provável que tivesse sucumbido à tristeza e se permitido morrer sozinha sobre os mesmos lençóis em que se deitava com Malena. Entretanto, não poderia abandonar o pequeno Davi. Foi nesse contexto que, alguns dias depois, enquanto se esforçava para dormir com pelo menos um único cliente, foi pedida em casamento por outro que era louco por ela havia meses. Aceitou, melancólica e aliviada ao mesmo tempo.

Tudo pareceu mudar após a morte da Musa Maria. Valentina afastou-se dos amigos, e eles também perderam o encanto pelas noites divertidas no bordel. Sem ela, aquele lugar parecia terrível, uma tortura permanecer ali. Gabriel e Benví seguiram seu romance em segredo, encontrando-se vez ou outra, apaixonando-se mais, e juntos tentavam superar a morte de uma melhor amiga e a ausência da outra.

Alguns meses depois, quando já haviam alcançado o ano de 1899, Benvindo começou a cogitar construir com Gabriel algo mais sólido. Queria se mudar para um local afastado, onde ninguém os conhecesse, e ali reconstruir sua história. Tal atitude simbolizava muito mais do que viver um amor, mas deixar para trás toda a dor que haviam sofrido na cidade de São Paulo. Seria o recomeço perfeito.

Gabriel, por sua vez, assustou-se com a ideia. Não era um homem de grandes mudanças, gostava de planejar cada passo, era metódico e nem um pouco favorável a correr riscos. A proposta de Benví o afastou, causando as primeiras brigas em muito tempo. Ele o amava muito, mas o que seu amante pedia parecia impossível de tão perigoso.

Ao mesmo tempo, o sr. Vicente voltara a se preocupar com Gabriel, pois notara que fazia tempo que o jovem não ia ao bordel e andava passando muito tempo com o filho do gerente do Banco do Brasil. Atento e desconfiado como era, não demorou a perceber os olhares, as frases ambíguas, a estranha e constante aproximação. Estava ali, exposto para quem quisesse ver, o que eram um para o outro. O velho exigiu que se afastassem. Quebrou a maçaneta da porta do quarto, socou a parede, o espelho e, por fim, seu rosto.

— Eu não vou aceitar um pederasta dentro da minha casa! — urrou com toda a força ao observá-lo caído no chão, após receber um de seus socos. — Você vai virar um homem direito e não vai envergonhar esta família! Do contrário, eu o coloco na cadeia para morrer nas mãos de outros bandidos como você!

Após muita briga, gritos e humilhações no dia mais traumático da vida de Gabriel, ele e Benví passaram alguns dias sem se ver, sem a certeza da estabilidade no relacionamento. Depois de algumas semanas, quando voltaram a se encontrar, Vicente seguiu o filho, logo percebendo o que fazia.

— Eu ainda estou sendo muito bom com você — disse quando o filho chegou em casa. — Você vai parar de se encontrar com aquele invertido e vai se casar. Vai virar homem de verdade. Senão eu ligo para a polícia agora mesmo, Gabriel. Infelizmente você se destruirá, mas não tanto quanto destruiu a mim e à sua mãe com esse desgosto de ter vindo ao mundo. — Sua voz era baixa, mas carregava um nojo descomunal, como se jamais tivesse visto algo tão repulsivo quanto o próprio filho.

— Não posso me casar com uma mulher, pai — respondeu, tremendo. — Não consigo.

Vicente chutou a cadeira ao lado, enfurecendo-se outra vez.

— Consegue, sim — insistiu entredentes. — Consegue, porque filho meu não é sujo desse jeito. Você vai se casar, e com uma moça de família boa, para ninguém desconfiar do seu passado porco.

— Pai, eu não...

— Aquela tal srta. Alice, que chegou de Portugal. A filha dos joalheiros. São riquíssimos e têm bom nome, não têm, Marta? — indagou à esposa.

Ela estava num canto da sala com os olhos marejados, temendo que Vicente se enfurecesse além da conta. Nervosa e apertando o terço entre as mãos, assentiu.

— Perfeito, então. Será sua última chance. Você vai atrás dessa moça, vai cortejá-la e pedi-la em casamento o mais rápido possível!

— Mas...

— Calado! — vociferou, ofegante. — Me responda mais uma vez para ver se eu não o levo arrastado para a delegacia. E saiba que depois disso você não terá mais direito de se dizer meu filho. Todos vão ficar sabendo, e assim você terá arruinado a minha vida e a da sua mãe. Nós jamais seremos vistos da mesma forma e jamais poderemos andar na rua de cabeça erguida outra vez. Será o nosso fim, Gabriel. Pense nisso.

Foi assim que ele se viu convencido a renegar quem era de fato, além de abandonar o único homem que já havia amado na vida. Aceitou a exigência do pai. Em seguida, escreveu uma carta terminando o romance com Benvindo. Por medo, não ousou reencontrá-lo para fazer aquilo olhando em seus olhos, até porque o choro jamais permitiria. Disse, em longas linhas, que não queria que o procurasse mais, que Benví deveria seguir sua vida, que havia decidido virar homem de verdade e casar-se com uma mulher. Contou que planejava cortejar Alice Bell Air, fazer dela sua esposa, e que não havia nada que Benví pudesse fazer para mudar isso.

Fosse pela fria maneira de findar o romance ou pelo sentimento de ser rejeitado, depois de alguns dias chorando a perda, Benvindo foi acometido por uma raiva intensa. Quis vingar-se por Gabriel um dia ter olhado no fundo de seus olhos e prometido céus e terra, por ter dito que jamais se afastariam, por ter jurado amor eterno e, principalmente, por tê-lo feito acreditar que enfim havia encontrado sua alma gêmea.

Gabriel não sabia, mas, antes de o sr. Vicente decidir que ele e Alice deveriam se casar, Benvindo já a conhecia. Uma vez, fora até a Ouro Bell comprar uma joia para o aniversário de sua mãe e na ocasião conhecera a moça; passou quase uma hora conversando com ela, como fazia com suas amigas do bordel. Voltava, então, vez ou outra, para contar uma história ou piada, além de ouvir sobre a vida da jovem. Quando descobriu que Isis Almeida, sua melhor amiga, a estava ajudando a encontrar o pretendente perfeito, Benví soube que havia encontrado sua vingança.

Não demorou para que caminhasse até o casarão Almeida e se declarasse perdidamente apaixonado pela jovem. Como um bom troco em Gabriel, tomaria sua possível futura noiva para si, e estava decidido a fazer isso para que o homem sentisse pelo menos metade da dor que o afligira ao ler aquela carta.

Algum tempo depois, quando já estava dentro do jogo, decidiu retornar ao Doce de Pimenta e lá reencontrou o advogado. Por mais que se provocassem com palavras ásperas e falso desprezo, não demorou até que se rendessem à saudade e ao desejo e se dirigissem a sós para um dos quartos. Amaram-se como não faziam havia muito tempo e, depois, permaneceram deitados num abraço confortável, enquanto Gabriel acariciava as costas de Benvindo e sentia o aroma de seus cabelos. Por alguns minutos, evitaram conversar, a fim de não se verem obrigados a discutir o romance fracassado.

— Soube que você também procurou a mulher do seu Diogo — murmurou Gabriel, findando o silêncio, referindo-se à fidalga da forma que era mais comum ao seu círculo social. — Você sabe que eu preciso me casar com Alice, não sabe?

Benví pressionou os olhos e, por mais que quisesse negar, sentiu o coração se quebrar. Depois de um momento pleno de amor, a primeira coisa que ele tinha a dizer era que ainda iria se casar com uma mulher. Endureceu a voz e o peito.

— Será divertidíssimo ver você tentar — respondeu.

— Ben...

— Vou ganhar de você, quer queira, quer não.

— Está fazendo isso para me atingir? — questionou Gabriel, sem receber resposta. — Ora, vamos lá, você nunca teve vontade de estar com uma mulher em toda a sua vida.

— Nem você, e ainda assim...

— Você sabe exatamente qual a minha situação. Vivemos cenários bem diferentes. Seus pais não o pressionam como os meus.

— Que seja. — Levantou-se de seu peito e se sentou de costas para ele. — Você já é homem feito para saber o que deve fazer da vida. E nem precisa morar na casa dos seus pais. Poderia ter ido embora comigo, como propus tantas vezes, mas prefere viver uma farsa e ainda estragar a vida dessa moça. Eu pelo menos cultivo um grande apreço por ela, posso amá-la como amiga e disfarçar isso chamando de amor romântico.

Gabriel bufou, levantando-se também e aproximando-se de suas costas. Beijou o ombro de Benví algumas vezes antes de dizer:

— É aí que você se engana. Ela não quer um amor romântico com você.

Benví revirou os olhos e ameaçou sair de perto, mas Gabriel o segurou.

— Eu descobri algo que me fez ter ainda mais vontade de me casar com ela, então realmente gostaria que você não interviesse na minha decisão, Ben, por favor. — Beijou-o de novo, arrastando devagar os lábios pela pele que recordava em sonho todos os dias.

— Descobriu o quê? Que ela tem uma mina de ouro? Isso não é óbvio? — indagou com o tom mais alto.

Gabriel sorriu, divertindo-se com seu ciúme. Começou a pensar, naquele momento, que era um imbecil por estar abrindo mão de um homem tão maravilhoso. Observando as pintinhas em suas costas, ele quase mudou de ideia sobre absolutamente tudo.

— Sinto tanto a sua falta — confessou.

Benvindo respirou fundo e fechou os olhos.

— Vou revelar o que descobri sobre a srta. Alice — disse Gabriel —, mas você precisa jurar que não contará a ninguém.

— Você não tem o direito de me pedir mais nada. Eu conto para a cidade inteira, se quiser.

Porém o advogado sabia que ele só dizia isso para irritá-lo, para mostrar que não se importava com o que ele pedia.

Gabriel contou cada palavra que ouvira Isis e Alice trocarem, escondido atrás da porta. Após a grande surpresa de Benvindo, pensaram em falar com as duas sobre o assunto. No entanto, a péssima reação de Alice à declaração de Isis os desencorajara completamente.

— Não podemos contar. Não conhecemos Isis tão bem assim, talvez ela use nosso segredo contra nós. Por outro lado, é provável que Alice nem goste de mulheres. Ela reagiu tão mal que talvez não seja como nós coisa nenhuma — argumentou Benvindo.

— Não sei. Ela estava tão abalada, e acho que enxergo nas duas alguns dos sinais que nós dois deixávamos transparecer.

— Será?

— Tenho quase certeza. Mas, bom, não vou arriscar abrindo a boca, não é?

Naquele dia, Benvindo acabou chegando atrasado para jantar na casa dos Bell Air e justificou-se dizendo que estava na igreja. Ali, para acabar de vez com as chances do advogado, inventou que Gabriel era frequentador de bordéis e que tinha uma doença fatal que matava todas as moças com quem se relacionava. Aquilo haveria de eliminar suas chances com a jovem. No entanto, Benví nem tinha mais certeza se estava fazendo a coisa certa; só sabia que, por mais amor que sentisse, sua raiva duplicava cada vez que tocava o corpo do amante para, no fim das contas, ouvi-lo dizer que ia ficar com a loura.

O tempo passou e Gabriel foi rechaçado pela família Bell Air, mas o sr. Vicente não aceitou "não" como resposta. Exigiu que o filho continuasse procurando a família, e ele mesmo vez ou outra buscava manter uma conversa casual com o sr. Charles para tentar fazê-lo mudar de ideia. Contudo, após a mentira contada pelo funcionário do Banco do Brasil, seria impossível.

Gabriel via-se cada vez mais cansado. Para ele, havia sido um alívio ser rejeitado pelos Bell Air. Ficou contente ao imaginar que seu pai entenderia que não havia nada que ele pudesse fazer para mudar aquela situação. Mas estava enganado ao duvidar da determinação do coronel. Precisou continuar insistindo em Alice, e a cada dia se via mais exausto de fazer tudo o que o pai mandava, ir para onde ele exigia, falar com quem ordenasse... Viver sob suas ordens tornara-se uma tortura, e, como se não bastasse, sentia uma saudade imensa e dolorosa do seu amor, seu Ben.

Não se viam mais; a raiva de Benví o impedia de tolerar até os eventuais encontros noturnos. Ambos passaram a sofrer aquela falta, cada um em seu lar, evitando encontrar-se em qualquer situação. Um dia, porém, depois da milésima discussão com o pai, Gabriel perguntou-se por que insistia tanto em ser aprovado por alguém que desejava para ele o oposto do que poderia ser sua verdadeira felicidade. Por fim, deu-se conta de que passar todo aquele período longe de Benví doía muito mais do que enfrentar qualquer dificuldade que fosse ao seu lado.

Gabriel arrependeu-se amargamente de sua decisão. Percebeu suas inúmeras falhas. Quis consertar o que fizera. Procurou por Benvindo incansáveis vezes, mas o jovem nunca o recebia, não o deixava entrar em sua casa, não respondia a seus recados, não dava espaço para que falasse. Benví ainda sofria de saudade, porém permitiu que a raiva e a mágoa se sobrepusessem e tomassem conta do espaço em seu coração que um dia fora do advogado.

No entanto, tudo seria diferente naquele jantar no casarão Almeida. Lá, Gabriel teria a chance de encontrá-lo pessoalmente e algumas horas para fazer com que aceitasse uma conversa particular. E foi exatamente o que fez.

— Meu... Deus — murmurou Alice, chocada com a história deles.

Estavam a uma das últimas mesas do restaurante favorito de Benví, em um horário em que não havia quase nenhum cliente. Desse modo, poderiam conversar melhor.

Depois do flagra de Isis e Alice, os dois homens decidiram revelar a verdade a elas, mas sabiam que o jardim da casa da madame era o lugar menos seguro para isso. Marcaram de ir até aquele restaurante no dia seguinte.

— Vocês viveram uma história inteira, então — comentou Isis, tão pasma quanto sua esposa, que parecia incapaz de proferir quaisquer palavras além de:

— Meu... Deus.

— E seu pai se conformou que você não vai se casar com a Alice? — perguntou a morena ao advogado.

— Sim e não. Ele ainda quer muito que eu e ela fiquemos juntos, mas também já está de olho em outras moças. Quer que eu me case o mais rápido possível.

— Meu... Deus.

Gabriel e Benvindo acomodavam-se lado a lado, com Alice e Isis diante deles. Era o meio da tarde e as mulheres ainda não tinham sequer tirado as luvas para tocar nos talheres e saborear o prato que pediram. Estavam concentradíssimas na história.

— E por que não disseram nada depois de perceberem que Isis e eu havíamos feito as pazes? Por Deus no céu!

— Ora, nunca tive certeza de que tipo de "pazes" vocês haviam feito — expressou Benví, gesticulando. — Eu não ia arriscar a minha vida contando o meu maior segredo a alguém que reagiu tão mal quando ouviu uma declaração de outra mulher, não é?

Alice engoliu em seco, ainda espantada. Por fim, proferiu a única coisa que poderia:

— Meu... Deus.

Gabriel e Benvindo haviam se encontrado naquela manhã, num quarto de hotel, e conversado a sério sobre sua situação. O bacharel em direito pediu perdão por ter fugido do amor de Benví e por ter sido frio e covarde naquela carta do término. O outro, por sua vez, desculpou-se por ter sido rancoroso a ponto de lutar com unhas e dentes para tentar atingi-lo da forma que Gabriel o atingira, mesmo que, no fundo, apenas o quisesse de volta. A conversa durou muito tempo, e colocaram em pratos limpos tudo o que os havia magoado no período da separação. Em seguida, relembraram seu amor e amaram-se profundamente outra vez. Após, Gabriel não falou de Alice, mas de como estava feliz por ter Benví nos braços de novo.

— Vocês fizeram as pazes, então? — questionou Isis, e enfim começou a tirar as luvas para provar a sopa de ervilhas.

— Graças a Deus — comemorou Gabriel, e colocou uma das mãos sobre a coxa do outro homem, disfarçadamente. — Eu não estava aguentando mais ficar longe dele.

Olharam-se e sorriram, apaixonados, mostrando que de fato estavam leves e felizes outra vez. Alice os observou, ainda impressionada, e também tocada e orgulhosa. A visão dos dois juntos a agradava muito mais do que poderia dizer. Virou-se para estudar sua esposa, que parecia pensar o mesmo.

— Isso é tão bom — proferiu. — Digo, estar diante de um casal que sabe exatamente o que passamos.

Sorriram de forma triste e acolhedora ao mesmo tempo. De fato, para todos ali, era um alívio se manter próximos de iguais — a missão de disfarçar e esconder uma fala ou trejeito era exaustiva.

— E como você resolverá as coisas com o seu pai, Gabriel? Não tem medo de que ele ligue para a polícia? — continuou Alice.

O homem suspirou, preocupado.

— Bom, tenho algumas ideias, mas nenhuma certeza. Eu e Ben ainda estamos decidindo o que será do nosso futuro.

— Falando nisso, Alice, eu preciso lhe pedir desculpa — iniciou Benví. — Vou precisar cancelar nosso noivado. Sinto muito, mas agora, depois de ter feito as pazes com esse cabeça-dura, não poderei me casar com uma mulher.

— Não se preocupe. Nós não nos casaríamos de qualquer forma. Isis e eu estamos planejando fugir.

— Fugir?! — exclamou Benví, mas logo buscou controlar o tom de voz. — Fugir para onde?

— Ainda estamos decidindo, como vocês. Mas provavelmente Minas Gerais. Cogitamos o Paraná também. Esses dois estados têm ótimas terras, sabiam? Vamos nos tornar fazendeiras!

Seu entusiasmo fez Isis rir e morder o lábio inferior, ansiosa por aquele grande momento.

— Não acredito! — disse Gabriel. — Mas... como... quer dizer... como isso vai acontecer?

— Ah, eu sei, eu sei. É terrível. Temos as opções mais limitadas do mundo. Isso quando temos alguma opção. Vocês não fazem ideia de como são sortudos por terem nascido homens — comentou Alice.

— Nós queremos fugir, mas ainda estamos nos planejando para escolher a melhor forma de fazer isso — interveio Isis. — Só sabemos que estamos exaustas da vida que escolheram para nós e de seguir ordens que odiamos. Por isso, nem que seja para vivermos pobres para todo o sempre, preferimos isso à corda que parece nos sufocar dia após dia.

Gabriel e Benví se entreolharam novamente, reconhecendo cada uma daquelas palavras.

— Nós... sempre pensamos em fazer isso também — disse o advogado, como se percebesse algo.

— É mesmo?

— Sim, foi por isso que começamos a nos afastar no início do ano. Ben me trouxe essa opção, e eu, medroso, não aceitei.

— Ah, é mesmo, vocês nos contaram. — Isis levou a colher de sopa até os lábios. — Pretendem fugir também?

— Assim como para vocês, é complicado para nós — proferiu Benvindo e chamou um garçom, pedindo uma xícara de chá. — Vocês podem dizer que são primas, por exemplo. Primas solteironas, alguma coisa assim, por isso vivem na mesma casa. As pessoas tendem a acreditar. Já dois homens sozinhos, solteiros, vivendo sob o mesmo teto... não tem o mesmo peso. Nenhum homem é tão próximo de outro. Seríamos denunciados na primeira semana.

As mulheres suspiraram, lamentando.

— É tão difícil, não? Para todos nós — comentou Alice. — Tudo seria um milhão de vezes mais fácil se uma de nós duas fosse homem. Poderíamos abrir uma conta bancária, assinar nossos documentos e viver como cidadãs comuns, com tudo legalizado, sem ter de nos preocupar.

— Enquanto isso, tudo seria um milhão de vezes mais fácil se um de nós dois fosse mulher. Poderíamos ter paz perante as outras pessoas, andar na rua e ir trabalhar sem medo de julgamentos, ter uma vida considerada honesta e limpa. — Bufou. — Nossas faltas se completam, aparentemente.

A última frase de Gabriel despertou nos quatro uma ideia que, de início, pareceu fantasiosa. No entanto, também soava como a solução que esperavam havia tanto tempo.

— É mesmo — disse Alice. — Nossas faltas se completam...

E permaneceram perdidos em pensamentos. Seria irreal aquele tipo de coisa? Ou a possibilidade de uma vida feliz estava bem diante deles?

— Será que... se nós... — iniciou Benví, sem saber como explicar.

— ... fingíssemos que somos dois casais — completou Gabriel. — Digo, dois casais em métricas comuns.

— Passaríamos despercebidos por qualquer pessoa — disse ainda seu parceiro.

— E teríamos uma vida legalizada — proferiu Isis, logo observando sua esposa e aproximando o rosto do dela. — Não teríamos que estar sempre contando com o pior.

Alice piscou algumas vezes, observando os três ali, aguardando alguma afirmação da parte dela, que não veio — mas não por não ter ficado animada. Não disse nada porque, estudando cada uma das opções que ela e Isis discutiram nos últimos meses, nenhuma jamais parecera tão fácil e segura quanto aquela. Era óbvio que, para fazer dar certo, os quatro precisariam dialogar muito, ter paciência, compreensão e, principalmente, agir como uma verdadeira família.

— Bom, eu adoro a vida no campo — comentou Gabriel, recordando-se do desejo das duas mulheres de se tornarem fazendeiras. — Poderíamos comprar um sítio extenso, com uma casa grande o suficiente.

Lá viveríamos nossas vidas sem precisar nos esconder. Para os outros, seríamos, hum... Ben e Alice seriam um casal; eu e Isis, outro?

Acharam graça, mas não tanto quanto no momento em que Alice estendeu a mão sobre a mesa, pedindo a de seu noivo. Quando o homem aceitou e repousou os dedos sobre os dela, a loura suspirou e disse:

— Quer se casar comigo?

A risada alcançou algumas das mesas ao redor, mas não se importaram. Estavam decidindo a melhor parte do seu futuro naquela tarde.

— Seria uma honra!

Ainda rindo, Isis inclinou-se e deu uma batidinha leve nas mãos dos dois.

— Vocês estão olhando para isso com seriedade? — perguntou ela, desejando que a resposta fosse positiva. — Porque eu estou. Esse é o tipo de coisa que eu realmente faria. Não suporto mais viver neste lugar e nestas condições, então, se todos estiverem dispostos...

— Ah, eu estou completamente disposto! — exclamou Gabriel, exasperado.

— Eu também — disse Benví.

— E você, amor? — a morena perguntou a Alice. — O que acha disso?

A jovem sorriu de orelha a orelha e respirou fundo.

— Acho que, se todo mundo se comprometer com o peso e o significado disso, pode dar muito mais do que certo.

— Ótimo, vamos arrumar as malas! — Ela riu.

Conversaram melhor, então Isis contou sobre sua relação agressiva com Diogo. Decidiram, por fim, que mudariam de nome. Gabriel, como advogado e amigo de vários funcionários do cartório, não teria problemas em produzir documentos falsos para todos ali, incluindo duas certidões de casamento com seus novos nomes. Além de Isis, que não podia correr o risco de ser encontrada por Diogo, ele também não queria ser encontrado pelo pai.

Discutiram ainda alguns planos, como o trabalho das mulheres na administração da fazenda, o de Gabriel como advogado e a facilidade que Benví teria para arrumar outro emprego, devido ao vasto conhecimento sobre o mercado financeiro.

— Oh, Deus, eu não acredito no que está acontecendo — murmurou Alice. — Estamos mesmo planejando uma fuga em grupo?

— Ninguém pode mudar de ideia, ouviram? Já está selado! — exclamou Benvindo, animado e decidido. — E eu também gostaria que todos se lembrassem de algo muito importante: ao fazer isso, estaremos criando um laço familiar fortíssimo. Vamos ter de nos cuidar e nos proteger em todas as circunstâncias. Nosso lar será nosso maior segredo.

E era verdade. Naquele cenário, era quase como se todos estivessem envolvidos num mesmo matrimônio — matrimônio esse que não tinha nada a ver com os padrões tradicionais. Tinha a ver com estar presente em todos os instantes, saber falar e ouvir, cuidar quando o outro precisasse de ajuda e proteger quando precisasse ser salvo. Significava morar sob o mesmo teto e se ver todos os dias. Significava, ainda, ter um lar preenchido pelo mais puro amor e, posteriormente, pela mais profunda amizade. Isso porque, naquela mesa de restaurante, eles conversavam com tamanha intimidade que qualquer um diria que haviam crescido juntos. No entanto, a verdade era que isso ainda estava para acontecer, assim que saíssem dos limites de São Paulo.

Estavam livres. Finalmente.

16

Olá, corno

Mãe,

Eu sou incapaz de dizer se algum dia nos encontraremos outra vez, pois não sei se o seu desejo de que eu permaneça em sua vida é tão intenso quanto o meu.

Sim, eu estou indo embora. Estou indo embora como tantas vezes murmurei que faria. Acredito que a senhora sempre soube quem eu sou de fato e o que desejo, apesar de jamais termos dialogado sobre o assunto.

Gostaria que soubesse que, apesar da minha partida, jamais me esquecerei da senhora, e também não quero que se culpe um só segundo pela minha radical decisão. Se faço o que faço, é por mim e pela minha felicidade, e nada que tivesse acontecido de diferente entre nós poderia mudar isso. Sei, inclusive, que a senhora gostaria de poder ter me defendido das agressões do meu pai, mas, querendo ou não, é fato que isso apenas pioraria nossa já tão complicada convivência.

Estou partindo em busca do que há de mais belo nesta vida. Gosto de acreditar que a senhora compreende e se *orgulha disso. Juro que voltarei a entrar em contato, por mais que possa demorar um pouco.*

Obrigado por ter sido como um anjo durante toda a minha existência. Peço perdão por não ter sido o filho que vocês queriam. Eu tentei, juro que tentei, mas enlouqueceria se continuasse a viver sob as métricas alheias.

Eu a amo para sempre.

Atenciosamente,
Gabriel

Gabriel terminou de escrever a carta na manhã seguinte. Guardou o envelope numa gaveta da cômoda, sentindo-se melancólico e ao mesmo tempo aliviado com a decisão.

O dia seguiu sem grandes novidades. Tomou café da manhã com os pais — por mais difícil que fosse olhá-los nos olhos —, dirigiu-se ao trabalho, almoçou rapidamente na companhia de Benví, retomou à legislação e, ao fim do dia, caminhou com tranquilidade até um edifício residencial não muito longe, apesar de escuro e mal-acabado. Adentrou o estabelecimento e bateu à porta de Rogério da Silva, um colega do cartório.

O apartamento fétido revelava a urgente necessidade de limpeza, com móveis surrados, garrafas de bebida vazias e janelas emperradas. Cumprimentaram-se, e, ao verificar o estado de sua casa, Gabriel perguntou-se se o salário do cartório, somado ao valor ganho com práticas ilegais, não seria suficiente para que tivesse uma vida mais digna.

— Já estou quase terminando — disse o homem calvo de unhas compridas. — Sente-se. — E saiu da sala.

Gabriel demorou a encontrar um espaço no qual pudesse se acomodar.

— Para quem é mesmo este monte de documentos que você me pediu? — gritou o mais velho do cômodo ao lado.

— Conhecidos de uns amigos. Não os conheço pessoalmente — mentiu. — Estão fugindo de alguém. Eu também não entendi direito.

— Só me impressiona que você, como um homem da lei, tenha vindo encomendar esse tipo de coisa. Jamais imaginaria.

Gabriel bufou, pensando que, perante a lei, aquele era o mais leve dos pecados que já havia cometido.

— Eu devia um favor a eles. Sabe como é. Não podia negar.

Alguns minutos se passaram e, após muito ajeitar o paletó e os cabelos, levantou-se e procurou algum copo limpo para um gole de uísque. Ao finalizar a bebida, Rogério reapareceu na sala, segurando um envelope alaranjado.

— Aqui está. — Estendeu os documentos. — Pode conferir, se quiser.

E foi o que o advogado fez. Sentou-se novamente e observou atento cada uma daquelas folhas. Impressionou-se ao notar que o colega conseguira até mesmo fazer os papéis parecerem antigos, como documentos verídicos.

Ali havia o registro civil de Rodolfo Gabriel Monteiro, Benjamin Monteiro Silveira, Alice Aparecida Veiga e Maria Isis Proença — os novos nomes dos fugitivos. Também o nome dos pais, o local e a data de nascimento estavam diferentes. Gabriel e Benví teriam sobrenomes semelhantes porque usariam o suposto parentesco como justificativa para terem escolhido viver no mesmo lar.

A seguir, analisou ambas as certidões de casamento. Os agora mineiros Rodolfo Gabriel e Maria Isis estavam casados havia sete anos, enquanto o casal Benjamin e Alice Aparecida, também naturais de Minas Gerais, haviam selado matrimônio fazia apenas dois.

Por fim, havia dois diplomas, um do curso de direito para Rodolfo Gabriel e outro de contabilidade para Benjamin. Desse modo, poderiam continuar trabalhando sem preocupações.

— Tudo certo?

— Tudo perfeito — murmurou, impressionado com o excelente trabalho. Seria difícil encontrar sinais de falsificação em qualquer uma daquelas folhas.

Demorou-se sobre os papéis, enquanto seu cérebro começava a entender o que estava prestes a fazer. Sua vida mudaria abruptamente, e isso, apesar de assustá-lo, também o deixava ansioso como nunca.

Valentina,

Sinto sua falta. Gostaria de saber se você está bem e se precisa de alguma coisa. Ainda assim, entendo seu afastamento, entendo quão doloroso seria se encontrar comigo e com Gabriel e sentir a falta daquela que tanto alegrava nossos diálogos e propunha aventuras insanas, as quais nunca pudemos viver.

Também sinto saudade da Maleninha e penso nela todos os dias. Espero que o tempo tenha cuidado do seu coração e que hoje você já não se sinta tão tristonha como nos primeiros tempos. E que Davi tenha superado também.

Ouvi dizer que seu marido está enriquecendo e que vocês se mudaram para uma casa maior. E também que ele está cada dia mais apaixonado por você. Isso me alegra imensamente. Acalma meu coração saber que você enfim pode ser feliz e vivenciar um dia a dia seguro, proporcionando um bom lar ao broto de Pimentinha.

Dito isso, queria contar uma novidade. Gabriel e eu nos resolvemos e vamos embora de São Paulo. Mais adiante voltarei a entrar em contato para contar onde estamos, até porque, por ora, nem nós sabemos ao certo para onde iremos.

Queria dizer que conhecemos um casal como nós, como eu e Gabriel, como você e Malena. Vamos fugir em busca de um local que possamos chamar de lar. Portanto, se algum dia quiser mudar o rumo da sua vida outra vez e precisar de um teto para recomeçar, saiba que nossa casa sempre será sua também, e que você e Davi serão bem-vindos enquanto vivermos.

Por favor, queime esta carta assim que a ler. Voltarei a entrar em contato quando me estabilizar. Desse modo, poderei ler sua resposta.

Com todo o amor que há em mim,
Benvi

Já era tarde da noite quando Benvindo terminou de escrever a última carta. Havia passado horas redigindo aquelas quinze missivas, despedindo-se das amigas mais próximas do Doce de Pimenta, de amigos que compartilhavam do mesmo segredo que ele, de alguns primos, de seus pais e, por fim, de Valentina. Dormiu, exausto, sobre elas, acordando no dia seguinte com uma intensa dor no pescoço e nas costas.

Colocou as cartas em envelopes e os escondeu numa caixinha que guardava embaixo da cama. Em seguida, viajou por uma hora e meia até a estação de trem para comprar quatro bilhetes. Sairiam de São Paulo direto para a fronteira com Minas Gerais, já com as novas identidades compradas por Gabriel.

Ao retornar, antes de entrar nas dependências do banco, foi surpreendido pela visita do próprio.

— Ora, ora — murmurou Benví, sorrindo de orelha a orelha. — Se não é o senhor Rodolfo.

Gabriel revirou os olhos e riu de leve, aproximando-se e buscando disfarçar o desejo de abraçá-lo por longos minutos. Por mais que estivessem dando um jeito de se encontrar às escondidas, não vinha sendo fácil lidar com as poucas horas disponíveis e o excessivo cuidado para não serem pegos por ninguém. O bacharel em direito não via a hora de ter o seu amor integralmente. Estava muito satisfeito com a ideia das meninas — como chamava Isis e Alice. Morar em uma chácara, sítio ou fazenda seria muito melhor que numa casa no centro de qualquer cidade em que escolhessem viver. Assim teriam toda, ou quase toda, a privacidade.

— Achei que fôssemos nos encontrar à noite — relembrou Benví.

— Não queria me ver? É o que estou entendendo?

Foi a vez de Benvindo revirar os olhos, mania que pegara de seu amante. Segurou a maleta com força em uma das mãos e empurrou a porta de entrada com a outra. Cumprimentaram a recepcionista e os operadores, logo seguindo para a terceira sala no segundo corredor. Era onde Benvindo trabalhava na maior parte dos dias, quando não estava auxiliando seu pai.

— Pronto, seu Rodolfo, por que a visita surpresa? Já estou achando que veio trazer más notícias.

— E vim mesmo, seu Benjamin. Infelizmente decidi não ir embora com vocês. Vou mesmo me casar com uma mulher.

— Você é péssimo com brincadeirinhas. — Benví sentou-se sobre a mesa de pernas abertas, ficando pelo menos seis centímetros mais alto que Gabriel. — E deve saber que, se fizesse isso a essa altura do campeonato, eu cortaria seu pau fora, no mínimo. Conseguiu os documentos? Está tudo certo?

— Sim, não se preocupe, não foi difícil. Depois eu lhe mostro. Por que acha que vim trazer más notícias? Desde quando você é mais medroso e pessimista do que eu?

Benvindo suspirou e desviou o olhar. Brincou com os botões de seu paletó e refletiu sobre a melhor forma de explicar.

— Acho que só estou receoso de que algo dê errado. Venho sonhando com nossa partida há tanto tempo que nem parece real. Na verdade, parece bom demais para acontecer de fato.

Gabriel ergueu o queixo do amado para que este continuasse o encarando. Sorriu de leve, tentando transpassar a serenidade que sentia. Seu coração acelerou, pois sabia que era o momento perfeito para fazer o que desejava desde o ano anterior. Umedeceu os lábios e deu um passo para trás. Sentiu as pernas bambearem.

— Foi por isso que eu vim. Quero fazer com que você saiba e acredite que isso é real. E que vai dar certo. — Tirou uma caixinha escura do bolso e ajoelhou-se.

— O que...

— Benvindo Amado Jesus, ou Benjamin Monteiro Silveira, como preferir...

Ben abriu a boca, surpreso, os olhos arregalados e o cérebro quase que congelado. Não conseguia expressar ou pensar em nada, absorto pela surpresa e a atitude do homem que amava tão perdidamente. De repente, o que era um dia comum transformara-se no melhor de sua vida.

— ... você aceita se casar comigo?

Então, Benví usou as mãos para tampar a boca e fechou as pernas de nervoso, mas os olhos permaneciam arregalados como nunca. Apesar de saber exatamente a resposta que queria dar, seu corpo era incapaz de dizê-la. Sentia que, se tirasse os dedos dos lábios, começaria a gritar até a próxima semana.

— Sei que não é o usual — explicou-se Gabriel, preocupado com o tremendo choque que causara. — Mas eu estava falando com Alice e ela me contou que se casou com Isis, e eu pensei... bom, eu pensei: *Ben é o homem da minha vida, é ao lado dele que quero passar pelos piores e melhores momentos, é a voz dele que quero ouvir todos os dias ao acordar e antes de adormecer e...*

Benvindo estendeu a mão, exibindo o dedo anelar.

— Claro que eu aceito!

Gabriel suspirou com alívio e encaixou o anel no dedo de seu agora noivo. Em seguida, e ainda de joelhos, beijou sua mão repetidas vezes.

— Por Deus, você comprou um anel de noivado. Eu nunca pensei que fosse receber um anel de noivado em toda a minha vida. — Benví observou o acessório de perto. — É tão bonito.

Ao se levantar, o advogado encaixou-se entre as pernas dele.

— Tudo por você.

Benvindo sorriu e envolveu seu pescoço, beijando-o intensa e lentamente. Eram, um para o outro, a mais pura forma de amor que já haviam encontrado. A prática sexual comum entre dois homens jamais suprira a falta do homem certo, daquele que faria todas as outras coisas enfim terem sentido. Sua rápida sintonia, desde que se conheceram numa mesa suja do Doce de Pimenta, nunca fez outra coisa senão aumentar.

— Agora você acredita que é real? Acredita que vai dar certo? — disse Gabriel.

O outro sorriu.

— Acredito em tudo o que você me disser.

Mãe e pai,

Vocês sempre disseram que queriam a minha felicidade acima de tudo, e eu garanto que nunca estive tão realizada em toda a minha vida. A insatisfação em meus olhos e em minha voz – a qual gerou tantos desentendimentos entre nós – vinha de um motivo crucial, que jamais me senti segura o suficiente para revelar.

A verdade é que, para mim, se tornou terrível precisar viver de acordo com o que os outros dizem que é correto. Acredito que jamais tomei uma decisão por mim mesma em toda a minha vida, e isso me frustra de tal forma que nunca serei capaz de explicar. No entanto, pela primeira vez, eu escolhi olhar para a minha pessoa antes de todas as outras. Escolhi escrever a minha própria história, mesmo que isso signifique perder tudo o que vocês construíram para mim.

Eu e Isis – junto de Benvindo e Gabriel – estamos indo em busca da nossa felicidade. Isis é, bem... eu diria que é a minha melhor amiga, que está acima de todas as minhas outras melhores amigas. Espero que possam compreender o que quero dizer com isso. Se não, apenas saibam que encontrei junto dela o amor que um dia vocês prometeram que eu encontraria.

Sei que isso pode parecer complicado e difícil de lidar, mas as coisas são como são e, como eu disse, prefiro escrever minha própria história a seguir regras que repudio.

Meu coração está partido ao meio por precisar me separar de vocês. Vou procurá-los no futuro, e espero que sejam dias melhores para que entendam e aceitem quem eu realmente sou. Acreditem, foi difícil como o inferno eu mesma conseguir fazer isso.

Amo vocês e o Pedrinho com tudo o que há em mim. E amo a nossa família de Portugal e dos Estados Unidos. Por favor, nunca se esqueçam disso. E não se esqueçam de mim.

Obrigada por tanto,
Alice

Aquela devia ser a quinta ou sexta carta de despedida que Alice tentava escrever. Sempre as jogava fora, por achar que usara as palavras erradas.

— Horrível! Péssimo! Tenebroso! — murmurava para si mesma, sentada diante de sua escrivaninha.

Demorou para perceber, mas estava, de novo, tentando ser perfeita para eles. Estava, de novo, fazendo tudo para não os decepcionar.

No entanto, seria impossível. Fugir, fosse com homem ou com mulher, os deixaria igualmente arrasados. O romance com Isis serviria apenas para duplicar o choque.

Decidiu, portanto, após duas tentativas falhas, simplesmente dizer o que havia em seu coração. Chorou sobre a terceira carta, borrando toda a tinta, então precisou descartá-la. Suou frio sobre a quarta, tornando-a igualmente inutilizável. Na quinta, Pedrinho arremessou uma bola na porta de seu quarto, e, ao se assustar com o estrondo, deixou metade do chá que bebia estragar o papel. A sexta, por sua vez, parecia dizer tudo o que ela sentia necessidade de expressar. Além disso, nenhuma tragédia ocorrera. Ali estava a carta perfeita.

Deixou a tinta no papel secando sobre a madeira enquanto se preocupava com outra coisa, também muito relevante: suas joias. Tirou o baú que levaria consigo do canto do quarto e, separando das mais simples às mais caras, armazenou colar por colar, brinco por brinco. Devagar, ela os deixava exageradamente alinhados, já se despedindo. Venderia cada uma daquelas peças, se necessário.

Com a chegada do horário do jantar, saiu do quarto e acomodou-se à mesa com sua família. Ela os observou, quieta, reparando nos detalhes dos rostos. A mãe continuava furiosa, como quase todos os dias. Daquela vez João Pedro tinha roubado três de seus vestidos para cortar e montar uma cabana. Alice sorriu de canto, pensando que, por mais cansativo que fosse assisti-los em guerra todos os dias, era provável que sentisse falta. A mãe comia em silêncio; o irmão mastigava devagar, pensando que, na próxima vez, deveria roubar cinco vestidos, não apenas três, para que sua cabana ficasse mais comprida. Charles, no entanto, não demorou a lembrar-se da novidade que tinha para contar. Virou-se para a filha e, animado como quase nunca, disse:

— Ah, Alice, soube das novas? Seus tios e primos vão chegar alguns bons dias antes do casamento. Enviaram cartas dizendo que estão morrendo de saudade de você e do seu irmão.

Ela engoliu em seco.

— É mesmo? Também estou morrendo de saudade deles.

— Vamos precisar dar uma pausa no trabalho no mês que vem, para recebê-los devidamente e para que você se concentre na cerimônia, não é?

— Você fala como se Alice já não tivesse parado de trabalhar há tempos, querido — proferiu Berenice. — Quando não sou eu a perturbando com os detalhes da festa, é Isis tomando todo o seu tempo.

— É verdade. Mas não faz mal. Vocês, moças, ficam mesmo muito distraídas quando se trata de rapazes. Ademais, fico feliz que nossa filha tenha encontrado uma amiga de tanto juízo. E, mais que juízo, muita influência para todos nós.

Alice apenas deu um sorriso amarelo, odiando precisar fingir e concordar com tantos equívocos. Tomou um gole do suco de uva e permaneceu ouvindo os planos do pai. Ele estava contente com a perspectiva de rever os irmãos e cunhados, além de aliviado por finalmente se dar um tempo para descansar. Não imaginava que, na verdade, passaria todos aqueles dias de luto, chorando a perda de sua primogênita para o mundo.

Com algumas perguntas, Alice descobriu que os parentes chegariam alguns dias após sua partida. Aquilo seria ótimo, afinal não teria vários pares de olhos espiando seus passos e talvez estragando seus planos. Por outro lado, lamentou não poder se despedir deles. Mas também não era como se isso já não tivesse acontecido quando partiram de Portugal para o Brasil. Estava acostumada com a ausência de todas aquelas pessoas.

Era diferente, porém, com seus pais e irmão. Viam-se todos os dias, faziam as refeições, conversavam, trabalhavam e viviam juntos. Mesmo com o casamento de Alice e Benví se aproximando, nenhum deles — exceto Alice — imaginava que, em pouco tempo, passariam de "uma família unida" para "talvez jamais nos vejamos de novo". A jovem cortava um pedaço de batata-doce refletindo sobre tais questões. Seus pais estavam felizes, acreditavam que ela se tornaria seu maior motivo de orgulho, sem imaginar que aconteceria justamente o contrário.

Ainda assim, mesmo diante da dor que sofreria ao, em breve, não os encontrar mais a cada cinco minutos, estava certa de sua decisão. Observou-os com apreensão e afeto enquanto mastigava e conversou consigo mesma, fingindo se dirigir aos dois, dizendo que os amava, mas que nem esse amor era forte o suficiente para que continuasse se fazendo de tola e aceitando suas ordens. Fazia tempo que já se entendia como uma mulher suficientemente crescida para escolher o próprio caminho, mesmo que isso significasse perder qualquer admiração que um dia recebera.

— Eu amo vocês — disse de repente, o que soou muito estranho.

Apesar de meiga, ela sempre teve tato para encontrar os melhores momentos para dizer aquele tipo de coisa. Seus pais pararam de falar, e Pedrinho deixou o molho de tomate escorrer da colher e manchar boa parte da camisa — mas não havia feito isso por estar surpreso com a confissão da irmã, já que nem mesmo a ouvira, e sim por, desde o início do jantar, estar tentando equilibrar o talher usando apenas o dedo mindinho.

— Nós... também amamos você — disse dona Berenice, sentindo-se esquisita. — Por que está dizendo isso? Oh, Deus, você não *engravidou*, não é?!

— Que bobagem. Alice ainda nem sabe direito como funcionam essas coisas — rebateu o sr. Charles.

Então, sentindo a imensa impossibilidade de se expressar diante da certeza de seu pai, a loura deixou um riso leve escapar. *Totalmente sem querer!* Botou os dedos sobre os lábios e desviou os olhos quando os dois a encararam.

— Jesus Cristo... — murmurou o pai. — Você embarrigou mesmo?!

— Não! Claro que não! — respondeu rápido. — Nem sei *como funcionam essas coisas*. Só disse isso porque senti que precisava. Eu queria que vocês soubessem. Em breve não estarei mais aqui, e gostaria que se lembrassem de mim com carinho. Gostaria que não esquecessem o que significam para mim.

Dona Berenice sorriu com ternura, e o sr. Charles, mesmo sem revelar emoção, engoliu em seco e guardou para si o amor que também tinha por ela.

— Também amamos você, meu amor — expressou a portuguesa, tocando sua mão. — E estamos profundamente orgulhosos da mulher que você se torna a cada dia.

— Obrigada, mãe. Espero que esse orgulho permaneça para sempre.

— E vai permanecer, é claro! Você e seu irmão são as joias mais valorosas que temos, e as únicas das quais jamais seríamos capazes de abrir mão.

— Não importa o que aconteça? — indagou Alice, olhando para o pai. Ele sorriu de leve antes de beijar sua mão.

— Não importa o que aconteça.

Querida Laura,

Estou morrendo de saudade. Mal posso esperar para nos vermos de novo. No entanto, creio que isso terá de esperar. Trago grandes novidades e um segredo que você precisará levar para o túmulo!

Obrigada por tudo o que me disse na última vez que veio até minha casa. Você sempre esteve certa. Como já lhe contei em outra ocasião, Alice e eu estamos muito bem, agora melhor do que nunca. Vamos fugir. Sim, vamos abandonar tudo e todos e nos livrar da vida que odiamos. Encontramos homens como nós, que também se amam e odeiam viver pelas migalhas de alegria. Juntos constituiremos uma família e viveremos a tão sonhada paz.

Não responda a esta carta, pois acredito que, até que sua resposta alcance São Paulo, eu já esteja bem longe daqui. Voltarei a entrar em contato assim que me estabelecer num local suficientemente seguro.

Como conselho de irmã mais velha, preciso dizer: não perca tempo sofrendo nesta penúria que chamam de convento. Qual o objetivo disso? Fuja, mude, reinvente-se. Qualquer coisa. Espero poder brindar à nossa liberdade juntas um dia. Eu, você, Alice e Anaya. Se formos sortudas o bastante, Amélia também estará conosco.

Obrigada por ser minha maior inspiração. Obrigada por ser corajosa e sincera. Obrigada por ser minha irmã.

Eu te amo,
Isis

Animada, ela mordia forte o lábio inferior. Era inacreditável que pudesse escrever tais palavras. Deixando a missiva de lado, suspirou, ansiosa. Queria poder sair cantarolando, mas não era uma boa ideia — pelo menos não no meio da madrugada.

Estava no quarto que sempre dividia com Alice quando a esposa a visitava. Olhou para trás e notou que a loura dormia pesadamente, de barriga para cima, respirando baixo, com os cabelos iluminados espalhados no travesseiro. Uma das mãos invadia o espaço que Isis usaria, se também estivesse dormindo.

Tornou a olhar para os papéis na escrivaninha. Terminara as cartas para Laura, para Amélia e para os pais, mesmo que nessa última tenha se dirigido mais ao sr. Henrique. Estava cansada de tanto escrever e ansiosa demais para sentir sono. Queria conversar ou fazer alguma coisa, não importava que fossem quase cinco da manhã.

Levantou-se, então, e foi para perto de Alice, aproximando o rosto do dela. Sim, estava dormindo. Bufou, impaciente. Deitou-se ao lado e fechou os olhos por alguns segundos. Mas era impossível permanecer ali. Bufou de novo e de novo, esperando que a mulher acordasse para ver se precisava de alguma coisa. Bufou pela quarta, quinta vez. Nada. Em seguida, arrastou-se para mais perto e a empurrou devagar. Alice resmungou e continuou a sonhar.

— Deus do céu, para que dormir tanto? — reclamou e voltou a perturbá-la, até que por fim seus desejos foram atendidos.

— O que foi? — A voz estava rastejante, e os olhos lutavam para se abrir um pouquinho que fosse.

— Eu estou tão feliz! Você está feliz?!

— Não. — Virou o rosto para o outro lado e respirou fundo.

— Ah, está, sim! Vamos falar de novo sobre como será o nosso quarto?

Alice soltou o ar e esfregou os olhos, percebendo que não teria escolha. Virou-se para ela e se cobriu um pouco mais. O rosto estava amassado e os olhos inchados, e tinha cabelo grudado na testa, mas os ouvidos, pelo menos, estavam afiados.

— Você não dormiu nada? — indagou.

— Como eu poderia dormir estando ao lado de uma mulher como você?

Achando graça, Alice coçou um dos olhos mais uma vez.

— Hum, então é isso. Você está com tesão.

— Eu *sempre* estou com tesão.

Sem perder tempo, a loura enroscou uma das pernas entre as dela e, com o braço, a envolveu e a puxou para mais perto. Estava quente e ainda sonolenta, mas sabia que em poucos segundos Isis a deixaria totalmente desperta. Enfiou o nariz em seu pescoço e, após inspirar o aroma, passou a beijá-lo devagar.

— Vamos resolver isso, que tal?

— Ah, mas eu preciso terminar minhas cartas!

— A noite toda ainda não foi suficiente?

— Não, não foi! Você está me chamando de *lenta*?

— Jamais — respondeu, inspirando o aroma pela segunda vez. — Certamente escreveu umas cinquenta cartas para demorar tanto.

Fingindo estar ofendida, Isis a empurrou de leve e saiu de seu abraço, fazendo Alice rir, vitoriosa.

— Eu ainda não escrevi para o Diogo. Você acha que eu deveria?

A breve menção daquele nome foi suficiente para despertar a loura por completo.

— Você *quer*?

— Não sei. Me parece que deveria.

— Você não vai mais ser esposa dele, não lhe deve satisfação — respondeu, aborrecida. — Aliás, você já não é esposa dele há muito tempo.

Isis sorriu. Colocou-se de bruços e se aproximou do rosto sério.

— Sou sua, não é?

— Sim, você é. Totalmente minha.

Isis umedeceu os lábios de riso encantado e plantou beijos carinhosos no ombro descoberto da loura. Não demorou a movê-los para cima, até alcançar a boca da amada, e selou-a lenta e amorosamente, fazendo Alice se esquecer do assunto anterior, porém não por muito tempo.

— Mas eu não vou dizer nada para ele? — indagou Isis, interrompendo o momento. — Preciso dizer alguma coisa.

— Então diga.

— Mas o quê?

— Eu não sei. Você poderia... hum... seguir o modelo de algumas das cartas que já escreveu. Poderia dizer que vivia um casamento infeliz, que não o ama mais, ou talvez desabafar sobre as vezes que ele a machucou.

Isis sentou-se de frente para ela. Colocou uma das mãos no queixo e ruminou pelos segundos seguintes.

— É uma boa ideia — disse por fim.

— Sou cheia de boas ideias.

— No entanto, me pergunto se Diogo merece tudo isso. Me pergunto se ele vale o meu tempo sentada naquela cadeira; se vale minhas explicações.

— É esse o ponto. — Alice maneou a cabeça. — Ele vale?

Isis ergueu os olhos para encará-la sob a luz amarela das velas. Aquela parecia uma pergunta de óbvia resposta. Soava tão estúpido cogitar dedicar-se por minutos ou horas a fio a uma explicação sem procedente que foi incapaz de responder. O carinho moroso de Alice em seu pulso a fez recordar que bem ali localizava-se o ponto favorito de manipulação física de seu marido. A fim de desarmá-la, ele tinha o esperto costume de segurá-la forte naquele lugar. Ou apertava ou torcia, tudo dependia de como ela reagia às suas ordens.

Levantou-se, desvencilhando-se da loura e a deixando frustrada sobre o colchão. *Ele vale?*, perguntou-se. Quando Alice se sentou, apoiou o travesseiro e uma das almofadas nas costas. Arrumou o cabelo e permaneceu quieta, observando a mulher sentada à escrivaninha, escrevendo as palavras que haviam surgido em sua mente. Havia pelo menos cinco velas alumiando seu espaço de escrita, o que sombreava todo o restante do cômodo.

Alice não conseguiria voltar a dormir. Estava curiosíssima para saber como seria a carta direcionada ao homem que mais odiava no mundo. Ainda assim, temia o resultado. Isis não respondera quando ela perguntou se ele valia o tempo dedicado à escrita, mas o ato de se afastar deixava clara a resposta.

Só mudou de ideia quando, pouco tempo depois, a viu levantar-se sorrindo, maliciosa, carregando a folha e uma das velas, para que Alice pudesse enxergar as palavras.

— Terminei. — Entregou-lhe o papel.

Olá, corno.

Estou finalmente me livrando do horror que é ser sua esposa.

Espero não precisar encontrá-lo nunca mais e, acima de tudo, espero que queime no inferno por toda a eternidade. Se até lá sentir muita dor de cabeça, não se preocupe, é apenas o resultado dos muitos chifres que te coloquei. E não me arrependo de nenhum.

A loura explodiu numa gargalhada, jogando a cabeça para trás, quase a batendo na parede.

— Você é tão perspicaz. Eu adorei! Adorei cada palavra!

Achando graça, a morena tirou o bilhete de sua mão e o colocou sobre o gaveteiro. Em seguida, sentou-se de pernas abertas em seu colo.

— Agora estou pronta para acabar com aquele tesão de que lhe falei. — Quase encostou os seios em seu rosto. — E você? Está acordada?

Alice deslizou a língua sobre os lábios, faminta só de visualizar de perto aquele volume que tanto desejava. Agarrou-a nas coxas.

— Você ainda duvida?

17

Fuga

Era assustador, para dizer o mínimo. Diogo tinha as sobrancelhas mais grossas e a barba mais cheia que Isis já vira em toda a sua vida. De boca entreaberta e barriga para cima, ela já quase enxergava as futuras marcas de expressão que a casa dos trinta anos traria. Além disso, ele roncava. Roncava como um suíno exausto. Alto. Sujo. E, sim, assustador.

No escuro de seu quarto, em plena madrugada, ela o encarava corajosa, sem um pingo de sono, desafiando-o. Estavam alinhados na cama, cada um em seu espaço, cobertos pela mesma manta, como um casal comum. A única diferença deles para todos os outros era que, dali a poucas horas, a mulher teria fugido para sempre.

Não demorou para que, assim que viu o relógio marcar uma da manhã, se levantasse e se vestisse. Escolheu um vestido cor de vinho muito escuro, quase preto, sem enfeites exagerados. Calçou as botas mais confortáveis que tinha e rapidamente aprontou as madeixas num coque belo e seguro. Sem joias, colocou-se de pé diante da cama, encarando exatamente o que havia chamado sua atenção horas antes: o sono de seu marido.

Roncava e roncava. Era um dos sons mais feios que Isis já ouvira. Alguns anos antes, via-se acostumada com aquilo, porém, com o passar do tempo, tornara-se insuportável ouvir qualquer ruído saído dele. Até mesmo sua voz.

Então, prostrou-se na sacada, aguardando seu novo futuro cônjuge. E ele não demorou. À uma e quarenta, Gabriel estacionava a carruagem diante da entrada da mansão Almeida. Os cavalos que a conduziam felizmente não fizeram muito barulho ao parar. O advogado desceu do veículo e tirou o chapéu, observando a varanda da dona da casa e revelando-se a ela. Isis fez um sinal com a mão para que aguardasse e observou Diogo uma última vez. Respirou fundo. Era o seu adeus.

Abriu a gaveta de baixo da cômoda e tirou o bilhete. Esperava que, com aquilo, ele *morresse* de vergonha e desgosto. Abandonou o papel aberto sobre seu travesseiro para que, quando ele acordasse, fosse a primeira coisa que visse, antes dos raios solares, antes de seu próprio corpo ou das paredes. Ela queria chamá-lo de corno e que soubesse, logo nos primeiros segundos da manhã, que sua esposa, também confundida com sua mais valiosa propriedade, havia ido embora para sempre.

Isis saiu do quarto devagar, cuidando para não fazer barulho. Desceu as escadas e abriu a porta da frente para Gabriel.

— Que pontual — elogiou. — Acho que vamos nos dar muito bem.

— Gostou, esposa?

Ela achou graça e abriu mais a entrada. Subiram os degraus de volta, indo até o quarto que Isis e Alice costumavam dividir.

— Aqui e ali. — Apontou. — São esses quatro baús.

Juntos, começaram a movimentar a mudança. Ela segurou o primeiro caixote de um lado, Gabriel do outro, e, mesmo na escuridão, desceram as escadas, indo em direção à carruagem. Colocaram o primeiro baú em cima do teto e o amarraram forte. Em seguida, repetiram o longo processo com o segundo.

— E as suas coisas? — perguntou Isis, estranhando ao notar que ele não trazia baú algum, nem mesmo dentro do veículo.

— Já estão no Som América. Decidi não sobrecarregar os cavalos e, além disso, não tenho tantas coisas quanto você.

Isis levava vestidos, sapatos, maquiagem, infindáveis joias, perfumes e notas de contos de réis que havia roubado de Diogo. Subiram os degraus novamente, pela quarta vez. Seus braços já estavam moles com o esforço empregado. Seguraram a beirada do último baú, buscando o máximo de força e concentração. No entanto, antes de voltarem a descer as escadas, a alça dourada escapou dos dedos de Isis, fazendo com que o baú despencasse, causando um fortíssimo estrondo, que ecoou por todo o segundo andar.

Foi inevitável sentir o coração parar naquele instante. Se o barulho tivesse sido baixo, não haveria problema, porém o choque contra o chão fez até mesmo ela e Gabriel pularem de susto. Qualquer um poderia ter escutado. Especialmente Diogo.

— Por favor, me diga que colocou algum remédio para dormir no jantar dele — implorou Gabriel, sem conseguir se mover e já recordando as histórias que Isis contara sobre as últimas agressões sofridas.

Ela estava vidrada no caixote caído. Respirava pela boca — tanto que não conseguiam ouvir nenhum outro som. Engoliu em seco e virou a cabeça para encarar a porta do quarto. Ficou parada pelos próximos segundos, já esperando vê-la se abrir bruscamente. Todavia, nada aconteceu.

— Eu já volto — disse.

Caminhou em direção ao quarto, apavorada, de coração acelerado, mãos trêmulas e pernas bambas. Fora alto demais. Exagerado. Estava pesado. Faltara atenção. Ela se culpava a cada passo.

Abriu a porta lentamente, arrastando-se para dentro, certa do que veria ali. Contudo, seu marido ainda estava deitado na mesma posição. O bilhete descansava no travesseiro. Tudo igual. O único ponto diferente era que, agora, Diogo Almeida não roncava mais.

Isis respirou aliviada, tendo certeza de que poderia continuar com sua fuga. Voltou para ajudar Gabriel a carregar o pesado baú de joias e perfumes até o térreo e então colocá-lo no interior da carruagem.

O falso casal acomodou-se no assento externo da diligência e seguiu caminho, abandonando a mansão para muito longe. Isis não olhou para trás nem uma única vez, propositalmente. Seu adeus havia sido o bilhete para Diogo. De qualquer forma, sabia que não sentiria a menor falta daquele lugar nem daquela vida. Quando Gabriel guiou os cavalos para que virassem na próxima rua, ela fechou os olhos e respirou fundo. Sorriu. Estava mais livre a cada segundo. Ainda assim, sentia que só poderia considerar-se verdadeiramente liberta quando estivesse dentro do trem ao lado de Alice, longe dali. As pessoas a chamariam de Maria Isis, seria considerada esposa de Rodolfo Gabriel, mineira, com outra idade e data de aniversário. E moraria numa casa espaçosa com um quarto muito aconchegante, o qual dividiria dia após dia com o amor da sua vida.

A ânsia pelos momentos bons foi, infelizmente, interrompida pela lembrança do baú despencando de sua mão — o estrépito grave e escandalosamente elevado. Quando abriu a porta do quarto, Diogo não roncava mais. Não parecia um porco afadigado. Parecia quase... acordado.

Não. Não se deixaria abater pelo medo de uma mera possibilidade. Virou a cabeça para trás, mas a carruagem enorme não lhe permitia visualizar coisa alguma. Teria de continuar a viagem crente de que seu antigo marido dormia sereno, sem fazer a menor ideia do que acontecia fora das paredes da mansão. Precisava acreditar naquilo.

— Já pensou se Diogo tivesse acordado? — perguntou no meio do caminho. Seu tom de voz revelava graça e desprezo. Quem a ouvisse jamais imaginaria que estava absolutamente apavorada.

— O que você faria se isso acontecesse? — questionou Gabriel. As mãos permaneciam firmes nas rédeas, embora cada vez mais geladas. — Teria desistido de fugir? Teria escolhido ficar com ele?

Isis o encarou, séria.

— Nada no mundo me faria desistir da minha fuga. A não ser, é claro, a morte.

Poucos minutos depois, chegaram ao próximo destino: um cortiço escuro. Aquela era a região desfavorecida mais próxima de onde Isis morava. Ainda assim, jamais passara próximo dali. Mas aquele dia era diferente. Precisava ajudar, pela última vez, quem a havia ajudado durante todo o seu casamento.

As casinhas frágeis e disformes haviam sido construídas uma perto da outra, como que limitando até mesmo o espaço para respirar. Uns meninos sem camisa fumavam logo na entrada. Dois jogavam baralho, dois afiavam facas. Gabriel estacionou o mais longe que pôde deles, mesmo que ainda pudessem se ver.

— Como vamos fazer isso? — perguntou, mas, quando olhou para Isis outra vez, ela já estava com os pés no chão. — Não posso deixar você ir sozinha.

— Prefiro que a longevidade das minhas joias e das minhas roupas seja colocada em primeiro lugar. — Abriu um dos baús e tirou de lá uma caixa menor; cabia em suas mãos e não era muito pesada.

Gabriel revirou os olhos e respirou fundo.

— Vão seguir você. Vão assaltá-la.

— Não irei muito longe. — Encarou-o. — Eu realmente preciso fazer isso. Juro que não vou demorar.

Se adentrar um local daquele dirigindo uma diligência não fosse uma ideia tão estúpida, Gabriel decerto o faria para acompanhar Isis. Alice o mataria se algo acontecesse com ela, e Benví a ajudaria se ele fizesse algo errado a ponto de jogar fora a chance de irem em busca de uma vida melhor. Para que o plano desse certo, precisavam uns dos outros.

A madame adentrou as ruas estreitas, subindo o curto morro de barro seco. Às duas e vinte da madrugada, não viu muita gente além de bêbados e adolescentes mal-encarados. Pensou que deveria, pelo menos, ter levado algum tipo de arma consigo, mas já não dava tempo.

Ainda que um tanto longe, ela não demorou a alcançar seu desígnio. Conferiu o nome da rua e o número da casa de porta azul descascada. Bateu três vezes, com mais força do que o comum, revelando sua pressa. Enquanto não era atendida, observou ao redor. Aquele era, sem dúvida, um lugar de muita pobreza. Bateu mais uma vez. Escutou, por fim, alguma movimentação do lado de dentro e viu uma luz sendo acesa.

Quando a entrada foi escancarada, Isis levou um susto e deu três passos para trás. Não pela abertura súbita da porta, mas pela visão de Cassandra — que usava roupas esfarrapadas e touca na cabeça — segurando um toro de madeira comprido e aparentemente pesado, pronta para atacar.

— Dona Isis? — bradou a mulher um milésimo de segundo antes do próximo movimento. — A senhora virou assombração?

— Você pode testar com essa cepa. Se ela me atravessar, adivinhou!

A mais velha não pareceu ter notado que o que Isis dissera era brincadeira.

— O que a senhora está fazendo aqui, por Jesus Cristo?

— Queria lhe entregar um presente. — Ofereceu a caixa.

Cassandra, confusa ao ver a patroa de madrugada na porta de sua casa no cortiço, largou a madeira e tomou seu presente em mãos. Enquanto Isis voltava a espiar ao redor, a mulher abriu a caixa e arregalou os olhos.

— Que brincadeira é essa, dona Isis?

— Eu não quero que você passe o resto da vida trabalhando para aquele crápula — confessou.

A caixa continha parte dos anéis que Isis já comprara ou ganhara na vida. Alguns dos mais caros, pelo menos, estavam ali. Cassandra, boquiaberta, não demorou a perceber a presença até mesmo da aliança da mulher.

— Sua aliança de casamento está aqui — notou. — A senhora só pode ter enlouquecido.

A fidalga riu e abraçou o próprio corpo, com frio.

— É tudo seu. A aliança também. Estou largando o Diogo.

— Largando?! — a criada quase gritou, chocada. — A senhora vai virar mulher separada?

— Claro que não! — respondeu, como se fosse a coisa mais óbvia do mundo. — Já me casei com outra pessoa.

— Já se casou? Santo Deus!

Isis jogou a cabeça para trás e riu da reação exagerada. Em seguida, contou que estava indo embora para bem longe, junto de pessoas especiais, e que muito provavelmente nunca mais retornaria.

— Estou indo em busca da minha felicidade — revelou. — Espero que, com esse presente, você também possa ir atrás da sua.

Elas despediram-se mais rápido do que Isis gostaria. Estava com muito medo de se demorar demais. Abraçou-a uma última vez e agradeceu pelo serviço e a ajuda prestados. Desejou que tanto ela quanto os filhos tivessem toda a alegria e a paz do mundo. Por fim, pediu que Cassandra não voltasse a trabalhar para Diogo. Ninguém merecia tamanho castigo. A mulher concordou e desejou que Isis encontrasse a verdadeira felicidade bem longe de pessoas que eram capazes de agredi-la e depois justificar que era para seu próprio bem. A madame não soube responder. Apesar de saber que sua antiga empregada tinha consciência da violência que ela sofria, jamais trocaram uma única palavra sobre o assunto.

Não demorou a alcançar a diligência em que Gabriel a esperava.

— Graças a Deus — murmurou ele e suspirou de alívio.

Antes de subir, ela notou um breve movimento no fim da quadra, na esquina. Não sabia se era apenas o balanço de uma das árvores ou alguém que havia acabado de atravessar a rua. Encarou o beco escuro, semicerrou os olhos e aguardou.

— Isis, o que foi? Precisamos ir.

— Tenho a sensação de estar sendo observada.

Ele desceu da carruagem e observou o local que ela mirava.

— Não tem nada ali. E, se houver, certamente são mais daqueles meninos. Eles estão nos encarando desde que chegamos. Isis, eu não sei brigar. É melhor irmos logo.

— Como não sabe brigar? Você não é *homem?*

— Sou um homem que prefere boas discussões verbais, está bem? Qual o problema?

Ela revirou os olhos e subiu o degrau alto, sentando-se em seu lugar antes dele. Continuaram o caminho por vinte minutos, até alcançar o Som América.

— Finalmente! — Foi Alice quem atendeu a porta e puxou sua esposa para dentro do restaurante com um abraço exagerado.

Enfim estavam seguros. Alice tinha levado dois baús, assim como Benvindo, e Gabriel apenas um. Eram nove ao todo, e seriam divididos em duas carruagens.

Gabriel e Benví abraçaram-se e começaram a contar um ao outro como fora a partida. O mais novo contou que a mãe acordara e estava sonâmbula pela casa, então ele saiu sem dificuldades para encontrar Alice e levá-la ao estabelecimento.

— E na sua casa, Alice? — questionou Isis assim que se sentaram todos ao redor da mesa redonda. — Alguém acordou?

— Meus pais dormem como pedras. E, se meu irmão ouviu algo, decerto ficou tremendo de medo no quarto, incapaz de se levantar para ver o que era. E na sua? Diogo nem mesmo desconfia, certo?

Isis engoliu em seco e observou Gabriel, pensando no momento em que o baú escapara de seus dedos.

— Acho que não.

Raquel e Esther uniram-se aos fugitivos, não antes de entregar-lhes algo para comer.

— Aqui — indicou a escritora, servindo um pão recheado para cada um.

— E aqui. — Raquel colocou na mesa o café e belas xícaras.

— Vocês não precisavam ter se preocupado com isso — proferiu a fidalga.

— Quem sabe quando vocês poderão comer de novo? — questionou a dona do comércio. — Saco vazio não para em pé.

Os seis alimentaram-se juntos enquanto se atualizavam dos últimos acontecimentos, contando como haviam se sentido. Benvindo tinha chorado mais que todos; já Isis era a mais aliviada. Ela contou sobre seu momento de susto quando carregavam o baú, mas afirmou várias vezes que o jornalista *com certeza* não tinha acordado.

— Eu falei pra você não pegar tanta coisa — comentou Raquel, usando o exato tom que Amélia, a irmã mais velha de Isis, teria usado se estivesse naquela situação. No fundo, estava muito preocupada. — Quatro baús, Isis, por Deus. Vocês são fugitivos.

Gabriel concordou com a cabeça, Benví olhou para baixo, Esther tomou mais uma xícara de café e Alice apertou sua mão.

— Tenho certeza que ele não ouviu nada — disse. — Fique tranquila. Daqui a pouco estaremos muito longe.

Tensa, ela assentiu. Alguns minutos depois, quando tinham terminado de tomar o café da madrugada e já era hora de sair, levantaram-se e foram para fora se certificar de que as carruagens estivessem prontas. No entanto, o trio de amigas permaneceu dentro por alguns minutos.

— Obrigada pela ajuda — agradeceu Isis. — Não sei o que seria de mim sem vocês.

— Também não sei o que seria de você sem a gente — disse Raquel e a abraçou.

Em seguida, a fidalga entregou envelopes com suas cartas.

— Tem uma para a Laura, uma para a Amélia, uma para os meus pais... Enfim, podem enviá-las quando eu já tiver partido?

— Claro — confirmou Esther. — Acha que seus pais vão amalucar?

— Com certeza, especialmente após verem o presente que deixei para eles. Mas esse surto será de alegria.

— Que presente?

— A razão principal de minha mãe ter visto com bons olhos minha amizade com Alice é que eles estão enfrentando uma gigantesca crise financeira. Estão ficando pobres e enlouquecendo por isso. Eu deixei os meus colares mais caros numa caixa embaixo da cama do meu antigo quarto. Eles poderão reformar a fazenda e voltar a produzir. Explico tudo nesta carta. — Apontou para o envelope branco.

— Então você os salvou — percebeu Raquel.

— De fato.

— E o que disse sobre a separação?

— Disse que enjoei do meu marido e decidi arrumar outro, mas, como não achei nenhum homem à minha altura, decidi ficar com uma mulher.

Raquel jogou a cabeça para trás e gargalhou, assim como Esther.

— Você não disse isso!

— Claro que disse! Só não provo mostrando linha por linha porque o envelope está muito bem lacrado.

Conversaram brevemente, até que Alice apareceu outra vez.

— Amor? Estamos prontos.

— Eu já vou.

Alice assentiu e voltou para fora. O trio de amigas abraçou-se numa longa despedida.

— Não acredito que isso está mesmo acontecendo — murmurou Esther de olhos fechados.

— Nem eu. — Isis suspirou. — Temo que esta seja a última vez que nos vemos.

— Não será de jeito nenhum! — afirmou Raquel. — Nunca pude ir na sua casa, agora que posso você vai se cansar de tanto me ver!

Elas riram.

— Promete que vai me visitar o tempo todo, então?

— É óbvio! Assim que se estabilizar, vou tirar férias e ficar com você a cada dois meses.

Isis prometeu mantê-las sempre informadas e, após muita insistência de Esther, jurou que, assim que comprasse sua casa, a primeira coisa que faria, até mesmo antes de comemorar, seria escrever uma carta contando detalhes do processo e seu novo endereço. Foram para fora. Abraçaram-se outra vez e os fugitivos ouviram os desejos de boa sorte. Como a intenção era que se vissem muito em breve, a despedida não precisou ser cheia de emoção, apenas orgulho e alívio. A empresária e a escritora sabiam que, a partir daquele dia, sua amiga de anos nunca mais precisaria se diminuir para caber em um lugar que já era pequeno demais.

Foram Benvindo e Alice numa carruagem, Gabriel e Isis na outra. Ainda era noite, por volta das três da madrugada. O frio fazia os dedos dos homens quase doerem, não fosse a intensa ansiedade pelo futuro ocupando-lhes a mente. Seguiram a estrada longa e quase vazia em silêncio, com uma carroça seguindo a outra.

O céu estrelado estava belo como nunca. Diante dele, passaram a pensar em suas vidas e em tudo o que deixavam para trás. Família, amigos... tudo seria diferente. Contudo, apesar de suas companhias, eles não estavam fazendo aquilo exclusivamente por amor, mas também por si mesmos. Cada um vivia um martírio próprio e tinha seus motivos para querer ir embora para sempre. Além do fato de ser insuportável interpretar um personagem dia após dia, Gabriel, por exemplo, colecionava feridas emocionais por conta do homem agressivo que o havia criado. Benvindo e Alice, por sua vez, viviam tormentos semelhantes diante da obrigação de unirem-se em um casamento sem amor. E Isis sabia que, depois de partir, nunca mais precisaria passar noites gemendo de dor nem encarar um olho inchado no espelho ou sentir sérias dificuldades para andar. Nunca mais.

— Está com frio? — perguntou Gabriel, ainda que concentrado em seguir a diligência que Benví dirigia.

— Não, por quê?

— Ia lhe emprestar meu casaco.

Isis ergueu a sobrancelha e sorriu, maliciosa.

— Está tentando me conquistar com cavalheirismos, marido?

Esnobando a pergunta, o advogado rolou os olhos e riu de leve.

— Nós vamos nos tornar família daqui para a frente, não vamos? Digo, todos nós. E, para mim e para Benví, *cuidar* é a primeira e principal tarefa de uma família de verdade.

Ela voltou a sorrir — agora docemente.

— Vocês são os únicos homens decentes de fato que eu já conheci. E são uma graça também.

— Quem diria que seu marido ideal seria um homem que a vê como uma irmãzinha, não é mesmo?

Eles continuaram conversando, assim como Alice e Benvindo alguns metros à frente, que discutiam o caminho. A loura segurava o mapa e indicava as saídas que deveriam tomar, enquanto o jovem temia não chegarem ao trem a tempo.

— Tem certeza de que este é o caminho mais rápido?

— Ora, foi o atalho que você me mostrou! — respondeu ela, nervosa com o nervosismo dele. — É muito difícil ler no escuro e em movimento, está bem?

— Vamos comprar um carro quando chegarmos lá, não vamos? Por Deus no céu.

— Vamos priorizar a casa. O sítio, num primeiro momento. Vire à direita agora. — Dobrou o mapa, sentou-se sobre ele para que não voasse e sacou um pote com tampa. — Quer mais um pão? Peguei alguns com Esther.

— Não, obrigado. Quando estou muito ansioso, fico sem fome.

— Verdade? Quando estou muito ansiosa, como até as paredes. — Pegou seu sanduíche simples e voltou a tampar a vasilha. — Já está gelado, mas não tem problema. — Mordeu-o. — Vou deixar o seu reservado para quando sentir fome, está bem? Há um para Isis e outro para Gabriel também.

Benvindo sorriu, mesmo que ela não pudesse ver. Ela havia pensado em cada um deles, tal como ele próprio fazia, como Gabriel fazia, e como sabia que Isis também fazia. Eram, sim, uma família de verdade.

A estação de trem era muito longe, e os amigos que iam na frente erraram duas saídas, atrasando-os mais. Ainda assim, tinham tempo. Às cinco, o breu permanecia resoluto ao redor, mas não os impediu de alcançar seu destino. Estacionaram as carruagens nos fundos da estação, junto de outros veículos. Ao descer, fecharam-se num grupo discreto.

— Benví e eu vamos buscar ajuda para os baús, está bem? — disse Gabriel. — Podem tomar conta das nossas coisas?

Desse modo, os homens seguiram caminhando tranquilamente em direção às plataformas, e além de ajuda também pediriam informações sobre o trem que pegariam. Gabriel levava os documentos falsos embaixo do braço, tranquilo no que dizia respeito à apresentação e à validação das autoridades, caso necessário. Isis e Alice, por sua vez, ficaram sozinhas na área de estacionamento.

— Está com fome? — perguntou Alice. — Eu trouxe um sanduíche, mas está gelado. Posso pegar para você.

A morena sorriu e segurou suas mãos.

— Está com fome? Eu trouxe um beijo, e está quente. Posso entregá-lo a você.

Com o coração palpitando e muita saudade acumulada, a moça segurou-a pela cintura e a levou até atrás da carruagem. O objetivo era que se escondessem no vão entre os dois veículos, mas, antes que chegassem, já haviam se enlaçado num beijo repleto de ternura e devoção.

Isis abraçou-a, sentindo o corpo enternecer, como se derretesse vagarosamente. Inspirando o aroma que acompanhava sua presença, ela encostou Alice na parte traseira da diligência e aprofundou ainda mais o beijo.

— Se essas carroças não estivessem tão cheias de coisas, eu acabaria com a minha saudade de você agora mesmo — disse Isis.

— Tomara que haja alguma área particular no trem, ou vou entrar em colapso.

A fidalga mordeu o lábio inferior.

— E eu vou adorar assistir.

Voltaram a beijar-se, agora com mais desejo e calor, por mais que a madrugada permanecesse fria e escura. Quando seus lábios se separaram, no entanto, o plano de fuga pareceu escapar-lhes pelos dedos. De uma hora para a outra, sentiram o medo paralisá-las.

Por mais seguro que estivesse o coque de Isis, isso não impediu seu marido por lei de puxá-lo bruscamente e arrancá-la dos braços da outra mulher. A força empregada, se em diferente posição, decerto teria quebrado seu pescoço. Ela mal teve tempo de raciocinar, apenas de sentir o couro cabeludo ser tracionado com violência e escutar o grito saído da garganta de Alice quando notou a presença de Diogo, com olheiras, de camisa aberta e revólver aprumado. Segurando-a forte, o homem posicionou a arma em sua garganta.

Isis não costumava ser ingênua, mas naquela noite havia escolhido o pior momento para tentar. Nem mesmo o sono pesado do jornalista poderia permanecer inabalável diante do estrondo de um baú de tantos quilos. Parara de roncar, Isis sabia.

Diogo tinha acordado brevemente. Demorou-se alguns segundos de olhos fechados, até ouvir o leve movimento da maçaneta e sentir a brisa vinda da porta no exato instante em que sua esposa a abrira. Foi inevitável passar a mão pela cama. Ela não estava lá. Abriu os olhos devagar e ouviu sussurros no corredor. *Voz de homem*, logo notou. Levantou-se rapidamente e espiou por uma fresta. Isis e Gabriel levavam o último baú para o térreo.

Seu primeiro reflexo, em qualquer outro cenário, seria o de explodir e escandalizar. No entanto, o cérebro lento pelas poucas horas de sono o fez hesitar e questionar se não estaria vendo coisas que não existiam. Mas, ao se virar e ler o bilhete da morena, sanou todas as dúvidas.

Em todos os seus anos de vida, jamais se sentira tão revoltado, além de humilhado e completamente cego. Isis estava fugindo com outro homem. *Eu sabia!*, ele pensou e repetiu um milhão de vezes em sua cabeça fervente. Relia o termo "corno", até que, ao vê-los subindo na carruagem, percebeu o que precisava fazer.

— Se eu sou corno, você está morta.

Não haveria legislação ou valor moral que o impedisse de acabar com a vida da maldita. Antes tivesse fama de assassino que de chifrudo. Em segundos sacou a arma e desamarrou o primeiro cavalo preso no estábulo. Após alguns minutos seguindo seus rastros, ele encontrou a carruagem parada no cortiço em que Cassandra morava. Decidiu esperar na esquina, embora não compreendesse o objetivo de Isis e do amante adentrando aquele local de forma tão desacautelada.

Sempre de longe, ele aguardou na rua e controlou o ânimo para não invadir o Som América quando os amantes foram até lá. Mesmo de fora, era possível notar que o salão tinha mais pessoas, inclusive outro homem. Não queria que nada atrapalhasse na hora de descontar toda a fúria que alimentava. Esperaria mais, até o exato momento em que ela pudesse sentir o sabor da morte.

E era chegada a hora. A próxima surpresa o deixou perplexo. Quem diria que aquela mulher carregava tantos pecados? Além de adultério, a sodomia — prática tão abominável perante o Altíssimo. Assisti-la beijar Alice o deixou em completo choque, muito mais do que quando lera seu adeus. Ainda assim, muitas coisas se encaixaram em sua mente. No fim das contas, estava ali; o tempo todo a resposta estava ali, mas ele jamais havia conseguido enxergar.

Mais um motivo para matá-la, pensou. Afinal, um ser humano tão sujo não poderia ser digno de viver sobre a terra.

Aquela era a visão mais tenebrosa que já havia passado por Alice. Isis estava com os olhos pressionados, tamanha a dor que sentia ao ter o cabelo puxado para trás. Já Diogo parecia tão insano quanto um lunático que tivesse acabado de fugir do manicômio, e a arma permanecia firme e forte na garganta da fidalga. Ele a apertava ali quase como se quisesse afundá-la e rasgar sua pele.

— Não faça isso! — implorou Alice num grito trêmulo. — Pelo amor de Deus, Diogo, não faça isso!

— Deus? Foi esse o nome que você ousou proferir? — Riu, sardônico, enojado por respirar o mesmo ar que Alice. — Você e essa vagabunda vão para o inferno hoje mesmo.

Ela elevou as mãos, numa tola tentativa de tirá-la dali, mas Diogo deu dois passos para trás e pressionou o revólver com ainda mais força.

— Mova-se outra vez e assista aos miolos da sua amante estourarem. A cena será linda!

Alice reteve os braços, apavorada. Não havia nada que pudesse fazer para salvá-la. Não sob o olhar dele. Seu coração batia forte como nunca. Antes pensava que nada a deixaria tão nervosa como fugir para outro estado, mas diante daquela cena poderia vomitar e cair de joelhos, tamanho o pavor.

Isis abriu os olhos, ainda sentindo dor na cabeça e no pescoço. Murmurou dolorosamente e, apavorada como apenas Diogo era capaz de deixá-la, soube que havia estragado tudo. Se tivesse se deitado e ficado com ele por mais alguns minutos, ele teria pegado no sono outra vez, despertando apenas quando já estivessem longe.

— Diogo, por favor... — Por dentro, queria urrar de dor. Ele não se cansava de puxar seus fios para trás.

— Você achou que ia sair por cima, não achou, vagabunda? Achou que poderia ganhar de mim?

Em desespero, Alice queria gritar por socorro, mas só Deus sabia o que poderia acontecer se o jornalista se assustasse ou se irritasse com seu brado. Se algum mal acontecesse a Isis, ela jamais se perdoaria. Ofegante, mantinha-se de punhos cerrados, a testa começando a suar.

Isis continuava a ouvir as barbaridades humilhantes que Diogo proferia agressivamente em seu ouvido — cada termo escolhido a dedo para degradá-la. Tantos anos de casamento não serviram de nada, a não ser para que ele tivesse total controle sobre ela. Desse modo, Isis conseguiu deixar a culpa de lado e foi se entregando a uma intensa fúria. Não era possível, pensava, que houvesse feito tudo aquilo, agido com tamanho cuidado, aberto mão de tantas coisas, suportado aquele homem durante tantos anos para, quando enfim tivesse a chance de ser genuinamente feliz, perder para a morte, e ainda mais na mão do ser humano que mais odiava no mundo.

— Filho da puta! — gritou. — Me solta, inferno!

— Socorro! — bradou Alice, não sendo mais capaz de suportar. Era inacreditável que não houvesse um único policial fazendo ronda naquele lugar. Ainda assim, gritou mais uma vez.

— Calem a boca, vocês duas! — urrou ele, tirando a arma da mira de Isis e mudando-a para Alice. — Eu posso matar você primeiro, sem problema algum.

Seus gritos felizmente haviam servido de alguma coisa. Gabriel e Benví, que já estavam chegando, correram até elas e surgiram ao lado da carruagem.

— Que merda é essa?! — exclamou o advogado.

Diogo moveu o revólver alguns centímetros para mirar os homens. Esses breves segundos acenderam na loura a coragem de que precisava. Aproveitando que nem ela nem sua amada estavam em perigo, e que os dois homens estavam longe o suficiente para que o jornalista pudesse errar o alvo, avançou sobre ele e empurrou a arma para baixo.

Diogo atirou, mas não acertou nada além da carroça alheia. Em meio à briga, deu outro tiro, que acertou o chão. Esses segundos de distração fizeram com que Diogo afrouxasse a força da mão esquerda, o que deu a Isis uma chance de desvencilhar-se de sua posição de refém. Movimentando-se desesperadamente, ela estava prestes a conseguir se soltar, mas foi a pancada na cabeça dada por Gabriel que a fez sentir o ex-marido perder as forças de fato.

A tora de madeira abandonada em meio ao gramado escuro fora a arma perfeita contra aquele homem. Diogo soltou os cabelos de Isis e deixou a arma cair no chão. Em seguida, bambeou para trás e começou a ver estrelas.

— Olha para mim, Isis — implorou Alice, rouca e temerosa. — Você está bem?

— Corre! — vociferou Benvindo. — Corram logo, inferno!

Sem tempo para responder à pergunta, Isis segurou forte sua mão e ergueu a saia do vestido para correr. A madrugada escura e fria revelava-se um desafio adicional perante tudo o que estavam vivendo. Quando chegavam perto da estação, ouviram um movimento na grama logo atrás e apavoraram-se, pensando ser o assassino em potencial.

— Entrem no trem! — apontou Gabriel enquanto segurava a mão do seu noivo sem nem notar. As mulheres faziam o mesmo.

Por conta de uma série de manutenções, o veículo estivera fechado para a entrada de passageiros. No entanto, o tempo que Gabriel e Benví levaram para retornar à carruagem fora suficiente para que as portas se abrissem e uma fila imensa se formasse diante de alguns vagões.

Era um espaço largo o bastante, de madeira e pintado em tons de vermelho. Havia uma clara separação por classes sociais. Os menos favorecidos adentravam lentamente os últimos vagões, enquanto os viajantes da primeira classe subiam nos primeiros. O trem se manteria parado ali pela próxima meia hora, aguardando o horário de partida. Isso significava que não iriam embora antes que Diogo reaparecesse, até porque toda a sua bagagem continuava nas carruagens.

Num esforço para desaparecer de vista, eles tentaram adentrar o primeiro vagão que viram, isto é, um dos últimos. Notando que eles queriam passar na frente, as famílias na fila começaram a impedir a passagem, fosse com mãos prontas para empurrá-los ou palavrões de impaciência. Uma das mulheres apontou para Isis e disse que, se dependesse dela, "uma pessoa com aquela cara de doida varrida não entraria no trem". Mesmo nervosa como nunca, a fidalga se ofendeu.

— Eu pareço uma doida varrida por acaso? — indagou a Alice.

Por culpa do jornalista, seus cabelos estavam desfeitos e emaranhados.

— Claro que não, meu amor — respondeu Alice. — Você está linda.

Satisfeita, ainda que apavorada, Isis chamou os homens para que parassem de discutir e disse que precisariam entrar pelo vagão correto. Assim sendo, tropeçando em seus próprios pés, saias, pais, mães, avós e crianças, eles foram tentando avançar o mais rápido possível.

— Esperem! — pediu Gabriel, interrompendo sua corrida. — Tem policiais mais à frente. Vamos contar o que aconteceu.

Isis engoliu em seco.

— Diogo nos viu juntas.

— E daí?

— Estávamos nos *beijando* — sussurrou ela. — Quando ele for pego, vai contar aos policiais e vai dizer que sou esposa dele. Se isso não for suficiente para lhe darem razão, o que eu duvido, vai tentar suborná-los.

Ela não precisou explicar mais nada para que todos entendessem. De qualquer forma, se a polícia soubesse o que havia acontecido, Isis seria devolvida ao homem que queria matá-la, nem que para isso precisasse sair dali arrastada. Em casa, ele a mataria e ainda sairia como vítima, um marido que, frustrado, havia apenas vingado sua honra.

Antes que voltassem a correr, Alice olhou para trás, para as portas de entrada da estação, temendo que a pancada dada por Gabriel não tivesse sido forte o bastante para tirar Diogo de circulação. E, de fato, estava certa. O homem caminhava pacientemente na direção deles, afastando todos que estivessem em seu caminho, já que era uma visão aterrorizante, com a nuca e as costas ensanguentadas. A pancada fizera um corte em sua cabeça, mas ele não tinha tempo de preocupar-se com isso naquele momento. Continuou andando e assustando a todos. Com o revólver na mão, estava certo de que, assim que tivesse a traidora diante de si, não hesitaria. A morte de Isis estava certa.

— Ele está vindo! Andem logo!

Continuaram a correr, debatendo-se entre as pessoas, o que fez o jornalista também apertar o passo, ainda que se sentisse tonto.

Chegando a um dos vagões da primeira classe, cortaram a fila descaradamente, alcançando o funcionário que conferia as passagens.

— Aqui, senhor. — Benvindo sacou e exibiu os papéis. As mãos tremiam e a garganta trancou quando, pelo canto do olho, viu Diogo se aproximando. — Os quatro bilhetes. São nossos. Agora, por Deus, nos deixe entrar!

— Sinto muito, senhor, a fila precisa ser respeitada.

Nem havia tantas pessoas. Em um minuto todos estariam dentro, porque a fila da primeira classe andava muito mais rápido que as outras. Ainda assim, os fugitivos não podiam esperar.

— É uma emergência! Tenho certeza de que ninguém se importa, certo? — Olhou para os cavalheiros e as damas que seriam os próximos a adentrar. Eles estudaram Benvindo de cima a baixo, julgando as vestes amassadas e a testa suada. Nem responderam.

Então Alice, espremendo-se, passou na frente dele e iniciou uma árdua tentativa de suborno.

— De quantos contos de réis o senhor precisa? É só dizer. Todo mundo tem um preço, não é?

Enquanto isso, Isis olhou para trás outra vez. Diogo estava cada vez mais perto. Seu fim era óbvio. Poderia correr para onde fosse, não daria tempo de se salvar. Diogo já estava pronto para matá-la.

Encostou-se no trem e desejou que pelo menos fosse rápido — e que Alice não presenciasse a cena.

— Isis! — alguém chamou. — O que está fazendo aqui?

Era dona Maria Catarina, a primeira-dama com quem havia construído uma breve amizade. Era uma das mulheres mais gentis que já cruzara seu caminho, além de ter um pensamento não muito diferente do dela quando se tratava de questões conjugais. Estava bonita, bem-arrumada, exalando um aroma tão doce quanto sua personalidade. Saiu do meio da fila, deixando o sr. Antônio e o filho deles para trás.

— Deus do céu, o que houve? — questionou, logo notando que Isis parecia ter sofrido um acidente ou algo do tipo.

Apesar de ter tomado conhecimento daquela viagem por meio do próprio prefeito e de dona Maria Catarina, a morena não pensara muito na possibilidade de se encontrarem. O trem era enorme, com diversos vagões para cada classe.

Ainda que alguns metros afastados, o sr. Antônio as encarava com preocupação. Nunca havia visto dona Isis Almeida daquele jeito, e com uma intensa expressão de medo, ainda por cima.

— Não sabia que ia viajar para Minas também! Você precisa de ajuda? — perguntou a primeira-dama e colocou-se ao lado de Isis, de modo a não atrapalhar a passagem. — Onde está o grosseirão do seu marido?

A pergunta foi feita no exato momento em que o pretenso assassino se aproximava. Ele parou a três ou quatro metros da esposa e sorriu assim que seus olhos se encontraram. Gabriel e Alice estavam brigando, pois a jovem insistia em continuar tentando subornar o funcionário da estação, e Benví buscava convencer os primeiros da fila a deixá-los entrar, sendo inteiramente desprezado.

— Está aí — respondeu Isis, apontando-o com um movimento de cabeça, fazendo com que Maria Catarina também olhasse para a frente e o visse em sua pior situação.

Por algum motivo, a ligação entre seus olhos não permitia que nenhum dos dois piscasse. Diogo e Isis estavam frente a frente. Sabiam que aquele era o ponto-final.

Ele ergueu o revólver, apontando-o direto para o rosto dela. As pessoas ao redor começaram a gritar e a se afastar com pressa.

Aqueles foram os segundos mais longos da vida deles. A fidalga quase podia ver as pupilas de Diogo brilharem ao posicionar o dedo no gatilho. Não sentia o chão sob seus pés nem era capaz de ouvir som algum. Estava hipnotizada pelo cenário de quase morte.

Se Deus sabe o fim de cada um, por ter escrito suas histórias antes mesmo de nascerem, Isis soube que aquele era o seu fim. Sentia como se o revólver diante de si fosse a última página, o castigo por tantos pecados. Durante aqueles segundos, soube que o mundo não reservava mais nada para ela. Sua vida terminaria ali e nunca sentiria o sabor de construir a vida dos sonhos com a única mulher que já havia amado em seus vinte e cinco anos.

Ao redor, as coisas pareciam acontecer devagar, ou até mesmo não acontecer. Nem os gritos de Alice, em completo terror, ou a imediata percepção de Gabriel e Benví, causaram algum vacilo em seu olhar fixo e seus músculos congelados.

No fundo, ela já havia aceitado seu final.

Fechou os olhos e respirou fundo uma última vez. Em sua mente, veio a imagem de Alice, de seus momentos de tanta alegria e amor. Ela vestia o rosa-claro de sempre, os cabelos iluminados pelos raios de sol, e exibia um sorriso aberto após gargalhar de algum escárnio que Isis havia proferido. Alice fora, sem dúvida, o ponto alto de sua existência, a melhor coisa que lhe acontecera. *Eu te amo*, pensou naquele último segundo, *e espero que suba neste trem e construa a história mais feliz do mundo.*

Diogo tremia por causa do golpe na cabeça e de puro ódio. Ainda assim, nada impediria sua vingança. Engoliu o amor obsessivo que por ela já havia sentido e apertou o gatilho.

Os gritos duplicaram, a agitação se fez ensandecida. Diogo caiu no chão, derrubado pelos guardas que, por fim, conseguiram imobilizá-lo. Era uma pena que fosse tarde demais.

18

Enfim, livres

Quando Isis abriu os olhos e percebeu que permanecia no mesmo lugar, demorou um momento para acreditar. Contudo, a corrida desesperada do sr. Antônio e de seu filho para perto dela lhe deu uma das visões mais tristes de sua vida.

Dona Maria Catarina estava caída no chão. Os dedos trêmulos de Diogo, somados ao empurrão dado pelos oficiais, haviam feito o jornalista errar o alvo. O tiro no peito fez a primeira-dama engasgar com o próprio sangue segundos antes de falecer tragicamente nos braços do prefeito, que gritava em desespero.

Alice puxou Isis, com lágrimas escorrendo pelas bochechas e o coração prestes a sair pela boca. Então, abraçaram-se forte a ponto de doer.

— Meu Deus — choramingou a loura. — Meu Deus! Eu não suportaria se algo tivesse acontecido com você. Eu jamais suportaria, Isis!

Mas a mulher não era capaz de proferir palavra alguma em resposta. Olhou para o lado e permaneceu assistindo à intensa dor do político. Aquele poderia facilmente ser considerado o choro mais comovente e desolado de toda a história. Era quase possível ver seu peito reverberar.

Dona Maria Catarina não estava mais lá, era apenas seu corpo, que não parava de sangrar. A vida já a havia abandonado. Antônio ergueu os olhos após um momento e encontrou os de Isis. Não foi difícil para ele também perceber quão tremendamente assustada ela estava. De imediato recordou-se de uma noite em casa, após a reunião na mansão dos Almeida, em que Catarina, sentada diante da penteadeira, comentara, enquanto falavam sobre a noite:

— Coitada. Deve sofrer tanto naquele casamento. Espero que algum dia se livre daquilo.

O prefeito não demorou a perceber do que se tratava. Como dissera Catarina, Isis realmente sofria. E estava tentando se livrar da vida de esposa de um monstro.

O olhar empático entre o sr. Antônio e Isis não durou muito, pois logo o homem se levantou e decidiu acabar com a vida do assassino com as próprias mãos. No entanto, foi impedido por parte dos guardas — os que não estavam ocupados levantando Diogo do chão e prendendo-o com algemas. Com gritos brutais, o sr. Antônio anunciou a quem quisesse ouvir que destruiria a vida do facínora.

— Venham — Gabriel pediu às mulheres, que permaneciam abraçadas como se pudessem quebrar caso se soltassem. — Vamos entrar.

Isis olhou para dona Maria Catarina uma última vez. Sentiu um nó na garganta.

Adentraram o trem, todos tremendo, com os nervos à flor da pele. Foram levados a uma cabine particular nos fundos do terceiro vagão. Benvindo abriu as portas e os outros três sentaram-se no estofado alaranjado. Isis ficou entre Alice e Gabriel, enquanto Benví, após trancar a porta, acomodou-se numa mesa diante dos três.

A morena chorava copiosamente. O nível de estresse a fez perder o controle, mas, com o afago físico e verbal de sua nova família, ela não demorou a começar a se acalmar, por mais que a dor no peito fosse gigante.

Quando viram que Isis estava um pouco melhor, Gabriel e Benvindo se levantaram.

— Vamos buscar nossa bagagem, está bem? — disse Gabriel.

— Vou pedir a alguém para trazer água. — Benví colocou as passagens sobre a mesa.

Depois que eles saíram, Isis calou-se no abraço de Alice e buscou respirar fundo o máximo de vezes que pôde. Estava viva. Apesar de tudo, estava viva.

— Eu prometo que essa dor vai passar — sussurrou Alice, acariciando-a. — Estou tão aliviada por você não ter se machucado. Minha nossa. Não sei o que faria se a perdesse. — Beijou seu rosto.

Isis buscou se recompor e limpou as bochechas.

— Não acredito que ele nos seguiu até aqui. E que matou Catarina, santo Deus! Ela não merecia isso, não merecia. Eu deveria ter feito alguma coisa, deveria...

— Não foi culpa sua, meu amor. Você sabe que não. E agora Diogo vai passar o resto da vida atrás das grades.

— Você acha? — questionou a morena, sentindo uma pontada de alívio pelo menos em relação a isso.

— Tenho certeza. Isso se o prefeito não mandar alguém o matar. Ele nunca mais vai perturbá-la. — Alice enlaçou os dedos nos de Isis. — Você está livre. A partir de agora, está completa e eternamente livre.

Mesmo que respirar ainda parecesse difícil, Isis se esforçou para deixar que o oxigênio entrasse em grande quantidade e a acalmasse. Concentrou-se nas palavras de sua esposa, em seu carinho sem pausas, em seu abraço seguro.

Alice tinha razão. A partir dali, Isis estava livre, assim como a esposa, Gabriel e Benví. Ainda que com muita dificuldade, iriam realizar seu maior sonho: fugir da vida que tanto odiavam para construir outra, completamente diferente.

Os homens não demoraram a retornar e, quando chegaram, elas já haviam tomado água e ajeitado a cabine de modo a deixá-la mais confortável.

— Como estão as coisas lá fora? — indagou Isis.

— Já levaram o corpo da primeira-dama. Estão limpando a sujeira. Não vimos o prefeito nem o filho, mas um dos funcionários disse que foram todos à delegacia. — Enquanto tiravam o paletó e se acomodavam diante delas, Gabriel e Benvindo também contaram que a bagagem já estava embarcada.

Antes que o trem partisse, um dos oficiais bateu à porta e entrou.

— Bom dia, senhores — disse, por mais que ainda fosse madrugada e o sol não tivesse nascido. — Os bilhetes, por gentileza?

Alice, que estava mais próxima dos papéis, entregou-os e logo em seguida voltou a abraçar sua mulher. Encostou o rosto dela em seu ombro e permaneceu acarinhando-a, sentindo-a mais leve e calma a cada minuto.

— Alice Aparecida Veiga Silveira, Benjamin Monteiro Silveira... — Trocou os papéis. — Rodolfo Gabriel Monteiro e... Maria Isis Proença Monteiro. — Deixou as passagens sobre a mesa. — Viagem em família?

Entreolharam-se, ainda desacostumados.

— Sim — respondeu Isis. — Não nos desgrudamos nunca.

O funcionário deu um sorriso breve e agradeceu, deixando-os a sós. Ficaram em silêncio, entreolhando-se por alguns segundos, achando graça daqueles termos.

— *Viagem em família?* — caçoou Alice.

— *Não nos desgrudamos nunca* — disse Gabriel, sorrindo.

Por mais que ainda fosse difícil sentir calma, permitiram-se rir. Um casal de um lado, o outro do lado oposto, envoltos em cobertores, separados por uma mesinha com água e suas novas identidades. Em breve aquele pedaço de madeira estaria repleto de pães, frutas, suco e café, assim que a primeira refeição do dia fosse servida.

— Ainda é inacreditável que estejamos fazendo isso — murmurou Benvindo quando todos ficaram quietos.

Gabriel o chamou para um abraço, e eles se envolveram num momento de afeto muito semelhante ao que Isis e Alice compartilhavam.

— Apesar de tudo o que acabou de acontecer, parece um sonho, não é? — respondeu a loura, olhando a esposa, então a beijou na testa três vezes. — Você está melhor?

— Você sempre me deixa melhor. — Por baixo da manta, Isis puxou uma das mãos da amada e iniciou um lento e delicado carinho, mesmo que ainda estivesse estressada e chocada. A fim de tirar as últimas imagens da mente por pelo menos um instante, ela mudou de assunto. — E então, queridos? Como faremos a divisão dos quartos? Alice e eu queremos o que tiver a vista mais bonita.

— De jeito nenhum! — contrariou Gabriel. — Esse é nosso.

— Vamos ter que brigar por ele, então. E, como você disse que não sabe brigar, eu já ganhei.

— Não acredito que este será nosso primeiro desentendimento em família.

— Façamos um acordo, então — sugeriu Benví. — O que tiver a vista mais bonita é de vocês, mas o maior é nosso.

Alguns segundos de olhares desafiantes foram suficientes para que Isis e Alice concordassem. Em seguida, começaram a discutir a decoração da casa, tentando não repassar mais a imagem do que havia acabado de acontecer à primeira-dama. Aquele seria um trauma que teriam de carregar e tratar a longo prazo, então, ali, qualquer assunto que pudesse distraí-los minimamente seria bem-vindo. Enquanto isso, elas se impressionaram ao notar o acentuado interesse que os dois homens tinham pelo assunto "decoração". Nunca haviam conhecido homens que falassem sobre estofados, vasos e flores com tanto entusiasmo.

Aquele momento de construção de planos fez com que se sentissem ainda mais interligados, e a facilidade e a leveza na comunicação também os animaram. Em poucos minutos já tinham decidido as principais cores da residência. Quem os olhasse jamais diria que se conheciam havia tão pouco tempo.

Alguns instantes depois, Gabriel suspirou e observou seu noivo com carinho.

— Tem razão. É inacreditável que estejamos fazendo isso.

Ao fim dessas palavras, ouviram o ressoar do sino do trem. Em seguida, enquanto olhavam pela janela de cortinas abertas, viram a paisagem começar a se movimentar lentamente e o sol longínquo começando a alumiar o céu. Estavam partindo.

Isis sorriu. Pareceu que o peso do mundo havia, pela primeira vez em anos, saído de cima de suas costas.

— É real, sim. Pode parecer inacreditável, mas é real.

Se questionados sobre qual teria sido o dia mais importante de suas vidas, os quatro decerto concordariam que havia sido aquele. Apesar dos pesares, naquele 1º de dezembro, numa estação saindo de São Paulo, assistindo às árvores passarem e com outro casal amado logo à frente, conquistavam a realização do seu maior anseio. Era real. Começariam o novo ano com o pé direito, cheios de planos, paixão e comprometimento. Sentiam como se aquele fosse o início da vida que estiveram esperando desde que nasceram e, no fundo de seus corações, desejaram que todas as almas que amavam como as deles pudessem, um dia, ter o privilégio de experimentar aquela mesma sensação.

Estavam livres. Agora, podiam viver. E finalmente podiam amar.

Epílogo

1900

Naquele dia, o quarto estava bastante iluminado. Através das grandes janelas de vidro, era possível sentir a imensidão dos raios solares aquecendo e envolvendo o cômodo que ficava bem no centro do segundo andar, como que dividindo os casais que ali residiam.

Aproveitando a manhã de primavera, Clarisse e Pietro brincavam ao pé da varanda, ao passo que apreciavam o sol que mornava o chão e não os deixava passar frio. A menina já tinha seis anos e era tão curiosa que, por vezes, seus pais diziam que parecia querer se tornar uma enciclopédia.

— Dicionário primeiro, enciclopédia depois! — Era o que ela respondia.

As crianças tinham aparência muito semelhante, provando o parentesco sanguíneo. Hispânicos, tinham olhos grandes e infantis, de cílios muito longos e expressão ingênua, nariz levemente largo e bochechas redondinhas.

O menino, com seus quatro anos e meio, era mais manhoso que a irmã e tinha verdadeira paixão por cores e música. Estava tentando aprender a ler com as aulas de sua mãe — uma de suas mães, na verdade —, mas achava aquilo demasiado complicado. Clarisse também estava aprendendo, mas se dava melhor nos cálculos do que em outras áreas de estudo. Essa matéria costumava ser lecionada pela *outra* mãe.

— Salve-se quem puder! — gritou Pietro, jogando todas as bonecas para cima.

Sua irmã rapidamente protegeu a cabeça, como se os brinquedos de pano pudessem machucá-la. Juntos, eles gostavam de brincar de tudo e de nada ao mesmo tempo. Ao passo que ele lançava as bonecas para cima para comemorar a vitória no jogo de bolinha de gude, Clarisse voltou-se ao pião que jogara antes e logo conquistou a atenção do irmão. Em seguida, brincaram de amarelinha pela quinta vez no dia.

Era daquilo que gostavam. Bagunça e barulho, o máximo de agitação possível. Ao brincar, gritavam, gargalhavam e pulavam sem cessar. E, embora fosse cansativo, esse não era o tipo de coisa capaz de verdadeiramente incomodar seus pais ou provocar uma repreensão. Afinal de contas, eles sabiam que nem sempre tinha sido assim. Houve, fazia algum tempo, uma época em que os dois gastavam aquela energia em coisas que criança alguma deveria fazer, soltando apenas uma frase ou outra durante o dia, revelando sua exaustão.

Clarisse pulou o último quadrado da amarelinha e observou Pietro.

— Está calor demais aqui! — reclamou, percebendo que o sol que antes ajudava passou a atrapalhar. — Vamos brincar lá fora. Nas árvores.

— A mamãe disse que não pode — rebateu o menino, lembrando-se das instruções matinais. — Por causa das *visitas.*

— Talvez ela tenha mudado de ideia. Ou se esquecido. — Ela ergueu as sobrancelhas rapidamente duas vezes, imitando o trejeito que um de seus pais havia pegado no trabalho. Observadora como sempre, Clarisse achou aquele movimento facial muito engraçado e digno de reprodução.

Decididos, eles abandonaram o chão repleto de brinquedos e saíram correndo para o andar de baixo, ignorando as orientações da família para que não corressem dentro de casa, principalmente nas escadas. Era quase impossível controlá-los.

O casarão tinha mais janelas do que poderiam contar. Não chegava a ser uma mansão, apesar de oferecer extremo conforto. A escada em caracol dava uma volta inteira até alcançar o térreo. O piso era de madeira e as paredes, enfeitadas com dezenas de flores, que se destacavam em meio ao tom alvo do restante da decoração.

— Mamãe! — gritaram assim que a viram passar pela porta da frente.

Isis estava belíssima, talvez mais do que já fora em toda a sua vida. Vestia-se de bege bordado com cores alegres, cujos desenhos lembravam um jardim. O vestido ombro a ombro transmitia romantismo e elegância, além de uma paz fora do comum. Tinha os cabelos presos, com mechas caindo sobre o rosto, e exibia joias finas. Como diziam seus filhos: parecia uma princesa.

— Quem caiu de novo? — perguntou, já pronta para dar um beijo mágico em algum cotovelo ou mão ralada.

Encontraram-se no meio da sala de estar. Clarisse uniu as mãos junto ao corpo e deitou o rosto no ombro, balançando-se numa tentativa de ficar ainda mais adorável do que naturalmente era. Com voz cantada, pediu devagar:

— Podemos brincar lá fora?

— Depois do almoço, lembram? — disse a mulher, referindo-se à conversa que já haviam tido.

— Só um pouquinho? — insistiu Pietro, imitando o jeitinho astuto da irmã.

— Nem um pouquinho. — Isis se uniu a eles no modo ingênuo de cantar palavras. — Vocês vão sujar suas roupas e não vão querer tomar banho de novo. E, mesmo que tomassem, não ia dar tempo.

— Não vamos sujar. Eu juro! — afirmou a menina.

— Nossas visitas já estão chegando, está bem? Depois que os virem bonitinhos, prometo deixar vocês saírem para deitar e rolar onde quiserem.

As crianças se deram por vencidas. Mas, no fundo, sabiam que haviam ganhado mais do que perdido. Antes só queriam brincar de amarelinha, porém dali a uma ou duas horas poderiam *deitar e rolar*, e *onde quisessem*!

Clarisse usava um vestido cuja saia ia até um dedo abaixo dos joelhos. Era branco, cheio de babados e pérolas, arrematado por uma larga faixa que envolvia sua cintura e formava um delicado laço nas costas.

O cabelo cacheado estava preso num coque alto, muito parecido com o de sua mãe. Mas isso não era novidade. Clarisse vivia dizendo que queria ser como ela. Sempre que Isis perguntava qual penteado deveria fazer, a menina apontava para a cabeça da fidalga.

— Desse mesmo jeitinho, mamãe. — E sorria, indo sentar-se.

Tinha sapatinhos azul-claros e uma presilha da mesma cor. Parecia uma de suas tantas bonecas.

Pietro usava um fraque infantil nas mesmas cores que a irmã. Isis planejara suas roupas por dias, e na maioria das vezes eles estavam combinando. O cabelo curto estava penteado para o lado, imitando o jeito que Gabriel costumava usar.

O marido deste, aliás, não demorou a aparecer.

Benvindo, para a infelicidade de Isis, estava desarrumado. Descalço, vestia calça de pijama e a camisa de botões estava imunda, ainda que usasse avental. Os cabelos desgrenhados também não ajudavam a melhorar a aparência. Ainda assim, as crianças se animaram quando um dos pais cruzou sua visão.

— Está pintando! — exclamou Pietro, encantado com a mistura de cores pelo corpo. — E nem nos chamou?

— Adivinhe por quê. — E ergueu uma das sobrancelhas, indicando Isis como se ela não pudesse ver.

A morena colocou-se entre as crianças e seu amigo.

— Não deixei e continuo sem deixar! — Antes que as crianças choramingassem, ela continuou: — Lembrem-se: depois do almoço poderão fazer o que quiserem.

— É mesmo? — perguntou Clarisse e levantou as sobrancelhas duas vezes, assim como Benví. — Deitar e rolar, não é?

— Ah, Cristo...

— E brincar com os porquinhos! — exclamou Pietro.

— E pintar o corpo todo de tinta! — completou Clarisse.

— E correr sem levar xingo!

— E levar galinhas para dentro do quarto!

— E nos pendurar nas cortinas!

— E comer toda a sobremesa sozinhos!

Para a surpresa deles, Isis sorriu tranquila.

— Claro que sim — respondeu e caminhou para o lado do novo pintor. — Se o papai deixar, é óbvio, já que é ele que cuidará de vocês pelo resto do dia.

Isis e Benví trocaram olhares. Ela sorria, sardônica como sempre, e ele a observava como quem diz que não estava surpreso por ela ter contornado a situação perfeitamente, deixando a parte difícil para ele.

— E então, papai? — perguntou Isis, fingindo inocência. — Vocês vão deitar e rolar com os porquinhos hoje?

— Só se for na sua cama.

— Não! — Pietro os interrompeu. — Na minha! Por favor?

As risadas foram tão altas que puderam ser ouvidas da cozinha, em que o almoço era preparado a todo o vapor. Inúmeros pratos estavam sendo cozidos pelo único e exclusivo motivo da chegada das tais visitas. Eram pessoas muito importantes para Isis. Não via a hora que chegassem. Não via a hora de abraçá-las. Não via a hora de apresentar a família que construíra com tanto amor. Agora, tinha esposa, amigo, irmão e filhos, além de vizinhos fofoqueiros que adorava, amigas de festas e colegas da igreja, que, por sinal, eram muito engraçadas. Estava feliz como nunca e orgulhava-se indescritivelmente.

Chegariam em poucos minutos, e Gabriel e ela iriam buscá-las na estação de trem muito em breve. Isso, claro, se o homem voltasse a tempo do centro da cidade.

Foi só pensar nele que apareceu.

— Graças a Deus! — exclamou Isis, indo encontrá-lo na porta.

— Olá, irmãzinha — cumprimentou, dando-lhe um beijo rápido na testa. Quando estavam diante de alguma pessoa que não fosse da família, dizia "Olá, *esposinha*", enfatizando o termo exatamente por saber quanto Alice o *odiava*; já a morena ria toda vez. — Está linda hoje. Onde estão as crianças?

A fidalga as deixara com Benví, mesmo que receosa com a possibilidade de a interação acabar manchando as roupas claras e passadas à perfeição.

Após o início de suas novas vidas, Benvindo relembrou a paixão que tinha pela pintura quando adolescente. Fora reprimido por ter um traço delicado demais para um *homem*, além de usar "um exagero de cores". Em seu novo lar, ele não precisava esconder a prática que tanto o acalentava. E ter filhos ajudou-o a se envolver ainda mais com cores e arte.

Durante a semana, ele ficava ocupado com seu novo emprego de gerente da Casa de Crédito de Belo Horizonte, deixando as noites e os fins de semana livres para se dedicar à família e à pintura.

Gabriel, por sua vez, trabalhava numa firma de advocacia, porém estava se organizando para ter o próprio escritório. Ele previa que, até o fim do ano, voltaria a ser seu próprio patrão. Ademais, muitas vezes ajudava Alice com as questões legais da fazenda que compraram assim que chegaram a Belo Horizonte, nove meses antes. Era louco pelos filhos. Sempre que tinha chance, repetia que não fazia a menor ideia de que era possível amar daquela forma. Também adorava andar a cavalo e encontrar festas finas para irem todos juntos.

— Estão na sala — respondeu Isis, apressada. — Podemos ir? Elas já devem estar chegando.

— Ah, eu estou morrendo de fome... Acho que vou...

— Gabriel!

— Dez minutinhos, juro!

A morena bateu as mãos nas coxas.

— Eu já deveria ter aprendido a dirigir aquele carro sozinha. Se soubesse mexer naquela coisa, estaria na estação agora mesmo.

— Não foi por falta de oportunidade, não é? — Gabriel lembrava-se dos tempos em que tanto ele quanto Alice lhe ofereciam aulas, mas Isis se dizia muito ocupada com o trabalho de gestora do sítio, e também com um *pouquinho* de medo. Quando as crianças chegaram, viu mais uma desculpa para dispensar as aulas. *Não tenho tempo, não tenho!*

— Eu sou uma mulher muito ocupada.

Gabriel riu, negando com a cabeça, e começou a andar em direção à cozinha. Podia ouvir o estômago reclamar. Assim, Isis se viu só e decidiu voltar ao quarto para realizar uma tarefa específica, que a fez sorrir só de imaginar. Subiu as escadas a passos largos e logo se viu diante do quarto das crianças. Estava todo revirado, mas decidiu fingir para si mesma que não tinha visto. Virando-se para a esquerda, alcançou a próxima porta e a abriu.

O cômodo era um pouco menor que seu quarto em São Paulo, mas incrivelmente mais confortável. Tinha armarinhos brancos, penteadeira e, além da cama de casal, um sofá muito aconchegante e arredondado perto de uma mesa diante da varanda. Nela, Isis e Alice costumavam passar algum tempo juntas, tomando café da manhã ou lendo. Também mantinha ali mudas de plantas em pontos estratégicos e alguns de seus livros favoritos, como *Senhora*, de José de Alencar, e *O cortiço*, de Aluísio Azevedo.

Alice dormia pesadamente. Seus cabelos estavam muito mais longos e ondulados, mas ela tinha o costume de fazer uma trança embutida toda manhã e acabava não se atentando muito a eles, o que facilitava o trabalho de permanecer sempre de cabeça baixa olhando para os papéis.

Isis subiu na cama devagar e aproximou o rosto do dela. Observando sua expressão angelical de sempre, deslizou a ponta do nariz em sua bochecha.

— Amor? — chamou suavemente.

Sem resposta, beijou a ponta do nariz rosado, logo descendo para os lábios entreabertos. A demonstração singela e contínua de afeto fez com que, aos poucos, Alice despertasse. Reclamou soltando um murmúrio manhoso e esticou os braços e as pernas. Por fim, abriu os olhos.

— Bom dia, meu bem — disse a morena, que recebeu um sorriso.

— Bom dia. — Alice ergueu a mão para tocar seu rosto e acarinhá--la. — Nossa…

— O quê?

— Você nunca esteve tão linda quanto hoje.

Isis riu, boba, desviando os olhos.

— Você diz isso todos os dias.

— E é sempre verdade.

Então, a fidalga debruçou-se mais, logo alcançando seus lábios e aproveitando para beijá-los com ternura. Mas não poderiam permanecer assim por muito tempo, afinal já haviam percebido que, especialmente depois de casadas, quanto mais tempo ficassem se tocando, mais do corpo uma da outra queriam sentir, e o decote aberto da camisola de Alice não gerava em Isis qualquer outro desejo senão o de afogar-se no sabor de sua pele.

— Preciso dar banho nas crianças — a loura lembrou quando sentiu a mão da esposa tocando-a no mamilo.

— Eu já dei. Estão prontinhas.

— Mas... hoje era o meu dia, não era? — contestou. — Ontem foi o seu.

— Ontem foi o meu, mas fiz Benví acreditar que era a vez dele. — Deu de ombros.

Alice riu, suave.

— Claro que fez. — Puxou Isis para perto pela nuca, voltando a beijá-la, com ainda mais adoração. Encaixou suas pernas e arrastou o corpo da morena para que ela ficasse por cima. — Mesmo dormindo ao seu lado todas as noites, eu ainda sinto tanta saudade. Como pode ser possível?

— É porque você me ama tanto, não ama?

— Mais do que qualquer outra coisa.

— Eu também te amo infinitamente. É difícil ficar longe depois de conhecer esse sentimento de perto. — Deslizou o polegar pela sobrancelha da loura, logo passando pelo nariz e findando nos lábios. — Me beije outra vez. Não pare nunca.

Alguns dos melhores momentos de Alice Aparecida e Maria Isis costumavam acontecer sobre aquele colchão. Era comum que tomassem decisões sobre o relacionamento ali, debaixo das cobertas e cansadas de amar por tanto tempo. Enquanto acarinhavam seus corpos, sussurravam sonhos e sentimentos. Foi numa dessas vezes, aliás, que, alguns meses antes, falaram de uma de suas maiores vontades.

— Vou perguntar a Graça se não quer me dar um dos filhinhos dela — brincara Isis.

Era tarde da noite e estavam quase que embalando uma à outra. Havia três ou quatro velas alumiando meio quarto, deixando o ambiente ainda mais aconchegante. Estavam no início do ano de 1900. Haviam acabado de começar a decorar a casa.

— Quem é Graça? — questionou Alice naquela noite.

— Não a viu? É aquela moça da igreja. Aquela que conserta sapatos. Ela tem oito filhos, amor. Oito! E é mais nova que eu. — Suspirou. — Vou pedir umas três crianças. Será que ela se ofende?

A loura riu, imaginando o absurdo. Isis sempre tinha algum comentário mirabolante sobre toda pessoa nova que conhecessem, fossem os fazendeiros vizinhos, os comerciantes cheios de lábia, o padre gago ou os irmãos de fé que também frequentavam a Igreja Matriz de Belo Horizonte.

— Acho que três é muita coisa — respondeu Alice. — É melhor pedir um de cada vez.

— Até ela nos dar *todos*!

— Exatamente!

— Será que Gabriel e Benví querem ser pais? Nunca perguntei.

— O Ben quer. Não sei sobre o Gabriel.

— Vou conversar sobre isso com eles. — Isis refletiu. — Digo, antes de pedir a Graça um dos filhos dela.

Os meses passaram rápido. Dois, no total, quando terminaram de decorar cada um dos cômodos. A esse ponto, também estavam criando galinhas e porcos, além de estar iniciando a plantação de cana-de-açúcar mais à frente. Isis organizava e decidia cada passo que o sítio recém-comprado daria. A entrada da casa, que ficava próxima à porteira, estava sendo reformada. Enquanto isso, trabalhava em todo o restante dos fundos. Era um sítio quase tão grande quanto o de seus pais, e a morena enxergava nele muita chance de crescimento, especialmente pela excelente qualidade da terra.

Ela e Alice trabalhavam juntas. Enquanto a primeira coordenava e estruturava cada detalhe prático e logístico, a segunda assumia o papel de organizar o financeiro, isto é, custos e lucros gerados. Passavam muito tempo conversando e ensinando uma à outra tudo o que sabiam de suas respectivas funções, de modo que, com o tempo, ambas fossem capazes de realizar todas as tarefas.

Ao fim de abril, Alice estava exausta de tanto cálculo, mato e feirante pedindo desconto. Gabriel, por sua vez, sentia-se da mesma maneira, mas em relação ao estresse de ter que iniciar seu trabalho no escritório de outro advogado e ser obrigado a seguir regras com as quais não concordava. Decidiram, então, sair da fazenda e passar a tarde em um de seus botequins favoritos.

Alice estava de trança, como sempre, e também de calça e botina. Não havia uma única alma que não a encarasse em qualquer lugar aonde fosse, mas aprendera a não se importar. Não havia saído de São Paulo para agradar ninguém, mas para viver conforme sua própria vontade. Além disso, tinha acabado de visitar a fábrica de um possível fornecedor, lugar sujo e muito perigoso para ir de vestido e sandálias altas.

Acomodaram-se no balcão e pediram uma cerveja, que logo foi trazida por seu José, o proprietário da Casa do Quentão e também de uma queijaria que não ficava muito longe.

— Às vezes eu olho para aquele velho, que ousa se chamar de advogado, e tenho vontade de... de... — Gabriel tentou encontrar uma ameaça cruel, mas não foi capaz. — Sei lá! Fazer algo horrível. Salgar o café dele ou algo assim.

Alice gargalhou, achando engraçadíssimo que o máximo que ele sentia vontade de fazer fosse salgar o café do patrão. De fato não era um homem de violências. Ficaram alguns minutos reclamando de suas atividades, até que a diminuta mão de uma menina tocou o braço da loura e interrompeu sua história sobre como era terrível ter de lidar com homens que não a levavam a sério ao conferir alguma carga.

— Boa tarde, dona Alice. Desculpa a intromissão.

— Olá, florzinha! — A loura suavizou a expressão e abriu os braços para recebê-la. — Onde está seu irmãozinho?

— Está ajudando na cozinha — respondeu Clarisse. — Limpando o chão que a Rita derramou óleo.

— Ah. — Alice ficou desconfortável, uma vez que o menino só tinha quatro anos.

— E eu não ganho abraço, não? — reclamou Gabriel.

Sorrindo com timidez, Clarisse aproximou-se dele e deu um abraço apertado, findando-o com três beijos na bochecha.

Clarisse e Pietro eram filhos de Lucila da Silva e de um homem conhecido como Ribeirinho. A mulher bebia descontroladamente desde que fora abandonada por ele no meio da gestação do segundo filho. Ribeirinho a trocara pela filha de uma família bem de vida que morava no interior e, desde então, nunca mais se viram. Lucila, portanto, passou a trabalhar dia e noite na Casa do Quentão para pagar o aluguel e alimentar a si e aos dois filhos. Como não podia deixá-los sozinhos em casa, seu José permitia que os levasse para o boteco, contanto que ajudassem mais do que atrapalhassem.

Lucila era agressiva, especialmente por estar sempre alterada de álcool, e vivia uma amargura sem igual. Passava dia e noite pensando em como poderia sair daquela vida e se livrar de se sentir uma imbecil, inútil e abandonada. Recentemente havia começado a se envolver com um velho esquisito que se dizia cheio do dinheiro. Ninguém o conhecia nem tinha ouvido falar dele, mas o homem contava morar no litoral da Bahia.

Benvindo, Gabriel, Isis e Alice haviam descoberto a Casa do Quentão num fim de semana após uma festa. Era uma da manhã e estavam demasiado eufóricos para voltar para casa e dormir. Saíram em busca de um bom bar para conversar abobrinhas e beber. Foi assim que entraram no estabelecimento, conheceram seu José e fizeram uma breve amizade com Lucila. As crianças estavam sentadas a uma das mesas, exaustas, esperando a mãe terminar de trabalhar para irem embora.

Lucila servira os quatro com duas porções grandes e muita cerveja, mas Isis não conseguia tirar os olhos dos pivetes franzinos que pareciam sofrer tanto. Viu quando o menor chamou a mãe e reclamou de fome. Lucila o mandou parar de perturbá-la, deitar a cabeça na mesa e dormir.

De coração partido, Isis esperou a mulher se afastar e chamou as crianças para sentarem-se entre ela e Gabriel, a fim de comerem carne com batata e matarem a fome. As crianças mal falaram com eles, mal se expressaram ou sorriram. Apenas encheram a barriga e adormeceram, Clarisse no ombro de Isis e Pietro no colo de Benví.

Aquele fora o início de tudo.

— E a mamãe? — perguntou Gabriel à garota depois que ela o soltou. — Está por aí?

— Ah... vocês não sabem? — Respirou fundo. O movimento de abaixar o rosto enfatizou suas olheiras, mais fundas que o normal. Além disso, os pulsos estavam puro osso. — Aconteceu uma coisa.

Desde a madrugada caótica em que as conheceram, a família Monteiro Silveira ia constantemente à Casa do Quentão e sempre passava um bom tempo conversando com as crianças. No mês anterior, Alice havia levado brinquedos novos para elas. Não era aniversário nem feriado algum, porém, quando os vira na vitrine, não conseguira pensar em outra coisa que não fosse colocar um sorriso no rosto de sua *florzinha* e de seu *alecrim*, como os havia apelidado.

Um homem levantou a mão e Clarisse saiu correndo na direção dele, sem terminar a história. Havia acontecido algo com Lucila, mas não tivera tempo de explicar. Depois de falar com o cliente, a menina foi para detrás do balcão, subiu numa escadinha de três degraus e puxou uma garrafa de pinga pela metade. Abriu-a, serviu três doses e cortou um limão com uma faca grande demais para alguém da idade dela. Então, levou tudo para o homem.

— Florzinha! — chamou-a Alice quando ela terminou de atender o desconhecido. — O que aconteceu com a sua mãe?

— Ela foi viajar.

— Viajar? Como assim?

— Viajar, ora. — Olhou ao redor, procurando ver se algum cliente precisava de algo. — Só que para sempre.

Não havia emoção em seu olhar, nem boa nem ruim, apenas desconforto. Ela imediatamente saiu de perto deles. Não queria explicar. Não sabia explicar.

Alice e Gabriel ficaram chocados. Lucila havia morrido? Sofrera algum acidente? Para sanar as dúvidas, chamaram seu José.

— A mulher é uma puta, sempre foi — disse ele. — Não morreu, não. Quem me dera. Teria dado menos desgosto aos próprios filhos. Ela foi embora para *sei lá onde* com aquele velho cheio do cifrão. Deixou os meninos aqui e eu que me lasque. Isso é o que dá gente boa ajudar gente ruim.

— Santo Deus... — murmurou Alice, chocada. — E agora? Quem cuidará deles? Eles têm avós ou algum outro parente?

— Têm nada. Nem avó nem cama para dormir. Fiquei com pena de mandar para a rua, então deixo eles dormirem na cozinha e fazerem uma refeição ao dia, contanto que trabalhem — contou, parecendo estressado. — Mas não sei. Eles não fazem o serviço direitinho.

— O que quer dizer? — perguntou Gabriel.

Seu José deu de ombros.

— Quero dizer que talvez amanhã ou depois vocês venham tomar um copo e os pivetes não estejam mais aqui.

Estavam pasmos. A maneira fria com que Lucila tratava os próprios filhos era óbvia e aflitiva, porém ninguém imaginou que seria capaz de abandoná-los, como o pai fizera. Sentiram o coração doer ao pensar em quão traumatizadas se encontravam aquelas crianças. E absolutamente sozinhas. Sempre maltratadas. Sem nenhuma perspectiva.

Alice pensou em qual seria a reação de Isis quando lhe contasse. Ficaria possessa, com certeza, mas muito provavelmente também preocupada a ponto de não conseguir dormir pelas próximas noites.

Ela e Benví em geral também iam à Casa do Quentão junto dos cônjuges, porém naquele dia o homem estava acamado com dor de garganta e a mulher estava ocupada na fazenda, recebendo o veterinário que examinaria alguns porcos doentes.

— E o senhor acha que ela volta? — indagou Alice. — A Lucila?

— Deixou um recado dizendo que só volta amarrada. Nem falou dos filhos.

Dor. Era como Alice poderia descrever o que sentia. Era uma dor pessoal, física, como se fosse com ela, como se fosse com *os filhos dela*. Engoliu em seco, sem conseguir proferir coisa alguma. Imaginou Clarisse e Pietro sozinhos na cozinha escura durante a noite, após um dia inteiro de trabalho e zero carinho, zero estudo, zero higiene e zero descanso. Quando seus olhos cruzaram com os de Gabriel, ela soube que compartilhavam das mesmas sensações e pensamentos.

Então, diante daquela realidade e lembrando-se do sonho da maternidade que tinha com Isis, teve uma ideia. Observou Clarisse correndo de um canto para o outro e, quando viu Pietro saindo da cozinha para ajudar a irmã no atendimento, voltou a olhar para o amigo e perguntou:

— Então, você... já pensou em ser pai?

Daquele dia em diante, Clarisse e Pietro nunca mais passaram um único dia de necessidade, fosse de alimento, segurança ou amor.

Vivendo uma vida completamente diferente em todos os aspectos, eles não demoraram a perceber que sua configuração familiar era incomum, até porque seus quatro pais não faziam questão de esconder isso.

— As mamães dormem no mesmo quarto? — perguntou Pietro na primeira semana, enquanto devorava uma coxa de frango. — Por quê?

— Porque as mamães se amam muito — respondeu Isis. — E querem ficar sempre juntas.

Ela estava extasiada. E apaixonada pelos filhos. Sempre adorou aqueles dois, desde que os conhecera, mas poder enxergá-los como seus, dar afeto e cuidar deles da maneira que sempre sonhara não tinha preço. Para eles, não foi difícil passar a chamá-los de mães e pais, visto que, diante de tanta proteção e amor, não haveria no mundo outras pessoas mais dignas daqueles títulos.

— E os papais também se amam, então? — questionou Clarisse. Já tinha terminado seu prato e estava de olho na sobremesa. Era um bolo de cenoura que esfriava sobre a pia.

— Isso mesmo. E todos nós amamos vocês. Assim, formamos uma família.

Pietro sorriu e voltou a morder a coxa de frango, mas a menina ficou pensativa por alguns segundos, ruminando aquelas palavras. Isis notou que sua mente estava longe e que não parecia ter aprovado a ideia. Fez um carinho suave em seus cabelos antes de perguntar:

— O que foi, florzinha? Não gostou do que eu disse?

— Vocês também vão embora algum dia? Como o meu outro pai e a minha outra mãe?

Isis sentiu o estômago embrulhar.

— Nunca. Nós vamos ficar juntos para sempre. É uma promessa.

Com o passar do tempo, Clarisse percebeu que aquela promessa de fato não seria quebrada. Sob o teto do seu novo lar, recebia diariamente uma quantidade de cuidado que jamais pensara existir. Chamar Isis e Alice de mães e Benví e Gabriel de pais soava muito mais correto e natural do que qualquer abraço que um dia dera em Lucila. Àquele ponto, quase não pensava mais nela.

Para as pessoas de fora, os adultos contavam a verdade. Diziam que conheceram as crianças e a mulher que as dera à luz e que, após serem abandonadas, decidiram criá-las como suas. Eram muito julgados, mas aquele estava longe de ser o único motivo da lista.

Os quatro não se fecharam para a sociedade após a fuga. Muito pelo contrário. Iam a festas toda semana, sempre juntos. Continuavam afirmando que Maria Isis e Rodolfo Gabriel eram casados, assim como Alice Aparecida e Benjamin. No entanto, não se esforçavam para manter aquela mentira. As pessoas percebiam que havia algo estranho, falavam, mas, no fim das contas, tudo não passava de boato.

Com o passar do tempo, determinados trejeitos tornaram-se mais evidentes nas atitudes e na voz dos homens. Eles sabiam disso e propositalmente não se corrigiam. Isis e Alice tinham mania de ficar sempre muito próximas em qualquer ocasião; seguravam as mãos e se abraçavam. Era óbvio que as pessoas ficavam se perguntando o porquê daquilo, mas em seguida pensavam: *E daí?* Certa vez, numa confraternização da igreja, uma das madames mencionou como era curioso o fato de estarem sempre tão unidas. Desdenhando, e com a naturalidade admirável de uma mentirosa nata, Isis respondeu:

— Somos tão próximas que às vezes até me pergunto se não é Alice minha esposa. — E gargalhou.

Ao redor, choque e constrangimento, isto é, exatamente o que ela queria. Adorava saber que agora podia abalar as pessoas quanto quisesse e não haveria uma alma sequer para se achar no direito de repreendê-la.

— Ora, o que foi? Podemos considerar meu marido e o dela um belíssimo casal também, não acham?

O dobro de surpresa. *O absurdo em carne e osso!* Isis riu daquela situação pelo resto da semana.

Ademais, as duas mulheres viviam aparecendo em público de calças. Quando questionadas, diziam:

— Acha que trabalhar na roça de saia é fácil? Pago para vê-lo tentar.

E o fato de não terem filhos de sangue tampouco ajudava. Um dos melhores resultados de tudo isso era que seu estilo de vida os havia aproximado de pessoas como eles. Em menos de seis meses conheceram outros mineiros que amavam da mesma forma que os quatro, e alguns também tinham um relacionamento proibido. Reuniam-se sempre. Era libertador poder conversar com quem compartilhava da mesma sensação e, com isso, ter a chance de fortalecerem-se juntos.

Mas estes não eram os únicos amigos que os Monteiro Silveira tinham. Raquel e Esther já haviam viajado para Belo Horizonte duas vezes para visitá-los. Graças a elas, puderam saber o que havia ocorrido em São Paulo.

Com as joias que Isis lhes deixou, seus pais reformaram a fazenda e conseguiram pagar as dívidas, além de estabilizar as finanças. Os pais de Alice permaneceram com a Ouro Bell, mas raramente apareciam em eventos sociais. Os d'Ávila e os Bell Air estavam próximos como nunca. A história do sumiço dos quatro tinha se espalhado, mas, para a sociedade paulistana, Gabriel era amante de Isis, tendo fugido com ela para livrar-se de seu marido; já Alice *certamente* engravidara antes do casamento. Quisera fugir logo para que ninguém soubesse.

As amigas também contaram o que houve com Diogo: ele se recuperou da pancada após uma tarde no hospital, onde recebeu alguns pontos e medicamentos, mas foi preso logo depois. Era o seu fim. Antônio Peixoto havia jurado que destruiria a vida daquele homem, e não mentira. Após fazer com que o jornalista passasse meses num presídio — mesmo tendo contratado o melhor advogado de defesa —, o prefeito se cansou de tanta misericórdia. Não foi difícil entrar em contato com um dos homicidas que estavam presos na mesma cela que ele. Após pagar um alto preço, ele e o homem combinaram o fim da vida de Diogo Almeida. No dia 8 de abril de 1900, o editor-chefe do *Jornal da Cidade de São Paulo* foi brutalmente assassinado com socos no rosto, chutes nas costas, na barriga e alguns segundos de asfixia.

Em seus momentos finais, ele refletiu sobre a época em que as posições estavam invertidas, enfim sentindo como doía servir de saco de pancadas.

Enquanto isso acontecia, a mulher que um dia chamara de sua estava vivendo dias dourados no estado de Minas Gerais. Não que a vida dos Monteiro Silveira fosse fácil, claro que não. Ainda estavam se estruturando, se conhecendo, passando por momentos confusos e situações que exigiam gigantesca paciência, mas, independentemente do que acontecesse, nada jamais os fez duvidar de sua decisão.

Abandonar São Paulo fora sem dúvida a melhor escolha de suas vidas.

Isis e Alice permaneciam amando-se no quarto. A loura subia a saia de sua esposa e agarrava as coxas que tanto adorava, enquanto se beijavam com fervor. No entanto, Isis empurrou seus ombros e se levantou.

— As visitas, Alice, as visitas! — Saiu de cima dela com pressa, buscando ajeitar a indumentária. — Você precisa se aprontar. Foi por isso que vim acordá-la.

— Quer tomar banho comigo? — indagou Alice, maliciosa.

— Quero ir buscar minhas *visitas.*

— Por favor?

— Vamos, levante-se.

— Um beijinho e eu levanto.

Isis bufou, fingindo impaciência, e permaneceu parada.

— Trate de não ficar trabalhando até tão tarde daqui para a frente, por favor. Você dorme e não se levanta nem que a casa esteja pegando fogo. Agora, de pé!

— Você é tão bonita, Deus do céu. — Alice estava suave, fascinada como sempre pelos detalhes de sua esposa. Mesmo quando Isis se mostrava impaciente, dando ordens, era linda. E, de qualquer forma, soltar aquele tipo de frase sem um contexto propício sempre a desarmava.

Isis ficou olhando-a pelos próximos segundos, esquecendo-se de sua pressa. Só voltou a si quando Alice, por livre e espontânea pressão, enfim colocou-se de pé.

— Estarei pronta em alguns minutos, prometo — acrescentou, baixando as alças da camisola e deixando o fino tecido cair no chão.

A morena deixou os olhos descansarem sobre o corpo da esposa até que a loura sumisse para o toalete, onde a banheira cheia a aguardava. Suspirou pensando em quão maravilhoso seria se pudesse deixar seus compromissos para depois e unir-se à esposa.

Recordou-se, então, de suas visitas e decidiu descer a fim de descobrir se Gabriel já havia comido. No meio da escada, no entanto, as crianças a alcançaram, correndo tão rápido que Isis teve certeza de que tropeçariam.

— Devagar! Devagar!

— As visitas, mamãe! — exclamou Pietro, orgulhoso por ter sido o primeiro a alcançá-la. — Elas chegaram!

— Não, meu benzinho, só vão chegar quando eu e o papai formos buscá-las.

— Mas... elas estão na sala.

Estranhando, a morena franziu o cenho e continuou a descer os degraus junto deles, que seguravam suas mãos e a guiavam com velocidade exagerada. Quando alcançou o térreo e adentrou a sala de estar, quase sentiu o coração parar. Por mais que já as esperasse, não achou que chegariam com antecedência. Foi o que chamaria de *uma surpresa maravilhosa.*

— Sentiu minha falta? — perguntou Laura, sorrindo tanto a ponto de quase se emocionar. Os olhos brilhavam como estrelas, o coração estava acelerado e sentia uma felicidade e um orgulho sem iguais. Usava um vestido lilás simples, de mangas até os cotovelos. Tinha os cabelos soltos e, como sempre, belíssimos.

Isis correu e a abraçou forte. Laura a apertou com carinho e saudade, feliz por saber que, assim como ela, agora sua irmã também estava livre.

— O que aconteceu, Deus do céu? Nós estávamos prestes a sair para buscá-las! — Quando a soltou, viu pelo canto dos olhos uma segunda mulher parada diante da lareira. — Você... deve ser a minha cunhada favorita, certo?

Anaya Tella sorriu abertamente, ainda que um pouco insegura de conhecer a família de sua amada. Tinha olhos alongados, muito delicados, que provocavam fascínio natural, sobrancelhas grossas, nariz larguinho como o de Clarisse e Pietro e o tom de pele bem mais escuro que o deles. Era dona de lábios cheios e bochechas redondas, que ficavam mais em evidência quando sorria. Os cabelos estavam escondidos pelo turbante, que combinava à perfeição com o vestido amarelo e ainda mais acinturado que o de Laura.

Isis desvencilhou-se da irmã e caminhou de braços abertos até ela, dando-lhe um abraço igualmente longo, embora menos apertado, para que Anaya não a achasse mal-educada.

— É um prazer conhecê-la, Isis. — Soltaram-se, mas permaneceram amparando os cotovelos.

— Ah, o prazer é todo meu. Você é tão linda!

Anaya sorriu mais uma vez, pensando que talvez de fato pudesse respirar tranquila. Estava preocupada com aquele encontro, por mais que Laura tivesse dito e repetido que Isis jamais a trataria de forma diferente do que *muito bem*.

— Seja muito bem-vinda — acrescentou. — Aliás, vocês duas. Sentem-se aqui! — E puxou-as para acomodarem-se no sofá, por fim notando que não estavam sozinhas.

Gabriel terminava de mastigar seu pão com manteiga diante dos estofados, e Benví, ao seu lado, também as assistia em silêncio. Sorriam sutilmente, mas, ao notar a repreensão no olhar de Isis quando viu que o segundo continuava sujo de tinta e havia recebido sua irmã e sua cunhada daquela maneira, perceberam que era melhor sair dali.

— Vixe… — o advogado expressou com a boca cheia.

— Acho melhor deixá-las a sós, não? — O outro riu de leve, buscando quebrar o gelo. — Senhoritas, só para explicar: eu estou sujo assim porque Isis me pediu para pintar o quarto dela inteiro.

— O quê?! — Isis soltou.

— Ela finge que não pediu porque sabe que é absurdo abusar tanto da boa vontade dos outros. Mas fazer o quê, não é? Casamento é assim mesmo. — Estendeu as mãos abertas ao lado do corpo, como que mostrando que não tinha escolha. — Fiquem à vontade! A casa é de vocês.

Após um momento de insatisfação da morena, as visitas riram e agradeceram pela hospitalidade. O casal de homens foi direto para o ateliê e as crianças até pensaram em segui-los, mas estavam deveras curiosas com as duas adultas que nunca tinham visto antes. Sua mãe já havia explicado que eram suas tias, vindas do Rio de Janeiro, e que passariam uma temporada com eles.

— O trem chegou muito mais cedo — contou Laura após Isis indagar o que havia acontecido para chegarem duas horas antes. — Não queríamos ficar lá esperando vocês quando podíamos vir sozinhas.

— Ah, nem acredito que estão mesmo aqui. Parece mentira!

— E eu não acredito que agora tenho sobrinhos tão lindos! — exclamou a moça, observando-os parados atrás da mãe. — São iguaizinhos!

— A senhorita e a mamãe são iguaizinhas também — observou Clarisse, franzindo o cenho, admirada com os detalhes. Por um momento, temeu confundi-las.

A conversa continuou por mais alguns minutos, em que Clarisse terminou por sentar-se entre as duas, e Pietro, muito envergonhado, pediu colo a Anaya, que não hesitou em acomodá-lo entre os braços e embalá-lo como um bebê.

Assim que Isis conseguira comprar o sítio, escrevera para Laura contando como estavam as coisas e, por fim, dissera que, se ainda quisesse livrar-se da prisão do convento, ela e Nay tinham um lar seguro esperando por elas.

Laura demorou um pouco para responder, mas, quando o fez, disse que havia amado a ideia. Após muitas dúvidas e conversas, Anaya e ela decidiram se dar essa chance. Pegaram o pouco de coisas que tinham e partiram de caravana e trem para Belo Horizonte. Já haviam avisado Isis, no entanto, que não planejavam passar o resto da vida na fazenda, mas planejar-se enquanto estivessem ali hospedadas, até partirem outra vez, em busca do próprio lar.

— Mas aqui poderia ser o lar de vocês! — insistiu a morena quando falaram sobre o assunto. — Há um quarto novinho ao lado do meu, e a vista é estupenda. Precisam ver. Tenho certeza de que não vão querer ir embora nunca mais.

— Agradecemos muito, Isis — respondeu Nay. Pietro havia saído de seu colo e, naquele instante, colhia flores com Clarisse no jardim para fazer um buquê para cada uma. — Mas ainda queremos conhecer alguns lugares.

— Verdade. — Laura segurou a mão dela e sorriu. — Você vai ter que nos perdoar por isso. Tenho certeza de que a vida aqui é excelente, mas, por ora, temos outros objetivos.

— E estamos tão nervosas, com tanto medo de dar tudo errado... — completou Nay, ansiosa. — Ah, Isis, você, que já viveu todos esses meses longe de São Paulo, se arrepende de alguma coisa? Acha que fez uma boa escolha? Acha que deveria ter esperado mais?

Houve, então, um breve silêncio. Ninguém jamais havia lhe direcionado tal questão. Era uma indagação clara e direta, e muito profunda, especialmente para alguém que havia mudado toda a sua vida em menos de um ano. Suspirou, encarando a parede atrás dela, e umedeceu os lábios.

— Bom, eu diria que essa é a primeira vez que vivo num lugar preenchido de amor. E certamente é a primeira vez que vivo num lugar preenchido de *respeito* — revelou, mais calma, após o susto com a chegada repentina das visitas. — Hoje eu tenho um trabalho, digo, um trabalho de verdade, e isso quer dizer que também tenho controle absoluto do que faço ou deixo de fazer, assim como do que quero agora e do que quero para o meu futuro. Tenho uma casa que amo, tenho muito mais amigos do que já tive em qualquer outro momento da minha história, tenho uma rotina alinhada por mim, tenho liberdade de fala, de vestimenta, de movimentos... E, quando paro para pensar nisso e comparo com a maneira como vivi até o ano passado, sinto que agora respiro muito melhor. E durmo melhor. E sorrio e rio muito mais.

Anaya a observava, encantada, quase sentindo a mesma paz que Isis, sem se esforçar, transmitia através das palavras. Laura, por sua vez, sentiu os olhos marejarem por puro e profundo orgulho. Era óbvio, desde sempre, que sua irmã não era feliz com o grosseirão estúpido com quem fora casada, e que jamais sentiria aquele nível de serenidade enquanto fosse sua esposa. Isis estava, enfim, genuinamente feliz.

— E eu tenho uma família — acrescentou. — Gabriel e Benví decerto têm o dom de me deixar irritada, mas eu não os trocaria por nada.

A forma como nos tratamos, com cuidado e empatia, independentemente de qual seja a circunstância, sempre revelará seu valor. Não houve um só dia em que eu ou Alice precisamos deles e não se prontificaram a ajudar, assim como eu e ela sempre fazemos. Estamos aqui um pelo outro e um para o outro, então, não, eu realmente não os trocaria por nada. E, bom, falando nela, vocês sabem... eu tenho a minha esposa. E, nossa! É maravilhoso poder dizer isso. *Minha esposa.* Achei que não fosse possível amar alguém mais do que eu a amava quando morávamos em São Paulo, mas, a cada dia que passa, cada detalhe novo que descubro sobre ela e cada coisa que a vejo descobrir sobre si mesma me fazem amá-la incontáveis vezes mais. Só por ela eu já sei que, mesmo que não tivesse mais nada, esta vida ainda valeria a pena. Alice faz tudo valer a pena. E além disso ainda tenho filhos! — Riu, leve, com os olhos embaçados. — Os filhos que sempre me foram tão cobrados, os filhos cuja ausência causou o trágico despencar do meu valor como mulher. Eles não nasceram de mim, mas são tão meus quanto eu sou filha da minha mãe; são tão meus quanto são de Alice, de Gabriel e de Benví; são tão meus que acho que eu morreria se os perdesse. São os maiores tesouros que tenho na vida. E eu só consegui tudo isso porque fui embora do conturbado conforto de São Paulo. É uma definição paradoxal, mas acredito que nenhuma outra descreveria melhor a maneira como eu me sentia vivenciando aquele contexto. Então, Nay, se o convento era um lugar em que você se sentia aprisionada, limitada, invadida, pequena e sobrecarregada, pode ter certeza de que, haja o que houver, você jamais se arrependerá de ter ido embora.

Aquilo era o que a jovem precisava ouvir para que o peso do medo saísse de suas costas. Enfim sentiu que podia respirar, especialmente quando as crianças retornaram com lindas flores. Ela beijou a testa de Clarisse e Pietro e derreteu-se de afeto quando ambos retribuíram o beijo em suas bochechas.

A tarde primaveril de setembro marcava o início da vida daquelas duas mulheres, assim como uma madrugada de dezembro uma vez marcara o início da vida dos quatro pais das crianças. Sentiam-se todos unidos por um mesmo propósito, acolhidos e afortunados na mesma proporção.

Não demorou para que Alice descesse as escadas usando um de seus vestidos cor-de-rosa favoritos — um especial, que geralmente reservava para ocasiões importantes. Havia feito a trança embutida de sempre, deixando poucos fios soltos na frente. Encontrava-se tão perfumada quanto a esposa. Sua maneira alegre e terna de cumprimentá-las fez com que Laura e Anaya se sentissem ainda mais benquistas no casarão. Em poucos minutos de conversa, já pareciam amigas de anos.

Não demorou para que o almoço ficasse pronto e se reunissem todos para aproveitar a refeição. Gabriel e Benví, já de roupas limpas, uniram-se a elas. Permaneceram horas à mesa, enquanto comiam, contavam e ouviam as histórias de cada um. Podia parecer bobo, mas, durante toda a sua vida, eles jamais esqueceriam aquela tarde. A liberdade que tinham de sentar-se diante de outras pessoas e simplesmente proferir as palavras que quisessem, assim como a liberdade de tocar seus respectivos consortes sem medo ou vergonha, sempre os emocionaria, em especial em contextos tão familiares como aquele, que antes eram repletos de regras de etiqueta e exigências quanto à interpretação de personagens. Ali, não precisavam se esconder ou temer coisa alguma. Não precisavam medir palavras ou maquiar sentimentos.

Eram apenas uma família como as outras. A única ou mais significativa distinção era que, diferente da maioria, eles jamais passariam por cima uns dos outros, por qualquer motivo que fosse, e sempre se respeitariam e amariam antes de tudo.

Impresso no Brasil pelo Sistema Cameron da Divisão Gráfica da
DISTRIBUIDORA RECORD DE SERVIÇOS DE IMPRENSA S.A.